AF303027

C. S. Harris, auch bekannt als Candice Proctor und C. S. Graham, ist die *USA-TODAY*-Bestsellerautorin von mehr als zwei Dutzend Romanen, darunter die historische Krimi-Bestsellerserie rund um Sebastian St. Cyr. Als ehemalige Akademikerin mit einem Doktortitel in europäischer Geschichte hat Candice einen Großteil ihres Lebens im Ausland verbracht und in Spanien, Griechenland, England, Frankreich, Jordanien und Australien gelebt. Heute wohnt sie zusammen mit ihrem Ehemann, dem pensionierten Armeeoffizier Steven Harris, in New Orleans, Louisiana.

DAS GEHEIMNIS VON CAMLET MOAT

Ein Sebastian St. Cyr Krimi

C.S. HARRIS

Deutsche Erstausgabe Juni 2023

Copyright © 2023 dp Verlag, ein Imprint der
dp DIGITAL PUBLISHERS GmbH
Made in Stuttgart with ♥
Alle Rechte vorbehalten

Das Geheimnis von Camlet Moat

ISBN 978-3-98778-465-1
E-Book-ISBN 978-3-98778-216-9

Published by Arrangement with TWO TALERS LLC.
Dieses Werk wurde vermittelt durch die Literarische Agentur
Thomas Schlück GmbH, 30161 Hannover

Übersetzt von: Angelika Lauriel
Covergestaltung: Buchgewand
Umschlaggestaltung: ARTC.ore Design
Unter Verwendung von Abbildungen von
stock.adobe.com: © rodjulian, © naolumica
Korrektorat: Dorothee Scheuch
Satz: dp DIGITAL PUBLISHERS GmbH
Druck und Bindung: Books on Demand GmbH, Norderstedt

Für meine Cousine
Kaitlyn Johnston

Ihr Webwirk flog, zerstob, und ach;
Der Spiegel vor ihr barst und brach;
»Der Fluch ergreifet mich«, so sprach
Die Dame von Shalott.
– Alfred Lord Tennyson (1809-1892)
»The Lady of Shalott«,
übersetzt von Angelika Lauriel

Der Ort, an dem er anhielt, war nicht mehr als ein
Hügel, teilweise von einem Graben umgeben, von dem der
Name Camlet Moat abgeleitet war. Es lagen ein paar
behauene Steine herum, die dem Schicksal vieler anderer
entgangen waren ... Überreste, gerade noch ausreichend,
um zu zeigen, dass »in früheren Zeiten hier die Hand des
Menschen gewirkt hatte«.
Sir Walter Scott (1771-1832)

The Fortunes of Nigel,
übersetzt von Angelika Lauriel

Kapitel 1

Camlet Moat, Trent Place, England

Sonntag, 02. August 1812

Tessa Sawyer summte nervös vor sich hin, als sie sich durch das verworrene Gebüsch und das Farngestrüpp schlug, die das schwarze Wasser des alten Wallgrabens säumten. Sie war noch sehr jung, stand kurz vor ihrem sechzehnten Geburtstag. Obwohl sie sich selbst immer wieder sagte, dass sie kühn sei, wusste sie, dass das nicht stimmte. Sie spürte, wie heftig ihr das Herz in der schmalen Brust schlug, und ihre Hände kribbelten, als hätte sie darauf gesessen. Sie hatte das Dorf bei sternenklarem Nachthimmel verlassen, aber hier, tief im Wald, war es dunkel und tiefschwarz. Von dem trüben, stehenden Gewässer neben ihr stieg unheimlicher, dichter und klammer Nebel auf.

Sie sollte den Nebel kühl auf den Wangen spüren. Stattdessen fühlte sie sich, als würde er ihr den Atem rauben, als würde sie an einer widernatürlichen Hitze und dem Schrecken des Verbotenen ersticken. Sie blieb stehen, rieb sich zitternd mit der Hand über das schweißnasse Gesicht, da hörte sie in der Ferne ein

Geräusch; etwas traf mit einem Plumpsen auf das Wasser.

Sie unterdrückte ein Wimmern und wirbelte herum, bereit wegzulaufen. Aber es war doch Lammas, ein Tag, der den alten Göttern heilig war. Es hieß: Wenn ein Mädchen mitten in dieser Nacht ein Tuch in die heilige Quelle tauchte, die am nördlichen Rand der Insel von Camlet Moat lag, und es an dem verkrüppelten Baum aufhängte, dessen Ast über das Wasser reichte, würde ihr Gebet erhört. Und nicht nur das – vielleicht würde sogar die Weiße Dame erscheinen, um das Mädchen zu segnen und ihm die Weisheit und Führung anzubieten, nach der ein mutterloses Kind wie Tessa sich aus ganzer Seele sehnte.

Niemand wusste genau, wer die Weiße Dame war. Father Clark beharrte darauf, dass die Dame, wenn sie denn existierte – was er bezweifelte –, nur die Jungfrau Maria sein könne. Die Legende besagte aber, die Weiße Dame wäre eine der Gralshüterinnen aus der alten Zeit, eine keusche Jungfrau, die die heilige Quelle noch vor der Epoche von König Artus und Guinevere und den Rittern der Tafelrunde gehütet habe. Andere sagten mit Flüsterstimmen, die Dame wäre sogar Guinevere selbst, auf ewig jung, schön und glorreich.

Tessa umklammerte den Streifen aus weißem Stoff, den sie als Gabe mitgebracht hatte, und zwang sich weiterzugehen. Sie sah den Bug der kleinen Jolle, die Sir Stanley Winthrop, auf dessen Land sie sich befand, dort im Wasser liegen hatte. Das Boot aus altem, verwittertem Holz, dessen Farbe verblasst war, schaukelte leicht am Rand des Wassers, als ob eine unsichtbare Strömung es bewegte.

Es war nicht leer.

Tessa blieb abrupt stehen. Im Heck lag zusammengekauert eine Lady. Ihr dunkles Haar hob sich in einer Kaskade von Locken von ihrem bleichen, regungslosen Antlitz ab. Sie war noch jung und zierlich, in ein elegant fließendes Kleid aus hauchdünnem Musselin gekleidet, das in der Taille mit einer pfirsichfarbenen Satinschleife zusammengenommen war. Ihr Kopf war in den Nacken gelegt, der Hals durchgebogen, die Augen in der wächsernen Haut schauten blicklos.

Aus einem gezackten Riss quer über ihre blasse Brust verlief dort, wo ihr Lebenssaft ihrem Körper entströmt war, ein Rinnsal aus eingetrocknetem Blut.

Kapitel 2

London

Montag, 03. August

Sebastian St. Cyr, Viscount Devlin, stützte sich mit ausgestreckten Armen auf, seine Finger umgriffen die Bank des offenen Fensters im Schlafzimmer seiner Gattin. Beunruhigende Träume hinderten ihn am Schlaf. Schon vor langer Zeit hatte er die Gefahr kennengelernt, die in jenen zwielichtigen Augenblicken zwischen Dunkelheit und der ersten Morgendämmerung lag. Wenn die Welt noch zwischen Nacht und Tag schwebte, konnte ein Mann sich in den alten, quälenden Erinnerungen aus der Vergangenheit verlieren, wenn er nicht auf der Hut war.

Er nahm einen tiefen Atemzug, doch die Morgenluft war ungewöhnlich warm, zu trocken und staubig, um ihm Erleichterung zu bringen. Ein Schweißfilm lag auf seiner nackten Haut, und hinter seinen Schläfen dröhnte es wie in einem geschäftigen Bienenschwarm. Der Drang, ein kühles Glas Brandy in die Hand zu nehmen, war stark. Doch er widerstand.

Hinter ihm drehte sich die Frau, die erst vor vier Tagen seine Viscountess geworden war, im Bett um. Ihre Vermählung lag erst so kurz zurück – und die Gründe dafür waren so kompliziert –, dass Sebastian noch immer als »Miss Jarvis«, nicht als Hero Devlin an sie dachte. Sie war die formidable Tochter von Charles Lord Jarvis, dem brillanten, aber skrupellosen Vetter des Königs, der als anerkannte Macht hinter der zerbrechlichen Regentschaft des Prince of Wales stand. Einst hatte Jarvis geschworen, er werde Sebastian zerstören, ganz gleich, wie lang es dauern würde. Sebastian wusste, dass seine Eheschließung mit Jarvis' Tochter daran nichts geändert hatte.

Er blickte über die Schulter und beobachtete, wie Hero langsam aufwachte. Sie blieb einen Augenblick regungslos liegen. Ihre Lider öffneten sich flatternd, und sie drehte den Kopf auf dem Kissen, um quer durch den abgedunkelten Raum, in dem blaue Seidentücher und vergoldete Spiegel hingen, zu ihm herüberzublicken. Der Duft von Lavendel lag in der Luft.

»Habe ich dich geweckt?«, fragte er. »Das tut mir leid.«

»Mach dich nicht lächerlich.«

Sebastian lachte leise. Nichts an Hero war nachgiebig oder kokett.

Sie glitt vom Bett und zog das feine Leinentuch mit sich, um es um sich zu schlingen, als sie zu ihm kam. In der Dunkelheit der Nacht konnte sie ohne Zögern zu ihm kommen, eine willige und leidenschaftliche Geliebte. Am Tage hingegen …

Am Tage blieben sie einander in vielerlei Hinsicht im Grunde fremd, zwei Menschen, die im selben Haus wohnten, sich aber unbehaglich und ungeschickt fühlten, wenn sie sich per Zufall im Flur über den Weg liefen oder sich beim Frühstück trafen. Nur in der Nacht schienen sie das wachsame Misstrauen beiseite schieben zu können, das ihre Beziehung von Anfang an charakterisiert hatte. Nur in der Dunkelheit konnten sie den tiefen, gefährlichen Widerstreit vergessen, der zwischen seiner und ihrer Herkunft herrschte, und sie konnten als Mann und Frau zusammenkommen.

Er nahm das fahle Licht des Morgengrauens wahr, das in das Zimmer drang. Sie raffte das Betttuch fester um sich.

»Du schläfst nie«, sagte sie.

»Doch. Gelegentlich.«

Sie neigte den Kopf. Ihr normalerweise ordentliches, braunes Haar war von ihrer nächtlichen Liebe zerzaust. »Hast du immer schon solch beunruhigende Träume gehabt oder erst, seit du die Tochter deines schlimmsten Feindes geheiratet hast?«

Er lächelte leicht und zog sie an sich.

Sie versteifte sich, ihre Oberarme drückten an seine nackte Brust und schufen Distanz zwischen ihnen. Sie war fast so groß wie Sebastian selbst, hatte die Haltung ihres Vaters, seine Hakennase und ebenfalls seine berühmte, beunruhigende Intelligenz geerbt.

Er sagte: »Es heißt, Männer träumen oft vom Krieg, wenn sie nach Hause zurückgekehrt sind.«

Sie verengte die klugen, grauen Augen, und er konnte nur mutmaßen, was sie dachte. »Du träumst also vom Krieg?«

Er zögerte. »Überwiegend.«

Diese Nacht hatten ihn tatsächlich das dumpfe Dröhnen von Kanonenkugeln, die Schreie verletzter Pferde und das verzweifelte Stöhnen sterbender Männer aus dem Bett gejagt. Aber manchmal verfolgten ihn im Traum nicht die belastenden Dinge, die er gesehen oder die noch belastenderen Dinge, die er getan hatte, sondern nur eine blauäugige, dunkelhaarige Schauspielerin namens Kat Boleyn. Es war ein unbeabsichtigter, aber dennoch echter Betrug an der Frau, die er zu seiner Gattin genommen hatte, und das belastete ihn. Aber der einzige sichere Weg, seine Träume zu kontrollieren, war, den Schlaf zu meiden.

Das Tageslicht im Raum nahm zu.

Hero sagte: »In dieser Hitze ist es für alle schwer zu schlafen.«

Er hob die Hand, um ihr das verworrene Haar aus der verschwitzten Stirn zu streichen. »Möchtest du nicht mit mir nach Hampshire kommen? Es würde uns beiden guttun, ein paar Wochen dem Lärm und Dreck Londons zu entfliehen.« Er hatte schon den ganzen Sommer vorgehabt, auf sein Landgut zu reisen, doch die Geschehnisse der letzten Monate hatten es ihm unmöglich gemacht, London zu verlassen. Nun konnte er diese Verpflichtung nicht länger aufschieben.

Er sah ihr Zögern und wusste genau, was sie dachte: dass sie allein auf dem Lande einander beständig Gesellschaft leisten würden. Schließlich war das der Grund dafür, dass Jungvermählte traditionell in die Flitterwochen reisten – um einander besser kennenzulernen. Jedoch konnte man nichts an ihrer wenige Tage jungen Ehe traditionell nennen.

Er erwartete, dass sie ablehnen werde. Dann erschien ein merkwürdiges, schiefes Lächeln auf ihren Lippen, und sie überraschte ihn mit den Worten: »Warum nicht?«

Er ließ den Blick über die sanfte Wölbung ihrer Wangen, ihre ausgeprägte Kinnpartie und den Schwung ihrer gesenkten Wimpern gleiten, die ihre Augen nun vor seinem Blick verbargen. Sie war in vielerlei Hinsicht ein Geheimnis für ihn. Er kannte die formidable Stärke ihres Intellektes, ihren ausgeprägten Gerechtigkeitssinn und die unerwartete Leidenschaft, die seine Berührung in ihr anzufachen vermochte. Von dem Leben jedoch, das sie geführt hatte, bevor ihres und seines miteinander verwoben worden waren, wusste er wenig. Oder von dem Mädchen, das sie einst gewesen war, von den Kräften und Geschehnissen, die sie zu der Frau geformt hatten, die ohne zu zögern und ohne Hemmung einem Straßenräuber ins Gesicht schießen konnte.

Er sagte: »Wir können noch heute aufbrechen.«

Sie schüttelte den Kopf. »Ich treffe mich heute Morgen mit Gabrielle Tennyson am Trent Place. Sie hat sich mit Sir Stanley über Ausgrabungen auf seinem Besitz unterhalten – einem Ort namens Camlet Moat. Sie versprach mir zu zeigen, worauf sie gestoßen sind.«

Sebastian musste lächeln. Heros beherrschende Leidenschaft würde immer darin liegen, mit klarem Kopf und ihrer Logik die ungerechten und grausamen Gesetze zu reformieren, die die britische Gesellschaft zugleich hemmten und befleckten. In letzter Zeit hatte sie allerdings ein ebenso starkes Interesse daran entwickelt, die rasch schwindenden Vermächtnisse aus Englands Vergangenheit zu bewahren.

»Wurde etwas Interessantes gefunden?«

»Wenn man bedenkt, dass ›Camlet‹ eine Abwandlung des alten Wortes ›Camelot‹ ist, ist alles faszinierend, was dort gefunden wird.«

Mit der Rückseite der Finger strich er über ihre Kinnlinie und lächelte, als er sah, wie sie in der Hitze erschauerte. »Wenn ich mich recht erinnere, hat Sir Thomas Malory in ›Morte d'Arthur‹ Camelot als das heutige Winchester identifiziert.«

Sie legte die Finger um sein Handgelenk und beendete damit die zärtliche Berührung. »Gabrielle glaubt, Malory hat sich geirrt.«

Von der Straße zog der Duft frischer Brötchen herauf, und das Glöckchen des Bäckerjungen bimmelte zu seinem Ruf »*Warme Brötchen.*«

Sebastian sagte: »Dann also morgen?«

Inzwischen war der Raum vom goldenen Morgenlicht erfüllt. Hero trat einen Schritt zurück, aus Sebastians Armen heraus, und hielt das Tuch noch fester um sich zusammen, so als bedaure sie schon ihr Zugeständnis. »Gut. Morgen.«

Doch kaum eine Stunde später traf ein Wachtmeister der Bow Street im Haus in der Brook Street ein. Seine Nachricht lautete, dass Miss Gabrielle Tennyson tot gefunden worden war.

Ermordet. In Camlet Moat.

Kapitel 3

Ein kleiner Mann mittleren Alters mit schwindendem Haupthaar und ernstgebietender Haltung stand am Fuß eines antiken Erddammes. Die Hände hielt er hinter dem Rücken verschränkt, und sein Kinn verschwand in den Falten seines bescheidenen Halstuchs. Neben ihm lag eine verwitterte Jolle, die man ans Ufer des Grabens gezogen hatte. Sie war jetzt leer, doch am Dollbord konnte man noch deutlich verschmiertes Blut erkennen.

Sir Henry Lovejoy, der zuletzt berufene Untersuchungsrichter der drei besoldeten Richter der Bow Street, starrte den verräterischen Streifen Blut an. Der örtliche Magistrat hatte ihn zu diesem Tatort zehn Meilen nördlich von London gerufen. Der Mann war nur zu bereit, seine Ermittlung an die Bow Street-Behörde zu übertragen.

Lovejoy stieß einen langen, besorgten Seufzer aus. In Londons Straßen waren die meisten Morde simple Vorfälle: Ein besoffener Matrose erwürgte seine unglückliche Frau, zwei Freunde verkrachten sich beim Würfelspiel oder beim Verkauf eines Pferdes, ein Straßenräuber überfiel einen unvorsichtigen Passanten aus einer übelriechenden Gosse heraus. An einer jungen, ermordeten Edelfrau, die in einem längst verlassenen Graben im Nirgendwo trieb, war hingegen rein gar nichts gewöhnlich.

Miss Gabrielle Tennyson war erst achtundzwanzig Jahre alt gewesen. Als Tochter eines berühmten Gelehrten hatte sie sich mit ihrem Antiquariat bereits einen Ruf erworben – was für ihr Geschlecht wahrlich eine außergewöhnliche Leistung war. Sie lebte mit ihrem Bruder, seinerseits ein wohlbekannter und angesehener Rechtsanwalt, in einem edlen Haus in den Adelphi-Gebäuden am Ufer der Themse zusammen. Ihre Ermordung würde in der Stadt eine nie gesehene Welle der Angst auslösen. Die Damen würden sich davor fürchten, ihr Heim zu verlassen, und die verärgerten Gatten und Väter würden fordern, dass die Bow Street etwas unternähme.

Leider hatte Lovejoy nicht den geringsten Hinweis, wo er beginnen sollte.

Er hob den Blick zu der Reihe der Constables, die sich am Ufer des Grabens vorwärts bewegten. Ihre klobigen Stiefel erzeugten im schlammigen Wasser saugende Geräusche, die in der unnatürlichen Stille geradezu widerhallten. Er hatte sich nie als Mann mit übersteigerter Fantasie betrachtet, ganz im Gegenteil. Und doch brachte etwas an diesem Ort die Haare in seinem Nacken dazu, sich aufzustellen. Vielleicht lag es daran, wie das Licht, das durch die dicht stehenden Buchen und Hainbuchen gefiltert wurde, die Szenerie in einen unheimlichen grünen Schein tauchte. Vielleicht war es aber auch die unvermeidliche Reaktion eines Vaters auf den Anblick einer schönen, toten jungen Frau – ein Anblick, der die Erinnerung an einen fast unerträglichen Schmerz in Lovejoys eigenem Leben zurückbrachte, der ihm das Herz gebrochen hatte.

Doch er verschloss seinen Geist.

Er hatte von diesem Ort, Camlet Moat, schon gehört. Es hieß, einst hätte hier ein mittelalterliches Schloss gestanden, dessen Ursprung zurück in die Zeiten der alten Römer und darüber hinaus reichte. Doch welche befestigten Bauten hier dereinst auch gestanden haben mochten, sie waren schon lange abgetragen und ihre Steine und Balken weggekarrt worden. Zurückgeblieben war nur eine verlassene, überwucherte, rechteckige Insel von ein paar hundert Metern Querschnitt und der alte, brackige Graben, der sie einst beschützt hatte.

Unter Lovejoys Augen trennte sich einer der Constables von der Gruppe der anderen und watete zu ihm.

»Wir haben den gesamten Graben abgesucht, Sir«, sagte er. »Überall, rundherum.«

»Und?«

»Wir haben nichts gefunden, Sir.«

Lovejoy stieß einen langen Atemzug aus. »Dann macht auf der Insel weiter.«

»Jawohl, Sir.«

Hufgetrappel und klapperndes Pferdegeschirr lenkten ihre Aufmerksamkeit auf den schmalen Weg, der sich durch den Wald zum Wallgraben schlängelte. Ein Zweispänner, den ein aristokratischer junger Mann in einem Reisemantel mit Cape und einem Kastorhut lenkte, hielt auf dem Scheitel des Erdwalles an. Der halbwüchsige und etwas zerrupft aussehende junge Bursche in gestreifter Weste, der sich auf dem hinteren Kutschbock festgehalten hatte, sprang sofort ab und lief zu den Köpfen der Braunen.

»Es ist Lord Devlin, Sir«, sagte der Wachtmeister und ließ den Mund offenstehen, während er beobachtete, wie der berüchtigte Sohn des Earls of Hendon sitzenblieb, um kurz mit seinem *Tiger*, dem Burschen, zu sprechen, und dann leichtfüßig auf den Boden sprang.

Lovejoy sagte: »Das wäre dann alles, Constable.«

Der Wachtmeister warf einen letzten, neugierigen Blick den Hang hinauf, bevor er den Kopf senkte. »Jawohl, Sir.«

Lovejoy wartete, während der Viscount seinen Mantel auf den Kutschbock warf und dann den alten Wall herunterglitt, wobei die Sohlen seiner Hessischen Stiefel Furchen im lockeren, laubbedeckten Boden hinterließen.

»Sir Henry«, sagte der Viscount. »Guten Morgen.«

Er war schlank, dunkelhaarig und so groß, dass er Lovejoy überragte. Aber es waren seine Augen, die die Aufmerksamkeit eines jeden Fremden auf sich zogen. Ihre Farbe wechselte von Bernstein zu einem katzenartigen Gelb, und sie besaßen die tierhaft anmutende Fähigkeit, im Dunkeln und ungewöhnlich weit zu sehen. Auch sein Gehör war außergewöhnlich scharf, was selbst diejenigen, die ihn gut kannten, aus dem Konzept bringen konnte.

Die ungewöhnliche Freundschaft der beiden Männer bestand seit etwa anderthalb Jahren. Damals war Devlin des Mordes angeklagt und Lovejoy war entschlossen gewesen, ihn dingfest zu machen. Aus diesen eigenartigen Anfängen hatten sich sowohl Respekt als auch Freundschaft entwickelt. In Devlin hatte Lovejoy einen Verbündeten mit seltenem

Gerechtigkeitssinn und einem echten Genie für das Lösen von Mordfällen gewonnen. Überdies verfügte Devlin auch noch über eine Eigenschaft, die kein Magistrat der Bow Street je haben würde: leichten Zugang zu den höchsten Kreisen der Gesellschaft und das angeborene Verstehen der Wohlhabenden und Hochwohlgeborenen, die in einem Mordfall dieser Natur unvermeidlich in Verdacht gerieten.

»Mylord.« Lovejoy verbeugte sich knapp, mit eckigen Bewegungen. »Ich bitte Vergebung, dass ich in eine Zeit eindringe, die für Euch und Eure Gattin der Freude und Zweisamkeit vorbehalten sein sollte. Aber als ich von der Verbindung des Opfers zu Lady Devlin erfuhr, dachte ich, Ihr wünschtet vielleicht informiert zu sein.«

»Sie haben das Richtige getan«, sagte Devlin. Er ließ den Blick über die Stätte wandern und nahm die üppig wuchernden Birken und Eichen sowie das grüne, schaumbesetzte Wasser des ehemaligen Grabens wahr. »Wo ist sie?«

Lovejoy räusperte sich unbehaglich. »Wir haben die Überreste vor etwa einer Stunde nach London geschickt.« Leichen hielten sich in der Augusthitze nicht gut.

»Zu Gibson?«

»Jawohl, Mylord.« Niemand verstand mehr von der menschlichen Anatomie oder konnte die Geheimnisse, die eine Leiche über ihren Mörder zu enthüllen vermochte, besser entschlüsseln als Paul Gibson. Lovejoy nickte zu dem kleinen Boot neben ihnen. »Sie wurde in der Jolle gefunden – sie dümpelte genau hier am Rand des Grabens.«

»Glauben Sie, dass sie hier ermordet wurde?« Devlin ging in die Hocke, um das blutverschmierte Dollbord zu betrachten.

»Ich halte es für wahrscheinlich, dass sie in der Jolle erstochen wurde, ja. Aber in der feuchten Erde der Böschung auf dieser Seite gab es keinerlei Fußabdrücke. Deshalb nehme ich an, dass das Boot von einer anderen Stelle hier angetrieben wurde – vielleicht von der Landbrücke, die auf der Ostseite der Insel über den Graben führt. Wir haben erfahren, dass sie normalerweise dort vertäut ist. Unglücklicherweise sind dort aber so viele Fußabdrücke, dass es unmöglich ist, mit einiger Sicherheit diejenigen festzustellen, die zu dem Mörder gehören könnten.«

Devlin schwieg einen Augenblick und betrachtete nachdenklich stirnrunzelnd den hässlichen Streifen Blut. Manchmal zögerte der Viscount, sich in eine Mordermittlung einbinden zu lassen. Diese Zurückhaltung konnte Lovejoy nur zu gut verstehen. Ihm selbst erschien es, als ob jeder Tod, den er untersuchte, jedes zerstörte Leben, mit dem er in Kontakt kam, ihm ein weiteres Stück seiner eigenen Menschlichkeit stehlen und einen unwiederbringlichen Teil seiner Lebensfreude davonschwemmen würde.

Aber sicherlich, sagte sich Lovejoy dann, würde die Verbindung dieses Opfers zur Gattin Seiner Lordschaft es dem Viscount unmöglich machen, sich zu weigern.

Lovejoy sagte: »Ein Mord wie dieser – eine junge Frau, die in einem Wald nördlich von London brutal erstochen wurde – wird in der Stadt unweigerlich Panik auslösen. Unglücklicherweise geschieht es in einer solchen Lage allzu oft, dass der Aufruhr in der Öffentlichkeit dadurch beruhigt wird, dass rasch ein Schuldiger gefunden wird – auf Kosten echter Gerechtigkeit.«

»Bitten Sie mich gerade um Hilfe?«

Lovejoy hielt dem seltsamen, katzenartigen Blick aus gelben Augen stand. »Jawohl, Mylord.«

Devlin richtete sich wieder zu voller Größe auf und blickte über das trübe Wasser hinweg zu der Stelle, an der die Wachtmeister um die frisch aufgeworfenen Erdhaufen herum stocherten, die die Ausgrabungen von Sir Stanley säumten. Im vom Nebel gestreuten Morgenlicht hatten die Erdhügel eine unangenehme Ähnlichkeit mit Reihen frisch ausgehobener Gräber. Lovejoy sah, wie Devlin die Lippen zu einem dünnen Strich verzog und seine Nasenflügel in einem schmerzhaft eingesogenen Atemzug bebten.

Der Viscount sagte nichts, doch Lovejoy kannte ihn gut genug, um geduldig zu sein.

Und Devlins Antwort abzuwarten.

Kapitel 4

Sebastian wandte sich um und ging den Kamm des alten Walles entlang, der sich neben dem Graben mit dem stehenden Wasser erhob. Die Schatten waren hier tief und schwer, die belaubten Äste des alten Baumbestands, die sich über Sebastians Kopf trafen, verdeckten den Himmel beinahe. Ein Gewirr aus Farn und Farnkraut säumte das ruhige Gewässer des Grabens. Es roch nach nasser Erde und Humus, und die Luft war von Insektengesumm erfüllt.

Er hatte gehört, dieser wilde Teil des Waldlandes nördlich Londons war einst als Enfield Chase bekannt, ein königliches Jagdrevier, in dem das Hufgeklapper edler Pferde, der durchdringende Klang der Jagdhörner und das Gebell der königlichen Hunde widergehallt hatten. König Henry VIII. und Königin Elizabeth waren mit einer Schar Höflingen in glitzernden Gewändern und Geschmeide durchgezogen. Ihre Samtmäntel hatten den Nebel aufgewirbelt, ihre Stimmen waren in herzlichen Rufen hier erklungen.

Das alles war längst vergangen. Wuchernde Dornbüsche und Unterholz hatten den Waldboden erstickt, während einfache Leute aus dem benachbarten Dorf die letzten verfallenden Steine des Anwesens oder Schlosses weggekarrt hatten, das einst hier gestanden haben musste. Eine verhuschte Stille hatte sich über den Ort gelegt, die so lange ungebrochen blieb, bis eine schöne, brillante, unabhängige junge Frau mit grenzenloser Neugier auf die Vergangenheit auf der Suche nach den Ursprüngen einer Legende hier aufgetaucht war – und den Tod gefunden hatte.

Er konnte sich nur an eine einzige Begegnung mit Miss Gabrielle Tennyson erinnern: bei einem Vortrag vor ungefähr einem Jahr über das römische London, den er in Gesellschaft des Earls of Hendon gehört hatte. Sebastian hatte sie als eine auffallende, selbstsichere junge Frau mit kastanienfarbenem Haar und einem offenen, freundlichen Lächeln in Erinnerung. Es hatte ihn überrascht zu hören, dass sie und Hero befreundet waren. Trotz ihrer offensichtlichen Unterschiede waren die beiden Frauen einander sehr ähnlich. Es fiel ihm schwer, sich eine so starke, lebendige Frau nun auf der Bahre eines Chirurgen vorzustellen, ihres Lebens und der verheißungsvollen Jahre, die noch vor ihr gelegen hatten, beraubt. Es fiel ihm auch schwer, sich den Schrecken und die Verzweiflung auszumalen, die ihre Augen erfüllt haben mussten, als sie an diesem ruhigen, abgeschiedenen Ort ihren letzten Blick getan hatte.

Er blieb stehen und sah abermals zu der kleinen Insel hinüber, auf der einst ein Schloss mit dem Namen Camelot gestanden hatte. Er bemerkte, dass Sir Henry Lovejoy neben ihn trat; seine schlichten Züge waren verkniffen und angestrengt, und die Hände hielt er hinter dem Rücken verschränkt.

Sebastian sah ihn an. »Sie sagten, sie wurde erstochen?«

Der Magistrat nickte. »In die Brust. Soweit ich es sehen konnte. Doch dazu wird uns Mr Gibson mehr sagen können, sobald er die Obduktion beendet hat.«

»Und die Mordwaffe?«

»Ist noch nicht gefunden worden.«

Sebastian betrachtete das trübe Wasser unter ihnen. Wenn Gabrielles Mörder die Waffe in den Graben geworfen hatte, würde sie vielleicht nie gefunden.

Er drehte sich um und betrachtete den schmalen Weg, auf dem sein *Tiger* Tom die Braunen auf und ab führte. »Wie ist sie denn bloß hierhergekommen? Haben Sie dazu eine Idee?«

Sir Henry schüttelte den Kopf. »Wir können nur annehmen, dass sie in Gesellschaft ihres Mörders angekommen sein muss.«

»Hat niemand aus der Nachbarschaft etwas beobachtet?«

»Nichts, das sie bereit wären, einzugestehen. Allerdings liegt das nächste Dorf mehrere Meilen entfernt, und in dieser Gegend gibt es nur wenige einzeln stehende Häuser. Tessa Sawyer – das Dorfmädchen, das sie gefunden hat – ist nur durch Zufall kurz vor Mitternacht auf den Leichnam gestoßen.«

»Und was hat Tessa nachts hier im Nirgendwo gemacht?«

»Ich fürchte, das ist noch nicht ganz klar, da das Mädchen ausweichend und unzusammenhängend auf unsere Fragen geantwortet hat. Soweit ich es verstehen konnte, war gestern irgendein alter, heidnischer Feiertag –«

»Lammas.«

»Richtig, das war es, Lammas. Man sagte mir, Camlet Moat gelte bei den Abergläubischen als Ort der Magie. Neben einer Weißen Dame, die die Insel heimsuchen soll, geht angeblich auch der Geist eines widerwärtigen Tempelritters um, wenn er beschworen wird.«

»Ich nehme an, Sie haben auch erfahren, dass manche sagen, hier wäre das alte Camelot von König Artus gewesen?«

Der Magistrat schniefte. »Sehr fantasievolle Vorstellung, zweifellos. Aber ja, soweit ich weiß, war Sir Stanley Winthrop ganz fasziniert von dieser Möglichkeit, nachdem er das Anwesen im vergangenen Jahr erworben und herausgefunden hat, dass Miss Tennyson über die Geschichte des Ortes nachforscht.«

»Denken Sie, ihre Ermordung könnte mit den Legenden über die Vergangenheit des Ortes zusammenhängen?«

Sir Henry stieß prustend die Luft aus. »Ich wünschte, ich wüsste irgendetwas. Wir wissen nicht einmal, wie lange Miss Tennysons Leichnam hier gelegen hat, bevor er entdeckt wurde. Ihr Bruder, Mr Hildeyard Tennyson, weilt seit bald vierzehn Tagen fern von London. Ich habe einen Wachtmeister geschickt, um ihre Dienerschaft zu befragen, aber ich fürchte, sie können uns nicht viel sagen. Schließlich war gestern Sonntag.«

»Zur Hölle«, sagte Sebastian leise. »Was sagt denn Sir Stanley Winthrop zu alledem?«

»Er sagt, er habe Miss Tennyson zum letzten Mal gesehen, als sie am Samstagnachmittag die Ausgrabungen verlassen hat.«

Etwas im Tonfall des Untersuchungsrichters weckte Sebastians Aufmerksamkeit. »Aber Sie glauben ihm nicht?«

»Ich weiß nicht, was ich glauben soll. Er sagte, er könne sich nicht vorstellen, was sie gestern hier getan haben könnte. An Sonntagen arbeiten sie für gewöhnlich nicht an den Ausgrabungen.«

Sebastian sagte: »Vielleicht wollte sie sich ungestört umschauen?«

Lovejoy runzelte die Stirn. »Das ist möglich. Vielleicht hat sie einen Eindringling überrascht, der sie dann in Panik getötet hat.«

»Und ihre Kutsche gestohlen und ihren Kutscher entführt?«

Lovejoy zog eine Grimasse. »Das ist die eine Sache.«

Sebastian richtete den Sitz seines Kastorhuts. »Ist ihr Bruder immer noch außerhalb von London?«

Lovejoy nickte. »Wir haben eine Nachricht auf sein Landgut schicken lassen, aber ich bezweifle, dass er noch vor der Dämmerung in London sein kann. Frühestens.«

»Dann beginne ich wohl mit Sir Stanley Winthrop.« Sebastian wandte sich zu seinem Zweispänner um.

Lovejoy ging neben ihm her. »Heißt das, Ihr seid bereit, die Bow Street in diesem Fall zu unterstützen?«

»Dachten Sie ehrlich, das wäre ich nicht?«

Sir Henry deutete eines seiner seltenen Lächeln an, zog das Kinn zur Brust und schüttelte den Kopf.

Kapitel 5

»Da seid Ihr ja, Lord Jarvis«, rief der Prinzregent aus. Sein Gesicht war hochrot, und seine Stimme kippte in ein gereiztes Jammern um, während er einen Bogen billigen, tintenbeschmierten Papiers mit der Hand umklammerte. »Seht Euch das an!« Mit seiner dicken, beringten Hand warf er das Flugblatt des Anstoßes hin. »Seht es Euch nur an!«

Seine Königliche Hoheit George, Prinzregent von Großbritannien und Irland, lag in seinem Ankleidezimmer neben dem Kamin und hatte die schweren Beine auf dem Rand einer vergoldeten Couch für Ohnmachtsanfälle abgelegt, die einem Krokodil nachempfunden und in rotem Samt gepolstert war. Trotz der herrschenden Hitze brannte im Kamin ein loderndes Feuer, denn der Prinz hatte eine morbide Angst davor, sich zu verkühlen.

Da ihn der Schock inmitten der Morgentoilette heimgesucht hatte, trug er nur hervorragend geschneiderte, gelbe Unterwäsche und ein Hemd mit extravaganten Spitzenrüschen. Dieser Modestil gehörte eher dem vergangenen Jahrhundert an, aber gelegentlich frönte der Prinz seiner Vorliebe dafür, vielleicht weil er dadurch an die goldenen Jahre seiner Jugend erinnert wurde, als er noch attraktiv, unbeschwert und bei seinen Untertanen beliebt gewesen war. Heutzutage brauchte er ein Korsett, um seinen ständig wachsenden Umfang im Zaum zu halten, und die Menschen, die ihm dereinst zugejubelt hatten, buhten ihn auf offener Straße aus. Und zweifelhafte Radikale veröffentlichten umstürzlerische Flugblätter, die den verlorenen Tagen von Camelot hinterhertrauerten und nach König Artus verlangten, der aus den Nebeln von Avalon zurückkehren und Britannien aus der gottverlassenen Herrschaft des Hauses Hannover befreien möge.

Das Entsetzen des Prinzen beim Lesen dieses speziellen Flugblattes war so groß gewesen, dass sein Leibdiener nach dem Arzt des Prinzen geschickt hatte. Der Doktor wiederum hatte nur einen Blick auf die kämpferischen Formulierungen geworfen und die Anwesenheit des mächtigen und unendlich weisen Vetters des Prinzen, Charles Lord Jarvis, gefordert.

»Beruhigt Euch, Eure Hoheit«, sagte Jarvis und warf dem Arzt des Prinzen, der dabei stand, einen Blick zu. Dieser nickte diskret und wandte sich ab.

»Aber habt Ihr das gesehen?«, jammerte der Prinz. »Sie wollen, dass Artus zurückkommt, und mich wollen sie loswerden!«

Jarvis griff nach dem Flugblatt. »Ich habe es gesehen, Eure Hoheit.« Jarvis selbst nahm an, dass die Karikatur, die die Streitschrift zierte und George als widerlich aufgedunsene, besoffene und lächerlich gemusterte Witzfigur mit Eselsohren zeigte, den Prinzen mehr als alles andere aufregte. Ihn hingegen beunruhigte viel mehr, was die Beschwörung der Rückkehr Artus’ als eine Art Messias implizierte. »Wer auch immer dafür verantwortlich ist, wir werden uns um sie kümmern.«

Der Leibdiener und der Arzt wechselten einen verstohlenen Blick und sahen rasch wieder weg. Es gab einen Grund, weshalb Jarvis im Königreich von einem Ende zum anderen gefürchtet wurde. Sein Netzwerk aus Spionen und Informanten verlieh ihm eine unheimliche Omnipotenz, während diejenigen, um die »sich gekümmert wurde«, selten wiedergesehen wurden.

Der Arzt trat mit einem Glas trüber Flüssigkeit auf einem Tablett vor. »Hier, Eure Hoheit, trinkt dies. Ihr werdet Euch viel besser fühlen.«

»Wer hat dem Prinzen dieses Flugblatt gegeben?«, verlangte Jarvis harsch flüsternd von dem Leibdiener zu erfahren, während Seine Hoheit fügsam das Gebräu des Arztes schluckte.

Das runde, schweißnasse Gesicht des Leibdieners wurde aschfahl. »Ich habe keinen Schimmer, Mylord. Ehrlich, ich weiß es nicht!«

Mit einem Stirnrunzeln steckte Jarvis das aufrührerische Schriftstück in seinen Mantel, verbeugte sich und entfernte sich aus der königlichen Gegenwart.

Er durchquerte die Vorkammer der Räumlichkeiten des Prinzen, da gesellte sich ein pickliger, halbwüchsiger Page zu ihm und verbeugte sich tief. Er öffnete und schloss den Mund im Versuch, etwas zu sagen. Aber er brachte nichts als eine Reihe unzusammenhängender Quiektöne zustande.

»Um Himmels willen, Bursche, heraus damit«, schnappte Jarvis. »Zufällig habe ich bereits gegessen, du brauchst also keine Angst zu haben, dass ich dich zum Frühstück verspeise.«

Dem Jungen traten die Augen vor den Kopf.

Jarvis unterdrückte ein Seufzen. »Sag, was du zu sagen hast.«

Der Junge schluckte und versuchte es von Neuem. Die Worte purzelten ihm hastig aus dem Mund. »Eure Tochter, Mylord, Miss J..., ich meine Lady Devlin. Sie hat mich gebeten, Euch zu sagen, dass sie Euch zu sprechen wünscht, Mylord. Sie erwartet Euch in Euren Gemächern.«

***

Kein Mann in England war mächtiger als Jarvis. Seine Verwandtschaft mit dem König mochte entfernt sein, aber ohne die skrupellose Brillanz und stete Weisheit von Jarvis wäre das Haus Hannover längst untergegangen, und das wussten die Hannoveraner. Jarvis hatte sein Leben der Bewahrung der Monarchie und der weltweiten Ausbreitung der Macht von England gewidmet. Ein anderer hätte vielleicht darauf bestanden, im Gegenzug für seine Dienste zum Premierminister berufen zu werden. Jarvis jedoch zog es vor, seine Macht aus dem Schatten heraus auszuüben, von Traditionen und Gesetz unbeeinträchtigt. Premierminister kamen und gingen. Jarvis blieb.

Seine Tochter stand am langen Fenster in den Räumlichkeiten, die eigens ihm vorbehalten waren, und sah auf die Pall Mall hinaus. Einst hatte Jarvis einen Sohn gehabt – einen idealistischen Träumer namens David. Doch David hatte Jahre zuvor sein Grab im Wasser gefunden. Nun war nur noch Hero

31

übrig: brillant, von starkem Willen und annähernd so unerschrocken und rätselhaft wie Jarvis selbst.

Sie trug ein Ausgehkleid in Dunkelblau, das mit Moosgrün gepaspelt war, und dazu einen feschen Hut, dessen breite Krempe auf einer Seite nach oben gebogen und mit einem Seidensträußchen festgesteckt war. Das Sonnenlicht, das durch das Fenster hereinfiel, badete sie in einem warmen Schimmer und verlieh ihren Wangen Farbe.

»Du siehst gut aus«, sagte er und schloss die Tür hinter sich. »Die Ehe scheint dir zu bekommen.«

Sie wandte sich ihm zu. »Überrascht dich das?«

Anstatt zu antworten, durchquerte er den Raum zu einem Tisch mit Kerzenständer, der neben einem Ohrensessel stand. Die Beziehung zwischen Vater und Tochter war immer kompliziert gewesen. Sie waren sich sehr ähnlich, was bedeutete, dass sie ihn besser als die meisten verstand. Das hieß jedoch nicht, dass sie alles über ihn wusste, was es zu wissen gab.

»Was führt dich hierher?«, fragte er, vordergründig ganz von der Aufgabe beansprucht, die Kerze anzuzünden. Er spürte eine gewisse Anspannung zwischen ihnen, da ihre kürzliche Heirat mit Lord Devlin ihrer Beziehung ein neues Element hinzugefügt hatte. Dadurch hatte sich die Dynamik zwischen ihnen subtil verändert, und zwar auf eine Weise, die keiner von beiden bisher angesprochen oder enthüllt hätte.

»Was lässt dich denken, dass ich aus einem bestimmten Grund gekommen bin, und nicht nur, um dich zu sehen?«

»Weil du, wenn es eine Geste familiärer Zuwendung wäre, nicht zum Carlton House, sondern zum Berkeley

Square gekommen wärst. Deiner Mutter geht es gut, nebenbei bemerkt – oder vielmehr geht es ihr so gut wie immer. Sie ist von der neuen Gesellschaftsdame, die du für sie gefunden hast, sehr eingenommen.«

Hero ließ sich davon nicht ablenken. »Heute Morgen wurde Gabrielle Tennyson ermordet in Camlet Moat aufgefunden.« Als er schwieg, hängte sie an: »Wusstest du das?«

Er sah, wie der Kerzendocht Feuer fing und hell aufleuchtete. »In diesem Königreich geschehen nur wenige Dinge, über die ich nicht informiert bin.«

»In diesem Königreich geschieht auch nur wenig, worüber du keine Kontrolle hast.«

Er sah zu ihr hinüber. Sie stand mit dem Rücken zum Fenster, die Hände auf der Fensterbank. Durch die Scheibe hinter ihr sah er den lebhaften Verkehr von Kutschen, Karren und Pferden, die die Pall Mall hinauf- und hinunterströmten. »Fragst du mich, ob ich sie habe töten lassen?«

»Nach dem, was ich vergangenen Freitagabend mit angehört habe, kommt mir dieser Gedanke natürlich in den Sinn.« Als Jarvis schwieg, fuhr sie ungeduldig fort: »Nun? Hast du?«

»Nein.« Er zog das Flugblatt aus der Tasche und hielt es in die Kerzenflamme. Es wurde schwarz und rauchte kurz, bevor es Feuer fing. »Jetzt lautet die Frage: Glaubst du mir das?«

Sie blieb regungslos und sah ihn unverwandt an. »Ich weiß es nicht. Ich habe nie erkannt, ob du lügst.«

Er drehte das Blatt, als die Flammen stetig züngelten, dann ließ er es auf die kalten, blanken Steine des

Kamins neben sich fallen. »Sehe ich es richtig, dass Devlin in die Ermittlungen eingestiegen ist?«

»Lovejoy hat um seine Unterstützung im Fall gebeten, ja.«

»Und wirst du deinem Gatten sagen, er solle mich auf die Liste der Verdächtigen setzen? Und wenn ja, aus welchem Grund?«

Sie stieß sich vom Fenster ab, ihre Nasenflügel weiteten sich in einem scharfen Atemzug. »Ich bin hier, weil Gabrielle meine Freundin war, und nicht als Devlins Agentin.«

»Mag sein. Doch beantwortet das nicht meine Frage.«

Sie blickten einander an. Beide hatten sie gewusst, dass der Tag kommen würde, an dem sie zwischen dem stand, was sie ihrer Familie schuldete, und dem, wozu sie ihrem frischgebackenen Ehemann gegenüber verpflichtet war. Allerdings hatte er nicht so früh damit gerechnet.

Sie sagte: »Ich habe nicht die Absicht, dich zu verraten ... wenn du mir die Wahrheit sagst.«

Er lächelte. »Aber in dem Falle würdest du mich ja tatsächlich nicht verraten, nicht wahr?« Er neigte den Kopf zur Seite. »Und wie wird dein eigensinniger und temperamentvoller junger Viscount wohl reagieren, das frage ich mich, wenn er herausbekommt, dass du nicht ganz offen zu ihm warst?«

»Ich muss mir selbst und dem, woran ich glaube, treu sein. Meine Ehe ändert daran nichts.«

»Und wenn er das nicht versteht – oder sich weigert, es so zu sehen?«

Sie wandte sich zur Tür um. »Dann sehen wir es unterschiedlich.«

Sie sagte es ganz gleichmütig, auf ihre typische Art. Er wusste, dass sie die Lage analysiert hatte und ruhig und rational zu ihrem Entschluss gekommen war. Sie war nicht die Art Frau, die Zeit mit Hadern oder endlosem Hinterfragen ihrer Möglichkeiten verschwendete. Das hieß jedoch nicht, dass ihr die Entscheidung leichtgefallen wäre oder dass sie sie völlig ohne emotionale Konsequenzen getroffen hatte. Denn er hatte die Sorge gesehen, die ihre feinen, grauen Augen beschattete. Und er spürte erneut Ärger und Wut auf Devlin aufsteigen, der die Ursache dafür war.

Nachdem sie gegangen war, sah er zu, wie das Flugblatt vollends verbrannte und nichts als schwarze Asche davon übrig blieb. Dann stellte er sich an den Platz, an dem sie zuvor gestanden hatte, und blickte auf den Hof hinunter. Er beobachtete, wie sie den Palast verließ und die Stufen ihrer wartenden Kutsche bestieg. Er sah zu, wie die Kutsche in westlicher Richtung die Pall Mall hinauf fuhr. Das Hufgeklapper ihrer Pferde ging in einem Tumult von Kutscherausrufen, den Schreien der Hausierer und dem Rattern der eisenbeschlagenen Reifen auf dem Kopfsteinpflaster unter.

Er drehte sich um und klingelte nach seinem Angestellten.

»Schicken Sie mir Colonel Urquhart«, sagte er, als der Mann erschien. »Jetzt gleich.«

Kapitel 6

Die verlassene Insel, die einst als Camelot bekannt gewesen war, lag am nördlichen Rand von Trent Place. Dieses recht junge Anwesen war Ende des vorigen Jahrhunderts errichtet worden, als das alte königliche Jagdrevier aufgegeben und verkauft wurde, um die erste Runde der Kriege mitzufinanzieren, die George III. geführt hatte. Die damals geschaffenen Besitztümer hatten sich bei den neureichen Londoner Kaufleuten und Bankiers als beliebt erwiesen. Sir Stanley, der neueste Besitzer von Trent Place, war ein vermögender Bankier, dem vom König als Belohnung für seine finanzielle Unterstützung im langen Kampf des Landes gegen Napoleon der Adelstitel eines Baronets verliehen worden war.

»Einer von den Wachtmeistern hat mir verklickert, dass Sir Stanley schon am Golden Square 'nen Palast hat, der wo den Queen's Palace wie'n olles Cottage aussehen lässt«, sagte Sebastians Laufbursche Tom, als sie durch ein massives, neues Tor in einen sorgfältig angelegten Park einbogen. »Warum hat der sich also noch das hier kaufen müssen, so nah bei London?«

Der Junge war dreizehn Jahre alt, aber immer noch klein. Er hatte Zahnlücken und war auf Krawall gebürstet, denn er war nur ein heimatloses Gossenkind gewesen, als Sebastian die enorme Loyalität des Jungen und dann sein Gefühl für Ehre sowie seinen

Pferdeverstand entdeckt hatte. In einem sehr wörtlichen Sinne hatten er und Sebastian sich gegenseitig gerettet. Die Bindung zwischen Herrn und Diener oder Jungen und Mann war tief und stark.

Sebastian sagte: »Der Besitz eines Landgutes ist das Sine qua non für jeden, der ein Gentleman sein möchte.«

»Das Sinqwawas?«

»Sine qua non. Das ist lateinisch für eine Voraussetzung, ohne die etwas Bestimmtes nicht existieren kann.«

»Ihr wollt sagen, dieser Sir Stanley is nich immer 'n Gentleman gewesen?«

»So in etwa«, sagte Sebastian und hielt vor einem Gebäude an, das eine anmutige italienische Villa gewesen war, nun jedoch zu etwas anderem umgebaut wurde, wie die Erweiterung um zwei weitläufige Flügel und eine neue Bedachung zeigten. Hammerschläge und Holzklappern erfüllten die Luft, und neben einer halberrichteten Mauer stand ein großer, elegant gekleideter Gentleman Anfang fünfzig, der mit einer Gruppe Maurer sprach.

»Halt bei den Stallungen die Ohren offen«, sagte Sebastian und übergab Tom die Zügel. »Es interessiert mich, was die Dienerschaft so spricht.«

»Aye, Meister.«

»Devlin«, rief Sir Stanley und entfernte sich von den Maurern.

Er war auf raue Art attraktiv, mit einem kantigen Kinn, ausgeprägten Wangenknochen und einem großen, ausdrucksstarken Mund. Trotz seines Alters war sein Körper stark und kräftig, und er hatte einen

Schopf dicken, hellblonden Haares, das sich grau zu färben begonnen hatte. Es bildete einen auffallenden Kontrast zu seiner überraschend sonnengebräunten Haut. Er sah eher wie ein Soldat aus oder wie ein Adliger, der gerade aus Indien zurückgekehrt war, als wie ein Bankier.

Es hieß, er hätte seine Karriere als niederer Angestellter begonnen, als Sohn eines Pfarrers mit sechzehn Kindern und ohne Beziehungen. Sebastian hatte gehört, dass sein Aufstieg zu Wohlstand, Macht und Einfluss sowohl schnell als auch brutal verlaufen und Gerissenheit, Ehrgeiz und einer klarsichtigen, unbeugsamen Skrupellosigkeit geschuldet war.

»Was führt Euch hierher?«, fragte Sir Stanley und blieb neben dem Zweispänner stehen.

»Ich komme gerade von Camlot Moat«, sagte Sebastian und sprang leichtfüßig auf die Erde.

»Ah, verstehe.« Plötzlich wirkte das Gesicht des Mannes straff, als wären Fleisch und Haut zu fest über die Knochen gespannt worden. »Bitte«, sagte er und zeigte mit der Hand auf die weiße Marmortreppe, die zum Haupthaus, dem ursprünglichen Teil, führte. »Kommt herein.«

»Danke sehr.«

»Ich war bei Squire John, als er den Leichnam gefunden hat«, sagte Sir Winthrop, als sie die Stufen hinaufstiegen. »Er ist der örtliche Magistrat. Wie es scheint, tauchte mitten in der Nacht ein Dorfmädchen auf dem Gut auf und hat irgendwelchen Unfug von weißen Damen und magischen Quellen und einer toten Dame im Graben geplappert. Der Squire war überzeugt, dass es nur Quatsch wäre – er hat sich sogar entschuldigt, als er beim ersten Tageslicht bei mir aufkreuzte –, aber ich sagte: ›Nein, lassen Sie uns nachsehen.‹ Als Allerletztes hätte ich erwartet, Gabrielle zu finden.«

Sebastian ließ den Blick durch die riesige Halle mit Marmorfußboden schweifen und betrachtete die hohen, goldgerahmten Gemälde von Schäferszenen von Constable und Turner und die reich geschmückte Decke, die in Pastelltönen gehalten war, wie man sie auf einem Teller mit Petit Fours finden würde. In einer Zeit, in der es nicht ungewöhnlich war, seinen Ehepartner mit dem Nachnamen oder Adelstitel anzusprechen, hatte Winthrop Miss Tennyson gerade bei ihrem Vornamen genannt.

Sebastian vermutete, dass der Mann sich dieses Fauxpas' nicht einmal bewusst war.

»Ich habe noch nie einen ermordeten Menschen gesehen«, sagte der Bankier gerade. »Ich vermute, Ihr habt Erfahrung damit, ich nicht. Ich schäme mich nicht zuzugeben, dass es ein Schock war.«

»Ich bin nicht sicher, ob man sich an den Anblick eines Mordopfers jemals gewöhnen kann.«

Sir Stanley nickte und wandte sich zu dem höhlenähnlichen Kleinen Salon zu ihrer Linken um. »Es ist vielleicht noch furchtbar früh, aber ich könnte einen Drink gebrauchen. Wie ist es mit Euch? Darf ich Euch einen Wein anbieten?«

»Ja, danke sehr. Sir Henry Lovejoy sagte mir, dass Sie an Sonntagen nicht an den Ausgrabungen auf der Insel arbeiten«, sagte Sebastian, als sein Gastgeber zu einem vergoldeten Tisch neben einer silberbespannten

Sitzgruppe ging, auf dem ein Tablett mit einer Karaffe und Gläsern stand.

Winthrop schenkte Wein in zwei Gläser ein. »Meine Frau denkt, Sabbat sollte ein Ruhetag sein. Am siebten Tag hat der Herr geruht, und das sollten auch seine Kinder tun.«

»Das ist lobenswert«, sagte Sebastian. Durch mehrere große Fenster konnte er eine kantige, dünne Frau sehen, in der er Lady Winthrop erkannte. Sie stand am Rand eines traditionellen Gartens mit rechteckigen Rosenbeeten. Trotz der Hitze trug sie ein langärmeliges Kleid aus bedrucktem Musselin, das hochgeschlossen und nur mit einem schmalen Spitzenband verziert war. Sie war seine zweite Frau, etwa fünfzehn bis zwanzig Jahre jünger als Winthrop, und ebenso unscheinbar wie ihr Ehemann attraktiv war. Ihre hervorquellenden, kleinen Augen standen dicht beieinander, und mit dem fliehenden Kinn wirkte sie insgesamt beständig wissbegierig.

Oder aggressiv.

Sie war gerade dabei, einer Gruppe Gärtnern, die mit Schubkarren und Schaufeln ausgestattet waren, Anweisungen zu geben. In ausladender Gestik wedelte sie mit beiden Armen, während sie ihre Befehle gab. In der Nähe lagen Haufen dunkler Erde und Stapel von Backsteinen. Offenbar erweiterten die Winthrops nicht nur ihr Haus, sondern auch ihre Gärten. Während Sebastian sie beobachtete, fragte er sich, ob Lady Winthrop Miss Tennyson ebenfalls »Gabrielle« nennen würde. Irgendwie bezweifelte er dies.

Winthrop stellte die Karaffe beiseite und nahm die beiden Gläser. »In ihrer Einfalt hat meine Frau zuerst noch erwartet, das Gesinde wäre dankbar. Aber dann hat sie bemerkt, wie sehr sie sich da geirrt hatte. Sie beschweren sich nur darüber, dass sie sonntags zum Gottesdienst gehen sollen.«

»Ist das Vorschrift?«

»Gewiss.« Winthrop hielt ihm eins der Gläser hin. »Religion ist wichtig für die Ordnung in der Gesellschaft. Sie versöhnt die niedere Schicht mit ihrem Los im Leben und lehrt sie, die Bessergestellten zu respektieren.«

»In der Tat.« Sebastian betrachtete das angedeutete Lächeln im Gesicht des Bankiers und nahm den Wein entgegen. Aber er war nicht in der Lage zu erkennen, ob Winthrop seiner Frau zustimmte oder sich über sie lustig machte. »Sagen Sie, glauben Sie wirklich, dass Sie das Camelot von König Artus gefunden haben?« Er nahm einen Schluck Wein. Er schmeckte weich und mild. Zweifellos französisch.

»Ehrlich?« Der Bankier leerte sein Glas in zwei Zügen und schüttelte den Kopf. »Ich weiß es nicht. Aber das Gelände ist faszinierend, findet Ihr nicht auch? Ich meine, wir haben hier einen Ort, der schon lange mit den Königen Englands in Verbindung gebracht wird – und der ursprünglich Camelot genannt wurde. Ich habe gehört, das Wort ist keltischen Ursprungs. Wahrscheinlich ist es von ›Camulus‹, dem keltischen Kriegsgott abgeleitet. Miss Tennyson sagt natürlich – sagte«, korrigierte er sich hastig, »es könnte auch ›Platz des gekrümmten Stroms‹ bedeuten. Ich bevorzuge die Vorstellung, dass er nach dem Kriegsgott benannt wurde.« Er wandte sich ab, um sich Wein nachzuschenken, und hob die Karaffe fragend in Sebastians Richtung.

Sebastian schüttelte den Kopf. Er hatte erst einen Schluck getrunken.

»Wichtig daran ist«, sagte Winthrop und füllte sein Glas auf, »dass wir wissen, die Bezeichnung geht schon auf eine Zeit weit vor Wilhelm dem Eroberer zurück. Die Abwandlung von ›Camelot‹ zu ›Camlet‹ ist noch nicht lange her, nur etwa hundert Jahre.«

Sebastian musterte die attraktiven Züge des Älteren. Seine Art konnte man nur als sympathisch, ja sogar liebenswert bezeichnen. Trotzdem konnte Sebastian das Wissen nicht beiseite schieben, dass der letzte Eigentümer von Trent Place gezwungen gewesen war, das Anwesen mit erheblichem Verlust an Winthrop zu veräußern – und sich am nächsten Tag das Hirn aus dem Kopf geschossen hatte.

Sebastian nahm noch einen Schluck Wein. »Wie haben Sie Miss Tennyson kennengelernt?«

»Durch reinen Zufall. Bei einem Vortrag der Gesellschaft für Altertumsforschung. Sie hat zur Geschichte von Camlet Moat nachgeforscht und kam zu mir, als sie erfuhr, dass ich das Anwesen kürzlich gekauft habe. Bis dahin hatte ich die Existenz des Grabens kaum wahrgenommen. Aber je mehr ich darüber erfuhr, desto mehr hat er mich fasziniert.«

»Und mit den Ausgrabungen haben Sie … wann angefangen?«

»Vor einem Monat. Wir hatten gehofft, früher beginnen zu können, aber der nasse Frühling hat alles verzögert.«

»Und haben Sie etwas von Interesse gefunden?«

»Viel mehr als erwartet! Fundamente von ein Meter fünfzig dicken Steinmauern. Überreste einer zwölf Meter breiten Zugbrücke. Sogar ein unterirdisches Verlies, in dem die Ketten noch an den Wänden hingen.«

»Aus welcher Zeit?«

»Nach den Münzen und bemalten Fliesen zu urteilen, auf die wir gestoßen sind, wahrscheinlich aus dem dreizehnten oder vierzehnten Jahrhundert. Größtenteils.«

»Ich dachte, König Artus soll im fünften oder sechsten Jahrhundert gelebt haben, nach dem Rückzug der Römer aus Britannien – falls er überhaupt gelebt hat, heißt das.«

»Richtig.« Winthrop drehte sich um und griff nach einem Gegenstand, den er ihm in die Hand gab. »Aber schaut Euch das an.«

Sebastian hielt eine korrodierte Metallklinge in der Hand. »Was ist es?«

»Ein römischer Dolch.« Winthrop stellte seinen Wein zur Seite, ging zu einem Tisch neben der Tür und öffnete eine große, flache Kiste aus Glaswänden mit Walnusskanten. »Und seht Euch das an.« Er zeigte mit dem ausgestreckten Finger darauf. »Diese Keramikschiffe sind aus dem dritten oder vierten Jahrhundert, römisch. Die Glasphiole ebenfalls. Und seht Ihr die Münze? Sie ist aus der Zeit von Claudius.«

Sebastian betrachtete die Artefakte, die stolz auf einem schwarzen Samttuch zur Schau gestellt wurden. »Haben Sie das alles in Camlet Moat gefunden?«

»Ja. Die Zugbrücke und der Kerker stammen wahrscheinlich aus der Zeit der de Mandevilles und ihrer Nachkommen, die im Mittelalter das Schloss für die Krone gehalten haben. Aber der Ort selbst ist älter – viel älter. Zur Zeit der Römer stand dort offenbar eine Festung oder eine Villa, und das heißt aller Wahrscheinlichkeit nach, dass zur Zeit von König Artus noch etwas da gewesen sein musste, nachdem die Römer weggezogen waren.«

Sebastian betrachtete das strahlende Gesicht und die leuchtenden Augen seines Gegenübers. »Werden Sie weiter graben, jetzt, da Miss Tennyson tot ist?«

Die Begeisterung und Aufregung schwand aus Winthrops Gesicht, und er wirkte nachdenklich. »Ich weiß nicht, wie. Sie war diejenige, die wusste, was sie tat, und das interpretieren konnte, was wir fanden.«

»Können Sie nicht einfach über das Britische Museum einen Kenner des Altertums anheuern?«

Der Bankier lachte leise. »Wenn man bedenkt, dass Miss Tennyson wegen ihrer Mitarbeit an dieser Sache für närrisch gehalten wurde, kann ich mir niemanden vorstellen, der seinen guten Ruf riskiert und in ihre Fußstapfen tritt. Und da die Erntezeit vor uns liegt, hätten wir ohnehin aufhören müssen.«

»Besteht die Möglichkeit, dass sie gestern hergekommen ist, um sich in Ruhe umzuschauen? Oder vielleicht, um jemandem den Ort zu zeigen?«

Sir Stanley schien nachzudenken. »Möglich wäre es, allerdings widmete sie ihre Sonntage für gewöhnlich den Jungen.«

Sebastian schüttelte verständnislos den Kopf. »Welchen Jungen?«

»George und Alfred, die Söhne eines ihrer Vettern. Soweit ich es verstanden habe, hatte die Mutter eine schwierige Niederkunft, und dem Vater geht es auch nicht gut, weshalb Miss Tennyson die Burschen eingeladen hat, den Sommer bei ihr in London zu verbringen. Sie sind normalerweise mit ihrem Kindermädchen zu Hause geblieben, wenn sie zur Insel herauskam, aber sie hat gern mehrere Tage in der Woche mit ihnen verbracht, um ihnen London zu zeigen. Den Tower und die Tiere an der Börse – solche Dinge.«

»Sie ist also nicht jeden Tag zu den Ausgrabungsarbeiten gekommen?«

»Nein, nicht jeden Tag. Sie hat auch noch andere Nachforschungen gemacht. Aber meistens war sie an drei oder vier Tagen pro Woche da.«

»Wie ist sie hergekommen?«

»Manchmal in der Kutsche ihres Bruders, aber oft hat sie die Postkutsche nach Enfield genommen und sich dann in einer Mietkutsche zum Graben fahren lassen. In diesen Fällen habe ich immer darauf bestanden, dass einer der Männer sie nachmittags nach London zurückbrachte.«

Es war nicht unüblich, dass eine Adlige die Postkutsche benutzte, besonders für eine so kurze Strecke. Eine Kutsche, Pferde und einen Stallburschen in London zu unterhalten, war ungeheuer kostspielig, weshalb die meisten Familien in der Stadt nur eine Kutsche hatten, wenn überhaupt.

»Hat ihr Bruder ihr seine Kutsche ungern überlassen?«

»Im Gegenteil. Es ärgerte ihn ungemein, wenn sie darauf bestand, die öffentliche Kutsche zu nehmen, anstatt seine zu benutzen. Er sagte, er könne ohne weiteres eine Droschke benutzen oder sich zu Fuß in London fortbewegen.«

»Aber sie hörte nicht immer auf ihn?«

Winthrops Lippen verzogen sich in einem leichten Lächeln, das jedoch sogleich wieder verlosch und zu einer traurigen Miene wurde, als er den Kopf schüttelte. »So war sie.«

»So? Wie?«

Er ging zu der langen Fensterreihe und blickte hinaus. Am Horizont hatten sich ein paar Wattewölkchen gebildet, aber die Sonne badete die Rosenbeete immer noch in glitzerndem, goldenem Licht. Die Arbeiter waren nun über ihre Schaufeln gebeugt, und Lady Winthrop war nirgends zu sehen. »Sie war eine ungewöhnliche Frau«, sagte er und betrachtete die Wolken in der Ferne. »Stark, mit einem Standpunkt, unerschrocken, die Konventionen und Erwartungen ihrer Welt herauszufordern. Narren konnte sie nur schwer ertragen.«

»Mit anderen Worten«, sagte Sebastian, »die Art Frau, die sich Feinde machen konnte.«

Winthrop nickte, den Blick immer noch auf die Szenerie hinter den Fensterscheiben gerichtet.

»Fällt Ihnen da konkret jemand ein?«

Die Brust des Bankiers dehnte sich in einem tiefen Atemzug. »Es erscheint mir irgendwie falsch, diese Dinge jetzt zu erwähnen, wenn die Erinnerung an ein paar gedankenlos geäußerte Worte des Zorns leicht in einer Mordanklage enden könnte.«

»Wollen Sie sagen, dass Miss Tennyson kürzlich mit jemandem Streit hatte?«

»Ich weiß nicht, ob ich es als ›Streit‹ bezeichnen würde.«

»Was ist denn geschehen?«

»Nun, als ich sie am Samstag gesehen habe ...«

»Ja?«, bekräftigte Sebastian, als er zögerte.

»Ich wusste sofort, als sie ankam, dass sie etwas beschäftigte. Sie wirkte ... angespannt. Sprunghaft. Zuerst versuchte sie, es abzutun. Es wäre nur eine gewisse Melancholie, aber mich hat sie nicht getäuscht.«

»Hatte sie gelegentlich melancholische Verstimmungen?«

»Sie war eine Tennyson, die sind alle melancholisch, müsst Ihr wissen.«

»Nein, das wusste ich nicht. Fahren Sie fort.«

»Sie sagte, sie wollte nicht darüber sprechen. Vielleicht habe ich sie mehr bedrängt, als ich es hätte sollen, aber schließlich hat sie zugegeben, dass sie von einem Treffen am Tag zuvor, Freitag, beunruhigt war. Sie versuchte, es wegzulachen, und sagte, es wäre nichts gewesen. Aber es war ganz offensichtlich viel mehr als ›nichts‹. Ich glaube, ich hatte sie noch nie so außer sich gesehen.«

Das Geräusch einer Tür, die irgendwo im Haus geöffnet wurde, erklang.

»Ein Treffen mit wem?«, fragte Sebastian.

»Ich könnte Euch den Namen nicht sagen. Ein Altertumsforscher, der für seine Forschungen der poströmischen Epoche in der englischen Geschichte bekannt ist.«

»Und dieser Mensch stimmte mit Miss Tennysons Ansicht, dass Ihr Camlet Moat der Ort von König Artus' Camelot ist, nicht überein?«

Winthrops Kiefer spannten sich so an, dass die kräftigen Muskeln in seinen Wangen hervortraten. Zum ersten Mal erhaschte Sebastian einen Eindruck der stählernen Skrupellosigkeit, die es dem Bankier ermöglicht hatte, im Lauf von zwanzig Kriegsjahren ein Vermögen anzuhäufen. »Soweit ich es verstanden habe, ist er der Meinung, dass König Artus eine Einbildung der kollektiven britischen Vorstellungskraft ist – ein Produkt sowohl unseres romantischen Sehnens nach einer glorreichen und heldenhaften Vergangenheit wie auch nach einem magischen Retter, der wiederkehren und uns zu neuem Sieg und Ruhm führen wird.«

»Und war diese Meinungsverschiedenheit der Grund für das Treffen am Freitag?«

»Zumindest erweckte sie bei mir diesen Eindruck.«

»Aber Sie meinen, dass sie nicht ganz offen zu Ihnen war?«

»Mit einem Wort: Ja.«

Kapitel 7

Im Flur wurden rasche Schritte laut, Winthrop drehte sich um, und seine Frau betrat den Raum. Bei Sebastians Anblick blieb sie abrupt stehen. Ihre Miene wirkte eher hochmütig indigniert als gastfreundlich. Offenbar wusste sie genau, weshalb er hier war.

»Ach, da bist du ja«, sagte der Bankier. »Kennst du Lord Devlin?«

»Ja.« Sie machte keine Anstalten, ihm die Hand zu reichen.

»Wir haben uns anlässlich eines Abendessens bei Lord Liverpool kennengelernt, glaube ich.« Sebastian verbeugte sich. »Im vergangenen Frühling.«

»Richtig.« Es war offensichtlich, dass Lady Winthrop die Begegnung nicht in angenehmer Erinnerung hatte. Andererseits eilte Sebastian der Ruf eines gefährlichen und skandalträchtigen Lebens voraus. Sie sagte: »Ihr seid wegen des Todes von Miss Tennyson hier, oder? Ich sagte Sir Stanley bereits, dass aus diesem Camelot-Unfug nichts Gutes erwachsen würde.«

Sebastian warf ihrem Gatten einen Blick zu, aber Winthrop wahrte seine freundliche Maske. Wenn ihn das flegelhafte Verhalten seiner Frau ärgerte, so gab er es nicht zu erkennen.

»Sehe ich es richtig, dass Sie Sir Stanleys Begeisterung für Camlet Moat nicht teilen?«, fragte Sebastian und leerte sein Weinglas.

»Ja.«

Winthrop schloss den Deckel der Vitrine. »Meine Gattin ist eine gottesfürchtige Frau und befürchtet, dass jegliches Interesse von Respektspersonen die unglückliche Disposition der ländlichen Bevölkerung nur verstärkt, altem und gefährlichem Aberglauben zu verfallen.«

Lady Winthrop warf ihrem Ehemann einen raschen, undeutbaren Blick zu.

»Haben Sie die Ausgrabungen besucht, Lady Winthrop?«, fragte Sebastian.

»Ich sehe keinen Nutzen darin, im Abfall längst verschwundener Gebäude herumzustochern. Was fort ist, ist fort. Das Schicksal der Menschheit sollte uns scheren, nicht ihre Vergangenheit. Alles, was wir wissen müssen, steht im Buch des Herrn und in den gelehrten Werken der Theologie und Moral, wie seine beseelten Diener sie festgehalten haben. Allein seine Intention sollte Ziel unserer Nachforschungen sein, nicht irgendwelche vergessene Steinhaufen und zerbrochene Behältnisse.«

Winthrop sagte angelegentlich: »Darf ich Euch noch etwas Wein anbieten, Lord Devlin?«

»Vielen Dank, nein.« Sebastian stellte sein Glas ab. »Ich muss los.«

Weder der Gastgeber noch die Gastgeberin drängte ihn zu bleiben. »Ich schicke einen Diener nach Eurer Kutsche«, sagte Lady Winthrop.

»Es tut mir leid, dass ich nicht mehr helfen konnte«, sagte Winthrop wenig später, als er mit Sebastian durch die Tür in den strahlenden Sonnenschein hinaustrat.

Sebastian blieb auf der obersten der breiten Stufen stehen. »Sagen Sie, Sir Stanley, halten Sie es für möglich, dass Miss Tennysons Tod etwas mit Ihren Arbeiten in Camlet Moat zu tun haben könnte?«

»Ich wüsste nicht, inwiefern«, sagte Winthrop mit abgewandtem Gesicht, den Blick dorthin gerichtet, wo Tom gerade auf dem Kiesweg vorfuhr.

»Aber Ihnen ist die Legende schon geläufig, dass Artus auf der Insel Avalon nur schläft und in Englands Stunde der größten Not wieder auferstehen und uns zum Sieg führen wird.«

Die beiden Männer stiegen die Stufen hinunter. »Ich finde Legenden außerordentlich faszinierend; Geschichten von edlen Helden und schönen Jungfrauen haben die Menschheit quer durch die Jahrhunderte gefesselt. Aber als Inspiration für einen Mord? Das sehe ich nicht.«

Sebastian sprang auf den Kutschbock und nahm die Zügel an sich. »Alles Mächtige kann auch gefährlich werden.«

»Nur für diejenigen, die sich davon bedroht fühlen.« Winthrop trat einen Schritt zurück. »Guten Tag, Mylord.«

Sebastian wartete, bis sie auf der Auffahrt ein Stück in Richtung des Tors gefahren waren, erst dann blickte er zu seinem *Tiger* und sagte: »Nun? Hast du etwas herausgefunden?«

»Komisches Anwesen, dieses Trent Place«, sagte Tom, der eine besondere Begabung darin besaß, andere Diener zum Reden zu bringen. »Wie's scheint, wechselt fast jedes zweite Jahr der Besitzer.«

»Nicht ganz, aber beinahe«, sagte Sebastian. Das war bei neueren Anwesen nicht ungewöhnlich. Alte Herrenhäuser konnten Jahrhunderte in derselben Familie bleiben, aber der Neureichtum von Kaufleuten und Bankiers konnte oftmals genauso leicht und schnell wieder verpuffen, wie er gekommen war. »Und was halten die Diener insgesamt von den neuen Eigentümern?«

»Es gab so'n paar Andeutungen und schräge Blicke, aber keiner wollte mit der Sprache rausrücken und was Greifbares sagen. Wenn Ihr mich fragt, haben die Schiss.«

»Vor Sir Stanley oder seiner Frau?«

»V'lleicht vor beiden.«

»Interessant. Und was denken sie über die Ausgrabungen in Camlet Moat?«

»Das is auch'n bisschen schräg. Manche finden's aufregend, aber andere finden, es is'n Sakra ... Sakra ...« Tom kämpfte um das Wort.

»Ein Sakrileg?«

»Aye, das war's.«

»Interessant.«

Sebastian lenkte die Braunen durch das riesige neue Tor, dann ließ er die Hände fallen, und die Pferde sprangen vorwärts, um den Weg nach London zurückzulegen. Er konnte das Flimmern der Hitze über den festgefahrenen Steinen der Straße sehen und die Sonne heiß auf seinen Schultern spüren. Er nahm intensiv das leuchtende Grün der Haselnussbäume wahr, die einen Bach in der Nähe beschatteten, und die Eindringlichkeit im Gesang einer Lerche, der von der warmen Brise zu ihm getragen wurde. Und er war einfach nicht fähig, den Gedanken an die lebhafte, intelligente junge Frau abzustreifen, deren fahler Leichnam ihn auf Paul Gibsons kalter Granitplatte erwartete, und für die die Schönheit eines solchen Morgens für immer verloren war.

Als Sebastian vor Paul Gibsons Praxis am Tower Hill vorfuhr, war das Fell der Braunen nass und dunkel vom Schweiß.

»Bring sie heim und versorg sie«, sagte er und übergab Tom die Zügel.

»Aye, Meister.« Tom kletterte auf den Bock, als Sebastian auf den schmalen Fußweg hinuntersprang. »Soll ich mit den Grauschimmeln wiederkommen?«

Sebastian schüttelte den Kopf. »Wenn ich dich brauche, lasse ich nach dir schicken.«

Er blieb noch einen Augenblick stehen und sah zu, wie der Bursche geschickt durch die gedrängten Fuhrwerke und Kohlekarren navigierte. Fast am Fuß des Hügels schlug ein abgerissener Junge einen stetigen Rhythmus auf einer Trommel, um die Kunden zu einem Straßenhändler zu locken, der neben ihm Bratfisch feilbot. In der Nähe verkaufte eine Frau Aal in Aspik von einem Karren aus, während ein dünner Mann in einem braunen Mantel einen unscheinbaren Rotschimmel an einem alten Brunnen an der Wand des Eckhauses tränkte. Dann wurde Sebastian klar, dass er nur versuchte, das Unvermeidliche aufzuschieben. Er drehte sich um und durchschritt den lärmerfüllten, von hohen Wänden umgebenen Durchgang zu dem ungepflegten Garten hinter Gibsons Praxis.

Am Ende des Grundstücks lag ein kleines Steingebäude, das der Chirurg sowohl für die offiziell anberaumten Leichenschauen benutzte als auch für eine Reihe zweifelhafter Sektionen an Leichen, die ihm im Schutz der Dunkelheit von verstohlen agierenden, gefährlichen Männern von den Friedhöfen der Stadt beschafft wurden. Als Sebastian sich der offenstehenden Tür des Gebäudes näherte, konnte er die Leiche einer Frau erkennen, die in der Mitte des einzelnen Raumes mit den hohen Fenstern auf der kalten, harten Granitplatte lag.

Selbst im Tod war Miss Gabrielle Tennyson eine gutaussehende Frau mit wohlgestalteten Zügen und einem sinnlichen Mund mit schöngeschwungener, feiner Oberlippe. Ihr kastanienbraunes Haar war dicht und großzügig gewellt. Er blieb im Türdurchgang stehen und sah ihr Gesicht an.

»Ah, da bist du ja.« Gibson blickte auf. Er legte das Skalpell mit einem leisen Klappern zur Seite und griff nach einem Lappen, um sich die Hände abzutrocknen. »Ich dachte mir schon, dass ich dich noch zu sehen bekomme.«

Gibson, ein schlanker, mittelgroßer Mann Anfang dreißig, hatte dunkles Haar und grüne Augen, in denen ein unbezähmbares Misstrauen glomm, welches beinahe – aber nur beinahe – den dumpfen Schmerz überdeckte, der darunter in den Tiefen lauerte. Er war Ire und hatte seine Fertigkeiten auf den Schlachtfeldern Europas verfeinert, wo er die Geheimnisse von Leben und Tod an der endlosen Parade aufgerissener und in die Luft gejagter Körper hatte studieren können. Dann hatte ihm eine französische Kanonenkugel selbst den linken Unterschenkel weggerissen und ihm einen schmerzenden Stumpf hinterlassen sowie eine Schwäche für die süße Linderung, die er im Elixier von Mohn fand. In diesen Tagen teilte er seine Zeit auf in seine Anatomievorlesungen für die Studenten der Medizin am St. Thomas's Hospital und in seine Patientenberatung in seiner Privatpraxis hier in den Schatten des Towers von London.

»Kannst du mir schon irgendwas sagen?«, fragte Sebastian und wandte betont den Blick von Gibsons Tätigkeitsfeld am Leichnam ab. Wie Gibson hatte auch Sebastian in den Farben des Königs von Italien über die Westindischen Inseln bis Spanien für Gott und das Vaterland gekämpft. Aber an den Geruch des Todes hatte er sich nie gewöhnt.

»Nicht viel, fürchte ich, allerdings habe ich gerade erst begonnen. Gleich könnte ich mehr für dich haben.« Gibson humpelte hinter dem Tisch hervor, und sein Holzbein machte ein ungleichmäßiges Geräusch auf dem uneben gefliesten Boden. Er zeigte auf einen gezackten, violetten Schlitz, der das milchige Fleisch der linken Brust entstellte. »Hier siehst du, wo ihr der Stich zugefügt wurde. Die Klinge war vielleicht zwanzig bis fünfundzwanzig Zentimeter lang und zweieinhalb Zentimeter breit. Entweder wusste der Mörder genau, was er tat, oder er hatte einfach Glück. Er hat ihr Herz mit einem einzigen Stoß getroffen.«

»Ist sie sogleich gestorben?«

»Fast sofort.«

Sebastian senkte den Blick auf die Hände mit den langen, schmalen Fingern, die leicht angewinkelt zu beiden Seiten der Hüfte der Leiche lagen. Die Nägel waren gepflegt und nicht abgebrochen.

»Keine Abwehrzeichen?«

»Ich habe keine gefunden.«

»Dann hat sie ihren Angreifer vielleicht gekannt?«

»Vielleicht.« Gibson warf den Lappen zur Seite. »Lovejoys Wachtmeister sagte, sie wurde in einer Jolle treibend gefunden, außerhalb von London?«

Sebastian nickte. »In einem alten Graben in der Nähe von Enfield. Hast du schon eine Vorstellung, wie lange sie bereits tot ist?«

»Etwa vierundzwanzig Stunden, würde ich sagen, vielleicht etwas mehr oder weniger. Aber mehr kann ich noch nicht sagen.«

Sebastian betrachtete die rotvioletten Verfärbungen entlang den sichtbaren Teilen der Flanken und des Rückens des Leichnams. Er wusste aus seinen Erfahrungen auf dem Schlachtfeld, dass Blut sich in den unteren Teilen einer Leiche zu sammeln pflegte. »Besteht die Möglichkeit, dass sie andernorts ermordet und dann in das Boot gelegt worden sein könnte?«

»Darauf habe ich keinen Hinweis gefunden, nein. Die *livor mortis* passen zu der Haltung, in der sie, wie man mir sagte, gefunden wurde.«

Sebastian ließ den Blick zu den halbhohen, pfirsichfarbenen Stiefeln wandern, den feinen Strümpfen und dem fluffigen Kleidungsstück aus weißem Musselin, das ordentlich zusammengelegt auf einem Regal in der Nähe lag. »Sind das ihre?«

»Ja.«

Er streckte den Finger aus und berührte den rotbraunen Fleck, der die feine Spitzenumrandung des Oberteils steif hatte werden lassen. Plötzlich schien sich die feuchte, todesschwangere Luft des Gebäudes auszudehnen und um ihn zu schlingen, um ihn zu ersticken. Er ließ die Hand fallen und ging hinaus, wo er im Garten stehenblieb. Die Insekten summten laut im wuchernden Gras, als er einen tiefen Atemzug frischer Luft nahm.

Er bemerkte, dass sein Freund zu ihm heraus kam. Gibson sagte: »Lovejoy hat mir gesagt, dass Miss Jar … ich meine, Lady Devlin mit dem Opfer bekannt war.«

»Sie waren befreundet, ja.«

Sebastian blickte in den heißen, fahlblauen Himmel hinauf. Als der Bote der Bow Street an diesem Morgen in der Brook Street angekommen war, hatte Sebastian gedacht, dass er Hero noch nie so verzweifelt gesehen hatte. Dennoch hatte sie nicht geweint und seinen Vorschlag, mit ihm nach Camlet Moat zu fahren, abgelehnt. Er verstand nicht, warum. Andererseits: Wie viel wusste er tatsächlich über die Frau, die er geheiratet hatte?

Hero und diese verstorbene Frau hatten so vieles gemeinsam gehabt – ihre Begeisterung für die Lehre und die Forschung, den Wunsch, sich gegen soziale Erwartungen und Vorurteile aufzulehnen, die Zurückweisung von Ehe und Mutterschaft als einzig annehmbare Lebensentscheidung für eine Frau. Er verstand Heros Trauer und Wut über den Verlust ihrer Freundin. Aber das ungute Gefühl, dass noch etwas anderes in ihr vorging, etwas, das er nicht einmal im Ansatz erahnte, konnte er nicht abschütteln.

Gibson sagte: »Das muss für sie sehr schwer sein. Gibt es schon irgendwelche Spuren bezüglich der beiden Jungen?«

Sebastian sah ihn verständnislos an. »Welcher Jungen?«

»Der beiden Jungen, die den Sommer bei Miss Tennyson verbringen durften.« Gibson musste die Verwirrung in Sebastians Gesicht erkannt haben, denn er fuhr fort: »Hast du nichts davon gehört?«

Sebastian schlug das Herz bis in die Ohren wie eine Todesglocke. »Was gehört?«

»Seit einer Stunde oder so breitet sich die Neuigkeit in der ganzen Stadt aus: Die Kinder sind verschwunden. Seit gestern Morgen hat sie keiner mehr gesehen.«

Kapitel 8

Die Adelphi Terrace – oder Royal Terrace, wie sie manchmal genannt wurde – erstreckte sich an der Themse entlang der Adelphi-Werft. Der langgestreckte Block aus eleganten, neoklassizistischen Stadthäusern war am Ende des vorangegangenen Jahrhunderts von den Gebrüdern Adams erbaut worden und beliebt bei der anwachsenden Gesellschaftsschicht des niederen Adels, besonders bei den Ärzten der Harley Street und erfolgreichen Anwälten wie dem Bruder von Gabrielle Tennyson. Als Sebastian von der Adams Street aus um die Ecke bog, sah er Sir Henry Lovejoy, der gerade zur Haustür der Tennysons herauskam.

»Habt Ihr von den vermissten Kindern gehört?«, fragte Sir Henry. Sein schlichtes Gesicht sah besorgt aus, als er auf Sebastian wartete, der zu ihm ging.

»Soeben, von Gibson.«

Sir Henry atmete angestrengt aus. »Ich brauche Euch nicht zu sagen, dass das dem Fall eine beunruhigende Dimension verleiht. Eine überaus beunruhigende Dimension.«

»Sie haben keine Spur von ihnen gefunden?«

»Keine. Überhaupt keine. Im Augenblick hoffen wir, dass die Kinder den Mord gesehen haben und in Schrecken weggelaufen sind, um sich im Wald zu verstecken. Die Alternative ist … Nun, es ist nichts, auf dessen Untersuchung ich mich freuen würde.«

Sie wandten sich um und gingen über die Terrasse, die sich unten an die Werft anschloss. Die gleißende Mittagssonne glitzerte auf der ausgedehnten Wasseroberfläche neben ihnen, und die Luft füllte sich mit den rauen Rufen der Bootsführer, die am Fluss arbeiteten, und dem Rattern der Karren auf der Kohlewerft.

»Wir haben Constables die Straße rauf und runter an den Türen klopfen lassen«, sagte Sir Henry, »in der Hoffnung, jemand könne uns sagen, um welche Uhrzeit und vielleicht auch mit wem Miss Tennyson und die Kinder das Haus verlassen haben. Unglücklicherweise hat die Hitze die meisten der Anwohner aufs Land vertrieben, und von den Hiergebliebenen erinnert sich niemand daran, etwas gesehen zu haben.«

»Besteht die Wahrscheinlichkeit, dass die Kinder entführt worden sind, um Lösegeld zu erpressen?«

»Es wäre ein Möglichkeit, nehme ich an, aber ich halte es nicht für wahrscheinlich. Man sagte mir, der Vater der Kinder ist ein einfacher, verarmter Geistlicher auf dem Land in Lincolnshire. Und während der Bruder des Opfers, Mr Hildeyard Tennyson, ein recht erfolgreicher Anwalt ist, genießt er keinen nennenswerten Wohlstand.« Sir Henry rieb sich mit Daumen und Zeigefinger die Nasenwurzel. »Der größere Junge, George, ist gerade mal neun Jahre alt, und der kleinere, Alfred, knapp drei. Als die Dienerschaft gestern Morgen das Haus verlassen hat, waren sie hier bei Miss Tennyson, aber soweit wir bis jetzt sagen können, war das das letzte Mal, dass sie gesehen wurden.« Er zögerte, dann hängte er widerstrebend »Lebend« an.

»Und die Diener kamen nicht auf den Gedanken, Alarm zu schlagen, als weder Miss Tennyson noch die Kinder abends zurückgekommen sind?«

»Sie meinten, es stünde ihnen nicht zu, Vermutungen über die Absichten ihrer Herrin anzustellen.«

»Das verstehe ich«, sagte Sebastian. »Und jetzt haben sie so große Angst davor, für den verspäteten Beginn der Suche zur Rechenschaft gezogen zu werden, dass nicht viel aus ihnen herauszubekommen ist?«

»Präzise.« Lovejoy seufzte. »Obgleich sie sich womöglich Euch gegenüber bereitwilliger öffnen mögen als gegenüber den Polizisten der Bow Street.« Der warme Wind, der vom Wasser herzog, wehte den Geruch nach Salzwasser und Fischlaich und die Frische der offenen See heran. Mit verkniffenen Zügen blieb Lovejoy stehen und blickte über die Kähne und Jollen hinweg, die die Themse füllten. »Ich mache mich auf den Weg zurück nach Enfield, um Männer anzuheuern, die den Graben absuchen.«

Sebastian fragte: »Besteht die Möglichkeit, dass die Kinder das eigentliche Ziel des Mörders waren und Miss Tennyson einfach im Weg war?«

»Grundgütiger. Warum sollte jemand zwei unschuldige Kinder töten wollen?« Lovejoy schwieg einen Augenblick, die Augen immer noch auf das im Sonnenlicht funkelnde Wasser gerichtet. Eine Schweißperle rollte ihm über die Wange. »Aber Ihr habt recht, offenbar ist es eine Möglichkeit. Großer Gott, was wird noch aus dieser Welt?« Er kniff die Lider gegen das Gleißen des Wassers zusammen und wiederholte seine Worte. »Was wird noch aus dieser Welt?«

Die Haushälterin der Tennysons war eine kleine, füllige Frau namens Mrs O'Donnell. Sie hatte runde Wangen und ergrauendes Haar, das sie säuberlich unter eine gestärkte weiße Haube gesteckt hatte, und kam Sebastian wie die Art Frau vor, die in glücklicheren Zeiten rosige Wangen hätte und immer von guter Laune und der Bereitschaft zu lachen strotzte. Nun saß sie zusammengesunken neben dem kalten Kamin im Salon der Dienerschaft. Mit einer Hand umklammerte sie ein feuchtes Schnäuztuch, ihre Augen waren rot und tränenverquollen, die Farbe ihrer Wangen aschgrau.

»Wär doch nur der Herr zugegen gewesen«, wiederholte sie unablässig. »Dann wär das alles nicht geschehen.«

»Wie lange ist Mr Tennyson schon außer Haus?«, fragte Sebastian und setzte sich ihr gegenüber auf eine harte Holzbank.

»Am Dienstag zwei Wochen. Er wollte, dass Miss Tennyson und die Buben mit ihm aufs Land ziehen sollten, weg von der Hitze und dem ganzen Dreck in der Stadt. Aber sie wollte ihr Projekt nicht im Stich lassen.« Mrs O'Donnell rümpfte die Nase, als sie das Wort »Projekt« aussprach, als wäre es etwas Hässliches und Ungebührliches. Es war nicht zu übersehen, dass die Haushälterin trotz ihrer Qualitäten Miss Tennysons unorthodoxe Interessen missbilligte.

Sebastian sagte: »Verstehe ich es richtig, dass Sie sich auf die Ausgrabungen in Camlet Moat beziehen?«

Mrs O'Donnell nickte und betupfte sich mit dem Taschentuch einen Augenwinkel. »Ich weiß, es steht mir nicht zu, so etwas zu sagen, aber, na ja … Es ist nicht richtig, wenn Ihr mich fragt. Frauen gehören ins Haus. Und jetzt seht Euch an, was passiert ist! Sie ist tot, die armen Buben vermisst. So aufgeweckte kleine Burschen! Aufbrausend und misstrauisch, das schon, aber trotzdem charmant und einnehmend. Erst gestern Morgen hat mir Master George, bevor sie zur Kirche aufgebrochen sind, ein Gedicht gegeben, das er ganz allein geschrieben hat.« Sie stand auf und wühlte in einem unordentlichen Stapel von Rezepten und Rechnungen, Briefen und Flugblättern herum, der auf dem Tisch lag. »Es ist hier irgendwo …«

»Haben Sie sie da zum letzten Mal gesehen?«, fragte Sebastian. »Gestern Morgen, als sie zur Kirche gingen?«

»Ja, genau«, sagte sie, von ihrer Suche abgelenkt.

»Welche Kirche besuchen sie normalerweise?«

»Normalerweise St. Martin.«

»Glauben Sie, dass sie gestern auch dorthin gegangen sind?«

»Ich wüsste nicht, warum nicht, Mylord.«

»Man sagte mir, Miss Tennyson hat die Jungen gern mehrmals in der Woche zu Ausflügen mitgenommen, besonders an Sonntagnachmittagen.«

»Oh ja. Sie war so gern mit ihnen zusammen. Es war schön, sie mit den Kindern zu sehen. Ihr Gesicht strahlte dann, und sie lachte, als wär sie selbst wieder ein unbeschwertes Mädchen.« Der Hauch eines Lächelns belebte die Züge der Haushälterin, wich jedoch sogleich einem schmerzlich sorgenvollen Ausdruck. »Na, dann hab ich sie auch manchmal dabei beobachtet, wie sie den Kindern zugeschaut hat und ganz ruhig und still wurde, und dann bekam sie diesen Ausdruck, der mir richtig wehgetan hat.«

»Welchen Ausdruck?«

»Das war so ... sehnsuchtsvoll, wenn Ihr wisst, was ich meine?«

»Meinen Sie, dass sie es bedauert hat, keine eigenen Kinder zu haben?«

»Und wenn, dann war's ihre eigene Entscheidung, oder? Ich mein, es ist ja nicht so, als hätt' sie nicht haufenweise Angebote gehabt. Hat sie halt alle ausgeschlagen.« Die Haushälterin streckte den Rücken durch und hielt ein verknittertes Papier in der Hand. »Da ist es ja!« Sie hielt ihm die Seite hin.

Sebastian blickte auf eine einzelne Strophe, die in der Schönschrift eines Schuljungen geschrieben war. Er las laut:

> *In der Ferne die See, die Sonne schien,*
> *Schmerz geflüstert, Liebe verschwiegen;*
> *Etwas getan, mehr vermieden,*
> *Sind nur die Toten so kühn?*

Er sah hoch. »George Tennyson hat das geschrieben?«

»Hat er. Ach, es ist nur Unsinn, so viel ist sicher. Aber es ist trotzdem schön, meint Ihr nicht auch? Für einen Bub von neun Jahren!«

»Darf ich es einen oder zwei Tage behalten? Ich sorge dafür, dass Sie es wieder bekommen«, fügte er hinzu, als sie zögerte.

»Aber sicher könnt Ihr es behalten, Mylord. Ich will aber nicht leugnen, dass ich es gerne wieder zurück hätte.«

»Verstehe.« Sebastian steckte das Gedicht des Jungen in die Tasche. »Haben Sie eine Vorstellung, wie Miss Tennyson und die Kinder den gestrigen Nachmittag verbringen wollten?«

Sie sah nachdenklich hoch, dann schüttelte sie den Kopf. »Nein, Mylord. Ich wüsst nicht, dass sie was gesagt hat. Wir stellen immer ein kaltes Essen für die Familie im Esszimmer bereit, bevor wir für unseren halben freien Tag das Haus verlassen. Sie essen nach der Kirche, bevor sie wieder aufbrechen. Wir haben einen schönen Aufstrich hingestellt, dazu Rindfleisch, Lachs in Aspik und kühle Spargelcremesuppe.«

»Und haben Miss Tennyson und die Kinder das Essen gegessen, dass Sie am Sonntag für sie bereitgestellt hatten?«

»Oh ja, Mylord. Der Teller mit Mrs Reagans Haferplätzchen war leer bis auf ein paar Krümel.« Sie ließ sich wieder auf den Stuhl plumpsen und rang die Hände so fest, dass die Finger sich weiß färbten. »Wäre doch nur Mr Tennyson da gewesen!«, heulte sie. »Dann hätten wir sicher gewusst, dass was nicht stimmte, als sie letzte Nacht nicht heimgekommen sind.«

»Um welche Zeit sind die Bediensteten wieder hergekommen?«

»Die anderen waren um sieben wieder da, nur ich bin erst gegen acht gekommen. Ich hab den Tag bei meiner Schwester in Kent Town verbracht, wisst Ihr. Ihr Mann is schrecklich krank, und Miss Tennyson sagte mir, es wär nicht schlimm, wenn ich mal spät dran bin. So war sie, wisst Ihr – freundlich und großzügig. Und jetzt ...« Ihre Stimme brach, und sie wandte das Gesicht ab. Er sah an ihrer Kehle, wie sie mühsam schluckte.

Sebastian sagte: »Waren Sie besorgt, als Sie nach Hause kamen und festgestellt haben, dass Miss Tennyson und die Kinder noch nicht da waren?«

»Aber klar! Wir alle. Margaret Campbell – das Kindermädchen der Jungs – wollte sofort zur Behörde gehen. Sie war überzeugt, dass ihnen was zugestoßen war. Aber das konnten wir doch nicht wissen, und wer hätte denn ahnen können, das *sowas* passiert war? Ich meine, was wenn Miss Tennyson einfach entschieden hätte, die Nacht bei Freunden zu verbringen und vergessen hätte, es uns zu sagen? Oder wenn sie von den Eltern der Buben schlimme Nachrichten bekommen hätte und mit den Kindern nach Lincolnshire aufgebrochen wär? Um ehrlich zu sein, dachte ich auch drüber nach, dass sie es sich mit London v'lleicht anders überlegt und beschlossen hätte, doch noch zu ihrem Bruder aufs Land zu fahren. Ich sag Euch, sie hätt's uns nicht gedankt, wenn wir für nichts und wieder nichts einen Riesenaufruhr gemacht hätten.«

Sebastian sah, wie sie sich das Schnäuztuch um die Faust wickelte. »Kennen Sie irgendjemanden, der Miss Tennyson oder den Jungen etwas Böses gewollt haben könnte?«

Sie legte ihr rundes Gesicht in Falten. »*Nein*«, heulte sie. »Das alles ergibt keinen Sinn. Warum sollte denn irgendwer ihr oder diesen armen, armen Buben Böses wollen? *Warum*?«

Sebastian legte ihr die Hand auf die Schulter. Es war eine nutzlose und ungeschickte Geste des Trostes, aber sie sah mit flehenden Augen zu ihm auf. Ihre plumpe, matronenhafte Gestalt bebte vor Sehnsucht nach einem Verständnis und einer Beschwichtigung, die er ihr nicht bieten konnte.

Kapitel 9

Sebastian verließ den Dienstbotensalon und stieg zu den Kinderzimmern im oberen Stockwerk hinauf.

Es war ein fröhlicher Raum. Die Wände waren mit geblümten Tapeten erst kürzlich tapeziert worden, und durch die großen, zum breiten, sonnenbesprenkelten Fluss weisenden Fenster strömte das Licht herein. Auch wenn die beiden Jungen vielleicht nur zum Sommerbesuch hergekommen waren, war es offensichtlich, dass Gabrielle Tennyson für ihre kleinen Vettern alles in liebevoller Aufmerksamkeit vorbereitet hatte.

Sebastian blieb auf der Schwelle zum Schulzimmer stehen und ließ den Blick über die Armeen von Zinnsoldaten schweifen, die in enger Formation über den blankgescheuerten Dielenboden marschierten. Holzpferde, Trommeln und hölzerne Boote lagen überall herum; die Bücher in den Regalreihen lockten mit Versprechen endloser Abenteuer in fernen Ländern. Am Rand eines großen, robusten Tisches lagen mehrere kleine, unterschiedliche Gegenstände – ein zerbrochener Tonpfeifenkopf, eine glänzende braune Rosskastanie, ein blauweißes Keramikamulett – gerade so, als hätte ein Junge eilig seine Schätze aus den Taschen geleert und wäre dann nicht wiedergekommen, um sie einzusammeln.

Hinter ihm erklang die Stimme einer Frau. »Un wer sind Sie woll?«

Als Sebastian sich umdrehte, stand er einer dürren Frau mit dichtem rotem Haar, eingefallen Wangen und blassgrauen Augen gegenüber, die ihn misstrauisch beäugte. »Sie müssen das Kindermädchen der Jungen sein, Miss Campbell.«

»Richtig.« Mit offenem Misstrauen glitt ihr Blick über ihn. Ihr nördlicher Dialekt ließ ihre Stimme rau klingen. »Un Sie?«

»Lord Devlin.«

Sie schniefte. »Ich hab die andern im Dienstbotensalon über Euch reden hörn.« Sie schob sich an ihm vorbei in das Zimmer und drehte sich zu ihm um. Ihre dürre Gestalt war steif vor Feindseligkeit und etwas, das sie wohl für sorgsam kontrollierte, tiefe persönliche Trauer hielt. »Scheint mir ne schräge Sache zu sein für nen Lord, sich in Mord verwickeln zu lassen. Aber tja, die Londoner sind halt schräg.«

Sebastian lächelte leicht. »Sind Sie mit den Jungen aus Lincolnshire hergekommen?«

»Allerdings. Bin schon seit seiner Geburt bei Master George, un bei Master Alfred auch.«

»Der Vater der Buben ist Pfarrer?«

»Aye.« In ihren Augen glomm Wachsamkeit auf.

Sebastian sah es und sagte: »Erzählen Sie mir von ihm.«

»Von Reverend Tennyson?« Sie verschränkte die Arme vor dem Bauch und umfasste mit den Händen ihre Ellbogen. »Was gibt's da zu erzählen? Er ist brillant – obwohl er so groß un kräftig un ungeschickt ist.«

»Man sagte mir, es gehe ihm nicht gut. Hoffentlich nichts Ernstes?«

Die Finger, die ihre Ellbogen umklammerten, erinnerten ihn an Klauen, die verzweifelt Halt an einem beweglichen Ziel suchten. »Es geht ihm schon lange schlecht.« Sie zögerte, dann fuhr sie fort: »Sehr lang.« Langwierige Krankheiten waren in der Gesellschaft nur allzu verbreitet. Oft war Schwindsucht die Ursache, aber noch öfter steckte ein unbekanntes, kräftezehrendes Leiden dahinter.

Sebastian durchmaß den Raum und gab sich den Anschein, sich nur auf die verstreuten Spielsachen und Bücher zu konzentrieren. »Und die Jungen? Sind sie gesund?«

»Ach, Ihr findet kaum widerstandsfähigere Buben. Sicher, Master George kann ein bisschen wild un hitzköpfig sein, aber in ihm steckt nichts Böses.«

Ihre Aussage kam ihm höchst eigenartig vor. Er blieb neben einem Haufen Büchern auf dem Platz am Fenster stehen. Es war die übliche Mischung Abenteuergeschichten für Jungen. Als er eines der Bücher aufschlug, sah er den Namen *George Tennyson* in derselben Schulschrift hineingeschrieben, in der das Gedicht geschrieben war, das ihm die Haushälterin gegeben hatte.

Er blickte auf und sagte: »Wissen Sie, wohin Miss Tennyson mit ihren Vettern gestern wollte?«

Das Kindermädchen schüttelte den Kopf. »Nein. Sie sagte ihnen, es wär eine Überraschung.«

»Kann es sein, dass sie vorhatte, ihnen die Ausgrabungen in Camlet Moat zu zeigen?«

»Kann schon sein. Aber das wär doch keine Überraschung gewesen. Sie war doch vorher schon mal mit ihnen dort.«

»Vielleicht hatte sie etwas Neues entdeckt und wollte es ihnen zeigen.«

»Davon wüsst' ich nichts.«

Sebastian betrachtete das schlichte, angespannte Gesicht der Frau. »Was denken Sie, ist ihnen zugestoßen, Miss Campbell?«

Sie verkniff die Lippen zu einem dünnen, geraden Strich, sog mit geblähten Nüstern die Luft ein und kräuselte in einer plötzlich aufwallenden Emotion, gegen die sie ankämpfte, die Stirn. Erst einen Augenblick später konnte sie antworten. »Ich weiß es nicht.« Sie schüttelte den Kopf. »Ich weiß es einfach nicht. Ich denk dauernd an die armen kleinen Stöppkes irgendwo da draußen, allein un voller Angst, un keiner da, der sich um sie kümmert. Oder … oder …« Ihr brach die Stimme weg, und sie konnte nur noch den Kopf schütteln, unfähig, ihre schlimmsten Ängste in Worte zu fassen.

Er fragte: »Haben Sie je gehört, dass Miss Tennyson einen Antiquar erwähnt hat, mit dem sie Streit hatte?«

Margaret räusperte sich, berührte mit der Rückseite der Fingerknöchel ihre Nasenflügel und bemühte sich erneut um ihre beeindruckende Haltung. »Einen was?«

»Einen Antiquar, einen Erforscher von Antiquitäten. Haben Sie Miss Tennyson je von so jemandem sprechen hören?«

»Nein.«

»Und die Kinder? Haben sie jemals einen erwähnt? Oder irgendjemanden sonst, den sie vielleicht in London getroffen haben?«

Sie starrte ihn mit blassem Gesicht und aufgerissenen Augen an.

»Es gibt jemanden«, sagte Sebastian. »Erzählen Sie.«

»Ich weiß den Namen nicht. Die Buben haben ihn immer den ›Leutnant‹ genannt.«

»Ist er Leutnant?«

»Aye.« Sie kräuselte die Lippen. »Irgend so’n Franzose.«

»Wo sind die Kinder diesem französischen Leutnant begegnet?«

»Miss Tennyson hat die Bubm öfter abends zu ’nem Park mitgenommen. Ich glaub, dort haben sie ihn gesehen.«

»Sind sie ihm oft begegnet?«

»Aye. Ihm un seinem Hund.«

»Der Leutnant hat einen Hund?«

»Aye. Die Buben sind ganz närrisch nach Hunden, wisst Ihr.«

»Wann haben sie diesen Leutnant zum ersten Mal erwähnt?«

»Ach, das muss so sechs Wochen her sein, v’lleicht mehr. Ich würd sagen, kurz nachdem wir in London angekommen sind.«

»Ist das alles, was Sie mir über ihn sagen können? Dass er Franzose und Leutnant ist und einen Hund besitzt?«

»Er war v’lleicht in der Kavallrie. Ich bin nicht sicher, ne, aber erst seit wir nach London gekommen sind, ist Master George ganz versessen darauf, zur Army zu gehen. Er galoppiert immer durch das Schulzimmer, schwingt sein Holzschwert un ruft *Angriff!* un *Macht sie fertig, Jungs!*«

»Haben Sie vielleicht eine Vorstellung, wo dieser Leutnant Dienst getan hat?«

»Ehrlich gesagt hab ich kaum auf Master George geachtet, wenn er mit diesen Tuppen angefangen hat. Hab keinen Sinn drin gesehen, ihn auch noch zu ermutigen. Der Reverend hatte ihm schon gesagt, dass er nächstes Jahr nach Eton gehen muss. Es hat auch irgendwie nicht richtig gewirkt, ihn in so einem freundschaftlichen Umgang mit dem Franzosen zu sehen.«

Sebastian sagte: »Viele der Emigrés haben tapfer gegen Napoleon gekämpft.«

»Wer sagt denn, dass er 'n Emigrierter is?« Sie stieß ein zorniges Lachen aus. »Er is nur auf *Parole* draußen. Un nur der liebe Gott weiß, wie viele tapfere Engländer er ins Grab geschickt hat, bevor er gefangen genommen wurde.«

Sebastian lehnte sich ans Terrassengeländer und blickte auf die Themse hinaus. Es war Niedrigwasser, und von den ausgedehnten Schlammstreifen entlang den Flussufern stieg ein feuchter, fruchtbarer Geruch auf, als die Sonne ihren Abwärtsbogen zum Westen begann. Ein alte Frau vom fahrenden Volk in einem weiten, violetten Rock und gelbem Schultertuch sagte den Leuten die Zukunft voraus. Neben ihr stand ein Mann mit einer bemalten Karre, von der aus er heiße Würstchen verkaufte, in der Nähe der Stufen. Dahinter sah man eine Reihe Wachmänner, die mit langen

Stöcken im Matsch stocherten, Holzplanken und Treibgut umdrehten, das das zurückgehende Wasser freigelegt hatte. Zuerst wunderte sich Sebastian, was sie da taten. Dann wurde ihm bewusst, dass sie nach den Kindern suchen mussten … oder nach dem, was noch von ihnen übrig war.

Er drehte sich um und betrachtete die Reihe imposanter Stadthäuser aus dem achtzehnten Jahrhundert, die sich oberhalb der Terrasse erhoben. Das Verschwinden der beiden kleinen Kinder verlieh dem Mord an Gabrielle Tennyson erhöhte Dringlichkeit und eine neue, beunruhigende Dimension. Waren die Jungen ebenfalls dem Mörder von Gabrielle Tennyson zum Opfer gefallen? Aus dem gleichen Grund? Oder waren sie nur zur falschen Zeit am falschen Ort gewesen? Und wenn sie nicht das gleiche Schicksal wie ihre Base erlitten hatten, wo waren sie dann?

Sebastian wandte den Blick zurück auf die Stufen und verengte die Augen, um den dünnen, in einen unscheinbaren Mantel gekleideten Mann zu betrachten, der sich gerade ein Würstchen kaufte.

Es war derselbe Mann, den er vorher schon gesehen hatte, am Tower Hill.

Zur Hölle.

Sebastian drückte sich vom Geländer ab und schlenderte zu dem Würstchenverkäufer. Der steckte eine Münze von dem Mann im unscheinbaren Mantel ein und gab ihm ein Würstchen, das in Papier gehüllt war. Scheinbar ohne Sebastian eines Blickes zu würdigen, biss der Mann von dem Würstchen ab und ging davon.

Er war groß, hatte schmale Schultern und trug den runden Hut tief ins Gesicht gezogen. Sebastian beschleunigte seine Schritte.

Er war noch gute drei Meter entfernt, da warf der Mann das Würstchen weg und rannte los.

Kapitel 10

Der Mann lief um den Rand der Terrasse herum und verschwand aus Sebastians Sicht.

Sebastian nahm die Verfolgung auf, eine belebte, steile Straße mit Kopfsteinpflaster hinunter, die von Tavernen und schmalen Kaffeehäusern gesäumt war und abrupt am sonnenbegleißten Wasser endete. Ein Schwarm weißer Möwen flog kreischend auf und drehte hoch über dem breiten, funkelnden Fluss seine Kreise.

Die vornehmen Häuser der Adelphi Terrace waren oberhalb eines Gewirrs von unterirdischen Gewölben mit Bogenfronten gebaut worden, die das Gefälle zwischen der Strand und den Werften am Fluss abfangen sollten. Sebastian hörte die Schritte der in Stiefeln steckenden Füße des Mannes auf den verwitterten Holzplanken, als er um gestapelte Weinfässer herumlief und Arbeitern in blauer Kluft auswich, die Kohlesäcke aus einem Frachtkahn entluden. Der Mann im unscheinbaren Mantel warf einen schnellen Blick über die Schulter und tauchte unter dem nächsten Bogen in die düstere Welt unter der Terrasse ein.

Zur Hölle nochmal, dachte Sebastian und umrundete ein Mauleselgespann.

»Hey!«, brüllte ein bulliger Mann mit Kappe und Lederschürze, als das Muli zwischen den Stangen seines Karrens schnaubte und auskeilte. »Was zum Geier machst'n da?«

Sebastian rannte weiter.

Hintereinander hasteten Sebastian und der Mann im Mantel durch hochgewölbte, katakombenähnliche Bögen, deren Backsteine von Ruß, Schimmel und ewiger Feuchtigkeit pelzig überzogen waren. Sie rannten durch dunkle Tunnel von Warenhäusern, die von Weinhändlern oder Kohlverkäufern gepachtet waren, und durch kaum beleuchtete Passagen, von denen Ställe abgingen, die nach Dung und schmutzigem Heu stanken, und in denen Kühe sich muhend über die Dunkelheit beklagten.

»Wer zur Hölle sind Sie?«, rief Sebastian dem Mann hinterher, als er um ein verrottendes Wasserfass herum und auf die dunkle Öffnung eines engen Treppenhauses zu lief, das steil nach oben führte. »Wer sind Sie?«

Ohne zu zögern, hastete der Mann die Wendeltreppe hoch, dicht gefolgt von Sebastian. Sie liefen in engen Kreisen hinauf und erreichten einen stark abschüssigen Gang aus schäbigen Backsteinen, an dessen Wänden Milchkannen standen.

Laut keuchend hastete der Mann von einer Seite zur anderen aufwärts, warf zuerst eine Milchkanne um, dann die nächste, und dann eine nach der anderen. Die Kannen sprangen ratternd und klappernd wie gigantische Knüppel aus dem Kegelspiel den Gang herunter, und platschend ergoss sich die Milch.

»Verflucht.« Sebastian wich zuerst der einen, dann der nächsten Kanne aus. Dann trafen seine Stiefel auf die schlüpfrigen, nassen Fliesen, und er glitt aus. Er stürzte heftig zu Boden, stieß sich die Schulter an einem Backsteinpfeiler, als er den Gang wieder hinunterrutschte, und die nächste Milchkanne polterte über seinen Kopf hinweg.

Er rappelte sich auf, doch die Ledersohlen seiner Stiefel rutschten, sodass er beinahe erneut hinfiel. Er hörte die Schritte des Mannes, der weiter oben um eine Biegung herum verschwand.

Heftig keuchend zog Sebastian sich um eine Ecke und erreichte durch einen niedrigen Bogengang unerwartet das sonnenüberflutete Freie. Er riss den Arm hoch, um seine stallblinden Augen zu beschatten, und strauchelte.

Vor ihm erstreckte sich die leere, ruhige Straße.

Der Mann war verschwunden.

Nachdem Hero Carlton House verlassen hatte, verbrachte sie einige Stunden in Westminster in einer Buchhandlung, wo sie mehrere Titel aussuchte, von denen einer sich als sehr alt und selten entpuppte. Sie schickte einen der Burschen mit den Büchern nach Hause und wies ihren Kutscher an, zum Britischen Museum zu fahren.

Vor etwa sechs Jahren war Hero im Britischen Museum bei einer Ausstellung von römischen Sarkophagen zum ersten Mal Gabrielle Tennyson begegnet. Anfangs war ihr Umgang eher von Höflichkeit als von Herzlichkeit geprägt gewesen. Mochten sie auch beide von edler Herkunft und gebildet sein, so gehörten sie doch gänzlich unterschiedlichen Welten an. Denn während die Familie Jarvis eine alteingesessene Adelsfamilie mit mächtigen Beziehungen war, stammte Gabrielle Tennyson von einer langen Reihe Juristen und eher mittelprächtigen Priestern ab – eher Landadel als Adel, eher mit einem annehmbaren Auskommen als wohlhabend.

Doch mit der Zeit war zuerst der gegenseitige Respekt und dann echte Freundschaft entstanden. Ihre Interessen und Ziele hatten sich nie ganz überschnitten: Gabrielles Leidenschaft galt der Vergangenheit, während Heros Hauptanliegen immer die wirtschaftlichen und sozialen Umstände ihrer Zeitgenossinnen waren. Ihre gemeinsame Unbeugsamkeit, die enggesteckten Erwartungen an Frauen innerhalb ihrer Gesellschaft zu hinterfragen sowie ihre Entschlossenheit, niemals zu heiraten, hatten jedoch ein einzigartiges und mächtiges Band zwischen ihnen errichtet.

Nun war aus Hero Lady Devlin geworden, was sie selbst mit einer Mischung aus Amüsiertheit und Kummer betrachtete, während Gabrielle ...

Gabrielle war tot.

Londons Kirchenglocken schlugen gerade drei, als Heros Kutscher vor dem Britischen Museum anhielt. Eine Hand locker auf dem Haltegriff der Kutsche abgelegt, richtete Hero den Blick auf das auf der anderen Straßenseite aufragende Portal des Gebäudekomplexes und lauschte auf das ehrwürdige, perlende Glockengeläut, das über die City hinwegrollte.

Das weitläufige Herrenhaus, das im französischen Stil aus großen, eckigen Backsteinen errichtet worden war und ein Mansardendach mit einer Kuppel in der Mitte hatte, war einst das Heim der Dukes of Montagu gewesen. Der Vorhof war von Flügeln mit Kollonadengängen geflankt, und von der Great Russell Street führte ein großes Tor hinein, über dem eine achteckige Lampe prangte. Sie sah einen Mann und eine Frau, die auf dem Gehweg vor dem Eingang innehielten und sich kurz beratschlagten, bevor sie hineingingen. Dann traten zwei in eine hitzige Diskussion vertiefte Männer durch das Tor heraus und wandten sich in östliche Richtung. Hero erkannte keinen von beiden.

Nach und nach verstummten die Glocken der Stadt, bis sie alle schwiegen.

Hero runzelte die Stirn. Sie war gekommen, um nach einem Altertumsforscher namens Bevin Childe zu suchen. Childe war sowohl für seine außerordentliche Gelehrsamkeit als auch für einen straffen Zeitplan bekannt. Jeden Montag, Dienstag und Donnerstag konnte man ihn zwischen zehn und drei Uhr im Lesesaal des Museums antreffen. Punkt fünfzehn Uhr verließ er das Museum und überquerte die Straße, um eine Wirtschaft namens *Pied Piper* aufzusuchen, wo er einen Teller Roastbeef mit Butterbrot verspeiste und es mit einem Pint guten Starkbiers hinunterspülte. Daran schloss sich ein kurzer Spaziergang um den nahegelegenen Bedford Square an, nach dem er für die Zeit von sechzehn bis achtzehn Uhr zum Lesesaal zurückkehrte. Aber heute wich Childe von seinem üblichen Muster ab.

Die Minuten vergingen. »Na sowas«, grummelte Hero leise.

»Mylady?«, fragte ihr Kutscher, die Hand an der offenen Kutschtür.

»Vielleicht ...«, begann sie und unterbrach sich, als ein untersetzter Mann Anfang dreißig durch das Tor marschierte. Er trug einen leicht verknitterten olivenfarbenen Mantel und einen hohen Kastorhut, hatte sich den Gehstock mit Messingknauf unter den Arm geklemmt und hielt den Kopf gesenkt. Er hatte das Antlitz eines zu groß geratenen Cherubs, seine Haut war so rosig und hell wie die eines Wickelkindes, und er spitzte den kleinen Mund, anscheinend indigniert, als er bemerkte, dass er zehn Minuten zu spät zu seinem Mittagsmahl kam.

»Mr Childe«, rief Hero und stieg aus der Kutsche, den zusammengeklappten Sonnenschirm in der Hand. »Was für ein glücklicher Zufall, dass ich Ihnen begegne. Ich möchte mit Ihnen über etwas sprechen. Lassen Sie uns doch ein Stück gemeinsam gehen.«

Childe ruckte mit dem Kopf nach oben und strauchelte. Auf seinen puttenhaften Zügen zeichnete sich eine Folge erkennbarer Gefühlsaufwallungen ab, als sein Wunsch, seinen Zeitplan einzuhalten, mit der Notwendigkeit kollidierte, einer Frau gegenüber Entgegenkommen zu zeigen, deren Vater der mächtigste Mann im ganzen Königreich war.

»Eigentlich bin ich gerade auf dem Weg, einen Happen ...«

»Es wird nur einen Augenblick dauern.« Hero öffnete ihren Sonnenschirm und lenkte seine Schritte unerbittlich in Richtung des nahegelegenen Platzes.

Er drehte sich um und warf einen sehnsuchtsvollen Blick auf das *Pied Piper*, sodass sein übertrieben hoher Kragen ihm in die volle Wange pikte. »Aber ich ziehe es für gewöhnlich vor, meinen Spaziergang *nach* dem Essen zu machen ...«

»Ich weiß. Ich bitte um Verzeihung, aber haben Sie von dem Tod von Miss Tennyson und dem Verschwinden ihrer kleinen Vettern gehört?«

Sie sah, wie die rosige Farbe aus seinen Wangen wich. »Wie hätte ich nicht? Die Stadt ist voll davon. Tatsächlich kann ich anscheinend an nichts anderes mehr denken. Meine Intention für den heutigen Tag war, eine Sammlung von Urkunden über Herrenhäuser aus dem zwölften Jahrhundert zu studieren, doch es war mir nahezu unmöglich, meine Aufmerksamkeit länger als eine oder zwei Minuten auf eine Sache zu konzentrieren.«

»Wie ... quälend für Sie«, sagte Hero trocken.

Der Gelehrte nickte. »Überaus quälend.«

Der gute Mann mochte noch Anfang dreißig sein – kaum älter als Devlin, bemerkte sie einigermaßen überrascht –, doch er legte die Haltung und die Manieriertheit eines Mannes über vierzig oder fünfzig Jahren an den Tag. Sie sagte: »Ich erinnere mich, dass Miss Tennyson mir einst erzählte, Ihr teiltet ihre Ansicht nicht, dass Camlet Moat möglicherweise das alte Camelot sein könnte.«

»Richtig. Allerdings werdet Ihr schwerlich irgendjemanden von gewisser Reputation finden, der ihr da zustimmt.«

»Wollen Sie sagen, ihre Nachforschungen waren fehlerhaft?«

»Ihre Nachforschungen? Nein, man könnte den Hinweisen auf den Ort, die sie in unterschiedlichen historischen Dokumenten und Karten gefunden hat, schwerlich etwas entgegensetzen. Es besteht kein Zweifel darüber, dass die Gegend mehrere hundert Jahre tatsächlich als ›Camelot‹ bekannt war. Ihre Auslegungen ihrer Funde ist jedoch eine gänzlich andere Sache.«

»War das das Thema Ihres Streits von vergangenem Freitag? Ihre Auslegungen?«

Er stieß ein alarmiertes, leises Lachen aus. »Streit? Ich hatte keinen Streit mit Miss Tennyson. Wer hat Euch denn so etwas erzählt?«

»Möchten Sie ernstlich eine Antwort auf diese Frage?«

Ihre Anspielung entging ihm nicht. Sie beobachtete fasziniert, wie Childes lebhafte Gesichtszüge plötzlich erstarrten. Er räusperte sich. »Und Eure ... Eure Quelle hat Euch nicht auch den Grund für unsere kleine ... Meinungsverschiedenheit verraten?«

»Nicht genau; ich hatte gehofft, Sie könnten es mir erklären.«

Seine Züge verhärteten sich auf eine Weise, die sie nicht erwartet hatte. »Ihr seid also als Gesandte Eures Ehemanns hier, nicht Eures Vaters.«

»Ich bin niemandes Gesandte. Ich bin hier, weil Gabrielle Tennyson meine Freundin war, und wer auch immer sie getötet haben mag, wird mir Rede und Antwort stehen müssen, was er ihr angetan hat – ihr und ihren Vettern.«

Hätte irgendeine andere Frau als Hero eine solche Äußerung getan, hätte Childe vielleicht gelächelt. Aber ganz London wusste, dass vor weniger als einer Woche drei Männer Hero entführt hatten. Sie hatte höchstselbst einen erstochen, den nächsten erschossen und den dritten nahezu enthauptet.

»Nun«, sagte er mit gezwungener Jovialität, »es waren, wie Ihr schon sagtet, unterschiedliche Meinungen zur Auslegung der historischen Fundstücke. Das ist alles.«

»Wirklich?«

Er sah sie herausfordernd an, als wollte er sie warnen, ihm zu widersprechen. »Ja.«

Sie drehten sich um, um am anderen Ende des Platzes entlangzugehen, wo ein Puppenspieler gegen einen Leierkastenmann konkurrierte und ein barfüßiges, blasses Mädchen in einem fadenscheinigen Kleid von einem schäbigen Holztablett, das es an einem Seil um den Hals trug, Brunnenkresse für einen Halfpenny das Bund verkaufte. Ein billiger Handzettel war an einen Laternenpfahl genagelt worden. Darauf stand in verschmierter Tinte und großen Lettern:

KÖNIG ARTUS, EINZIGER UND KÜNFTIGER KÖNIG!

Normalerweise wäre der Platz voller Kinder, die unter den wachsamen Blicken ihrer Kindermädchen spielen und deren Rufe und Gelächter vom warmen Wind davongetragen würden. Doch heute lagen die sonnenbeschienen Rasenstücke und die Kiespfade leer und still da. Gabrielles Ermordung und das mysteriöse Verschwinden der beiden Kinder hatte die Stadt offensichtlich in Schrecken versetzt. Die Mütter, die es sich leisten konnten, behielten ihre Kinder sicher unter ihren nervösen, wachsamen Augen drinnen.

»Ich habe mich gefragt«, sagte Hero, »wo genau Sie gestern waren?«

Waren Childes Wangen bisher blass gewesen, so glühten sie nun rot, und er riss indigniert die Augen auf, während er die gekräuselten Lippen zusammenpresste. »Wenn Sie andeuten wollen, ich könnte möglicherweise irgendetwas mit … Dass … dass ich …«

Hero erwiderte seinen wütenden Blick mit berechneter Arglosigkeit und Erstaunen. »Ich habe gar nichts angedeutet, Mr Childe, sondern hoffte lediglich, Sie könnten sich vorstellen, worin Miss Tennysons Pläne für Sonntag bestanden haben.«

»Ach so. Nun … ich fürchte, nein. Zufällig verbringe ich meine Freitage, Samstage und Sonntage in Gough Hall. Der verstorbene Richard Gough hat seine Bücher und Schriftstücke der Bodleian Library vermacht, müsst Ihr wissen, und ich habe mich dazu bereiterklärt, sie durchzusehen und zu sortieren. Es ist eine gewaltige Aufgabe.«

Sie hatte von Richard Gough gehört, dem berühmten Gelehrten und Schriftsteller, der zwei Jahrzehnte Direktor der Gesellschaft für Altertumsforschung gewesen war und die Artus-Sage zu einem seiner besonderen Interessensgebiete erhoben hatte. »Gough Hall ist in der Nähe von Camlet Moat, nicht wahr?«

»Ja.«

»Ich frage mich, ob Sie je die Nähe genutzt und die Ausgrabungen auf der Insel besucht haben?«

»Ich wollte keine Zeit vergeuden«, sagte Childe überheblich.

Hero neigte den Kopf zur Seite, sah ihm ins Gesicht und lächelte schmeichelnd. »Sind Sie so sicher, dass Miss Tennyson mit der Insel falsch lag?«

Der mürrische Mann erwiderte ihr Lächeln nicht. »Wenn es je einen echten Menschen mit dem Namen Artus gegeben hat – und das ist keineswegs sicher –, dann war er aller Wahrscheinlichkeit nach irgendein kriegerischer Anführer aus dem unzivilisierten Wales, dessen nebelhaft erinnerte Lebenswirklichkeit von einer Handvoll romantischer französischer Troubadoure aufgegriffen wurde, die weder eine echte Vorstellung noch auch nur Interesse an der Welt hatten, in der er tatsächlich gelebt hat.«

»Wie ich sehe, sind Sie kein Befürworter mittelalterlicher Romantik?«

Sie bemerkte, dass er angestrengt ein weiteres Flugblatt anstarrte, das an der Wand des Eckhauses befestigt worden war. Auf diesem stand schlicht:

KÖNIG ARTUS, RETTE UNS!

Hero sagte: »Was denken Sie, wer sie ermordet hat?«

Childe wirbelte mit dem Kopf herum und sah sie erneut an, und einen Augenblick lang wich all sein bombastisches Selbstbewusstsein aus seinem Gesicht und ließ ihn unerwartet verletzlich und viel liebenswerter erscheinen. »Glaubt mir, wenn ich Euch auf irgendeine Weise behilflich sein könnte, würde ich es tun. Miss Tennyson war ...« Seine Stimme zitterte, und er unterbrach sich mit trauernder Miene. Er schluckte und begann erneut: »Sie war eine äußerst bemerkenswerte Frau, brillant und hochgeistig und voller grenzenloser Energie, auch wenn ihre Begeisterung sie gelegentlich in die Irre führte. Aber sie war auch sehr gut darin, Teile ihres Lebens und auch von sich selbst als Person geheimzuhalten.«

Seine Worte klangen denen von Heros Vater so ähnlich, dass sie plötzlich fröstelte. »Von welcher Art Geheimnissen sprechen wir?«

»Wenn ich es wüsste, wären es keine Geheimnisse, nicht wahr?«, sagte Childe in leicht herablassendem Ton.

Hero fragte erneut, schärfer: »Also wer, glauben Sie, hat sie ermordet?«

Childe schüttelte den Kopf. »Ich weiß es nicht. Aber wenn ich die Absicht hätte, ihren Mörder zu entlarven, würde ich – anstatt mich auf Miss Tennysons Bekannte und ihre Aktivitäten zu konzentrieren – mich fragen, wer vom Tod ihrer Vettern einen Nutzen hätte.«

Sie beendeten die Runde, sodass sie nun auf dem Gehweg vor dem *Pied Piper* ankamen. Die Tür neben ihnen öffnete sich, und Stimmen, Gelächter sowie der intensive Geruch nach Ale ergoss sich in die Straße, als zwei Gentlemen heraustraten, ins Sonnenlicht blinzelten und die Straße in Richtung Museum überquerten.

»Sie meinen George und Arthur Tennyson?«, fragte Hero.

Sie bemerkte, dass Childe sie nicht länger ansah, sondern etwas oder jemanden hinter ihr. Als sie einen raschen Blick über die Schulter warf, sah sie das Kressemädchen vom Platz. Das Mädchen musste ihnen hinterhergeschlichen sein und lehnte sich jetzt nachlässig an einen Laternenpfahl. Das Holztablett hing schwer an der Kordel, und in der Hand hielt sie welkendes Grünzeug. Sie konnte nicht älter als zwölf oder dreizehn Jahre sein, hatte goldenes Haar und große, blaue Augen in einem elfenhaften Gesicht. Hochaufgeschossen und langbeinig, war sie noch so dünn wie ein Junge, und unter ihrem fadenscheinigen Kleid war nur ein Hauch von Brustansatz zu erahnen. Childe sah sie mit geöffneten Lippen und verhangenen grauen Augen auf eine Art an, die Hero das Gefühl gab, etwas zu sehen, das zugleich unsauber und obszön war.

Als würde er sich Heros prüfenden Blickes bewusst, wandte er sich wieder ihrem Gesicht zu und räusperte sich. »Wie ich schon sagte. Und nun müsst Ihr mich wirklich entschuldigen, Lady Devlin.« Er drehte sich auf dem Absatz um, betrat das *Pied Piper* und schlug die Tür krachend hinter sich zu.

Hero blieb einen Augenblick stehen und schaute die geschlossene Tür an. Dann kramte sie ihre Börse aus ihrem Retikül hervor und fragte das Kressemädchen: »Wie viel für alles?«

Das Mädchen wirbelte zu ihr herum und streckte den Rücken durch. »M'lady?«

»Du hast mich verstanden. Wie viele Bunde sind das? Ein Dutzend? Sag mal, verkaufst du deine Kresse immer hier, am Museum?«

Das Mädchen klappte den Mund zu und schluckte. »Hier oder am Bloomsbury Square.«

Hero drückte dem Mädchen drei Münzen in die Hand. »Hier hast du einen Schilling für deine gesamte Brunnenkresse, und noch zwei obendrein. Aber lass dich von mir nie wieder hier erwischen. Verstanden?

Von jetzt an bietest du deine Kresse nur in Bloomsbury feil.«

Das Mädchen machte erschrocken und verwirrt einen Knicks. »Ja, M'lady.«

»Jetzt los. Verschwinde von hier.«

Das Mädchen nahm die Füße in die Hand und flüchtete. Der fadenscheinige Rock schlenkerte um ihre Knöchel, das Tablett hopste an ihrer dürren Gestalt, und die Faust hatte sie fest um die Münzen geschlossen. Sie schaute nicht zurück.

Hero sah ihr hinterher, bis sie um die Ecke bog und das leiser werdende Platschen ihrer nackten Füße im Gerumpel der vorbeifahrenden Kutschen und Karren, in den Rufen der Hausierer und dem entfernten Lärm des Puppenspielers vom Platz unterging.

Doch das Unbehagen in ihrem Inneren blieb.

Sie wollte sich soeben zu ihrer Kutsche umdrehen, da hörte sie eine vertraute, leise Stimme hinter sich. »Ich nehme an, es sollte mich nicht überraschen, dich hier zu finden, aber ich gestehe, das tut es doch.«

Kapitel 11

Sebastian stand mit der Schulter an die Hauswand des Pubs gelehnt da. Mit vor der Brust verschränkten Armen beobachtete er seine Frau, die sich langsam umdrehte und ihn ansah. Die heiße Sonne fiel auf ihr ungewöhnlich blasses, aber makellos geformtes Antlitz.

»Devlin«, sagte sie und neigte ihren Sonnenschirm so, dass ihre Züge im Schatten lagen. »Was führt dich hierher?«

Er stieß sich von der Wand ab. »Ich habe gehofft, im Museum jemanden zu finden, der mich zu einem Antiquar unklarer Identität führen könnte. Er soll kürzlich einen Streit mit Miss Tennyson gehabt haben. Ich vermute, das ist der fragliche Gentleman?«

»Sein Name ist Bevin Childe.« Sie blieb stehen und wartete, bis er zu ihr aufschloss. »Das poströmische England ist seine Spezialität.«

»Ah, die Zeit von Artus.«

»Ja. Aber ich würde nicht empfehlen, es vor Childe so zu bezeichnen. Ich wette, er würde dir die Ohren vollmachen.«

»Mr Childe ist kein Fan von Camelot?«

»Nein.«

»Wie viel weißt du über ihn?«

Sie wandten sich um und gingen gemeinsam zu ihrer wartenden Kutsche. »Abgesehen davon, dass er ein pompöser Dreckskerl ist?«, sagte sie mit undamenhafter Unumwundenheit.

Alarmiert lachte Sebastian auf. »Ist er das?«

»Zweifelsohne. Soviel ich weiß, ist sein Vater ein gewichtiger Professor in Cambridge. Ein Doktor der Theologie.«

»Ich hätte nicht erwartet, dass ein solcher Mann viel mit Miss Tennyson zu schaffen hat.«

Er sah ihr Stirnrunzeln. »Und das bedeutet?«

»Und das bedeutet, dass Miss Tennyson bei all ihrer Brillanz und Versiertheit nicht nur keinen universitären Abschluss hatte, sondern überdies eine Frau war. Und es gibt keinen Grund, mich so finster anzuschauen; ich sagte nicht, dass ich dieser Art Vorurteil *zustimme*, oder etwa doch?«

»Das stimmt. Entschuldige bitte.«

»Und Childe? Ist er ein Geistlicher?«

»Ich glaube, er sollte ursprünglich ein Mann der Kirche werden. Doch zum Glück für Mr Childe ist es einem Onkel mütterlicherseits gelungen, in Indien ein Vermögen zu machen und dann ohne Erben zu versterben. Er hat alles Mr Childe hinterlassen.«

»Eine glückliche Fügung, in der Tat – sowohl für Mr Childe als auch für die Kirche. Wie kommt es, dass du so viel über den Gentleman weißt?«

»Von Gabrielle. Ihr Bruder war zur gleichen Zeit wie Childe in Cambridge, und die beiden sind seither Freunde – sehr zu Gabrielles Missfallen, denn sie hat den Mann von Herzen verabscheut. Und zwar schon, als sie ein Schulmädchen war.«

»Gibt es dafür einen besonderen Grund?«

»Sie sagte, er sei arrogant, dogmenbehaftet, egozentrisch, pedantisch und … befremdlich.«

»Befremdlich? Hat sie genauer erklärt, was sie damit meinte?«

»Nein. Ich habe sie einmal danach gefragt, aber sie hat nur die Schultern gezuckt und gesagt, er bereite ihr Unbehagen.«

»Interessant. Und wie groß genau war das Vermögen, das der arrogante und pedantische Mr Childe geerbt hat?«

»Es ermöglicht ihm die Unabhängigkeit, sich heutzutage ganz der Gelehrsamkeit hinzugeben. Ich habe erfahren, dass er neuerdings seine Zeit aufteilt: auf die Forschung hier im Museum und auf ein Projekt, das er für die Bodleian Library angenommen hat, und das darin besteht, die Bibliothek und die Sammlungen des verstorbenen Richard Gough zu katalogisieren.«

»Und das ist von besonderer Bedeutung«, sagte Sebastian, der ihr Gesicht betrachtete. »Warum?«

»Weil Mr Gough sich unter anderem besonders dem Studium der Artussagen gewidmet hat. Und sein Haus, Gough Hall, steht in der Nähe von Enfield.«

»Und von Camlet Moat?«

»Exakt.«

Sebastian runzelte die Stirn. »Und wo wohnt Mr Childe?«

»Ich glaube, er bewohnt Räumlichkeiten in der St. James's Street.«

»Ist er unverheiratet?«

»Ja. Gabrielle hat mir vor einigen Wochen erzählt, dass er sich recht laut darüber ausgelassen hat, ihren Schlussfolgerungen über Camlet Moat nicht zuzustimmen. Und Childe sagt selbst, dass sie erst letzten Freitag wieder über dieses Thema disputiert hätten. Allerdings hat er auch recht vage Andeutungen über Gabrielles ›Geheimnisse‹ gemacht, die ich verstörend finde.«

»Geheimnisse? Welche Geheimnisse?«

»Er weigerte sich, genauer zu werden.«

Sie hatten die Kutsche erreicht. Sebastian schüttelte den Kopf, als der Bursche hervorspringen wollte; der Mann trat zurück, und Sebastian öffnete die Kutschtür selbst. »Besteht die Möglichkeit, dass Childe sich auf einen gewissen französischen Kriegsgefangenen beziehen könnte, mit dem Miss Tennyson anscheinend bekannt war?«

Hero wandte sich ihm zu, in ihrem Ausdruck lag eine Mischung aus Überraschung und Verwirrung. »Welcher französische Kriegsgefangene?«

»Hat sie nie von ihm gesprochen?« Mit einem Ellbogen auf das offene Kutschfenster gestützt fasste er knapp zusammen, was er von den Bediensteten im Haushalt der Tennysons erfahren hatte. »Bist du sicher, dass sie dir gegenüber nie so jemanden erwähnt hat?«

»Ich kann mich nicht erinnern, nein.«

Sebastian ließ den Blick über ihre beschatteten Gesichtszüge wandern, über ihre sanft gerundete Wange und das fast männlich anmutende Kinn. Einst hätte er behauptet, dass sie ihm die Wahrheit sagte. Doch inzwischen kannte er sie gut genug, um zu wissen, dass sie mit etwas hinter dem Berg hielt.

Er sagte: »Als wir heute Morgen aus der Bow Street die Nachricht über Gabrielle Tennysons Tod erhalten haben, war ich überrascht, dass du mich nicht nach

Camlet Moat begleiten wolltest. In meiner Naivität habe ich vermutet, es hinge mit deinem Wissen zusammen, wie unbehaglich Lovejoy sich in deiner Gegenwart fühlt. Aber du hattest einen gänzlich anderen Grund, richtig?«

Sie klappte ihren Sonnenschirm zu, scheinbar ganz von der Aufgabe in Anspruch genommen, das Band zu schließen. Anstatt ihm zu antworten, sagte sie: »Wir haben uns bei unserer Heirat darauf geeinigt, unsere gegenseitige Unabhängigkeit zu respektieren.«

»Ja. Aber in dieser Sache verfolgst du doch das gleiche Ziel wie ich, oder nicht? Herausfinden, was Gabrielle Tennyson und ihren Vettern zugestoßen ist? Oder geht hier noch etwas vonstatten, wovon ich nichts weiß?«

Sie sah zu ihm auf, und das Licht fiel voll in ihr Gesicht. Er erkannte weder Hinterhältigkeit noch Heuchelei darin, sondern nur besorgte Anspannung. »Hast du davon gehört, dass die Kinder vermisst sind?«

Sebastian nickte schweigend.

»Als ich Childe fragte, wer seiner Meinung nach Gabrielle getötet hat, sagte er, ich solle lieber nachdenken, wer von der Beseitigung der Kinder profitieren könnte, anstatt mich auf Gabrielles Bekannte zu konzentrieren.«

Sebastian schwieg einen Augenblick und sah eine geschwungene Jungenhandschrift sowie eine Armee Zinnsoldaten, die durch ein sonnenbeschienenes Kinderzimmer marschierten, vor Augen. Er wollte nicht akzeptieren, dass die beiden kleinen Jungen auch tot sein sollten. Aber er fragte nur: »Bist du ihnen je begegnet?«

»Ihren Vettern? Einige Male, ja. Ich gehöre nicht zu diesen Frauen, die sinnlos Kinder in den Himmel loben, aber George und Alfred sind etwas Besonderes. Sie sind außergewöhnlich klug und wissbegierig und lernen mit Begeisterung alles über die Welt, die sie umgibt. Es ist eine Freude, mit ihnen Zeit zu verbringen. Der Gedanke, dass ihnen ebenfalls etwas zugestoßen sein könnte ...« Sie unterbrach sich, und er sah Tränen in ihren Augen schimmern – ein seltener Anblick. Dann räusperte sie sich und blickte zur Seite, als schäme sie sich, dabei gesehen zu werden, dass sie emotional wurde.

»Etwas getan, mehr verschwiegen«, zitierte er leise. »Sind nur die Toten kühn?«

Hero schüttelte verständnislos den Kopf. »Wie?«

»Das ist aus einem Gedicht, das George Tennyson geschrieben hat.« Er zeigte es ihr. »Erkennst du darin irgendeine Bedeutung?«

Sie las die kurze Strophe. »Nein. Aber George hat immer so zusammenhanglose, kurze lyrische Texte geschrieben. Ich bezweifle, dass es eine Bedeutung hat.«

»Ich habe gehört, dass der Vater des Jungen seit Langem erkrankt ist. Kannst du dir vorstellen, woran?«

»Nein. Aber ich weiß auch nicht so viel über Miss Tennysons Familie. Ihre Eltern sind gestorben, bevor ich sie kannte. Ihr Bruder ist ein recht angenehmer Zeitgenosse, allerdings mit seiner Rechtsanwaltspraxis stets ausgelastet. Er hat in Kent ein kleines Landgut, dort weilt er gerade. Ich habe es immer so verstanden, dass er und Gabrielle ein komfortables Auskommen haben, allerdings auch nicht mehr. Aber ich glaube, dass es in der Familie irgendwo beträchtliches Vermögen gibt. Kürzlich gewonnenes Vermögen.«

»Großer Gott«, sagte Sebastian. »War Miss Tennyson mit Charles Tennyson d'Eyncourt verwandt?«

»Ich glaube, sie sind Vetter und Base ersten Grades. Kennst du ihn?«

»Er war in Eton ein paar Jahre unter mir.«

Sein Tonfall verriet mehr, als er hatte preisgeben wollen. Sie lächelte. »Und du hältst ihn für einen aufgeblasenen, speichelleckenden ...« Sie unterbrach sich und warf den wartenden Dienstboten einen reuevollen Blick zu.

»Langweiler?«, schlug er vor.

»Auch das.«

Einen unerwartet innigen Moment begegneten sich ihre Blicke, und sie tauschten ein heimliches Lächeln. Dann spürte Sebastian, wie sein Lächeln wich.

Die letzten fünfzehn Monate war d'Eyncourt als Mitglied des Parlaments in Lincolnshire tätig gewesen. Als streng reaktionärer Tory hatte er sich bei den Parlamentariern, die von Heros Vater Lord Jarvis kontrolliert wurden, rasch beliebt gemacht.

Sebastian sagte: »Warum habe ich immer mehr das vage Gefühl, dass du mir etwas verheimlichst?«

Sie nahm seine dargebotene Hand und stieg in die wartende Kutsche. »Würde ich so etwas tun?«, fragte sie.

»Gewiss.«

Sie gluckste und strich anmutig die Röcke ihres dunkelblauen Ausgehkleides auf den Beinen und dem Sitz glatt. »Würdest du den Kutscher bitten, mich nach Hause zu fahren?«

»Du fährst nach Hause?«

»Du auch?«

Mit einem sanften Lächeln schloss er die Tür und nickte dem Kutscher zu. Er blieb stehen und sah der Kutsche nach, die um die Ecke Richtung Tottenham Court bog. Dann machte er sich auf die Suche nach dem aufgeblasenen, speichelleckenden Langweiler namens Tennyson d'Eyncourt.

Kapitel 12

Charles Tennyson D'Eyncourt saß gemütlich in einem der ledernen Klubsessel im Lesesaal bei *White's*, als Sebastian sich zu ihm gesellte.

Der Parlamentarier war viel heller als seine Base Gabrielle, schlank und wohlgeformt, mit feingezeichneten Gesichtszügen und hohen Wangenknochen. Seine Lippen waren so dünn, dass sie fast unsichtbar waren. Neben ihm auf dem niedrigen Tisch stand ein Glas Brandy, und vor sich hatte er eine aufgeschlagene Ausgabe des konservativen Journals *The Courier*. Er sah kurz auf, als Sebastian sich ihm gegenüber setzte, dann wandte er sich betont wieder seiner Lektüre zu.

»Mein herzliches Beileid zum Tod Ihrer Base Miss Gabrielle Tennyson«, sagte Sebastian.

»Verstehe ich es richtig, dass die Bow Street-Behörde Euch mit der Untersuchung dieses unglücklichen Zwischenfalls betraut hat?«, fragte d'Eyncourt, ohne erneut aufzublicken.

»Wenn Sie unter ›unglücklicher Zwischenfall‹ die Ermordung von Miss Tennyson und das Verschwinden zweier kleiner Kinder in ihrer Obhut verstehen, lautet die Antwort ja.«

D'Eyncourt griff betont nach seinem Brandy, trank einen Schluck und wandte sich erneut seiner Zeitung zu.

»Ich bin neugierig«, sagte Sebastian und bestellte bei einem vorbeigehenden Kellner per Handzeichen einen Drink. »Wie eng ist die Beziehung zwischen Ihnen und Miss Tennyson?«

»Wir sind – oder ich sollte wohl sagen, wir waren – Vetter und Base ersten Grades.«

»Dann sind die beiden vermissten Jungen ...?«

»Meine Neffen.«

»Die Söhne Ihres Bruders?«

»Das ist richtig.«

»Ich muss gestehen, dass ich es unter den gegeben Umständen etwas überraschend finde, Sie im Klub bei der Lektüre einer Zeitung anzutreffen.«

D'Eyncourt sah bei diesen Worten auf und rümpfte die Nase. »Ach? Und was sollte ich Eurer Meinung nach ansonsten tun, frage ich mich? Soll ich aufs Land stürmen und wie ein Treiber in der Hoffnung, Wild aufzuscheuchen, das Unterholz von Enfield Chase durchkämmen?«

»Sie denken, dort müssten die Kinder gefunden werden? In Camlet Moat?«

»Woher zum Teufel soll ich das wissen?«, schnappte d'Eyncourt und nahm seine Lektüre wieder auf.

Sebastian betrachtete das verkniffene Profil seines Gegenübers. Er erinnerte sich nicht an viele der jüngeren Schüler in Eton, aber an d'Eyncourt erinnerte er sich. Als Junge war d'Eyncourt einer jener notorisch ernsten Schüler gewesen, der schamlos Speichelleckerei und geschauspielerte Begeisterung miteinander kombinierte, um sich bei den Lehrern lieb Kind zu machen. Seinen Mitschülern gegenüber war er rücksichtslos und rachsüchtig gewesen. Er hatte sich rasch den Ruf erworben, alles zu tun und zu sagen, um zu bekommen, was er wollte.

In jenen Tagen war er einfach »Tennyson« genannt worden, wie sein Vetter und die vermissten Neffen. Doch vor einigen Jahren hatte er erfolgreich beim Innenminister den Antrag gestellt, seinen Namen um die aristokratischere Erweiterung d'Eyncourt ergänzen zu lassen. Es war die nicht mehr existierende Bezeichnung eines Vorfahren mütterlicher Seite. Sein diesbezüglicher Anspruch war, gelinde ausgedrückt, zweifelhaft. Es war bekannt, dass sein Ehrgeiz darin lag, Lord d'Eyncourt zu werden, bevor er vierzig war.

»Sie wirken eigenartig unberührt von ihrem Schicksal«, sagte Sebastian.

»Es ist Stoff einer Tragödie, zweifellos. Nichts davon ändert jedoch die Tatsache, dass mein Bruder und ich nie ein inniges Verhältnis hatten. Sein Leben ist eng auf seine Güter in Somersby begrenzt, während ich den größten Teil des Jahres in London lebe, wo ich meine Verpflichtungen im Parlament sehr genau nehme. Ich bezweifle, dass ich seine Kinder wiedererkennen würde, wenn ich ihnen über den Weg liefe.«

»Sind die Kinder deshalb bei ihrer Base Miss Tennyson gewesen, anstatt bei Ihnen, dem Onkel?«

D'Eyncourt schniefte. »Meine Frau schätzt London nicht und lebt deshalb in Lincolnshire. Zwar wohnt derzeit meine Schwester Mary bei mir, aber ich könnte sie wohl kaum darum bitten, die Betreuung zweier wilder, schlecht erzogener Buben zu übernehmen, nicht wahr?«

»*Sind* sie denn wild und schlecht erzogen?«

»Mit Hinblick auf ihre Eltern können sie kaum anders sein.«

»Tatsächlich?« Sebastian machte es sich in seinem Sessel bequemer. »Erzählen Sie mir etwas über Ihren Bruder, den Vater der Jungen. Ich hörte, es geht ihm nicht gut. Hoffentlich ist es nichts Ernstliches?«

Interessanterweise glitt ein Hauch Röte über die Wangen seines Gegenübers. »Ich fürchte, die Gesundheit meines Bruders war noch nie sonderlich robust.«

»Können Sie sich vorstellen, dass irgendjemand von dem Tod oder dem Verschwinden seiner Söhne profitieren könnte?«

»Grundgütiger, was für eine lächerliche Vorstellung! Ich sagte Euch doch schon: Mein Bruder ist ein Pfaffe. Er hat zwei Pfründe, die ihm ein annehmbares Auskommen sichern. Aber er war immer schon ein hoffnungsloser Verschwender, und die närrische Frau, die er geheiratet hat, ist gar noch schlimmer, weshalb mein Vater sie beständig aus der Klemme holen muss.«

D'Eyncourts Vater war ein berüchtigter Mann, den alle als »the old Man of the Wolds« kannten. Der Name kam von seinem beträchtlichen Eigentum in den Wolds, einer Gebirgsgegend mit weiten Tälern im Nordosten Englands. Sein Vermögen, das historisch weit zurückreichte, galt als riesig. Es rührte hauptsächlich von einer Reihe geschickter Landkäufe und der bekanntermaßen rücksichtslosen Haltung des alten Mannes gegenüber jedem her, der das Pech hatte, ihm in die Quere zu geraten.

Sebastian fragte: »Sind Sie der einzige Erbe Ihres Vaters?«

Indigniert blähte D'Eyncourt die Nüstern seiner dünnen Nase. »Ja. Und wenn Ihr erlaubt, das zu sagen: Ich weise die Andeutung, die in dieser Frage mitklingt, zurück. Und zwar in aller Deutlichkeit.«

»Oh, Sie haben von mir die Erlaubnis zu allem, was Sie wollen.« Sebastian erhob sich. »Nur noch eine Frage: Können Sie sich irgendjemanden vorstellen, der Miss Tennyson schaden wollen könnte?«

D'Eyncourt öffnete den Mund, klappte ihn dann jedoch wieder zu und schüttelte den Kopf.

»Sie wissen jemanden«, sagte Sebastian, der ihn genau beobachtete. »Wen?«

»Nun ...« D'Eyncourt leckte sich über die Lippen. »Ihr wisst sicherlich, dass meine Base sich in der Rolle als Blaustrumpf gefiel?«

»Ich würde sagen, mit der Bezeichnung ›angesehene Altertumsforscherin‹ ist sie korrekter umschrieben als mit Blaustrumpf, aber ja, ich weiß von ihren wissenschaftlichen Methoden. Warum?«

D'Eyncourt verzog das Gesicht. »Die meisten Frauen, die sich solch unpassenden Aktivitäten hingeben, haben genug Anstand, mit Rücksicht auf ihre Familien einen männlichen Tarnnamen zu benutzen, um ihre wahre Identität zu verschleiern. Nicht jedoch Gabrielle.«

»Meine Gattin veröffentlicht unter ihrem echten Namen«, sagte Sebastian gleichhin.

D'Eyncourt kicherte unbehaglich und sah etwas unwohl aus. »Tut sie das? Nichts für ungut.«

Sebastian sagte: »Wollen Sie andeuten, dass Miss Tennysons Recherchen zur Geschichte von

Camlet Moat in irgendeiner Weise bei ihrem Tod eine Rolle gespielt haben können?«

D'Eyncourt winkte ab. »Ich weiß nichts von ihren letzten Machenschaften. Ich bezog mich auf ein Projekt, das sie vor zwei oder drei Monaten verfolgt hat, und das etwas damit zu tun hatte, die alten römischen Mauern in London zu suchen oder dergleichen Unfug. Was es auch war, es führte dazu, in die widerwärtigeren Londoner Stadtteile vorzudringen. Ganz und gar nicht der richtige Zeitvertreib für eine Dame.«

»Sie sagten, das war vor zwei oder drei Monaten?«

»Ungefähr, ja.«

»Weshalb glauben Sie dann, dass es mit ihrem Tod zu tun hat?«

»Letzte Woche – genauer gesagt, am Donnerstag – war ich gerade auf dem Weg zur Strand zu einem Treffen mit einem Kollegen, da habe ich Gabrielle gesehen. Sie stritt sich mit einem sehr groben Gesellen in der Nähe der York Steps. Da ich dachte, sie wäre in Schwierigkeiten, näherte ich mich ihr, um einzugreifen. Sehr zu meiner Verblüffung war sie jedoch alles andere als erfreut über meine Versuche, ihr beizustehen. Sie war sogar sehr kurz angebunden. Sie bestand darauf, es bestünde keine Notwendigkeit zur Sorge, und dass sie das Individuum, mit dem ich sie gesehen hatte, getroffen hätte, als sie herausfand, dass die Grundsteine seiner Taverne auf großen Überbleibseln der ursprünglichen römischen Mauern der Stadt gebaut wären.«

»Haben Sie zufällig den Namen des Mannes aufgeschnappt?«

D'Eyncourt schüttelte den Kopf. »Es tut mir leid. Aber er sollte nicht allzu schwer herauszufinden sein. Ich glaube, sie sagte, die Schänke heiße *Devil's Head* oder *Devil's Tower* oder etwas dergleichen. Der Mann war ein widerlicher Zeitgenosse – groß, dunkelhaarig, mit sonnengebräunter Haut, und bis auf das Hemd gänzlich in Schwarz gekleidet. Damals dachte ich, er erinnerte mich an jemanden, den ich kenne, aber ich konnte nicht sagen, an wen.«

»Warum denken Sie, dass er eine Bedrohung für sie war?«

»Wegen der Dinge, die er sagte, bevor er mich herankommen sah. Er sagte …«, D'Eyncourt veränderte die Stimme, um den rauen Akzent des Mannes nachzuahmen, »Mischen Sie sich nur ein, dann werden Sie's bereuen. Wär 'ne Schande, wenn so 'ner hübschen jungen Lady wie Ihnen sowas zustößt.«

Kapitel 13

Sebastian schwieg einen Augenblick und versuchte, den Zwischenfall in alles, was er bisher erfahren hatte, einzufügen.

»Natürlich hat sie versucht, es zu leugnen«, sagte d'Eyncourt. »Behauptete, er hätte nichts dergleichen gesagt. Aber ich weiß, was ich gehört habe. Außerdem war offensichtlich, dass sie sich mehr als unbehaglich fühlte, mit diesem Individuum gesehen zu werden.«

Sebastian studierte die schmalen, erschöpften Züge seines Gegenübers. Doch d'Eyncourt war sein Leben lang gewohnt, Geschehnisse und Unterhaltungen zu seinen eigenen Gunsten hinzubiegen, und sein Gesicht war eine ausdruckslose Maske.

Sebastian fragte: »Was denken Sie, worum es da ging?«

D'Eyncourt schloss die Zeitung und erhob sich. »Ich habe keinen Schimmer. Ihr seid derjenige, der in Mordfällen herumstümpert, nicht ich. Ich habe weit wichtigere Dinge, mit denen ich mich befassen muss.« Er klemmte sich den *Courier* unter den Arm. »Und nun müsst Ihr mich entschuldigen. Ich muss zu einem Termin in Carlton House.« Er verbeugte sich exakt so knapp, dass die Geste einen Anflug von Ironie und Verachtung implizieren mochte. Dann schlenderte er gelangweilt davon. Sebastian starrte ihm hinterher.

»Euer Getränk, Mylord?«

Der Kellner, der neben Sebastian stand, musste sich zweimal wiederholen, bevor Sebastian sich ihm zuwandte. »Vielen Dank«, sagte er, nahm den Brandy vom Silbertablett des Kellners und kippte ihn in einem einzigen, brennenden Schluck hinunter.

Gerade verließ er das White's, da begegnete Sebastian einem vertrauten, weißhaarigen Mann Ende sechzig mit fassförmigem Bauch. Bei Sebastians Anblick blieb der Earl of Hendon stehen und verzog das Gesicht.

Neunundzwanzig Jahre lang hatte Sebastian diesen Mann Vater genannt und darum gekämpft, Hendons eigenartiges Schwanken zwischen Liebe und Wut, Stolz und Zurückweisung zu begreifen. Aber obgleich die Welt Sebastian noch immer für den Sohn des Earls hielt, kannte zumindest Sebastian die Wahrheit.

Sebastian verbeugte sich höflich. »Mylord.«

»Devlin«, sagte Hendon mit vor Emotion rau klingender Stimme. »Geht ... geht es dir gut?«

»Durchaus.« Sebastian zögerte, dann hängte er mit schmerzlicher Akkuratesse »Danke sehr« an. »Und dir?«

Hendon spannte den Kiefer an. »Wie immer, ja, danke.«

Hendon war immer schon ein Bär von Mann gewesen. Als er heranwuchs und bis weit über Mitte zwanzig hatte Sebastian immer das Gefühl gehabt, dass Hendon ihn sowohl in Größe als auch in Breite übertraf. Doch als der Augenblick sich jetzt ausdehnte und sogar schmerzlich wurde, erkannte Sebastian schlagartig, dass Hendon mit voranschreitendem Alter schrumpfte. Er war jetzt so groß wie Sebastian, womöglich sogar kleiner. Wann war das geschehen?, fragte er sich. Und die Erkenntnis, dass dieser Mann, der in seinem Leben eine so entscheidende Rolle gespielt hatte, älter, zerbrechlicher, weniger gesund wurde, versetzte ihm einen unerwünschten Stich.

Einen langen, intensiven Augenblick begegneten sich die stahlblauen St.-Cyr-Augen des Earls und Sebastians fester Blick aus gelben Bernsteinaugen. Dann gingen die beiden Männer aneinander vorbei.

Keiner von beiden sah zurück.

Sebastian traf Hero in seiner Bibliothek an. Sie saß am Tisch, auf dem ein Schwung Bücher ausgebreitet lag.

Sie hatte sich umgezogen und trug ein Kleid aus gemustertem Musselin mit einer saphirblauen Schärpe. Mit gebeugtem Kopf saß sie da und machte sich Notizen. Er blieb kurz auf der Türschwelle stehen und betrachtete sie. Sie hatte die Unterlippe zwischen die Zähne gezogen, wie sie es immer tat, wenn sie sich konzentrierte. Er hatte sie oft genau so angetroffen, von Büchern und Unterlagen umgeben, wenn er sie am schweren, alten Tisch der Bibliothek im Haus ihres Vaters am Berkeley Square angetroffen hatte. Und aus einem Grund, den er nicht hätte benennen können, ließ ihr Anblick hier bei der Arbeit in ihrem gemeinsamen Haus in der Brook Street ihre Ehe plötzlich echter erscheinen – und zugleich intimer –, als die langen, leidenschaftlichen Stunden, die sie in der Dunkelheit der Nacht geteilt hatten. Bei dem Gedanken musste er lächeln.

Da blickte sie hoch und sah ihn.

Er sagte: »Du bist also nach Hause gekommen.«

Sie lehnte sich zurück, die Schreibfeder locker in der Hand. »Ja. Und hast du Mr d'Eyncourt gefunden?«

»Ja, im *White's*.« Er ging zum Tisch und stützte sich mit den Handflächen ab. »Ich brauche den Verlauf der alten römischen Mauern in London. Kannst du mir eine Karte zeichnen und Straßen und Kennzeichen eintragen?«

»Grob, ja.«

Er hielt ihr ein leeres Blatt Papier hin. »Grob reicht.«

Sie tunkte die Feder in die Tinte. »Worum geht es?«

Während sie mit Zeichnen begann, berichtete er von dem Gespräch mit Gabrielles Vetter. »Kannst du dir vorstellen, wovon d'Eyncourt da gesprochen haben könnte?«

»Das kann ich tatsächlich. Vor mehreren Monaten hat Gabrielle für ein Buch über die Geschichte Londons, das Dr. Littleton herausgeben wollte, die alten Stadtmauern erforscht.«

Sebastian runzelte die Stirn. »Arbeitest du nicht auch für dieses Buch?«

»Ja. Allerdings habe ich nach den verbliebenen Überresten der alten Klöster Londons gesucht.« Sie beendete ihre Skizze und schob sie Sebastian hin. »Wie genau hast du vor, diesen Kneipenbesitzer zu finden?«

Er blieb stehen und betrachtete ihre Zeichnung. Sie hatte zwei Rundmauern gezeichnet, eine kleiner und älter als die andere. Der nördliche Teil der älteren Mauer führte im Groben entlang dem Verlauf von Cornhill und Leadenhall Street, dann die Mark Lane entlang, bevor sie nach Osten zur Thames Street und Walbrook führte. Die spätere, größere Rundmauer verlief vom Tower über Aldgate und Bishopsgate, bevor sie in westlicher Richtung den Bogen zum St. Giles-Friedhof und schließlich südlich zum Falcon Square schlug. Mit dem Finger fuhr er die Linie zur Aldersgate und Giltspur Street, über Ludgate und die Themse und schließlich in östlicher Richtung zurück zum Tower nach.

»Das ist sehr viel Mauer«, sagte er und legte die Karte zusammen. »Ich gebe sie Tom und sehe mal, was er finden kann.«

»Du bist dir dessen bewusst, dass Gabrielle ihrem Vetter eine Lüge aufgebunden haben könnte, um ihn loszuwerden. Ich glaube nicht, dass sie ein sehr inniges Verhältnis hatten.«

»Möglich. Aber es würde mich nicht wundern, wenn zumindest der Teil über die Taverne und die römische Mauer wahr wäre.« Er nickte in Richtung der auf dem Tisch verstreuten Bücher. »Was ist das alles?«

»Ich habe mein Wissen über König Artus, Guinevere und die Ritter der Tafelrunde aufgefrischt.«

Er griff nach dem nächstliegenden Buch, einem dünnen, alten, in verblichenes blaues Leder gebundenen Band, und las den Titel, der in goldenen Lettern auf den Rücken geprägt war: »*La donna di Scalotta.*« Er blickte hoch. »Was ist das?«

»Eine italienische Novelle über die Dame von Shalott.«

Er schüttelte den Kopf. »Nie davon gehört.«

»Ich kannte sie auch nicht. Aber ich habe mich daran erinnert, dass Gabrielle mir sagte, sie säße an einer Übersetzung.«

Er blätterte durch die altersschwachen Seiten des Büchleins und runzelte die Stirn. »Das würde ich auf keinen Fall übersetzen wollen.« Sebastians Italienisch stammte hauptsächlich von den Soldaten, Partisanen und Banditen, denen er im Krieg begegnet war, und hatte nur wenig mit dem archaischen, überladenen Stil in diesem Buch zu tun. »Wann ist es geschrieben worden?«

»Im dreizehnten Jahrhundert, glaube ich.«

»Denkst du, es könnte mit den Ausgrabungen in Camlet Moat im Zusammenhang stehen?«

»Das glaube ich nicht. Gabrielle hat sich für alle Details der Artussage interessiert, und das hier ist ein relativ unbekannter Teil davon.« Sie wandte den Kopf, als die Türglocke durch das Haus hallte. »Erwartest du jemanden?«, fragte sie just, als Sebastians Majordomus Morey auf der Türschwelle erschien.

»Ein Mr Hildeyard Tennyson wünscht Euch zu sehen, Mylord. Er sagt, er sei der Bruder von Miss Gabrielle Tennyson. Ich habe mir erlaubt, ihn in den Kleinen Salon zu führen.«

Kapitel 14

Hildeyard Tennysons Antlitz trug den mitgenommenen, ungläubigen Ausdruck eines Mannes, dessen Welt unverhofft um ihn herum in Trümmer zerfallen war und ihn zerstört und mit einem Taubheitsgefühl zurückgelassen hatte.

In Reithosen und schmutzige Stiefel gekleidet, die von einem langen, harten Ritt nach London kündeten, stand er am Frontfenster, das zur Straße hinauswies. Er hielt seinen Hut in den Händen und streckte den Rücken schmerzhaft aufrecht durch. Der überdurchschnittlich große Mann mit dem kastanienfarbenen Haar und den feingemeißelten Zügen seiner Schwester schien Anfang dreißig zu sein. Als Hero und Sebastian eintraten, drehte er sich um und zeigte ihnen sein blasses und von Trauer gezeichnetes Antlitz. »Bitte entschuldigt, dass ich schmutzstarrend zu Euch komme.« Er verbeugte sich. »Ich bin gerade von Kent hierher geritten.«

»Bitte nehmen Sie Platz, Mr Tennyson«, sagte Hero sanft. »Ich kann die Tiefe unserer Anteilnahme für Ihren Verlust nicht ausdrücken.«

Er nickte und schluckte mühsam, als hätte es ihm zeitweilig die Sprache verschlagen. »Vielen Dank. Ich kann mich nicht aufhalten. Ich bin auf dem Weg nach Enfield, um Männer für die Ausdehnung der Suche nach den Kindern in den Wäldern und in der umgebenden Landschaft anzuheuern. Aber einer der Untersuchungsrichter der Bow Street sagte mir, dass Ihr angeboten habt, die Ermittlungen zu unterstützen, so gut es Euch möglich ist, und ich komme, um Euch zu danken … und, das muss ich gestehen, auch in der Hoffnung, dass Ihr bereits etwas herausgefunden habt – ganz gleich, was –, das Licht ins Dunkel des Geschehenen wirft.« Die Verzweiflung in dem Blick, den er Sebastian zuwarf, tat weh.

Sebastian schenkte zwei Gläser Brandy ein. »Nehmen Sie Platz«, sagte er mit einer Stimme, mit der er einst Soldaten im Kampf befehligt hatte. »Es wird schon bald dunkel. Wenn ich Ihnen einen Rat geben darf, reiten Sie nach Hause, ruhen sich etwas aus und denken darüber nach, wo und wie Ihre Energie morgen früh am effizientesten eingesetzt werden kann.«

Tennyson ließ sich auf einen leeren Sessel neben dem kalten Kamin sinken und wischte sich mit zitternder Hand über das Gesicht. »Ich nehme an, Ihr habt recht. Es ist nur …« Er unterbrach sich und schnaubte laut. »Es fühlt sich so verflucht falsch an – Lady Devlin, bitte verzeiht –, nicht *irgendetwas* zu tun. Ich gebe mir selbst die Schuld. Ich hätte darauf bestehen sollen, dass Gabrielle und die Buben mich nach Kent begleiten.«

»Soweit ich Gabrielle kannte«, sagte Hero und setzte sich ihm gegenüber, »bin ich nicht überzeugt, dass Ihnen das gelungen wäre, auch wenn Sie darauf bestanden hätten.«

Gabrielles Bruder deutete den Hauch eines Lächelns an. »Ihr könntet recht haben. Nicht einmal unser Vater konnte Gabrielle zu etwas bewegen, das sie nicht tun wollte. Sie war immer viel entschlossener als ich, obgleich sie vier Jahre jünger war.«

»Waren Sie nur zwei Geschwister?«, fragte Sebastian.

Tennyson nickte. »Wir hatten mehrere kleinere Brüder, die gestorben sind, als wir noch Kinder waren. Gabrielle stand ihnen sehr nahe und hat ihren Tod nur schwer ertragen. Ich habe mich oft gefragt, ob das einer der Gründe war, weshalb sie George und Alfred über den Sommer so gern bei uns haben wollte.«

Sebastian reichte ihm den Brandy. »Würden Sie sagen, Sie und Ihre Schwester standen einander nahe?«

»Ja, das würde ich sagen.«

»Sie klingen nicht überzeugt.«

Tennyson blickte auf das Glas in seiner Hand hinunter. »Gabrielle war immer sehr zurückgezogen. In letzter Zeit hatte ich das Gefühl, unsere Leben drifteten auseinander. Aber ich vermute, so etwas lässt sich nicht vermeiden.«

Sebastian trat neben den Kamin und legte einen Arm auf der Ummantelung ab. »Wissen Sie, ob sie irgendwelche romantischen Beziehungen hatte?«

»Gabrielle?« Tennyson schüttelte den Kopf. »Nein. Sie hat sich nie für die Ehe interessiert. Ich weiß noch, als ich in Cambridge und sehr von mir selbst angetan war, habe ich sie einmal gewarnt, dass kein Mann sie je würde heiraten wollen, wenn sie nicht die Nase endlich aus den Büchern nähme. Sie hat nur gelacht und gesagt, das käme ihr sehr zupass – denn ein Ehemann käme ihr bei ihren Forschungen nur ins Gehege.«

»Demnach kennen Sie nicht zufällig den Namen eines französischen Leutnants, mit dem sie sich angefreundet hatte?«

»Ein Franzose? Meint Ihr einen Emigré?«

»Nein. Ich meine einen auf *Parole* entlassenen französischen Offizier. Hat sie nie so jemanden erwähnt?«

Tennyson sah ihn ausdruckslos an. »Grundgütiger. Nein. Wollt Ihr andeuten, dass sie mit dieser Person auf irgendeine Weise verbandelt war?«

Sebastian nahm einen tiefen Schluck Brandy. »Ich weiß es nicht.«

»Da muss ein Irrtum vorliegen.«

»Sehr gut möglich.«

Tennyson rieb sich mit der Hand über die Augen und das Gesicht. Als er wieder aufsah, waren seine Züge von Pein gezeichnet. »Wer tut so etwas? Eine Frau und zwei Kinder zu töten ...«

»Ihre kleinen Vettern könnten noch leben«, sagte Sebastian. »Das wissen wir noch nicht.«

Tennyson nickte, und sein ganzer Rumpf wiegte sich bei der Bewegung vor und zurück. »Ja, ja, daran versuche ich mich zu klammern, aber ...« Er hob das Glas, um zu trinken, wobei seine Hand heftig zitterte. Für Sebastian sah es aus, als stünde er kurz vorm Zusammenbruch.

»Können Sie sich vorstellen, wer Ihrer Schwester oder den Kindern schaden wollen könnte?«

»Nein. Warum sollte irgendjemand einer Frau wie Gabrielle schaden wollen – oder zwei kleinen Buben?«

»Vielleicht ein Feind des Vaters der Jungen?«

Tennyson dachte darüber nach, dann schüttelte er den Kopf. »Mein Vetter ist ein einfacher Pastor in Lincolnshire. Es würde mich wundern, wenn er überhaupt jemanden in London kennt.«

Hero sagte: »Wäre es Ihnen recht, wenn ich einen Blick auf die Forschungsunterlagen von Gabrielle werfen würde, nur für den unwahrscheinlichen Fall, dass es einen Zusammenhang zwischen ihrem Tod und ihrer Arbeit in Camlet Moat geben könnte? Ich könnte morgen früh zum Adelphi kommen.«

Tennyson runzelte die Stirn, als entginge ihm ein möglicher Zusammenhang zwischen den Forschungen seiner Schwester und ihrem Tod. »Gewiss, wenn Ihr es wünscht. Ich breche im Morgengrauen nach Enfield auf, aber ich weise die Bediensteten an, Euch jede Unterstützung zukommen zu lassen, die Ihr wünscht. Ihr könnt alles verpacken und einfach mitnehmen, wenn das helfen könnte.«

»Oh ja, danke sehr.«

Tennyson stellte sein Glas beiseite, erhob und verbeugte sich. »Ihr wart beide überaus freundlich. Bitte bemüht Euch nicht zu läuten. Ich finde selbst hinaus.«

»Ich begleite Sie hinunter«, sagte Sebastian. Er war sich des Blicks aus zusammengekniffenen Augen bewusst, den Hero ihnen hinterherwarf.

»Mir ist in den Sinn gekommen, dass es vielleicht noch etwas gibt, das Sie vor Lady Devlin nicht aussprechen wollten«, sagte Sebastian, als sie die Treppe hinuntergingen.

Tennyson sah leicht verwirrt aus. »Nein.«

»Könnte es sein, dass jemand versucht, Ihnen wehzutun, indem er diejenigen angreift, die Sie lieben?«

»Ich wüsste nicht, wer«, sagte er langsam, als sie in der Halle unten ankamen. »Obwohl man in meinem

Beruf nie ...« Er unterbrach sich und riss die Augen auf. »Großer Gott. Emily.«

»Emily?«

Ein Hauch Farbe glitt über die blassen Wangen des Anwalts. »Miss Emily Goodwin – die Tochter eines Kollegen. Sie hat mir kürzlich die Ehre erwiesen, meinen Heiratsantrag anzunehmen. Allerdings hat der Tod ihrer Großmutter väterlicherseits die Bekanntmachung unserer Verlobung gezwungenermaßen aufgeschoben.«

»Sie können auf meine Diskretion rechnen.«

»Ja, aber meint Ihr, sie könnte in Gefahr sein?«

»Ich sehe keinen Grund, sie unnötig in Angst zu versetzen, insbesondere, da die Einzelheiten Ihrer Verlobung nicht bekannt sind.« Sebastian nickte Morey zu, der die Haustür öffnete. »Aber es könnte sinnvoll sein, ihr zur Vorsicht zu raten.«

»Ja, das werde ich. Danke sehr.«

Sebastian blieb auf der Türschwelle stehen und sah dem Mann hinterher, der in die heiße Nacht verschwand. Dann ging er zurück nach oben, zu seiner Gattin.

»Was genau war das?«, fragte sie mit hochgezogener Braue, als er in den Raum trat.

Sebastian musste lächeln. »Ich dachte, es gäbe vielleicht etwas, das er vor so einer delikaten Dame wie dir nicht ansprechen wollte.«

»Tatsächlich. Und?«

»Nichts. Es scheint nur, dass er mit einer Miss Goodwin eine Verbindung eingegangen ist, der Tochter eines seiner Kollegen, und nun hat er große Sorge, dass der Mörder seiner Schwester als Nächstes sie attackieren könnte. Ich denke, diese Sorge teilt im Grunde jeder Vater, Ehemann und Bruder da draußen.«

»Glaubst du, Gabrielles Tod könnte etwas mit den rechtlichen Angelegenheiten ihres Bruders zu tun haben?«

»Derzeit scheint fast alles möglich zu sein.«

Tom beäugte Heros Karte und spitzte die Lippen, während er die gepunktete Linie der alten römischen Mauern in London nachfuhr, die sie auf ihrer Skizze der modernen Straßen der Stadt eingezeichnet hatte.

»Kannst du folgen?«, fragte Sebastian, der ihn beobachtete. Er wusste, dass irgendwann jemand den Jungen lesen gelehrt hatte, bevor der Tod seines Vaters die Familie in Verzweiflung gestürzt hatte.

»Aye. Ich glaub, ich kenn sogar den Ort, nach dem Ihr sucht. Ungefähr da is 'ne Kneipe, das *Black Devil* ...« Er tippte mit einem leicht schmutzigen Finger genau neben Bishopsgate. »Gehört 'nem Kerl namens Jamie Knox.«

Sebastian sah seinen *Tiger* überrascht an. »Kennst du ihn?«

Tom schüttelte den Kopf. »Hab ihn nie selbst gesehn. Hab aber schon einiges von ihm gehört. Er is 'n ganz kauziger Geselle. Echt 'n kauziger Geselle. Heißt, er läuft immer ganz in Schwarz rum, wie der Teufel.«

»Das ist aber etwas überdramatisiert.« Es war nicht ungewöhnlich, dass Gentlemen in formaler Abendgewandung einen schwarzen Mantel und schwarze Kniehosen trugen. Allerdings wurde der feierliche Kleidungsstil immer mit einer weißen Weste, weißen Seidenstrümpfen und natürlich einer weißen Krawatte aufgelockert.

»Bin nich sicher, was das bedeutet«, sagte Tom, »aber ich weiß, dass die Leute sagen, er muss seine Seele dem Teufel verkauft haben. Hat nämlich immer teuflisches Glück. Sie sagen, er hat Reflexe wie 'ne Katze. Und Augen und Ohren wie 'ne …«

»Was?«, hakte Sebastian nach, als der Bursche sich unterbrach.

Tom schluckte. »Es heißt, er hat auch die Augen und Ohren von 'ner Katze. Gelbe Augen.«

Kapitel 15

Das *Black Devil* lag in einer engen, kopfsteingepflasterten Straße gleich außerhalb von Bishopsgate.

Sebastian schritt düstere Gassen entlang, die nur schlecht durch eine gelegentliche, spuckende Öllampe oder eine Fackel erhellt wurden, die man in einen Halter hoch oben an einem alten Gemäuer gesteckt hatte. Die Häuser hier stammten aus den Zeiten der Tudors und Stuarts, denn dieser Teil Londons war den Verwüstungen des Großen Feuers entgangen. Die Gegend, einst Heimat der Höflinge von James I., war seit dem vergangenen Jahrhundert in stetigem Niedergang begriffen. Die aufwendig verzierten Häuserfronten, die den gepflasterten Weg säumten, waren windschief und verlottert. Die großen, schiefen Schornsteine, die sich in den verhangenen Nachthimmel reckten, neigten sich gefährlich zur Seite.

Bei Tage war es ein Viertel von Kleinhändlern: Sattlern und Kerzenziehern, Uhrmachern und Schneiderinnen. Doch nun waren die Läden für die Nacht verrammelt und die Straßen den Kunden der Kneipen und Tavernen überlassen, die goldene Rechtecke aus Licht auf das Pflaster warfen und die Nacht mit ausgelassenem Gelächter überfluteten.

Er blieb auf der Straßenseite gegenüber dem *Black Devil* im Schatten des Eingangs einer Textildruckerei stehen. Er ließ den Blick über die Giebelfassade des Gasthauses und die altmodischen Fenster mit diamantförmigen Ornamenten wandern. An einem Ausleger über der Tür hing ein gesprungenes Holzschild, auf das das Bild eines gehörnten, schwarzen Teufels gemalt war. Sein Kopf mit den gelben Augen und der Stachelschwanz hoben sich als Silhouette vor einem lodernden orangegelben Feuer ab. Während Sebastian die Darstellung betrachtete, quietschte das Schild leise an den Ketten, von einem unerwarteten Zug warmer Luft in Bewegung versetzt.

Er überquerte die schmale Gasse und schob sich durch die Tür in einen lärmenden, niedrigen Schankraum mit einem durchgetretenen steinernen Boden und eichengetäfelten Wänden, die der Rauch von Jahrhunderten schwarz verfärbt hatte. Die Luft war vom Geruch nach Tabak, Bier und ungewaschenen, hart arbeitenden Männern geschwängert. Die Männer, die sich an der Bar drängten oder um die Tische verteilt saßen, sahen zu ihm herüber, dann wandten sie sich wieder ihren Pints, ihren knöchernen Spielstäben und den Spielbrettern zu.

»Kann ich helfen?«, rief eine junge Frau hinter der Theke und verengte keck und bewundernd die mandelförmigen Augen. Sie schien Anfang zwanzig zu sein, hatte dunkles Haar und war attraktiv mit einem vollen, roten Mund, und weichen, weißen Brüsten, die sich üppig über dem tiefausgeschnittenen Mieder ihres purpurroten Satinkleides wölbten.

Sebastian schob sich durch die Menge und stellte sich halbabgewandt hin, sodass er den Raum immer noch überblicken konnte. In dieser Mischung aus Kaufleuten, Arbeitern, Straßenhehlern und Taschendieben kennzeichneten ihn seine rehledernen Beinkleider, die reinweiße Krawatte und der vorzüglich geschneiderte Mantel aus Bath-Kammgarn als eine Gestalt aus einer anderen Welt. Die anderen Männer an der Bar schoben sich unauffällig ein Stück weg und schufen so Platz um ihn herum.

»Einen Cork«, sagte er und wartete, bis sie einen Gin vor ihm auf den Tresen stellte, dann fuhr er fort: »Ich suche Jamie Knox; ist er hier?«

Die Frau hinter der Theke trocknete sich die Hände an der Schürze, die sie sich hoch um die Taille gebunden hatte, und ließ ihn dabei nicht aus den Augen. »Und wer sindse wohl?«

»Devlin. Viscount Devlin.«

Sie hielt einen Augenblick still, die Hände noch in der Schürze, dann ruckte sie mit dem Kopf nach hinten. »Er ist hinterm Haus, lädt gerade eine Lieferung ab. Seitlich die Kneipe lang führt'n Gässchen zum Hof.«

Sebastian legte eine Münze auf die abgenutzte Oberfläche der Theke. »Danke sehr.«

Das Gässchen war dunkel und stank nach verrottenden Innereien, Fischköpfen und Urin. Die alten Mauern, die zu beiden Seiten über ihm aufragten, neigten sich bedrohlich. Jemand hatte dicke Holzbalken dazwischen geklemmt, um zu verhindern, dass die Gemäuer zusammenbrachen. Als er näherkam, sah er, dass die Rückseite der Taverne zum Kirchhof von St. Helen's Bishopsgate lag, dem

Überbleibsel eines inzwischen verschwundenen benediktinischen Nonnenklosters. Er erkannte den antiken, hölzernen Turm des Kirchhofs, der sich über einem ansteigenden Friedhof erhob, auf dem große Ulmen leise im stärker werdenden Wind seufzten.

Er blieb dicht vor dem Durchgang zum Hof des Gasthauses stehen. Der Hof sah sogar noch älter aus als die Taverne selbst, das Kopfsteinpflaster war uneben und eingesunken, und er sah eine unerwartet hohe Mauer aus grobbehauenen Steinen, die durch Reihen aus roten Ziegeln gehalten wurden. Sebastian verstand, wieso eine Frau mit den Interessen einer Gabrielle Tennyson diesen Ort faszinierend finden mochte.

Jemand hatte eine Hornlampe auf einen alten, flachen Stein neben einen Karren mit Oxhoftfässern gestellt, dem Maultiere vorgespannt waren. Die Mulis standen mit gespreizten Beinen und gesenkten Köpfen da. An der Rückseite der Kneipe waren die hölzernen Flügel zum Keller geöffnet worden und enthüllten eine Treppe, deren abgetretene, steinerne Stufen nach unten verschwanden. Da erschienen der struppige Kopf und die gedrungenen Schultern eines Mannes in Sebastians Sichtfeld, seine Schritte hallten in der winddurchtosten Nacht wider.

Sebastian lehnte sich gegen den steinernen Durchgang. Die eine Hand hielt er in der Tasche, wo eine kleine, doppelläufige Pistole, geladen und schussbereit, die Linie seines modischen Mantels etwas ausbeulte. Eine Scheide in seinem Stiefel verbarg den Dolch, ohne den er selten ausging. Er wartete, bis der Mann zu dem Karren hinübergegangen war, bevor er sagte: »Mr Jamie Knox?«

Der Mann erstarrte in der Bewegung, als er nach einem Fass greifen wollte, und drehte beim Klang von Sebastians Stimme den Kopf. Er schien wachsam, aber nicht überrascht zu sein, und Sebastian kam in den Sinn, dass die hübsche junge Frau hinter dem Tresen hinausgelaufen sein musste, um ihren Herrn vor dem Besucher zu warnen. »Aye. Un wer sin Sie wohl?«

»Devlin. Lord Devlin.«

Der Mann schnaubte. Er musste Mitte dreißig sein, und sein kompakter, muskulöser Körperbau stand im Kontrast zu den zahlreichen Strähnen grauen Haares in seinen dichten Locken. Ganz und gar nicht nur schwarz gekleidet, trug er unauffällige, braune Hosen und einen braunen Mantel, der so aussah, als ob er dringend ausgebürstet und geflickt gehörte. Sein großflächiges Gesicht war sonnengebräunt, und eine lange Narbe verlief eine Wange entlang. Solche Narben hatte Sebastian früher schon gesehen; sie waren von einem Säbelstreich zurückgeblieben.

Der Mann hielt nur einen Augenblick inne. Dann schulterte er das Fass und ging zurück zu der Treppe. »Hab zu tun. Was wolle Ihr?«

Der Akzent überraschte Sebastian. Er klang mehr nach West Country als nach London oder Middlesex. Er sagte: »Soweit ich weiß, kannten Sie eine Frau namens Miss Tennyson.«

Der Mann grunzte. »Hab sie mal getroffen. Is schon’ne Weile her, da kam se herum schnusen. Hat was von römische Mauern und Bildern aus kleine, bunte Steinchen und noch’n Haufen anderen Quatsch gesabbelt. Weshalb?«

»Sie ist tot.«

»Aye. Ham wir gehört.« Der Mann verschwand die Kellertreppe hinunter.

Sebastian wartete, bis er wieder auftauchte. »Wann haben Sie sie zum letzten Mal gesehen?«

»Han ich schon gesagt, is 'ne Weile her. Zwei, vielleicht drei Monate.«

»Eigenartig. Wissen Sie, jemand hat Sie vor wenigen Tagen mit ihr sprechen sehen. Letzten Donnerstag, genau gesagt. Auf den York Steps.«

Der Mann griff nach einem weiteren Fass und wandte sich wieder zum Keller um. »Wer das auch gesagt hat, wusst nich, von was er redt.«

»Das mag sein, schätze ich.«

Der Mann grunzte und stieg erneut die steile Treppe hinunter. Als er wieder hochkam, atmete er schwer. Er blieb stehen und lehnte sich gegen die Kellertür, um seine schweißnasse Stirn an der Schulter seines Mantels abzureiben.

»Sie waren Soldat?«, fragte Sebastian.

»Warum denke Ihr das?«

»Es hat Ihnen ein recht unverkennbares Gesicht eingebracht.«

Der Mann stieß sich vom Keller ab. »Ich war Donnerstag den ganze Tag hier. Frage ner irgendein' der Kerle im Schankraum, die bestätige das. Oder wolle Ihr die all als Lügner bezeichne?«

Sebastian sagte: »Man sagte mir, die Augen von Jamie Knox wären gelb. Warum sind Ihre dann braun?«

Der Mann lachte erschrocken auf. »Es is dunkel. Im Dunkel kann ma die Augenfarbe von 'nem Mann nich erkenne.«

»Ich schon.«

»Hm.« Der Wirt zog die Nase hoch. »Das von meine Auge wird doch nur wege dem Schild gesagt. Han Ihr gesehn, oder, das Schild? Es wird auch gesagt, ich würd nur Schwarz trage tun. Bald heißt's noch, ich hätt 'nen Schweif in meine Hose versteckt.«

Sebastian ließ den Blick über den altertümlichen Hof wandern. Die massive Mauerruine aus Flintstein und Ziegeln, die die Seite des Hofs säumte, war erkennbar anders als die Mauer, die den Hof von dem Friedhof am anderen Ende trennte. Mit knapp zwei Metern Höhe und oben mit eisernen Spitzen versehen, die Leichenfledderer abhalten sollten, lag dieser Teil der Mauer tief in den dichten Schatten, die die ausladenden Äste der belaubten Ulmen des Friedhofs warfen. Und in der Astgabel eines dieser Bäume kauerte ein schlanker Mann – ganz in Schwarz bis auf das weiße Hemd. Er hielt ohne Schwierigkeiten das Gleichgewicht, und der Schaft seines Gewehrs ruhte auf seinem Oberschenkel.

Für jeden anderen wäre der Bewaffnete nicht zu sehen gewesen.

Sebastian sagte: »Wenn Mr Knox aus seinem Baum heruntersteigt, sagen Sie ihm, dass er entweder mit mir reden kann oder mit den Polizisten der Bow Street. Ich vermute, seine Wahl wird davon abhängen, was genau sich in seinen Kellerräumen befindet.«

Das Narbengesicht des stämmigen Mannes verzog sich zu einem hässlichen Grinsen. »Brauche ich ihm nich zu sagen. Er hört Euch. Hat die Auge und Ohre von 'ner verdammte Katz.«

Sebastian drehte sich zum Durchgang um. Der stämmige Kerl streckte die Hand aus, um ihn aufzuhalten.

Sebastian blickte beredt auf die schmierigen Finger, die seinen Ärmel verknitterten. Die Hand wurde zurückgezogen.

Der Mann leckte sich über die Unterlippe.

»Er hätt Euch von seim Platz aus beide Auge wegballern könne. Und ich sag Euch noch was: Er tut Euch so ähnlich sehn, dass er Euer Bruder sein könnt. Denke ner mal drüber nach. Denke ner echt mal richtig drüber nach.« Er hielt einen Augenblick inne, dann schob er höhnisch: »*Mi Lord*« hinterher.

Kapitel 16

Sebastian ging die Cheapside entlang. Die Hände hatte er tief in den Manteltaschen vergraben. Der heiße Wind ließ die Flammen der Straßenlampen aufflackern, sodass hüpfende Schatten über die schäbigen Ladenfronten und die schmutzigen, von Unrat übersäten Pflastersteine zuckten.

Er war einst der jüngste von drei Brüdern gewesen, das vierte Kind des Earls of Hendon und seiner schönen, quirligen Gräfin Sophie. Wenn es in der Ehe seiner Eltern je eine Zeit gegeben hatte, die unbeschwert gewesen war, so konnte sich Sebastian nicht daran erinnern. Sie hatten im wesentlichen getrennte Leben geführt. Der Earl hatte sich ganz Staatsangelegenheiten gewidmet, während die Countess sich in einem lustigen Strudel aus Bällen, gesellschaftlichen Veranstaltungen und Ausflügen auf Landgüter verloren hatte. Die wenigen Gelegenheiten, zu denen die Ehegatten sich zusammengefunden hatten, waren von eisigem Schweigen bestimmt gewesen, das nur zu oft durch heftige Tränenausbrüche und in Wut erhobene Stimmen durchbrochen worden war.

Dennoch war Sebastians Kindheit nicht vollends unglücklich gewesen. In seiner Erinnerung waren die Berührungen seiner Mutter immer sanft und liebevoll gewesen, und oft war ihr Lachen erklungen – sofern ihr

Gatte nicht da war. Ihre vier Kinder hatten an ihrer Mutterliebe niemals gezweifelt. Obgleich die drei Brüder in vielfacher Hinsicht ganz unterschiedlich waren und auch an Jahren weit auseinander gelegen hatten, so hatten sie sich immer ungewöhnlich nahe gestanden. Nur Amanda, die Älteste, war von oben herab gewesen. »Manchmal glaube ich, Amanda ist schon mit einer Wut auf die Welt geboren«, hatte Sophie einmal gesagt, als Amanda von einer Partie Federball davongestürmt war.

Es sollte noch Jahre dauern, bis Sebastian den wahren Grund für Amandas Zorn begriff.

Er blieb stehen und blickte über die grauen, eingesunkenen Grabsteine und die wuchernden Nesseln hinweg, die den St. Paul's Friedhof zu ersticken drohten. Seine Gedanken hingen noch in der Vergangenheit fest.

Im Gegensatz zu seiner lustigen, nach außen gewandten Gattin war der Earl of Hendon ein strenger, anspruchsvoller Vater gewesen, der von der Sorge um Staatsangelegenheiten erfüllt war. Dennoch hatte er Zeit gefunden, seine Söhne das Reiten, Schießen und Fechten zu lehren, und er war stolz auf ihre Tüchtigkeit gewesen. Als sehr in sich gekehrter Mann war er distanziert geblieben, zurückgezogen und fern – insbesondere seinem kleinsten Kind gegenüber, das ihm in Aussehen, Temperament und Talenten so wenig ähnelte.

Dann hatte sich eine Folge von Tragödien ergeben. Sebastians ältester Bruder Richard starb als Erster, in einer tückischen, heftigen Unterströmung gefangen, als er in der Nähe des Hauptsitzes des Earls vor der

Küste Cornwalls zum Schwimmen war. In einem schrecklichen Sommer, in dem die dräuenden Wolken des Krieges über Europa hinwegzogen und der Zusammenhalt der Gesellschaft, wie sie bis dahin bekannt gewesen war, für immer von Revolution und Gewalt zerstört zu werden drohte, war darauf Cecil krank geworden und gestorben.

Hendon, dem vormals stolzen Vater dreier gesunder Burschen, war nur noch der Jüngste, Sebastian, geblieben. Derjenige, der seinem Vater am wenigsten ähnelte; der, dem der Vater immer am meisten gegrollt hatte; der Sohn, der immer gewusst hatte, dass er für den harschen, breitbrüstigen Mann mit den stechend blauen St.-Cyr-Augen, die ihm selbst, seinem nachgerückten Erben, so auffallend abgingen, in jeglicher Hinsicht eine Enttäuschung war.

Im selben Sommer, Sebastian war elf, war Hendons Gräfin zu einem Segelausflug aufgebrochen und nie zurückgekehrt. *Auf See geblieben*, hatte man gesagt. Selbst damals hatte Sebastian es nicht geglaubt. Monatelang war er auf die Klippen geklettert, um über das aufgewühlte Wasser des Kanals hinwegzublicken, überzeugt, dass er es irgendwie wissen, spüren würde, wenn sie wirklich und wahrhaftig tot wäre.

Seltsam, dachte er nun, als er sich von dem rostigen Geländer des Kirchhofs abstieß und seine Schritte zu der lärmenden, hellerleuchteten Hölle abseits der St. James's Street lenkte. Seltsam, dass er damit so richtig gelegen hatte, während er sich in fast allem anderen getäuscht hatte.

Hero, die allein im Bett lag, hörte kurz vor Mitternacht, dass der Wind auffrischte. Heiße Böen bauschten die Vorhänge am offenen Fenster und erfüllten das Schlafzimmer mit dem Geruch von Staub und den intensiven Düften einer Stadt im Sommer. Sie hörte den Nachtwächter ein Uhr, dann zwei Uhr ausrufen. Und noch immer lag sie wach, lauschte auf den Wind und ging gedanklich wieder und wieder alles durch, was sie bisher über die schändliche, unaufhaltsame Folge von unklaren und schwer begreifbaren Ereignissen und Kräften erfahren hatte, die zu Gabrielles Tod und dem Verschwinden ihrer beiden kleinen Vettern geführt hatte. Doch als die Stunden voranrückten, dämmerte Hero langsam, dass ihre Schlaflosigkeit genauso viel mit dem leeren Bett neben sich zu tun hatte wie mit den anderen Dingen.

Diese Erkenntnis alarmierte und besorgte sie gleichermaßen. Ihre Motive, dieser Ehe zuzustimmen, waren kompliziert, verworren und kaum verständlich für irgendjemanden gewesen, am wenigsten für sie selbst. Sie war nicht die Art Frau, die sich der Introspektion oder ausgedehntem, quälendem Hinterfragen der eigenen Beweggründe hingab. Und das hatte sie immer als etwas Bewundernswertes gesehen, als etwas, worauf sie stolz sein konnte. Nun ertappte sie sich bei der Frage, ob sie sich da womöglich getäuscht hatte. Denn wer konnte denn noch närrischer sein als eine Frau, der ihr eigenes Herz fremd war?

Irgendwo in der Nacht klapperte ein loser Laden zum wohl tausendsten Mal. Mit einem leisen Ausruf der Erschöpfung warf sie die Decke zur Seite, durchquerte die Kammer und schob das Fenster mit einem Rumms zu. Dann blieb sie mit einer Hand auf dem Riegel stehen, ihr Blick lag auf der eleganten, einsamen Gestalt, die die Straßer herunter zum Haus schlenderte.

Es war eine dunkle Nacht, und der Wind hatte die meisten Straßenlaternen sowie die zwei Öllampen an beiden Seiten der Haustür gelöscht. Doch Hero erkannte leicht Devlins langen Schritte und seine schlanke Gestalt, als er sich umdrehte und die Fronttreppe hinaufstieg.

Sie verspürte die Erleichterung, die sie überschwemmte, wenngleich sie bis eben nicht bereit gewesen war, sich die wachsende Sorge ob seiner langen Abwesenheit einzugestehen. Dann schloss sie die Hand fest um den Vorhang neben sich.

Sie waren einander in vielerlei Hinsicht fremd. Ihre Ehe war aus der Notwendigkeit geboren und gezeichnet von wachsamem Misstrauen, dem starke Leidenschaft, widerwilliger Respekt und eine spielerische Freude am Wettkampf gegenüberstanden. Doch sie kannte ihn gut genug, um die starre Haltung seiner Schultern und die fließende, gefährliche Präzision in jeder seiner graziösen Bewegungen zu erkennen.

Vor elf Monaten war im Leben von Devlin etwas geschehen, etwas, das ihn von seiner langjährigen Geliebten Kat Boleyn weggejagt und zu einer bitteren Entfremdung zwischen dem Viscount und seinem Vater, dem Earl geführt hatte. Sie wusste nicht genau, was vorgefallen war, sondern nur, dass der Vorfall Devlin in eine Monate währende, Brandy-benebelte Abwärtsspirale der Selbstzerstörung gestürzt hatte, aus der er sich erst kürzlich befreit hatte.

Aber als sie nun hörte, wie sich seine Schritte über die Treppe hoch zum zweiten Stockwerk bewegten, und sich die Tür seines Schlafzimmers leise klackernd hinter ihm schloss, verspürte sie tiefe Sorge …

Und darüber hinaus das unerwartete Aufwallen eines Gefühls, das ihr den Atem raubte, so stark war es. Sie blieb verletzlich, erschüttert und eigenartig verängstigt zurück, was für sie ungewöhnlich war.

Dienstag, 4. August

»Mylord?«

Sebastian öffnete ein Auge, sah das gutmütige, feingeschnittene Antlitz seines Kammerdieners, und kniff das Auge wieder fest zusammen, als das Zimmer sich unangenehm zu drehen begann. »Gehen Sie.«

Jules Calhouns Stimme klang verstörend herzlich. »Sir Henry Lovejoy ist hier, um Euch zu sehen, Mylord.«

»Sagen Sie ihm, ich bin nicht da. Sagen Sie ihm, ich bin tot. Es ist mir egal, was Sie ihm sagen, nur gehen Sie.«

Kurz herrschte Schweigen, dann sagte Calhoun: »Unglücklicherweise ist Lady Devlin heute früh ausgegangen, sodass sie nicht in der Lage ist, den Magistraten an Eurer Stelle zu empfangen.«

»Früh sagen Sie? Wohin?« Er öffnete beide Augen und setzte sich rasch auf – unter den gegebenen Umständen keine weise Entscheidung. »*Hölle nochmal*«, schrie er, neigte den Kopf und presste sich die gespreizte Hand gegen die Stirn.

»Das hat sie nicht gesagt. Hier, Mylord, trinkt das.«

Sebastian spürte, dass ihm ein heißer Becher in die freie Hand geschoben wurde. »Bloß keine Ihrer verflixten Mariendisteln mehr!«

»Es gibt nichts Besseres, um die Leber zu spülen, Mylord.«

»Meiner Leber geht es bestens«, grummelte Sebastian, dann hörte er den Kammerdiener lachen.

Calhoun ging zu den Fenstern und zog die Vorhänge zurück. »Soll ich Morey bitten, Sir Henry Bescheid zu geben, dass Ihr Euch in fünfzehn Minuten zu ihm gesellt?«

Sebastian schwang die Beine aus dem Bett und stöhnte erneut. »Sagen Sie zwanzig.«

Sebastian traf den Untersuchungsrichter beim Genuss von Gurke, Graubrot und Butterbroten vor, die er mit Tee hinunterspülte.

»Sir Henry.« Sebastian trat mit flottem Schritt ein. »Bitte entschuldigen Sie, dass ich Sie habe warten lassen.«

Der Magistrat sprang auf und tupfte sich den Mund mit einer Serviette ab. »Euer Majordomus hat mich mit dringend benötigter Stärkung versorgt. Ich war seit dem Morgengrauen in Camlet Moat.«

»Bitte setzen Sie sich.« Sebastian ließ sich auf dem ihm gegenüberstehenden Stuhl nieder. »Gibt es irgendeine Spur der vermissten Kinder?«

»Ich fürchte, nein. Trotz hunderter Männer, die sich auf der Suche nach ihnen durch den Wald und die Umgebung schlagen. Unglücklicherweise hat Miss Tennysons Bruder eine Belohnung für die Kinder ausgesetzt – und er hat sogar ein Büro in der Fleet eingerichtet und mit einem Agenten besetzt, um jegliche Information, die zu bekommen ist, zu erfassen.«

»Weshalb ›unglücklicherweise‹?«

»Weil das Ganze höchstwahrscheinlich im Chaos endet. Solche Dinge habe ich schon erlebt. Ein Kind wird vermisst; in bester Absicht setzt die trauernde Familie eine Belohnung aus, und plötzlich werden unzählige abgerissener Kinder – manchmal sogar Hunderte – den Behörden als das ›vermisste‹ Kind präsentiert.«

»Großer Gott«, sagte Sebastian. »Dennoch verstehe ich, warum er so handelt.«

»Ich nehme es an, ja.« Lovejoy stieß die Luft aus. »Obgleich ich befürchte, dass es nur eine Frage der Zeit ist, bis ihre Leichen gefunden werden. Wenn die Kinder nur aus Angst vor dem, was sie angesehen haben, weggerannt wären, hätte man sie inzwischen finden müssen.«

»Ich vermute, Sie haben recht.« Sebastian dachte nach, ob er sich eine Tasse Tee einschenken sollte, entschied sich dann jedoch dagegen. Er brauchte eher einen Krug starken Biers. »Dennoch ist es seltsam, dass – sofern sie tot sind – ihre Leichen nicht neben der von Miss Tennyson gefunden wurden.«

»Ich fürchte, an diesem Fall ist vieles seltsam. Ich habe mit dem Pfarrer in St. Martin gesprochen. Er hat bestätigt, dass Miss Tennyson und die beiden Kinder wie gewöhnlich am Sonntag die Messe besucht haben. Er hat sich anschließend sogar noch etwas mit ihnen unterhalten – wenn auch bedauerlicherweise nicht über ihre Pläne für den Nachmittag.«

»Zumindest hilft es, den Zeitpunkt ihres Todes einzugrenzen.«

»Etwas, ja. Wir haben auch die Postkutschen zwischen London und Enfield sowie die Mietkutschställe in Enfield überprüft, doch bisher konnten wir niemanden ausfindig machen, der sich erinnert, Miss Tennyson am Sonntag gesehen zu haben.«

»Mit anderen Worten: Miss Tennyson und die Kinder müssen mit dem Mörder nach Camlet Moat hinausgefahren sein.«

»So scheint es. Eine beunruhigende Information ist allerdings aufgetaucht«, sagte Lovejoy und verhalf sich zu einem weiteren, dreieckig geschnittenen Sandwich. »Wir haben herausgefunden, dass Miss Tennyson am Sonntag vor einer Woche in Begleitung der Kinder und eines nicht näher identifizierten Gentlemans am Graben gesehen wurde.«

»Eines Gentlemans? Keines Fahrers?«

»Zweifellos eines Gentlemans. Er soll beim Gehen hinken und hat einen Akzent, der französisch sein könnte.«

Dass eine Edelfrau in Begleitung eines Gentlemans aufs Land hinausfuhr, ließ auf einen Grad der Freundschaft, ja der Intimität schließen, der recht verräterisch war. Denn dass ihre Ausfahrt Gabrielle Tennyson und ihren französischen Freund nach Camlet Moat geführt hatte, schien noch seltsamer. Sebastian sagte: »Ich hörte, sie hätte sich mit einem französischen, auf *Parole*, also Ehrenwort, entlassenen Kriegsgefangenen angefreundet.«

»Tatsächlich? Grundgütiger, wer ist es?«

»Das weiß ich nicht. Ich muss noch jemanden finden, der mir den Namen liefern kann.«

Lovejoy schluckte den letzten Bissen seines Sandwichs und erhob sich. »Wenn Ihr seine Identität herausfinden solltet, wäre ich überaus interessiert, sie zu erfahren. Ich brauche Euch nicht zu erklären, wie diese neuerliche Entwicklung vermutlich aufgenommen werden wird. Der Verkauf von Schusseisen und Pistolen ist bereits überall in der Stadt in die Höhe geschossen, und die Frauen haben Angst, allein zum Markt zu gehen oder ihre Kinder draußen spielen zu lassen. Das Büro des Premierministers übt Druck auf die Bow Street aus, den Fall rasch zu lösen. Aber wenn die Leute hören, dass ein Franzose hinein verwickelt war! Na, dann wird wohl eine Massenhysterie ausbrechen.«

Sebastian erhob sich ebenfalls. Er war zutiefst beunruhigt. Er wusste aus eigener Erfahrung, dass der Downing Street oder dem Hof, wenn sie sich um eine Mordermittlung kümmerten, mehr daran gelegen war, eine öffentliche Hysterie zu beschwichtigen, als Recht geschehen zu lassen. Allzu oft war das Ergebnis die Opferung eines passenden Sündenbocks.

Achtzehn Monate zuvor war Sebastian gefährlich nah daran gewesen, selbst zu einem dieser Sündenböcke zu werden. Und der Mann, der auf seinen schnellen und höchstwillkommenen Tod gedrungen hatte, war sein frischgebackener Schwiegervater.

Charles Lord Jarvis.

Kapitel 17

Nachdem der Magistrat gegangen war, schenkte Sebastian sich einen Krug Ale ein, ging zum leeren Kamin und stellte den Fuß auf dem Kamingitter ab.

Er verharrte lange dort und ging gedanklich durch, was er über die letzten Tage im Leben von Gabrielle Tennyson wusste, und was er noch in Erfahrung bringen musste. Dann schickte er nach seinem Leibdiener.

»Mylord?« Calhoun verbeugte sich elegant.

Nach außen hin war Jules Calhoun ein perfekter »Gentleman's Gentleman«, elegant, städtisch, von feinsten Manieren. In Wahrheit jedoch hatte der Kammerdiener sein Leben in einem der berüchtigtsten Hurenhäuser Londons begonnen, ein Hintergrund, der ihm einige interessante Fertigkeiten und eine Fülle nützlicher Kontakte beschert hatte.

»Haben Sie schon einmal von jemandem namens Jamie Knox gehört?«, fragte Sebastian, der seine Handschuhe überzog. »Er besitzt eine Kneipe in Bishopsgate, das *Black Devil*.«

»Ich habe schon von ihm gehört, Mylord. Allerdings nur gerüchteweise. Soweit ich weiß, ist er vor zwei oder drei Jahren in London aufgekreuzt.«

»Sehen Sie zu, was Sie noch über ihn herausfinden können.«

»Jawohl, Mylord.«

Sebastian setzte sich den Hut verwegen schräg auf und wandte sich zur Tür. Mit einer Hand an der Türzarge hielt er inne, blickte über die Schulter und sagte: »Es könnte sich um eine delikate Angelegenheit handeln, Calhoun.«

Der Kammerdiener verbeugte sich erneut. In seinen dunklen Augen strahlte seine Intelligenz, und er hielt seine Züge makellos unter Kontrolle. »Ich werde die Diskretion in Person sein, Mylord.«

Hero hatte den Morgen mit einem Besuch der Adelphi Terrace begonnen.

Mr Hildeyard Tennyson war bereits ausgegangen und organisierte die Suche nach seinen vermissten Vettern. Aber er hatte seinen Dienstboten klare Anweisungen hinterlassen, und mit der Hilfe eines Burschen verbrachte Hero mehrere Stunden damit, Gabrielles Forschungsarbeiten und Notizen zu bündeln. Die Kisten ließ sie zur Brook Street bringen und schickte sich an, das Haus zu verlassen. Dann blieb sie stehen, drehte sich auf dem Absatz um und lief die Treppe zur Schlafkammer ihrer Freundin hinauf.

Eine ganze Weile stand sie in der Mitte des Raums und rang die Hände. Sie hatte Gabrielle sechs Jahre lang ihre Freundin genannt. Aber obgleich sie in vielerlei Hinsicht eine enge Beziehung gehabt hatten, erkannte Hero erst jetzt, dass ihre Freundschaft sich nur auf einzelne Bereiche gestützt hatte. Sie hatten über Geschichte und Kunst, Philosophie und Poesie gesprochen. Hero wusste auch, wie sehr Gabrielle unter dem frühen Verlust ihrer Mutter gelitten hatte, und dass sie fortwährend über den Tod ihrer Brüder getrauert hatte, die so jung gestorben waren. Außerdem kannte sie die Kinderliebe ihrer Freundin. Warum Gabrielle sich von einer Ehe und der Möglichkeit, jemals eigene Kinder zu bekommen, abgewandt hatte, wusste sie jedoch nicht.

Sie war einfach davon ausgegangen, dass die Beweggründe ihrer Freundin die ihren widerspiegelten, erkannte Hero. Doch sie wusste, dass diese Annahme einer Grundlage entbehrte. Gabrielle hatte sich der typischen Rolle der Frau in ihrer Gesellschaft durch ihre Begeisterung für Gelehrsamkeit und ihre Entschlossenheit, offen ihren Interessen nachzugehen, widersetzt. Dennoch war sie nie die Art Frau gewesen, die sich für die gleichen Veränderungen stark machte, wie Hero es tat. Immer, wenn Hero von einer Zukunft sprach, in der Frauen in Oxford zugelassen oder im Parlament sitzen würden, hatte Gabrielle gelächelt und ein Kopfschütteln angedeutet, als wäre sie überzeugt, dass diese Dinge niemals eintreten würden – und es vielleicht auch nicht sollten.

Ganz sicher hatte sie niemals ihre Freundschaft mit einem geheimnisvollen französischen Leutnant erwähnt. Allerdings hatte Hero Gabrielle gegenüber auch nie von ihrer eigen seltsamen, konfliktbeladenen Zuneigung zu einem gewissen dunkelhaarigen, gelbäugigen Viscount gesprochen. Und nun fragte Hero sich unvermittelt, was Gabrielle über die plötzliche, anscheinend unerklärliche Heirat ihrer Freundin gedacht hatte. Sie hatten keine Gelegenheit gehabt, darüber zu reden.

Die beiden Freundinnen hatten über so viele Dinge sprechen müssen – und hatten es vorgehabt. An dem Morgen, an dem Hero nach Camlet Moat hätte fahren sollen. Nun stand Hero da, voller Fragen und mit einem unentrinnbaren Schuldgefühl.

»Was ist dir nur widerfahren?«, fragte sie leise und ließ den Blick durch die Kammer ihrer Freundin schweifen. Sie nahm das hohe Himmelbett und die mit Pfingstrosen verzierte Tagesdecke wahr, den mit einem Spiegel versehenen Toilettentisch und die Ansammlung silberner Schatullen und Kristallflakons. Das Zimmer war im Grunde noch so, wie Gabrielle es am Sonntag verlassen hatte, nicht ahnend, dass sie nie wieder zurückkäme. Und doch spürte Hero weder Spuren ihrer Gegenwart noch ein leises Flüstern der Frau, deren Lachen, Träume und Ängste dieses Zimmer einst bezeugt hatte. Nur tiefe, abgründige Stille lag im Raum und ließ Heros Augenlider kribbeln und ihr den Hals eng werden.

Sie verließ das Haus und wies ihren Kutscher an, zum Heim eines gewissen Parlamentsmitgliedes aus den Lincolnshire Wolds in der Park Lane zu fahren. Erst dann, als ihre Kutsche durch die Straßen Londons ruckelte, ließ Hero sich gegen die weichen Samtpolster sinken, und zum ersten Mal, seit sie von Gabrielles Tod erfahren hatte, ließ sie zu, dass ihr die Tränen herunterliefen.

Einige vorsichtig formulierte Fragen im War Office, im Alien Office und bei der Admiralität hatten Sebastian die Information gebracht, dass in Britannien wortwörtlich Tausende auf Ehrenwort entlassene, französische oder verbündete Offiziere lebten. Die meisten gefangenen feindlichen Soldaten waren über das Land verstreut in so genannten »Parole Towns« untergebracht. Doch einige waren auch in London einquartiert.

Kriegsgefangene niederer Ränge wurden üblicherweise in die sogenannten »Hulls« geworfen. Diese verrottenden Schiffe ohne Masten, die seeuntüchtig waren, waren im Grunde dümpelnde Kerker. Bei Tage wurden die Männer in Gruppen aneinandergekettet und marschierten zu ihrer Arbeit auf den Docks und in den Werkstätten in der Umgebung. Bei Nacht wurden sie in die stickige, von Ungeziefer und Krankheitserregern verseuchte Dunkelheit unter Deck weggesperrt. Die Sterberate war horrend hoch.

Die Offiziere wurden hingegen anders behandelt. Da sie Edelmänner waren, schrieb man ihnen die edelste Eigenschaft eines Gentlemans zu: Ehre. So kam es, dass einem französischen Offizier mit nur wenigen Einschränkungen die Freiheit gewährt werden konnte, sofern er sein Ehrenwort als Gentleman ablegte – seine »Parole« –, dass er nicht flüchten werde.

»Zumindest lautet so die Theorie«, grummelte der dickliche, ergrauende Funktionär, mit dem Sebastian in der Admiralität sprach. »Das Problem ist nur, dass zu viele der verfluchten *Frog*-Offiziere eben keine Ehrenmänner sind. »Die werden bei denen einfach im Rang befördert, wisst Ihr – und genau deshalb hatten wir allein in diesem Jahr zweihundert flüchtige Dreckskerle.« Er beugte sich vor, als wolle er seine Äußerung bekräftigen. »Von wegen Ehre.«

»Zweihundert?«

»Zweihundertsiebenunddreißig, genauer gesagt. In den letzten drei Jahren waren es fast siebenhundert. Diese Frogs sind vielleicht Offiziere, aber zu viele von denen sind immer noch Abschaum. Geschmeiß, aus den Abwässern von Paris hochgespült und weit über ihren eigentlichen Stand erhoben. Das passiert, wenn die Sitten auf den Kopf gestellt werden und diejenigen, die zum Dienen geboren sind, anfangen, sich für genauso gut wie ihre Oberen zu halten. So ist es nämlich.« Allein der Gedanke an diese auf den Kopf gestellte Welt füllte die breite Brust des Funktionärs mit solchem Zorn, dass er geradezu spuckte.

»Und doch haben sich einige französische Offiziere ihren Rang verdient«, sagte Sebastian. »Joachim Murat zum Beispiel. Oder Mareschal Ney –«

»Pff.« Der Funktionär wedelte diese Beispiele für ordinären Erfolg mit einer Bewegung seiner rundlichen Hand weg. »Es ist ganz offensichtlich, dass Ihr nichts über die Armee wisst, Sir. Nichts.«

Sebastian lachte und wollte sich abwenden.

»Ihr könntet es bei Mr Abel McPherson versuchen – er ist vom Transportausschuss der Admiralität zur Verwaltung der auf *Parole* entlassenen Gefangenen in der Gegend eingeteilt worden.«

»Und wo finde ich ihn?«, fragte Sebastian mit einem Blick über die Schulter.

»Ich glaube, derzeit ist er in Norfolk. Sicher hat er jemanden mit seiner Vertretung beauftragt, aber ich kann Euch nicht sagen, wen.«

»Und wer könnte mir diese Information geben?«

»Tut mir leid. Da kann ich nicht helfen. Aber McPherson sollte in vierzehn Tagen zurück sein.«

Hero wurde im Mayflower House des ehrenwerten Charles d'Eyncourt von der verheirateten Schwester des Parlamentsabgeordneten empfangen, einer miesepetrigen Frau Mitte dreißig mit dem Namen Mary Bourne.

Mrs Bourne hatte Heros Bekanntschaft noch nicht gemacht und fühlte sich von der Ehre eines Besuchs der Tochter von Lord Jarvis überaus geschmeichelt. Sie empfing Hero in einem stattlichen Salon, dessen Wände mit hellem Satin verkleidet waren und der mit einer bunten Sammlung aus Tischen mit vergoldeten Krokodilfüßen sowie farbenfrohen chinesischen Vasen vollgestellt war, die dem Prinzregenten selbst größte Freude bereitet hätten. Nachdem sie die »liebe Lady Devlin« herzlichst darum gebeten hatte, doch gnädigst Platz zu nehmen, schickte sie ihre Dienerin, eilends Tee zu bereiten und mit Gebäck auf einem Silbertablett anzurichten, das so schwer war, dass der arme Butler unter dem Gewicht wankte. Dann salbaderte sie drauflos und ließ sich, anscheinend ohne Atem zu nehmen, endlos über alles Mögliche aus von ihren Bibelstudien in der Savoy Chapel bis zur Besorgnis ihres lieben Mr Bourne, weil sie in der Hauptstadt verblieb, wo doch ein solch ruchloser Mörder auf freiem Fuße wandelte. Darauf folgte eine ausführliche Beschreibung einer kürzlich stattgehabten Hochzeit in der Familie, anlässlich deren Fandango und der neumodische Walzer getanzt worden waren, und zu der man die Kutschen mit gutem weißen Satin ausgeschlagen hatte. »Einen Schilling das Yard, nicht weniger!«, flüsterte sie und beugte sich vertraulich vor. »Es wurden keine Kosten gescheut, glaubt mir, meine liebe Lady Devlin.«

Mit einem wohlwollenden Lächeln nippte Hero an ihrem Tee und ermutigte ihre Gastgeberin, weiter zu plaudern. Mary Bourne prahlte (auf allerbescheidenste Art natürlich) darüber, dass sämtliche Dienstboten in ihrem eigenen Haushalt in Dalby in der Nähe von Somersby verpflichtet waren, täglich an allen Morgen- und Abendgebeten teilzunehmen. Sie deutete (in aller Ausführlichkeit) an, dass sie unter Pseudonym eine weithin bekannte Schmähschrift über das moderne Interesse am Druidentum geschrieben hatte, und von hier ausgehend ließ sie es zu, sich von Hero auf subtile und unverdächtige Art auf das Thema hinführen zu lassen, dessentwegen Hero hergekommen war, um mehr zu erfahren: die eigentliche Natur der Beziehung zwischen Charles d'Eyncourt und seinem Bruder Charles Tennyson, dem Vater der beiden vermissten Jungen.

Charles Lord Jarvis saß gemütlich in einem bequemen Sessel neben dem leeren Kamin in seinen Räumlichkeiten in Carlton House. Mit bedächtigen Bewegungen zog er eine goldene Schnupftabakdose aus seiner Tasche und ließ sie mit geübter Anmut aufschnappen. Er hob mit Daumen und Zeigefinger eine kleine Prise heraus und schnupfte sie, wobei er das schwitzende, rot und weiß gescheckte Gesicht des untersetzten Mannes, der vor ihm stand, nicht aus den Augen ließ. »Nun?«, hakte Jarvis nach.

»Das macht's kom-kompliziert«, stotterte Bevin Childe. »Das müsst Ihr doch sehen. Es wird nicht einfach sein …«

»Wie Sie Ihre Aufgabe ausführen, ist nicht mein Problem. Sie wissen, was geschehen wird, wenn Sie versagen.«

Dem Antiquar klappte der Mund auf, und seine Augen wurden groß. Dann schluckte er mühsam und verbeugte sich ängstlich mit eckigen Bewegungen. »Jawohl, Mylord«, sagte er und sprang in die Luft, als Jarvis' Angestellter diskret hinter ihm an die Tür pochte.

»Was gibt es?«, wollte Jarvis wissen.

»Colonel Urquhart ist eingetroffen, Mylord.«

»Führen Sie ihn herein.« Jarvis ließ die Tabakdose zuschnappen und wandte den Blick erneut dem inzwischen blass gewordenen Antiquar zu. »Warum sind Sie noch hier? Gehen Sie mir aus den Augen.«

Mit dem Hut in den Händen ging der Antiquar rückwärts aus dem Raum, wie vor einem Mitglied der königlichen Familie. Er ging immer noch rückwärts, als Colonel Jasper Urquhart durch die Tür hereinschneite und einen eleganten Diener vollführte.

»Ihr wünschtet mich zu sehen, Mylord?«

Der Colonel war ein großer Mann, wie alle ehemaligen Militärangehörigen in Jarvis' Diensten. Groß, breitschultrig, blond, mit blassgrauen Augen und gerötetem Gesicht. Der ehemalige Grenadier stand seit zwei Jahren in Jarvis' Diensten. Bis heute hatte er ihn nie enttäuscht.

Jarvis stand auf. »Gestern habe ich Sie gebeten, einen Ihrer besten Männer auf eine bestimmte Aufgabe anzusetzen.«

»Ja, Mylord. Ich kann es erklären.«

Jarvis schniefte und steckte seine Schnupftabakdose zurück in die Tasche. »Bitte nicht. Ich gehe davon aus, dass das fragliche Individuum nicht mehr bei mir in Brot und Lohn steht?«

»Selbstverständlich, Mylord.«

»Gut. Das wäre alles.«

Sebastian verbrachte drei frustrierende Stunden damit, Wohnheime, Tavernen und Kaffeehäuser abzusuchen, die bekanntlich von Offizieren auf *Parole* frequentiert wurden. Aber die Fragen, die er stellte, waren notwendigerweise vage und die Antworten, die er erhielt, alles andere als hilfreich. Ohne den Namen des französischen Offiziers zu kennen, wie sollte er da den einen entlassenen französischen Offizier unter so vielen herausfinden?

Er stand neben dem Serpentine und beobachtete Truppenübungen der Hyde Park-Kasernen, da bemerkte er einen jungen, bedauernswert dünnen Mann, der auf ihn zu hinkte. Ein struppiger, schwarzbraun gemusterter Straßenköter tapste zufrieden hinter ihm her. Sein eines Ohr stand hoch, das andere war nach vorne geknickt, als ob er permanent überrascht wäre. Der Mantel des Mannes war fadenscheinig, die Hosen geflickt, aber sein Hemd war weiß und sauber, seine abgetretenen Schuhe glänzend geputzt, und seine Schultern sowie die aufrechte Haltung kennzeichneten ihn unmissverständlich als Militär. Sein blasses Antlitz stach sehr von seinem dunklen Haar ab und verriet monatelange Krankheit und Rekonvaleszenz.

Unsicher blieb er in einiger Entfernung stehen, der Hund schloss zu ihm auf. Die rosafarbene Zunge hing ihm aus dem Maul, er hechelte fröhlich.

»*Monsieur le Vicomte?*«, fragte der Mann.

»Ja.« Sebastian wandte sich ihm langsam zu. »Und Sie, nehme ich an, müssen Miss Tennysons geheimnisvoller, namenloser französischer Leutnant sein?«

Der Mann schlug die Hacken zusammen und vollführte eine elegante Verbeugung. Dieser spezielle französische Offizier war augenscheinlich nicht einer derjenigen, die aus dem Pariser Abwasser nach oben gespült worden waren. »Ich besitze einen Namen«, sagte er in sehr gutem Englisch. »Leutnant Philippe Arceneaux vom zweiundzwanzigsten *Chasseurs à Cheval*.«

Kapitel 18

»Wir sind uns im Mai im Lesesaal des Britischen Museums begegnet«, sagte Arceneaux, während er und Sebastian am glatt liegenden Wasser des Serpentine entlanggingen. Der Hund wuselte fröhlich vor ihnen her, die Nase auf dem Boden, den wedelnden Schwanz in der Luft. »Sie hatte Schwierigkeiten mit dem altertümlichen Italienisch in einer Novelle, die sie übersetzte, und ich habe ihr meine Hilfe angeboten.«

»Also sind Sie ein Gelehrter.«

»Ich wurde dazu ausgebildet, ja. Doch heutzutage hat Frankreich wenig Nutzen für Gelehrte. Nur für Soldaten.« Er blickte über die offenen Felder des Parks hinweg in die Ferne, wo die Besten Seiner Majestät im gleißenden Sonnenschein ihre Übungen machten. »Die Möglichkeit, meine Studien fortzusetzen, hat mich darüber hinweggetröstet, ein Kriegsgefangener zu sein.«

»Diese Novelle, die Sie erwähnten; welche war das?«

»Eine heutzutage eigenartig anmutende Ausarbeitung eines Teils der Artussage mit dem Titel *La donna di Scalotta*.«

»*Die Dame von Shalott*«, sagte Sebastian nachdenklich.

Der Franzose wandte Sebastian den Blick zu. »Ihr kennt sie?«, fragte er überrascht.

»Ich habe davon gehört, aber das ist auch schon alles.«

»Es ist eine tragische Erzählung über eine schöne junge Frau, die aus Liebe zu einem schönen Ritter stirbt.«

»Sir Lancelot?«

»Ja.«

»Wie passend, dass sich Camelot, Lancelot und Shalott allesamt zufällig reimen.«

Arceneaux lachte laut auf. »Sehr passend.«

Sebastian fragte: »Waren Sie in sie verliebt?«

Das Lachen erstarb auf den Lippen des Franzosen, und er zog die Schultern in einer Geste hoch, die alles bedeuten konnte, dann sah er weg. Sebastian wurde bewusst, dass der Leutnant so jung wirkte, weil er es war – wahrscheinlich nicht älter als vier- oder fünfundzwanzig –, womit er mehrere Jahre jünger als Gabrielle gewesen wäre.

»Nun?«

Schweigend gingen sie weiter. Die Sonne schien ihnen warm auf den Rücken, und das goldene Nachmittagslicht ergoss sich über das Grün des Grases und der Bäume um sie herum. Gerade als Sebastian dachte, der Franzose werde seine Frage nicht beantworten, sagte er leise: »Natürlich war ich das, zumindest ein bisschen. Wem ginge es nicht so? Sie war eine sehr schöne Frau, brillant und couragiert und sprudelnd von Leben. Während ich ...« Die Stimme brach ihm, und er musste mühsam schlucken, bevor er antworten konnte. »Ich bin hier in England sehr allein.«

»War sie auch in Sie verliebt?«

»Oh nein. Zwischen uns war nichts dergleichen. Wir waren befreundet – Wissenschaftskollegen, sonst nichts.«

Sebastian betrachtete das scharfgeschnittene Profil des Franzosen. Sein weiches, gelocktes, braunes Haar und die auf seinen hohen Wangen verteilten, zimtfarbenen Sommersprossen verliehen ihm ein bisschen den Anschein eines Schuljungen. In diesem Augenblick waren die Sommersprossen von einer leichten, verräterischen Röte unterlegt.

»Wann haben Sie sie zuletzt gesehen?«, fragte Sebastian.

»Ich glaube, es war am Mittwochabend. Sie kam gewöhnlich mit ihren kleinen Vettern hierher in den Park, damit sie auf dem Serpentine ihre Bötchen schwimmen lassen konnten. Manchmal bin ich ihnen begegnet. Die Buben haben gern mit Chien gespielt.«

Sebastian sah zu dem schwarz-braun gemusterten Promenadenmischling hinüber, der inzwischen methodisch die Bäume abging und sich alle Mühe gab, den gesamten Hyde Park als sein persönliches Revier zu markieren. »Chien? Ist das sein Name?« »Chien« war einfach das französische Wort für »Hund«.

»Ich dachte, wenn ich ihm einen Namen gebe, könnte ich eine zu starke Bindung zu ihm aufbauen.«

Der Hund kam zu dem jungen Leutnant zurückgelaufen, schwanzwedelnd und die braunen Augen strahlend vor Bewunderung. Der Leutnant bückte sich und kraulte ihm das Fell im Nacken. Der Hund leckte ihm das Handgelenk und trottete dann wieder glücklich davon.

»Scheint gut zu funktionieren«, sagte Sebastian.

Wieder lachte Arceneaux und richtete sich auf. »Er hat im Brachland bei der neuen Brücke gehaust, die sie gerade bauen. Ich gehe manchmal dorthin und beobachte, auf einem Ende sitzend, die Themse und die Gezeiten. Er ist immer zu mir gekommen und hat sich neben mich gesetzt. Und dann eines Tages, kurz vor der Sperrstunde, als ich aufgestanden bin, um zu gehen, ist er mitgekommen. Leider hat er eine Vorliebe für seltsame Menschen, besonders für das fahrende Volk. Und eine schockierende Neigung, Schinken zu stehlen. George sagte immer, ich solle ihn ›Rom‹ nennen, weil er im Herzen einer von ihnen ist.«

Der Leutnant beobachtete, wie der Hund sich im Gras neben dem See wälzte, und seine Züge verhärteten sich. Nach einer Weile sagte er: »Glaubt Ihr, dass George und Alfred auch tot sind?«

»Es ist möglich. Oder sie waren nur durch das, was ihrer Base geschehen ist, in Angst und Schrecken versetzt, und sind weggelaufen, um sich zu verstecken.«

»Aber es wird öffentlich nach ihnen gesucht, nicht wahr? Und Gabrielles Bruder hat eine Belohnung ausgesetzt. Wenn das stimmen würde, warum sind sie dann noch nicht gefunden worden?«

Sebastian fielen mehrere Erklärungen ein, die einen Sinn ergaben, allerdings wollte er die nicht aussprechen. Kleine Jungen waren in England eine wertvolle Ware. Sie wurden oft als Kletterjungen verkauft, von den Armenhäusern der Gemeinden oder auch von den eigenen, verarmten Eltern. Die Schornsteinfeger brauchten beständig neue Jungen, denn die Arbeit war anstrengend und gefährlich. Selbst die Jungen, die überlebten, wurden schließlich zu groß für die Aufgabe. Es war nicht unüblich, dass kleine Kinder aus dem Vorgarten gestohlen und an Kaminkehrer verkauft wurden. Nur sehr wenige dieser Kinder kamen je wieder nach Hause zurück.

Aber die Schornsteinfeger waren nicht die Einzigen, die Jagd auf kleine Kinder machten; Mädchen und Buben wurden auch für sexuelle Handlungen verkauft. Sebastians Magen drehte sich beim bloßen Gedanken daran um. Er nahm an, dass der Handel mit Kindern ein wichtiger Faktor bei Tennysons Entscheidung gewesen war, die Sorgen des Untersuchungsrichters zu ignorieren und eine Belohnung für die Rückkehr der Jungen auszusetzen. Dann bemerkte er, wie der Franzose mit den Kiefern mahlte, und wusste, dass dessen Gedanken wohl in die gleiche Richtung gingen.

Sebastian sog den Geruch des warmen, in der Sonne still ruhenden Kanalwassers, der sonnenwarmen Erde und den süßen Duft der neben den Schatten der Bäume blühenden Lilien ein. Er sagte: »Wirkte Miss Tennyson auf irgendeine Weise beunruhigt, als Sie sie zum letzten Mal gesehen haben?«

»Beunruhigt? Nein.«

»Wissen Sie zufälligerweise, wie sie den vergangenen Sonntagnachmittag zu verbringen gedachte?«

»Nein, es tut mir leid.«

Sebastian sah ihn an. »Hat sie nicht darüber gesprochen?«

»Nicht dass ich mich erinnern könnte, nein.«

»Aber Sie haben sie manchmal sonntags gesehen, nicht wahr?«

Arceneaux schwieg einen Augenblick; offenkundig dachte er gut über seine Antwort nach. Dann entschied er sich für Offenheit. »Manchmal ja.«

»Wohin sind Sie da gegangen?«

In der Wange des Franzosen arbeitete ein Muskel, als er über die sich vor ihnen erstreckende Parklandschaft blickte und die Achseln zuckte. »Mal hierhin, mal dorthin.«

»Am Sonntag vor einer Woche sind Sie nach Camlet Moat gefahren, richtig?«

Arceneaux hielt das Gesicht halb abgewandt, doch Sebastian sah, wie sich sein Hals bewegte, als er schluckte.

Eine der Bedingungen für die Bewährung auf Ehrenwort der Gefangenen war die Auflage, sich nicht über bestimmte, eng gesetzte Grenzen hinaus fortzubewegen. Mit einer Fahrt nach Camlet Moat hatte der Franzose gegen diese Auflage verstoßen. Sebastian fragte sich, weshalb er ein solches Risiko eingegangen war. Allerdings verstand er auch, dass die Frustration einen Mann gelegentlich dazu verleiten konnte, dumme Dinge zu tun.

»Ich habe nicht die Absicht, Sie bei der Admiralität zu melden, falls das Ihre Sorge ist«, sagte Sebastian.

»Ich habe sie nicht getötet«, sagte Arceneaux plötzlich mit vor Emotion rauer Stimme. »Das müssen Sie mir glauben. Ich hatte keinen Grund, einen von ihnen zu töten.«

Manche würden unerwiderte Liebe durchaus als gängiges Mordmotiv betrachten. Diesen Gedanken behielt Sebastian jedoch für sich. »Wer könnte Ihrer Meinung nach Grund haben, sie zu töten?«

Arceneaux zögerte, während der Wind ihm in die weichen braunen Haare um das Gesicht herum fuhr. Er sagte: »Wie viel wissen Sie über Camlet Moat?«

»Ich weiß, dass Miss Tennyson es für die verlorene Stätte von König Artus’ Camelot hielt. Sie auch?«

»Ich gebe zu, dass es mir, als ich die Annahme zum ersten Mal gehört habe, lächerlich vorkam. Doch am Ende fand ich ihre Argumente äußerst überzeugend. Wisst Ihr, unsere Vorstellung von Camelot ist durch die Schriften der Troubadoure beeinflusst worden. Wir stellen es uns wie einen von Feen bewohnten Ort vor – ein großes, mittelalterliches Schloss und eine große Stadt von Anmut und Schönheit. Aber das wahre Camelot – falls es überhaupt je existiert hat – wäre viel weniger groß und schillernd. Es lässt sich nicht leugnen, dass der Name Camlet Moat tatsächlich eine Abwandlung von Camelot ist. Und es ist ein antiker Ort mit Beziehungen zu den Königshäusern, die über die Jahrhunderte hinweg bestehen blieben.«

»Wenn man sich die Insel heute anschaut, würde man das nicht denken.«

»Weil das mittelalterliche Schloss, das einst dort gestanden hat, vom Earl of Essex im fünften Jahrhundert vollends geschleift worden ist und die Steine und Balken verkauft worden sind, um Reparaturen am Familiensitz des Earls in Hertford zu zahlen.«

Sebastian runzelte die Stirn. »Ich dachte, der Ort hätte der Krone gehört.«

»Ja, immer mal wieder. Aber mehrere Jahrhunderte gehörte er zum Besitz der Nachfahren von Sir Geoffrey de Mandeville.«

Jedes Schulkind in England kannte Sir Geoffrey de Mandeville, einen der berüchtigtsten Räuberbarone, den das zwölfte Jahrhundert hervorgebracht hatte, in dem die Enkel von Wilhelm dem Eroberer, Matilda und Stephen, alles dafür taten, England in eine Ödnis zu verwandeln, weil sie um den Thron kämpften. De Mandeville versammelte eine Bande schwarzer Ritter um sich und plünderte und brandschatzte alles von Cambridge über Ely bis zur Abbey of Ramsey. Der Schatz, den er im Verlauf seiner blutigen Karriere angehäuft hatte – königliches Lösegeld in Gold, Münzen und wertvollem Schmuck – war angeblich nie gefunden worden.

»Es geht die Legende«, sagte Arceneaux, »dass de Mandeville seinen Schatz auf Camlet Moat vergraben hat. Man sagt, dass er sich, als er wegen Hochverrats verurteilt wurde, auf einem hohlen Eichenbaum versteckte, der über einen Brunnen reichte. Der Baum ist unter seinem Gewicht entzweigebrochen, er stürzte in den Brunnen und ist ertrunken. Jetzt geht sein Geist auf der Insel um, wacht über seinen Schatz und erscheint immer wieder, um jedem den Tod zu bringen, der es wagt, Hand daran zu legen.«

»Wollen Sie mir etwa sagen, dass Sie diesen Unfug glauben?«

Arceneaux lächelte. »Nein. Aber das heißt nicht, dass andere Menschen es nicht tun.«

»Wollen Sie andeuten, Gabrielle Tennyson könnte von einem Schatzsucher ermordet worden sein?«

»Ich weiß, dass es Schwierigkeiten gab: Jemand hat nachts und an den Sonntagen dort Ausgrabungen gemacht. Die Arbeiter sind oft morgens zur Arbeit gekommen und haben an verschiedenen Stellen der Insel große, klaffende Löcher gefunden. Besonders beunruhigt war sie über einen Schaden, den sie vergangene Woche entdeckte. Sie hatte den Verdacht, dass Winthrops eigener Vorarbeiter dahinter steckte – ein kräftiger, rothaariger Halunke namens Rory Forster. Aber sie hatte keine Beweise.«

»Dachte sie, dass derjenige, der an der Ausgrabungsstelle weitergrub, nach Mandevilles Schatz gesucht hat?«

Der Franzose nickte. »Ich befürchte, dass sie und die Buben, wenn sie vergangenen Sonntag tatsächlich dorthin gefahren sind, möglicherweise auf jemanden gestoßen sind, der nach Mandevilles Schatz gesucht hat. Jemand, der …« Die Stimme kippte ihm wieder weg, und seine schmerzlichen Gedanken ließen ihn das Gesicht verziehen.

»Als Sie mit Miss Tennyson zu der Stelle gefahren sind – wie sind Sie hingekommen?«

»Aber ich bin doch nicht …«, begann er, doch Sebastian schnitt ihm das Wort ab.

»Gut, sagen wir es so: Wenn Sie am vergangenen Sonntag hingefahren wären, wie wären Sie gefahren?«

Der Franzose lächelte schief. »In einem gemieteten Gig. Warum?«

»Weil das eines der unklareren Details in diesem Mordfall ist – die Polizisten der Bow Street müssen noch ermitteln, wie Miss Tennyson am Tag ihrer Ermordung nach Camlet Moat gelangt ist. Können Sie es sich vielleicht vorstellen?«

Arceneaux schüttelte den Kopf. »Ich habe angenommen, dass sie in Gesellschaft derjenigen Person hingefahren sein muss, die sie getötet hat.«

So, wie sie es mit Ihnen getan hat, dachte Sebastian. Laut sagte er: »Ich bin neugierig: Warum haben Sie mir diese Geschichte erzählt, den Constables der Bow Street aber nicht?«

Arceneaux verzog die Lippen zu einem lustlosen Lächeln. »Habt Ihr die Zeitungen von heute gesehen? Darin wird spekuliert, dass ein Franzose Gabrielle und die Jungen ermordet hat. Just heute Morgen wurden zwei meiner Offizierskollegen von einem Mob angegriffen, der sie als Kindermörder bezeichnet hat. Sie wären womöglich getötet worden, wenn nicht zufällig eine Truppe des Dritten Freiwilligenkorps vorbeigekommen wäre und sie gerettet hätte.«

Sie gingen zum Eingangstor, an dem Tom mit dem Zweispänner wartete. Sebastian sagte: »Was macht Sie so sicher, dass ich mich nicht stracks an die Autoritäten wende und Sie melde?«

»Man sagte mir, dass Ihr ein Mann von Ehre und Gerechtigkeit seid.«

»Wer sagte das?«

Der Franzose sog die Wangen ein und blickte zur Seite.

Sebastian sagte: »Sie sind ein Risiko eingegangen, indem Sie sich an mich gewandt haben. Warum?«

Arceneaux wandte den Blick erneut auf Sebastians Antlitz. Er sah nun nicht mehr wie ein junger Gelehrter aus, sondern wie ein Soldat, der gekämpft, Männer beim Sterben gesehen und zweifellos auch selbst bereits getötet hatte. »Weil ich will, dass derjenige stirbt, der das getan hat. So einfach ist das.«

Die beiden Männer sahen sich lange an. Sie hatten unter unterschiedlichen Flaggen gedient, sich vielleicht auf einem Schlachtfeld schon gegenübergestanden, ohne es zu wissen. Doch sie hatten mehr gemeinsam, als sie mit Männern hatten, die nie die blutigen, zerschmetterten Körper ihrer sterbenden Kameraden in den Armen gehalten hatten. Männern, die nie den Blutdurst durch ihre Adern hatten rauschen hören. Männern, die nie die plötzliche Blasenschwäche aus größter Angst oder den gelassenen Todesmut erlebt hatten, den das schlichte, bedingungslose Annehmen des Schicksals mit sich bringt.

»Zuletzt werden die Behörden herausfinden, wer Sie sind«, sagte Sebastian.

»Ja. Aber das wird keine Rolle mehr spielen, wenn Ihr den Mann, der sie tatsächlich ermordet hat, vorher findet.« Der Franzose verbeugte sich, wobei eine Hand unwillkürlich an seine Hüfte griff, als wolle er sie auf einen Schwertknauf legen, der nicht mehr dort war. »Mylord.«

Sebastian blieb neben seinem Zweispänner stehen und sah dem Franzosen hinterher, der zum Fluss humpelte. Der struppige, schwarzbraune Hund trottete zufrieden neben ihm her.

Sebastians erster Impuls war, die Geschichten des Mannes von Geistern, Räuberbaronen und verborgenen Schätzen als Nonsens abzutun. Aber er hatte eine vage Erinnerung, dass Lovejoy etwas von einer örtlichen Legende gesagt hatte, die einen

Tempelritter aus alter Zeit in Zusammenhang mit dem alten Graben brachte.

»War das der Frakko, nach dem Ihr gesucht habt, Meister?«, fragte Tom.

Sebastian sprang auf den Kutschbock. »Er sagt es zumindest.«

»Glaubt Ihr'm nich?«

»Wenn es um Mord geht, neige ich dazu, niemandem zu glauben.« Sebastian griff nach den Zügeln, dann sah er zu seinem *Tiger* hinüber. »Glaubst du an Geister, Tom?«

»Ich? Jetzt hört aber auf, Meister.« Der Junge zeigte sein Zahnlückengrinsen. »Wollt Ihr sagen, der Frakko is'n Geist?«

»Nein. Aber es heißt, manche Menschen glauben daran, dass Camlet Moat heimgesucht wird.«

»Von der Lady, die da ermordet worn is?«

»Von einem Ritter aus dem zwölften Jahrhundert.«

Tom schwieg einen Augenblick. Dann sagte er: »Glaubt Ihr an Geister, Meister?«

»Nein.« Sebastian zog die Köpfe der Braunen in nördliche Richtung. »Aber ich glaube, es ist Zeit, dass wir uns Camelot nochmals anschauen.«

Kapitel 19

Alistair St. Cyr, Earl of Hendon und Schatzkanzler, schlug mit der flachen Hand auf den Stapel geschmackloser Flugblätter auf dem Tisch vor sich. »Das gefällt mir nicht. Nicht im Geringsten. Diese verfluchten Dinger sind über die ganze Stadt verteilt. Und ich sage Euch, sie haben eine viel größere Wirkung als man sich je hätte träumen lassen. Just heute Morgen hörte ich, wie sich zwei meiner Hausmädchen flüsternd über König Artus unterhalten haben. Hausmädchen! Solchen Unfug haben wir auch früher schon gehört, dass die Zeit für den ›einzigen und wahren König‹ gekommen wäre, aus den Nebeln des verfluchten Avalons zurückzukehren und England von dem tyrannischen Franzosen und dem Hause Hannover zu befreien. Aber jetzt ist es anders. Es sind nicht mehr nur ein paar Bauerntölpel, die in der Kneipe über ihrem Bier Hirngespinste beratschlagen. Es steckt jemand hinter dieser ganzen Sache, und wenn Ihr mich fragt, sind es Napoleons Agenten.«

Jarvis zog seine Schnupftabakdose aus der Tasche und ließ sie geschickt mit der Bewegung eines einzelnen Fingers aufschnappen. »Aber gewiss ist es die Arbeit von Napoleons Agenten.«

Hendon blickte ihn unter schweren Brauen hervor an. »Wisst Ihr, wer sie sind?«

»Ich glaube, ja.« Jarvis hob eine Prise an ein Nasenloch und schnupfte. »Aber es geht inzwischen um mehr als das Schließen von ein paar Druckpressen in Untergeschossen. Der Schaden ist bereits angerichtet; dieser Appell an einen Messias aus unserer ruhmreichen Vergangenheit hat beim Volk verfangen und ein Eigenleben entwickelt.«

»Wie zur Hölle kann ein solcher Mumpitz derartige Beliebtheit und Leidenschaft im Volk auslösen?«

»Ich nehme an, man kann mit Fug und Recht erfolgreiche Predigten von den Kanzeln herunter dafür verantwortlich machen. Wenn die Menschen streng daran glauben, dass der Gottessohn eines Tages wiederkehren wird, um sie zu erretten, dann ist es einfacher, das Gleiche über König Artus zu glauben.«

»Das ist Gotteslästerung.«

»Ich rede nicht von Religion. Ich rede von Aberglaube und Denkgewohnheiten.«

Hendon drehte sich um und ging zum Fenster, um hinunter auf die Mall zu blicken. »Ich muss gestehen, dass ich zuerst kaum glauben konnte, dass es heutzutage noch Menschen gibt, die glauben, König Artus könnte im eigentlichen Wortsinne wiederkehren. Ich bin davon ausgegangen, dass diese Pamphlete lediglich auf die Sehnsucht der Bevölkerung abzielen, eine Artus-ähnliche Gestalt könne erscheinen und England retten. Doch eine erschreckende Zahl Menschen glaubt allen Ernstes daran, dass Artus just in diesem Augenblick auf der Insel Avalon nur auf den rechten Zeitpunkt wartet, zurückzukommen.«

Jarvis hob eine zweite Prise an die Nase und sog sie ein. »Ich fürchte, das Wesen von Metaphern ist dem Pöbel nicht geläufig.«

Hendon drehte sich etwas und sah ihn über die Schulter hinweg an. »Was ist also zu tun?«

Jarvis schloss seine Tabakdose und steckte sie mit einem maliziösen Lächeln weg. »Wir arbeiten daran.«

Sebastian kam in der Erwartung an, dass das Gebiet um den Wallgraben von Suchtrupps überrannt wäre, die auf die von Gabrielle Tennysons Bruder ausgesetzte Belohnung hofften. Stattdessen hielt er unter dem dichten Blätterdach auf dem antiken Wall an und sah auf ein eigentümlich verlassen daliegendes Gelände hinunter. Das stehende Gewässer wurde nur von einem Platschen und den kleinen Wellen aufgerührt, die eine ungesehene Kreatur verursacht hatte. Er hörte die Suchenden, jedoch nur schwach, da das dichte Gehölz das Bellen der Hunde in der Ferne sowie die Rufe der Männer, die die Landschaft durchkämmten, dämpfte. Hier war in der Augusthitze alles ganz still.

»Boh«, flüsterte Tom. »Ich krieg hier Gänsehaut, aber echt.«

»Ich dachte, du glaubst nicht an Geister.«

»Hier könnte man seine Meinung glatt ändern, ehrlich.«

Mit einem Lächeln reichte Sebastian seinem Laufburschen die Zügel und sprang ab. »Führ sie herum.«

»Aye, Meister.«

Ein entferntes Geräusch, als grabe sich eine Schaufel in Erde, wurde vom Wind herangetragen. Sebastian wandte sich in die entsprechende Richtung. Offenbar war die Stätte doch nicht so menschenleer, wie es zunächst den Anschein gehabt hatte.

Die Landbrücke zur Insel lag an der östlichen Seite des Grabens. Er überquerte sie wachsam, eine Hand an der Pistole in seiner Tasche. Sir Stanley hatte seine Aushebungen im rechten Winkel zum anderen Ende der Brücke angelegt, wo früher vielleicht eine Zugbrücke das jetzt verlassene Schloss geschützt hatte.

Das raschelnde Geräusch herunterfallender Erde durchbrach die Stille, gefolgt von dem Kratzen, mit dem die Schaufel erneut in losen Grund gestoßen wurde. Sebastian konnte den Mann jetzt sehen: einen kräftigen, muskelbepackten Kerl mit goldrotem Haar, das er lang trug, sodass es sein Gesicht wie die Mähne eines Löwen umrahmte. Er hatte die Ärmel seines Arbeitskittels aufgerollt und entblößte sonnengebräunte, kräftige Arme. Die groben Hosen, die in Stiefeln steckten, beulten sich aus, während er weiter Erde in die am weitesten entfernten Aushebungsgruben zurückschaufelte.

Als er Sebastian erblickte, hielt er schweratmend inne. Er sah auffallend gut aus. Als er in die Sonne blinzelte, zeichneten sich Wangengrübchen in seinem ebenmäßiges Gesicht ab. Er fuhr sich mit der Rückseite seines muskulösen Arms über das schweißnasse Gesicht und fixierte Sebastian.

»Rory Forster?«, fragte Sebastian.

Der Mann rammte seine Schaufel in den Dreckhaufen und drückte sie seitwärts, sodass etwas dunkler Lehm über den Rand in die Aushebung fiel. »Ja.«

»Sehe ich es richtig, dass Sir Stanley beschlossen hat, die Ausgrabungen zu beenden?«

Der Kopf des Mannes, der auf einem kräftigen Hals saß, wirkte mit der breiten Stirn und den blassblauen, weit auseinanderstehenden Augen mit dichten Wimpern wie ein Rammbock. »Scheint wohl so«, sagte er, ohne wieder aufzublicken.

Sebastian ließ den Blick über die ansonsten verlassene Stätte wandern. »Wo ist denn die restliche Mannschaft?«

»Sir Stanley hat ihnen gesagt, sie sollen nach den Kleinen suchen.«

»Sind Sie nicht an der Belohnung interessiert?«

Rory Forster beförderte einen Batzen Schleim in den Mund hinauf und spuckte aus. »Die findet keiner.«

»Sicher?«

»Wenn Ihr meint, sie sind da draußen, warum sucht Ihr dann net?«

»Das tue ich, auf meine Weise.«

Forster schaufelte grunzend weiter.

Sebastian wanderte zwischen den Ausgrabungen umher und erkannte nach und nach die freigelegten Überbleibsel dicker Grundsteine, die ursprünglich die Fundamente breiter Mauern gewesen sein mussten. Er blieb neben einem Haufen Bruchsteinen stehen und sah eine zerbrochene rote Ziegel, auf der in Weiß ein angreifender Ritter dargestellt war.

Er griff nach dem Fragment und war sich dabei der Blicke Forsters bewusst. »Waren Sie letzten Sonntag hier?«, fragte Sebastian, als er sich aufrichtete.

Forster ging wieder dazu über, den Graben aufzufüllen. »Wir arbeiten sonntags net.«

»Bewacht niemand die Ausgrabungsstätte?«

»Wozu sollte das gut sein?«

»Ich hörte gerüchteweise, es gäbe Schwierigkeiten mit Schatzsuchern.«

Forster hielt inne, die Schaufel lose in der Hand. »Davon wüsst ich nix.«

Sebastian behielt die Schaufel im Auge. »Ich hörte auch, dass Sie und Miss Tennyson nicht sehr gut miteinander ausgekommen sind.«

»Wer sagt das?«

»Spielt es eine Rolle?«

Forster klappte den Kiefer zu und begann wieder mit seinem Schaufeln, dass die Erde nur so durch die Luft flog. Sebastian atmete den Geruch von feuchter Erde und Verfall und den üblen, dunklen Gestank ein, der wie der Odem aus einem alten Grab roch. Er sagte: »Ich kann verstehen, dass es einem Mann unter die Haut gehen kann, Befehle von einer Frau annehmen zu müssen.«

Forster schob mit dem Schaufelrand die restliche Erde in den Graben, scheinbar ganz in seine Arbeit versunken. »Ich bin ein guter Vorarbeiter, wirklich. Sir Stanley hätt mich net behalten, wenn's net so wär.«

Forster ging zum nächsten Graben. Der Name des Mannes – Forster, eine Abwandlung von »forester«, also »Förster« – ging zurück auf die Zeiten, als dieser Wald noch zu einem riesigen Jagdgebiet gehört hatte. Seine Vorfahren dürften die Förster des Königs gewesen sein, deren Aufgabe die Verwaltung des königlichen Jagdreviers und dessen Schutz vor Wilderern war. Doch diese längst vergangenen Tage gehörten dem Nebel der Geschichte an.

Sebastian fragte: »Sagte Miss Tennyson zu Sir Stanley, dass sie Sie im Verdacht hatte, die Ausgrabungsstätte auf der Schatzsuche zu zerstören?«

Forster richtete sich langsam auf. Ein Auge zuckte wie in einem Tick, der grobe Stoff seines Kittels war um die Schultern, die Brust und unter den Achseln dunkel vom Schweiß. »Mir schiebt Ihr den Mord net in die Schuhe, is das klar?«, sagte er und hob einen seiner bulligen Arme, um mit dem Finger auf Sebastian zu zeigen. »Ich war die ganze Nacht mit meiner Frau zu Hause. Hab das Haus net verlassen.«

»Mag sein«, sagte Sebastian. »Allerdings wissen wir gar nicht, wann genau Miss Tennyson ermordet wurde. Sie kann ihrem Tod auch am Nachmittag begegnet sein.«

Das Zucken im Augenwinkel wurde stärker. »Was wollt Ihr von mir?«

»Die Wahrheit.«

»Die Wahrheit?« Forster lachte schnaubend auf. »Die wollt Ihr net.«

»Lassen Sie es darauf ankommen.«

»Pff. Haltet Ihr mich für ’nen Deppen?«

Sebastian studierte das attraktive, schweißverschmierte Gesicht des Mannes. »Sie können mir im Vertrauen sagen, was Sie zu sagen haben. Oder Sie erzählen Ihre Geschichte in der Bow Street. Die Entscheidung liegt bei Ihnen.«

Forster leckte sich über die Lippen, dann warf er Sebastian einen berechnenden Blick aus dem Augenwinkel zu. »Wenn Ihr sagt, Ihr hättet’s von mir, streite ich alles ab.«

»Das ist nur gerecht. Nun reden Sie.«

Forster zog die Nase hoch. »Meiner Meinung nach sollten die Bow-Street-Magistraten mal die Dame von Sir Stanley genauer unter die Lupe nehmen.«

»Meinen Sie Lady Winthrop?«

»Aye. Ist am Samstagnachmittag hier raus gekommen. Richtig gestürmt ist se.«

Sebastian runzelte die Stirn. Lady Winthrop hatte ihm gesagt, dass sie die umstrittenen Ausgrabungen ihres Mannes nie besucht hätte. »War Sir Stanley hier?«

»Nö. Der war da grad weg. Irgendwas mit 'ner preisgekrönten Stute, die fohlen sollte. Aber Miss Tennyson war noch hier. Und zu der wollte Ihre Ladyschaft. 'Nen mächtigen Krach hatten die, und das sag net nur ich Euch. Ihr könnt jeden fragen, der an dem Tag an den Ausgrabungen gearbeitet hat. Die werden's Euch sagen.«

»Worum ging es in der Auseinandersetzung?«

»Das meiste davon hab ich net begriffen. Ihre Ladyschaft hat gefordert, sich mit Miss Tennyson unter vier Augen zu unterhalten, und so sind sie ein Stück weit weggegangen, da rüber.« Forster nickte zum nordöstlichen Teil der Insel, auf dem man einen schmalen Pfad erkennen konnte, der sich durch das Dickicht aus Hecken und Büschen wand.

»Aber etwas haben Sie schon verstanden«, sagte Sebastian.

»Aye. Hab genug verstanden, um zu raffen, dass sie sich um Sir Stanley zankten. Und als sie wegging, hab ich Ihre Ladyschaft sagen hörn: ›Kommen Sie mir nur in die Quere, junge Frau, und es wird Ihnen noch leidtun!‹«

Kapitel 20

»Sind Sie sicher, dass Sie sie richtig verstanden haben?«, fragte Sebastian.

Der Vorarbeiter zog die Nase hoch. »Wenn Ihr's net glaubt, fragt die Jungs, die an dem Tag da warn. Oder noch besser, fragt doch Ihre Ladyschaft. Aber wie gesagt, wenn Ihr durchblicken lasst, dass Ihr das von mir habt, werd ich's abstreiten. Ich leugne es Euch ins Gesicht.«

»Vor wem haben Sie Angst?«, fragte Sebastian. »Sir Stanley oder seiner Frau?«

Forster stieß ein wütendes Lachen aus. »Wer vor den beiden net Schiss hat, is'n Depp. Oh, sie sind großkopfert und respektheischend, was? Wohnen in dem Riesenkasten und ham Umgang mit dem König. Aber ich hab gehört, wie Sir Stanley selbst gesagt hat, dass er als kleiner Angestellter mit kaum mehr als 'nem Sixpence angefangen hat. Was glaubt Ihr wohl, wie er zu den Moneten gekommen is? Hm? Und über wie viele Leichen isser wohl gegangen, um den Zaster zu bekommen?«

»Und Lady Winthrop?«

»Die is noch schlimmer, alle Tage lang. Sir Stanley lässt Euch in Ruh, solang Ihr net zwischen ihm und irgendwas steht, das er will. Aber Lady Winthrop würd 'nen Mann einfach so vernichten. Weil sie bösartig is.«

Etwa zwanzig Minuten darauf wurde die massive Tür von Trent House auf Sebastians Pochen von einem stattlichen Butler mit rotem Gesicht und üppigen Ausmaßen geöffnet. Er verbeugte sich und intonierte mit Grabesstimme: »Ich fürchte, Sir Stanley ist derzeit nicht zugegen, Mylord.«

»Tatsächlich bin ich gekommen, um Lady Winthrop meine Aufwartung zu machen. Und es wäre sinnlos, mir zu sagen, sie wäre ebenfalls nicht zugegen«, sagte Sebastian gutgelaunt, als der Butler zu ebendiesem Behufe den Mund öffnete. »Denn ich habe sie in den Gärten entdeckt als ich herangefahren bin. Und ich bin durchaus willens, etwas so Ordinäres zu tun, wie mich um das Haus herumzuschleichen und sie direkt aufzusuchen, wenn Sie zu schüchtern sind, mich bei ihr zu melden.«

Die Nasenflügel des Butlers bebten in rechtschaffener Entrüstung. Dann verbeugte er sich erneut. »Bitte hier entlang, Mylord.«

Lady Winthrop stand am Rand der weiten Terrasse. Die Überreste des nächtlichen Windes ließen die Seide ihres hochgeschlossenen Kleides flattern. Sie hatte den Trupp Arbeiter überwacht, die die alte Mauer der Terrasse freilegten. Bei Sebastians Eintreffen drehte sie sich jedoch um, hob eine Hand, um ihren schlichten, breitkrempigen Hut geradezurücken, und warf dem Butler einen verdrießlichen Blick zu, der ihm schwere Konsequenzen ankündigte.

»Geben Sie nicht ihm die Schuld«, sagte Sebastian, der den Blick auffing. »Er hat Sie mit lobenswerter Souveränität verleugnet. Aber er hätte mich nicht aufhalten können, ohne mich umzuwerfen.«

Sie wandte ihren eisigen Blick wieder Sebastian zu und sagte in gleichmütigem Ton zu dem rotgesichtigen Butler: »Danke sehr, Huckabee, das wäre alles.«

Der Butler vollführte einen weiteren makellosen Diener und zog sich zurück.

»Mein Mann ist mit den Männern des Anwesens unterwegs, um nach den vermissten Kindern zu suchen«, sagte sie, die Finger noch immer an ihrer Hutkrempe. »Er wird es bedauern, nicht hier gewesen zu sein. Und nun müsst Ihr mich wirklich entschuldigen ...«

»Würden Sie mir Ihre Gärten zeigen, Lady Winthrop?«, sagte Sebastian, als sie sich abwenden wollte. »Es ist nicht nötig, mit den interessanten Details unserer Unterredung diese Männer von der Arbeit abzulenken.«

Sie erstarrte, dann lachte sie gezwungen auf. »Gewiss. Da Ihr schon einmal hier seid.«

Sie wartete, bis sie außer Hörweite waren, bevor sie in gleichmütigem Ton sagte: »Ich weise die Andeutung zurück, dass ich vor meinen Bediensteten etwas zu verbergen hätte.«

»Tatsächlich? Gestern haben Sie mir erzählt, Sie hätten die Ausgrabungen nie besucht. Und doch waren Sie vergangenen Sonntag dort. Tatsächlich hatten Sie sogar einen – wie wurde es mir beschrieben? – ›mächtigen Krach‹ mit Miss Tennyson.«

Lady Winthrops Mund verzog sich zu einem abfälligen Lächeln. »Ich fürchte, Ihr habt mich missverstanden, Lord Devlin. Ich sagte, ich pflege die Stätte nicht aufzusuchen; ich sagte nicht, ich hätte es nie getan.«

Sebastian musterte ihr stolzes, leicht herablassendes Antlitz. Sie hatte das fliehende Kinn in einer finsteren Miene noch etwas zurückgezogen. Als einfache, doch außergewöhnlich wohlhabend verwitwete Tochter eines reichen Kaufmannes hatte sie nicht nur einmal, sondern zweimal geheiratet. Ihre erste, kurze Ehe mit einem erfolgreichen Bankier hatte auf dem Jagdfeld ein Ende gefunden, als ihr Gatte sich den Hals gebrochen und ihr seine beträchtlichen Liegenschaften vermacht hatte. In ihrer zweiten Ehe mit Sir Stanley wenige Jahre darauf waren zwei mächtige Vermögen zusammengelegt worden. Doch diese zweite Vereinigung war wie die erste kinderlos und damit eine rein wirtschaftliche Fusion ohne Zuneigung, gemeinsame Interessen oder eine echte Begegnung zweier Geister geblieben.

Es muss schwer sein, dachte Sebastian, *als wohlhabende, aber einfache, einfältige Frau mit einem attraktiven, männlichen und charismatischen Mann verheiratet zu sein.* Und da verstand er, wie sehr diese Frau Gabrielle Tennyson gehasst haben musste, die alles verkörperte, was sie, Lady Winthrop, nicht war: nicht nur jung und schön, sondern auch brillant, gebildet und couragiert genug, um so viele Konventionen anzuprangern, die ihre Schwestern fest im Zaume hielten.

Er sagte: »Und Ihr Streit?«

Sie zog in gespielter Verwirrung die Brauen zusammen. »Hatten wir denn einen? Ehrlich, ich erinnere mich nicht. Habt Ihr mit einem der Arbeiter gesprochen? Ihr wisst doch, wie diese Bauerntrampel übertreiben.«

»Da sind Sie aber reichlich von oben herab, Lady Winthrop.«

Vor Ärger wurden ihre Wangen ganz fleckig. »Ach, das ist doch eine dieser heuchlerischen Formulierungen, die Ihr jungen Gentlemen heutzutage so gern benutzt. Ich persönlich halte nichts davon, seine Sprache bis zur Unverständlichkeit dem niederen Volk anzupassen.«

Sebastian stieß lachend die Luft aus. »Warum haben Sie denn nun Camlet Moat am vergangenen Sonntag aufgesucht?«

»Jahre, bevor das Licht unseres Herrn auf dieses Land fiel, war England durch eine Kaste bösartiger Männer einem schrecklichen Aberglauben anheimgegeben. Männern, die in einem unheiligen Pakt mit den Kräften der Finsternis gebunden waren.«

»Woraus ich folgere, dass Sie die Druiden meinen.«

Sie neigte den Kopf. »In der Tat. Unglücklicherweise gibt es in unserem Zeitalter Menschen, die in ihrem Wahn die umnachteten Tage der Vergangenheit in romantischem Licht sehen. Anstatt ihr Heil durch unseren Herrn und Weisheit in seinem Wort zu suchen, dilettieren sie lieber in den Ritualen und den trüben Traditionen der Unwissenden.«

Sebastian blickte den Hügel hinab, wo an einem künstlich angelegten Weiher ein Reh graste. »Ich hörte, die Anwohner hier sehen in der Insel eine heilige Stätte.«

»Ja. Und deshalb habe ich letzten Sonntag Camlet Moat aufgesucht. Meine Sorge war, dass der neuerliche Fokus, der auf die Gegend gelegt wurde, die

Unwissenden dazu verleiten könnte, auf der Insel irgendein bizarres Ritual abzuhalten.«

»Weil am Samstagabend bei Sonnenuntergang Lammas begann?«

Erneut neigte sie in königlich anmutender Geste den Kopf. »Exakt.«

»Aber warum haben *Sie* Miss Tennyson aufgesucht und nicht Sir Stanley?«

»Ich fürchte, ich habe mich nicht klar ausgedrückt. Ich bin auf der Suche nach meinem Gatten dorthin gefahren. Doch als ich ihn dort nicht antraf, kam es mir in den Sinn, Miss Tennyson über meine Besorgnis in Kenntnis zu setzen.« Die schmalen Lippen bildeten nun einen dünnen, nach unten gewandten Bogen. »Ihre Reaktion war so unhöflich und arrogant wie zu erwarten.«

Dies waren zwei Wörter, die Sebastian im Zusammenhang mit Miss Tennyson noch nicht zu Ohren gekommen waren. Aber man hatte ihm erzählt, dass sie Narren nur schwer ertrug, und er nahm an, dass sie Miss Winthrop vermutlich als sehr nutzlose und närrische Person empfunden haben mochte. Er sagte: »Meinte sie, es gäbe nichts, worum Sie sich sorgen müssten?«

»Ganz im Gegentum. Sie sagte, sie sei überzeugt, dass die Insel ein sehr spiritueller Ort von altertümlicher Bedeutung wäre.«

»Und darauf haben Sie miteinander gestritten?«

Sie fixierte ihn mit einem eisigen Blick, in dem all die moralische Empörung einer Frau lag, die die Kunst des Selbstbetrugs seit Langem praktizierte und die sich sogar in aller Ruhe selbst überzeugt hatte, dass es eine

Konfrontation zwischen ihr und Gabrielle nie gegeben hatte. »Wir haben nicht gestritten«, sagte sie gleichhin.

Darauf hätte er vieles erwidern können. Doch nichts davon hätte diesen Schild aus selbstgerechter Empörung durchdrungen. Also verbeugte er sich einfach und ging.

Nicht eine Sekunde glaubte er, dass sie ihre Abscheu gegenüber den Ausgrabungen ihres Mannes überwunden und ihn deshalb an der Stätte aufgesucht hatte, nur um ein Gespräch zu suchen, das sie ebenso leicht am Frühstückstisch hätten führen können. Vielmehr hatte sie bewusst einen Zeitpunkt gewählt, von dem sie wusste, dass Sir Stanley woanders wäre.

Eifersucht konnte ein mächtiges Mordmotiv sein. Er konnte sich vorstellen, dass Lady Winthrop Gabrielle in tobender Eifersucht und religiösem Eifer getötet haben konnte. Was er sich nicht vorstellen konnte, war jedoch, dass sie anschließend zwei Kinder ermordet und ihre Leichen irgendwo im Jagdrevier vergraben haben könnte.

Und doch war ihm, als er wegfuhr, nur zu bewusst, dass sie am Rand ihres Gartens stand und ihm hinterher schaute.

Und er fragte sich, warum.

Sebastian stand mitten in seiner Bibliothek und betrachtete die neuen Kisten mit Büchern und Unterlagen, die im Laufe des Vormittags eingetroffen waren, da hörte er das Läuten der Haustürklingel. Kurz darauf blieb Morey im Eingang zur Bibliothek stehen und räusperte sich.

»Ja?«, ermutigte Sebastian den Majordomus, der anscheinend vorübergehend die Sprache verloren hatte.

»Es ist eine Person für Euch da, Mylord.«

»Eine Person?«

»Jawohl, Mylord. Ich habe mir erlaubt, sie in den Kleinen Salon zu führen.«

Sebastian betrachtete das schmerzlich ausdruckslose Gesicht des Hauskämmerers. Morey ließ »Personen« üblicherweise in der Halle warten.

»Ich bin sofort da«, sagte er.

Der Mann, der vor dem kalten Kamin stand, war gänzlich in Schwarz gekleidet: schwarze Hosen, schwarzer Mantel, schwarze Weste, schwarze Krawatte. Nur sein Hemd war weiß. Er hatte den dunkelhaarigen Kopf in den Nacken gelegt und betrachtete das Porträt der Countess of Hendon, das über der Kaminumrandung hing. Mit der Anmut eines Fechters oder Tänzers drehte er sich langsam um, als Sebastian den Raum betrat und gleich hinter der Türschwelle stehenblieb.

»So lernen wir uns also kennen«, sagte Sebastian und schloss sorgsam die Tür hinter sich.

Kapitel 21

Der Mann mit dem Namen Jamie Knox war groß und schlank gebaut, sogar noch größer als Sebastian, hatte gewelltes, fast schwarzes Haar und die gelben Augen eines Wolfes oder einer Wildkatze.

Man hatte Sebastian einst gesagt, er hätte die Augen seines Vaters – seines echten Vaters. Aber er hatte immer gedacht, er sähe aus wie seine Mutter. Als er nun dem Mann, der ihm am anderen Ende des Raums gegenüberstand, ins Gesicht blickte, fragte er sich, ob es nur seine Vorstellungskraft war, die in den hohen Wangenknochen und dem sinnlich geschwungenen Mund des Wirtes eine Ähnlichkeit entdeckte.

Dann fiel ihm Moreys eigenartige Reaktion ein, und er wusste, dass es nicht nur seine Vorstellungskraft war.

Er ging zu einem Beistelltisch, auf dem eine Karaffe und zwei Gläser standen. »Kann ich Ihnen einen Drink anbieten?«

»Ja, danke sehr.«

Die Aussprache ähnelte der Aussprache des Mannes mit den Locken vom Abend zuvor. Es war nicht der Akzent eines Adligen.

»Woher kommen Sie?«, fragte Sebastian und schenkte Brandy in zwei Gläser ein.

»Aus Shropshire. Mit einem Grenadier-Regiment.«

»Sie sind Grenadier?«

»Das war ich.«

Sebastian hielt ihm eines der Gläser hin. Nach kurzem Zögern nahm er es entgegen.

»Ich habe an der Seite von Grenadieren in Italien und Spanien gekämpft«, sagte Sebastian. »Ich dachte oft, dass Napoleons Beharren darauf, seine Männer nur mit Musketen zu bewaffnen, einst zu seinem Niedergang führen würde.«

»Ihr könntet recht haben. Aber verratet es nicht dem französischen Scheißkerl, ja?« Knox nahm einen tiefen Zug seines Brandys und wandte die Augen dabei nicht von Sebastian ab. »Ihr seht Eurem Papa, dem Earl, nit sehr ähnlich.«

»Man sagt, ich ähnle meiner Mutter.«

Jamie ruckte mit dem Kinn zu dem Porträt über dem Kamin. »Is sie das?«

»Ja.«

Er trank noch einen Schluck. »Ich hab meinen Vater nie kennengelernt. Meine Mutter sagte, er wär'n Kavalleriehauptmann gewesen. War Euer Vater je in der Kavallerie?«

»Meines Wissens nicht.«

Die Augen seines Gegenübers leuchteten amüsiert auf. Er leerte sein Getränk mit der Leichtigkeit eines Mannes, der an übermäßigen Alkoholkonsum gewöhnt war, und schüttelte den Kopf, als Sebastian ihm einen weiteren Drink anbot.

»Ihr seid vorbeigekommen, um nach meiner Unterhaltung mit Miss Tennyson letzte Woche zu fragen.«

»Also leugnen Sie nicht, dass es eine Konfrontation gab?«

»Warum sollte ich? Sie hat davon gehört, dass ich eines dieser alten Bilder auf dem Fliesenboden in meinen Kellerräumen freigelegt hab, also hat sie mich belämmert, ich solle sie einen Blick darauf werfen lassen.«

»Meinen Sie ein römisches Mosaik?«

»Richtig. Das Bild von 'nem nackten, dicken Mann, der Weintrauben in der Hand hält und auf 'nem Delfin reitet.«

»Erwarten Sie, dass ich Ihnen abkaufe, Sie hätten eine Frau wegen eines Mosaiks bedroht?«

Knox verzog den Mund zu einem Lächeln, doch das Glitzern in seinen Augen war hart und gefährlich geworden. Er sah aus, als wäre er ein paar Jahre älter als Sebastian, vielleicht drei- oder vierunddreißig. »Ich hab nit gedroht, sie zu töten. Ich sagte ihr nur, es würde ihr leidtun, wenn sie nit aufgibt. Einen dieser Blaustrümpfe, der bei mir rumschnüffelt, ist das Letzte, was ich brauchen kann. Nit gut fürs Geschäft.«

»Besonders, wenn sie in den Kellerräumen herumschnüffelt.«

Knox lachte. »Ja, so in der Art.«

Der Grenadier ließ den Blick durch Sebastians Kleinen Salon wandern, und die Erheiterung verließ seine Züge langsam. Nach Mayfairer Maßstäben war das Haus in der Brook Street nicht groß, und das Mobiliar war weder verschwenderisch noch opulent. Doch als Sebastian sah, wie Knox' abschätzender Blick die Satinvorhänge, die edlen Stühle mit den Bambusrücken beim Bogenfenster an der Straßenseite, den leicht verblassten Teppich und die Kaminumrandung aus weißem Carraramarmor aufnahm, zweifelte er nicht daran, dass das Zimmer einem Gewehrschützen aus dem Hinterland von Shropshire ganz anders erscheinen musste als ihm selbst, der im weitläufigen, üppig ausgestatteten Hendon House am Grosvenor Square und den Hallen und den Herrenhäusern auf den verschiedenen Liegenschaften des Earls überall in Britannien aufgewachsen war.

»Schöne Räumlichkeiten habt Ihr hier«, sagte Knox ungewöhnlich akzentuiert.

»Danke sehr.«

»Wie ich hörte, habt Ihr letzte Woche geheiratet.«

»Ja.«

»Und zwar die Tochter von Lord Jarvis.«

»Ja.«

Die beiden Männer maßen einander mit Blicken.

»Herzlichen Glückwunsch«, sagte Knox. Er stellte sein Glas beiseite, griff nach dem schwarzen Hut, den er auf einen Tisch gelegt hatte, und setzte ihn sich in verwegenem Winkel auf den Kopf. Dann verbeugte er sich leicht spöttisch. »Mylord.«

Sebastian stand am Bogenfenster seines Kleinen Salons und beobachtete, wie Jamie Knox die Fronttreppe hinunter ging und dann die Straße entlang verschwand. Es war, als würde er einen geheimnisvollen Doppelgänger beobachten.

Oder einen Bruder.

Sebastian stand wenige Augenblicke darauf immer noch am Fenster, da fuhr eine gelbe Kutsche heran. Er beobachtete Hero, die mit ihrer üblichen Anmut ausstieg und dann das Haus betrat.

Sie betrat den Raum und zog ein Paar weicher, gelber rehlederner Handschuhe aus, die sie auf einen der Stühle warf. »Ah, gut«, sagte sie. »Du bist endlich auf.«

»Tatsächlich versuche ich im Allgemeinen, vor Einbruch der Nacht aus dem Bett zu steigen«, sagte er.

Er wurde mit einem leisen Lachen belohnt.

Heute trug sie ein elegantes Kutschenkleid aus smaragdfarbenem Satin, mit Biesenreihen am Rock und feinen, gelben Streuröschen, die auf die Ärmel gestickt waren. Sie zog an den smaragdfarbenen Bändern unter dem Kinn, die ihren Samthut hielten, und warf den Hut zu ihren Handschuhen auf den Stuhl. »Ich komme gerade von einer interessanten Unterhaltung mit Mary Bourne.«

»Wem?«

»Mrs Bourne. Sie ist die Schwester von Charles Tennyson d'Eyncourt und Reverend Tennyson, dem Vater der beiden vermissten Jungen.«

Sebastian runzelte die Stirn. Er erinnerte sich vage daran, dass d'Eyncourt ihm gegenüber eine Schwester erwähnt hatte, die bei ihm wohnte. »Ist sie wie ihr Bruder d'Eyncourt?«

»Oh nein, sie ist noch viel schlimmer. Eine Heilige, weißt du?«

Sebastian lachte laut auf.

»Nein, wirklich, ich meine das wortwörtlich. Sie ist Calvinistin. Du kannst dir nicht vorstellen, wie sehr es sie grämt, dass nur sie sich auf die Freuden des Himmels freuen kann, während der größte Teil ihrer Familie dazu verdammt ist, ewige Höllenqualen durchleiden zu müssen.«

»Hat sie das zu dir gesagt?«

»Ja. Ich persönlich glaube, dass sie enorme Befriedigung daraus zieht, die einzige Auserwählte zu sein, während alle um sie herum verdammt sind, in der Hölle zu brennen. Allerdings ist Selbstwahrnehmung keine ihrer großen Stärken.«

Sebastian lehnte sich gegen die Fensterbank und kreuzte die Arme vor der Brust, während er das Gesicht seiner Gattin musterte. Ihre Augen funkelten, und eine Spur Röte glitt über ihre Wangen. Er musste lächeln. »Weshalb bist du denn zu ihr gefahren? Oder wolltest du zu d'Eyncourt?«

»Nein. Ich wusste, dass d'Eyncourt in Westminster war. Ich wollte allein mit Mary Bourne sprechen. Mich haben die Zahlen verwirrt, weißt du.« Hero ließ sich auf einen der Stühle beim leeren Kamin sinken. »D'Eyncourt hat dir erzählt, dass er der Erbe seines Vaters ist, nicht? Allerdings ist d'Eyncourt erst achtundzwanzig, während George Tennyson – der größere der vermissten Jungen – neun Jahre alt ist. Das heißt, wenn d'Eyncourts Bruder tatsächlich ein jüngerer Sohn wäre, dann müsste er seinen eigenen Sohn im zarten Alter von siebzehn gezeugt haben. Offensichtlich eine Möglichkeit, aber dennoch unwahrscheinlich, wenn man bedenkt, dass er als Geistlicher Dienst tut.«

»Und was hast du herausgefunden?«

»Dass der Vater des Jungen tatsächlich vierunddreißig Jahre alt ist.«

Sebastian stieß sich vom Fenster ab. »Bist du sicher?«

»Willst du andeuten, die Frau könnte sich im Alter ihrer eigenen Brüder vertan haben? D'Eyncourt ist das

Nesthäkchen der Familie. Er ist ganze sechs Jahre jünger als sein Bruder.«

Die Abteiglocken schlugen sieben Uhr, als d'Eyncourt Westminster Hall verließ und sich in Richtung Parliament Street wandte. Die untergehende Sonne tauchte die alten Gebäude in sattes, teefarbenes Licht und warf lange Schatten über das Pflaster.

Sebastian holte zu ihm auf.

Der Abgeordnete warf Sebastian einen Seitenblick zu und sah dann beiseite, ohne den Schritt zu verlangsamen. Weder Überraschung noch Verwirrung zeigten sich auf seinem ebenmäßigen, attraktiven Gesicht. »Soeben habe ich eine Nachricht meiner Schwester Mary des Inhalts erhalten, dass Lady Devlin ihr diesen Nachmittag die Freude eines Besuches gemacht hat. Meine Schwester ist eine ernsthafte, aber arglose Frau. Als solche liegt es ihr nicht, die Hinterhältigkeit anderer Menschen rasch zu erkennen. Erst eine Weile, nachdem Lady Devlin sie wieder verlassen hatte, hat meine Schwester begonnen, die Richtung zu begreifen, die ihre Unterhaltung eingeschlagen hatte.«

Sebastian lächelte strahlend. »Ah ja. Lady Devlin ist erfahren in den Künsten der Arglist und der Hinterhältigkeit, nicht wahr?«

D'Eyncourt presste die Lippen zusammen und ging weiter.

Sebastian sagte: »Und sobald Mrs Bourne die Indiskretion ihres bereitwillig ausplappernden Mundwerkes bewusst geworden ist, hat sie sich hingesetzt und ihrem kleinen Bruder eine Nachricht geschickt, um ihn zu warnen – wovor genau? Dass Sie bei einer ausgesprochen verräterischen Lüge ertappt wurden?«

D'Eyncourt blieb am Rand von Privy Gardens stehen und wandte sich ihm zu. Er war ein schlanker, eleganter Mann mit einem widerlichen Ausdruck der Selbstgerechtigkeit. »Ich habe nie behauptet, der Erstgeborene meines Vaters zu sein. Ich habe Euch lediglich gesagt, dass ich sein Erbe bin. Und das ist die Wahrheit.«

»Sein einziger Erbe?«

»Ja.«

»Wie ist das möglich?«

D'Eyncourts dünne Nasenflügel erbebten vor Entrüstung. »Das ist nicht Eure Angelegenheit.«

Sebastian trat näher zu ihm und trieb den dandyhaften Parlamentarier rückwärts, bis dessen Schultern gegen die raue Steinwand in seinem Rücken stießen. »Der Tod von Gabrielle Tennyson hat es zu meiner Angelegenheit werden lassen, Sie gottverdammter, pompöser, selbstbeweihräuchernder Hurensohn. Eine Frau ist tot, und zwei unschuldige Kinder werden vermisst. Wenn Sie irgendetwas – *irgendetwas* – wissen, das Licht ins Dunkel ihres Schicksals bringen kann ...«

»Ich habe keine Angst vor Euch«, sagte d'Eyncourt. Sein Adamsapfel hüpfte auf und ab, als er schluckte.

»Das sollten Sie aber.«

»Ihr könnt mich nicht auf offener Straße belästigen! Was denkt Ihr Euch? Dass diese beiden Kinder zwischen mir und dem Vermögen meines Vaters stehen? Tja, da irrt Ihr Euch. Mein Vater hat meinen älteren Bruder enterbt und mich zu seinem einzigen Erben gemacht, als ich sechs Jahre alt war. Warum sonst glaubt Ihr denn, dass mein Bruder dem Orden beigetreten ist und jetzt als Geistlicher arbeitet? Weil das seine Zukunft ist? Alles, was mein Vater besitzt – die Liegenschaften, die Investitionen – wird bald auf mich übergehen.«

»Ich kann mir nur einen einzigen Grund für einen Mann vorstellen, seinen zwölfjährigen Sohn zu enterben und sein jüngstes Kind zum Alleinerben zu erklären.«

Auf d'Eyncourts Wangen bildeten sich zwei leuchtende Flecke. »Wenn Ihr andeuten wollt, dass mein Bruder enterbt wurde, weil er ... weil er *nicht* mein Bruder ist, dann lasst mich Euch sagen, dass Ihr Euch gründlich irrt. Mein Bruder wurde enterbt, weil bereits, als er das Alter der Pubertät erreichte, für meinen Vater offenkundig geworden war, dass seine Gesundheit und sein Temperament für die Position, die ihm in Zukunft abverlangt werden würde, vollends unpassend waren.«

»Aber nicht unpassend, ein Geistlicher zu werden?«

D'Eyncourt erwiderte seinen Blick. »Die Erfordernisse dieser beiden Berufungen sind äußerst unterschiedlich.«

»Dann sagen Sie mir doch«, sagte Sebastian, »wie ist Ihr Bruder damit zurechtgekommen, dass ihm ein Vermögen von ungefähr einer halben Million Pfund weggenommen wurde?«

»Er war natürlich etwas betrübt.«

»Betrübt.«

»Betrübt. Aber mit der Zeit hat er sich an seine Lage gewöhnt.«

»Als verarmter Geistlicher in Somersby?«

»Eben so.«

Sebastian trat einen Schritt zurück.

D'Eyncourt richtete mit großer Geste seine Krawatte und den Sitz seines Mantels. »Ich verstehe, dass es für jemanden Eurer Herkunft schwierig zu begreifen sein kann, aber Ihr müsst daran denken, dass der Wohlstand meiner Familie zwar beträchtlich ist, doch erst kürzlich erworben wurde. Deshalb gelten die Regeln des Erstgeburtsrechts nicht. Mein Vater ist frei, sein Vermögen zu vererben, wie er es für richtig hält.«

»Das stimmt«, sagte Sebastian. »Aber mir kommt ebenfalls in den Sinn, dass Ihr Vater, wenn er schon einmal sein Testament geändert hat, offensichtlich frei ist, das ein zweites Mal zu tun — dieses Mal zu Gunsten seiner beiden Enkel.«

D'Eyncourt versteifte sich. »Wenn Ihr andeuten wollt …«

»Der Gedanke drängt sich auf, ob man ihn in Worte kleidet oder nicht«, sagte Sebastian und wandte sich ab.

Als Sebastian wieder im Haus in der Brook Street ankam, sagte man ihm, dass Lady Devlin bereits zu einem musikalischen Abend ausgegangen sei – und zwar in Gesellschaft ihrer Mutter.

»Wie auch immer«, Morey deutete eine Verbeugung an. »Ich glaube, Calhoun war sehr deutlich, dass er ein Wort mit Euch wechseln möchte.«

»Aha? Dann schicken Sie ihn hoch.« Sebastian ging zur Treppe.

»Nun?«, fragte er kurz darauf, als Calhoun in das Ankleidezimmer trat. »Haben Sie etwas herausgefunden?«

»Nicht so viel wie erhofft, Mylord«, sagte Calhoun und machte sich daran, Sebastians Abendgarderobe bereitzulegen. »Soweit ich es in Erfahrung bringen konnte, ist Mr Knox erst vor drei Jahren in London angekommen. Er war beim 145. Grenadierregiment, wurde jedoch entlassen, als seine Einheit nach der Schlacht von Corunna reduziert wurde.«

»Dann war er tatsächlich ein Grenadier.«

»Ja, Mylord. Er ist sogar berühmt dafür, dass er einen wichtigen Franzmann auf eine Entfernung von etwa sechshundert Metern vom Pferd geschossen hat. Und es heißt, er könne einem flüchtenden Kaninchen auf mehr als dreihundert Meter den Kopf wegschießen.« Calhoun hielt einen Augenblick inne, bevor er hinzufügte: »Im Dunkeln.«

Sebastian, der sein Hemd aufknöpfte, sah auf. »Wie kommt es, dass er jetzt das *Black Devil* besitzt?«

»Die Versionen sind unterschiedlich. Manche sagen, er hätte sich für eine Weile zu den *High Tobys* geschlagen, bevor er die Taverne entweder beim Würfelspiel gewonnen oder den Vorbesitzer ermordet hat.«

»Sich zu den *High Tobys* schlagen« war umgangssprachlich für zum Straßenräuber werden.

»Oder vielleicht beides«, hängte Calhoun an.

»Sein Keller scheint ihm sehr wichtig zu sein.«

»Das ist nicht verwunderlich, wenn man die Art seiner Bekannten berücksichtigt.«

»Ach? Und die wären?«

»Der am häufigsten genannte Name war Yates. Russell Yates.«

Kapitel 22

Sebastian wartete außerhalb des Lichtkegels, den die flackernde Öllampe auf die Straße warf. Das Theater war noch für die Sommerpause geschlossen, aber Proben für die bevorstehende Saison fanden bereits statt. Das Gelächter der herausströmenden Truppe hallte in der dunklen Straße wider.

Er behielt den Künstlereingang im Auge.

Es war eine warme Nacht, und der Wind wirkte wie eine sachte Liebkosung, in der der Duft nach Orangen und bittersüßer Erinnerung lag. Er hörte, dass sich die Tür öffnete, und sah eine Frau und zwei Männer zur Straße gehen. Die Frau blieb einen Augenblick im Licht der Laterne stehen, sie war in eine Unterhaltung mit ihren Schauspielkollegen vertieft. Das tanzende Licht der Öllampe glänzte auf den kastanienfarbenen Sprengseln in ihrem dichten, dunklen Haar und glitt verführerisch über ihre vertrauten und geliebten Gesichtszüge. Sie warf den Kopf in den Nacken und lachte herzhaft über eine Bemerkung eines ihrer Freunde. Dann hielt sie plötzlich inne und drehte den Kopf herum. Ihre Augen weiteten sich in dem aussichtslosen Versuch, die Dunkelheit zu durchdringen. Da wusste Sebastian, dass sie seine Anwesenheit gespürt hatte, und dass das Band, das all diese Jahre zwischen ihnen existiert hatte, zwar schwächer geworden, doch nicht durchtrennt war.

Ihr Name war Kat Boleyn, und sie war die meistgefeierte Schauspielerin auf Londons Bühnen. Einst war sie die Liebe seines Lebens gewesen. Einst hatte er geglaubt, er würde mit ihr an seiner Seite alt werden, unbeeindruckt vom empörten Tratsch in der Gesellschaft und vom verbissenen Widerstand seines Vaters – *des Earls of Hendon*, erinnerte er sich selbst. Dann waren ein hässliches Lügengespinst und die sogar noch hässlichere Wahrheit dazwischengekommen. Nun war Kat mit einem extravaganten ehemaligen Freibeuter namens Russell Yates verheiratet, einem Mann mit der geheimen, verbotenen Leidenschaft fürs eigene Geschlecht und mit nebulösen Verbindungen in die Szene der Schmuggler und Agenten, die England und das napoleonische Frankreich durch den Kanal miteinander verbanden.

Sebastian beobachtete, wie sie sich von ihren Freunden verabschiedete und auf ihn zu kam. Sie trug einen elfenbeinfarbenen Seidenumhang über den Schultern, die Kapuze auf eine Weise nach hinten geschoben, dass sie ihr Gesicht umspielte. Er sagte: »Du solltest bei Nacht nicht allein unterwegs sein.«

»Meinst du wegen der letzten Morde?« Sie schlenderte neben ihm die Hart Street hinauf. Der Vorplatz stand voller aufwendig gezäumter Pferde vor eleganten Kutschen, deren schwankende Laternen die Luft mit dem Geruch nach heißem Lampenöl füllten. »Gibson hat mir gesagt, dass du dich in die Ermittlungen eingeklinkt hast.« Er sah, wie sie besorgt die Brauen zusammenzog, da sie ihn gut kannte. Sie kannte den Preis, den er für jedes Eintauchen in die dunkle Welt der Angst und des Hasses, der Gier und Verzweiflung zahlte, die unvermeidbar jeden Mordfall umgab. Deshalb konnte sie seinen Drang, zu tun, was er nun einmal tat, nie ganz begreifen, auch wenn sie theoretisch verstand, was ihn dazu trieb.

Er sagte: »Mach dir um mich keine Sorgen.«

Ihre Augen strahlten in einem Lächeln auf. »Aber du darfst dir um mich Sorgen machen?« Das Lächeln erlosch, als sie stehenblieb und sich ihm mit forschendem Blick zuwandte. Sie hatte tiefliegende, von dichten Wimpern umkränzte Augen von einzigartigem Blau, das sie von ihrem leiblichen Vater, dem Earl of Hendon, geerbt hatte. Jedes Mal, wenn er hineinblickte, spürte er einen sengenden Schmerz wie einen Dolch, der sein Herz durchstieß.

Sie sagte: »Du bist nicht hier, um in der Vergangenheit zu schwelgen, Sebastian. Was ist los?«

»Ich habe erfahren, dass Yates Umgang mit einem Kneipenbesitzer namens Jamie Knox haben soll.«

Ihre Brust hob sich in einem raschen Atemzug. Das war ungewöhnlich verräterisch für eine Schauspielerin, die sonst alle Regungen, jeden Ton, jedes Wort und jede Geste unter Kontrolle hatte.

Er sagte: »Offenbar kennst du Knox auch. Was kannst du mir über ihn verraten?«

»Nur sehr wenig. Er ist extrem geheimnistuerisch, kalt und gefährlich. Die meisten Menschen, die ihn kennen, haben Angst vor ihm. Und diese Aura kultiviert er.«

»Hast du ihn über Yates kennengelernt?«

»Ja.« Sie zögerte, dann fragte sie: »Ist er in diesen Mordfall verwickelt? Inwiefern?«

»Er wurde mehrere Tage vor ihrem Tod bei einem Streitgespräch mit Gabrielle Tennyson gesehen. Er behauptet, es wäre um einen römischen Mosaikfußboden gegangen.«

»Du glaubst ihm nicht?«

»Nein. Aber ich begreife auch nicht, wie er sich in alles andere einfügt, das ich bisher erfahren habe.«

»Ich sehe zu, was ich herausfinden kann.« Die Tür zu einem Gasthaus an der Ecke öffnete sich, und daraus ergossen sich Licht, Stimmen und Gelächter in die Straße. »Hat Knox dich gesehen?«

»Warum fragst du?«

Sie sah ihm in die Augen. »Du weißt, warum.«

Sie hatten den Bogen erreicht, unter dem ihre Kutsche wartete. Sebastian sagte: »Vor einigen Wochen bin ich in Chelsea einem Mann begegnet, der mit sagte, ich erinnerte ihn an einen Straßenräuber, der einst in Hounslow Heath seine Kutsche angehalten hätte.«

»Und du glaubst, das war Knox?«

»Man hat mir gesagt, er hätte sich eine Zeit lang zu den *High Tobys* geschlagen, nachdem er vom Militär ausgetreten war. Ich würde ungern annehmen, dass sogar *drei* von unserer Sorte herumlaufen.«

Er sagte es leichthin, doch seine Worte brachten sie zum Lächeln. »Ich weiß, dass du Männer auf dem Kontinent nach deiner Mutter hast suchen lassen. Haben sie sie gefunden?«

»Nein.«

»Kannst du das nicht einfach ... loslassen, Sebastian?«

Er musterte ihr blasses, geliebtes Antlitz. »All die Jahre, als du die Identität deines Vaters noch nicht kanntest ... wenn du da die Wahrheit schon in

Reichweite geglaubt hättest, hättest du es dann einfach loslassen können?«

»Ja.« Sie lächelte tatsächlich. Es war ein süßes, trauriges Lächeln. »Aber meine Dämonen sind auch von anderer Natur als deine.« Sie streckte sich auf die Zehenspitzen, hauchte ihm einen Kuss auf die Wange und wandte sich ab. »Gute Nacht, Sebastian. Gib auf dich acht.«

Er spazierte ungewöhnlich leere Straßen entlang. Der Himmel war dunkel und sternenlos, die Luft dick. Die Öllampen waren weit oben an den dunkel aufragenden Mauern der engstehenden, schmierigen Backsteinhäuser und Läden angebracht und flackerten, als er vorbeiging. Dann bemerkte er, dass zwei Männer ihm folgten. Er umfasste den Griff seines Gehstocks fester, den er unter einem Arm trug. Aber sie bogen in eine lärmerfüllte Seitengasse ein, das Echo ihrer Schritte wurde in der Nacht leiser.

Er ging weiter und umrundete die Ecke zur Long Street. Er hörte das dünne, durchdringende Geschrei eines Wickelkindes irgendwo in der Ferne, das Geklimper eines verstimmten Klaviers und ratternde Kutschräder, die durch die Straße im nächsten Viertel rumpelten. Aus den trüben Schatten eines schmalen Durchgangs vor ihm erklang ein leises Flüstern.

»*C'est lui.*«

Er blieb just in dem Augenblick stehen, als die beiden Männer aus dem Durchgang herausstürmten und auseinanderstoben, um ihre Positionen einzunehmen – einer vor, der andere hinter ihm. Sebastian drehte sich um die eigene Achse und erkannte das Aufblitzen eines Messers in der Hand des einen; der andere, ein großer, blonder Mann in dunklen Hosen und hohen Lederstiefeln hielt einen Knüppel, mit dem er sich spöttisch in die Hand schlug.

»Wache!«, rief Sebastian, als der Mann den Knüppel über den Kopf hob. »Wache! Hierher!«

Bevor der Mann den Prügel senken konnte, machte Sebastian einen Ausfallschritt in seine Richtung und ließ den Gehstock durch die Luft gegen den Kopf des Angreifers sirren. Der Mann riss den linken Arm hoch und hielt Sebastians Schlag im letzten Augenblick auf. Der Aufprall ließ den Ebenholzschaft des Gehstocks bersten und ihn etwa zwanzig Zentimeter von Sebastians Faust auseinander brechen. Aber die Wucht des unerwarteten Gegenangriffs reichte aus, um den Mann zum Zurückwanken zu bringen. Er verlor den Halt und stürzte zu Boden.

Sein Kumpan brüllte: »*Bâtard!*«

»Wache!«, schrie Sebastian erneut und schwang herum. Der zweite Mann – er war kleiner, schlanker und dunkler als sein Kumpel – machte soeben einen Ausfallschritt nach vorn, das Messer mit angewinkeltem Arm festhaltend.

Sebastian versuchte, den Stoß des Mannes mit dem zerbrochenen Gehstock zu parieren und spürte, wie die Klinge von dem Holz abrutschte und ihm den Unterarm aufschnitt. Dann schloss der auf dem Boden liegende Mann die Hand um Sebastians Fessel und zog.

Sebastian torkelte rückwärts, stolperte über den gefallenen Mann und stürzte. Im Fallen stieß er sich die Hüfte an einem lockeren Pflasterstein. Er fluchte laut und wüst und griff nach dem Pflasterstein, als er sich auf die Knie schaffte.

Der Mann mit dem Prügel holte aus. Sebastian duckte sich und richtete sich wieder auf, um seinem Angreifer den Stein mit einem hässlichen Geräusch gegen die Seite des Kopfes zu schlagen. Der Mann trudelte rückwärts, seine Augen verdrehten sich nach oben, eine Seite seines Gesichts war nur noch eine blutige Masse. Schweratmend griff Sebastian zu seinem Stiefel und zog seinen eigenen Dolch aus der verborgenen Scheide.

Mit der einen Hand umklammerte er das Messer, in der anderen hielt er noch immer den blutigen Stein, und er schaffte sich auf die Füße, in eine geduckte Position. »Komm schon, du Bastard«, spuckte er aus, den Blick fest auf das Gesicht seines verbliebenen Angreifers gerichtet.

Der Mann war glattrasiert und noch recht jung, höchstens dreißig. Sein Mantel war abgetragen, aber sauber und die Krawatte einfach, aber ordentlich geknotet. Er leckte sich über die Unterlippe, und sein Blick huschte von Sebastian zu der reglosen Gestalt, die in einer größer werdenden Blutlache zwischen ihnen lag.

Seine Nasenflügel weiteten sich, als er einatmete.

»Nun?«, sagte Sebastian.

Er drehte sich um und lief davon.

Sebastian ließ sich gegen die Backsteinmauer in seinem Rücken sinken, den verletzten Arm hielt er angewinkelt vor der Brust. Das Blut pochte ihm in den Ohren, und sein Blick ruhte auf dem Toten neben ihm.

Kapitel 23

»Grausig«, sagte Sir Henry Lovejoy und schaute auf den blutigen Kopf des toten Mannes hinunter, der zu ihren Füßen auf dem Pflaster lag. Die Wache war außer Atem nur wenige Augenblicke nach dem Angriff auf den Viscount eingetroffen. Der hatte ihn zur Bow Street geschickt, die nur ein paar Straßen weiter lag. Nun richtete Sir Henry den Blick auf Lord Devlin. »Wer ist es? Wisst Ihr das?«

»Ich habe ihn noch nie gesehen«, sagte Devlin, der damit beschäftigt war, sich die Krawatte vom Hals zu ziehen und sie um den blutenden Arm zu wickeln.

»Und sein Kumpan, der geflohen ist?«

»Den kannte ich auch nicht.«

Lovejoy zwang sich, den Toten genauer anzuschauen. »Ich schätze, es können gewöhnliche Taschendiebe gewesen sein, die auf Eure Brieftasche aus waren.«

»Könnten es gewesen sein.«

»Aber das glaubt Ihr nicht. Ich muss zugeben, dass er nicht wirklich wie ein Taschendieb aussieht.«

»Außerdem ist er Franzose.«

»Franzose? Herrje, das höre ich gar nicht gerne. Meint Ihr, es könnte ein Zusammenhang zwischen diesem Vorfall und den Tennysonmorden bestehen?«

»Falls ja, will ich verdammt sein, wenn ich ihn erkenne.« Devlin blickte vom Verbinden seines Armes auf. »Haben Sie die Leichen der Kinder denn gefunden?«

»Was? Oh nein. noch nicht. Aber mit jedem weiteren Tag wird es schwerer zu glauben, dass sie noch leben könnten.« Lovejoy nickte den Männern von der Leichenhalle zu, die mit einer Bahre angekommen waren, und beobachtete, wie sie den Leichnam anhoben. »Wir haben begonnen, die Männer zu überprüfen, die bei den Ausgrabungen in Camlet Moat beteiligt sind. Über diesen Rory Forster kommen einige beunruhigende Dinge ans Licht.«

Devlin verknotete die Enden seines improvisierten Verbands. »Wie etwa?«

»Zum einen heißt es, er wäre recht aufbrausend. Und er steht nicht drüber, Frauen gegenüber seine Fäuste einzusetzen.«

»Das überrascht mich nicht.«

»Natürlich bestätigt seine Frau seine Behauptung, er wäre am Samstagnachmittag und -abend bei ihr zu Hause gewesen. Aber ich traue ihm zu, dass er sie dazu genötigt hat, das auszusagen. Schlechterdings sehe ich jedoch einfach nicht, wie er als Mörder in Frage käme.«

Devlin bewegte probeweise die Hand seines verletzten Armes. »Wie kommt das?«

»Wenn er das wäre, wie sind die Tennysons dann überhaupt erst zum Moat gekommen? Die einzig logische Schlussfolgerung ist ja, dass sie in Gesellschaft ihres Mörders dorthin gelangt sind.«

»Das Gleiche könnte man von Sir Stanley Winthrop behaupten. Wenn er der Mörder ist, wie sind die Tennysons dann verdammt noch eins nach Enfield gelangt?«

Lovejoy räusperte sich. »Meine Bow-Street-Kollegen sind der Ansicht, dass es lächerlich ist anzunehmen, Sir Stanley könnte auf irgendeine Weise in die Angelegenheit verwickelt sein.«

Devlin lachte. »Zweifellos hätte es einen negativen Effekt auf die Kriegsanstrengungen unseres Landes, wenn einer der führenden Bankiers Seiner Majestät wegen Mordes inhaftiert würde.«

Lovejoy betrachtete das Blut, das durch die Behelfsbandage des Viscounts sickerte. »Meint Ihr nicht, Ihr solltet das anständig versorgen lassen, Mylord?«

Devlin sah hinunter und runzelte die Stirn. »Ich schätze, Sie haben recht. Auch wenn ich fürchte, dass der Mantel nicht mehr zu retten ist.«

»Bist du sicher, dass du sie Französisch sprechen gehört hast?«, fragte Paul Gibson. Seine ganze Aufmerksamkeit galt den Stichen, die er entlang der Wunde in Sebastians Arm platzierte.

»Ich bin mir sicher.« Sebastian saß im vorderen Raum von Gibsons Praxis auf einem Tisch. Er war bis zur Taille entkleidet, eine Schüssel mit blutigem Wasser und Tüchern stand neben ihm.

Gibson zog den letzten Stich fest und richtete sich auf. »Ich denke, es könnte eine List sein, um dich auf die falsche Spur zu locken.«

»Ich glaube nicht, dass sie die Absicht hatten, mich lange genug leben zu lassen, um einer falschen Spur zu folgen. Ich denke, meine Fragen machen jemanden nervös.«

Gibson griff nach einem aufgerollten Verband. »Jemanden aus Frankreich offensichtlich.«

»Oder jemanden, der mit den Franzosen zu tun hat.«

»Das wäre das eine.«

Sebastian sah seinem Freund bei der Arbeit zu. »Dass meine Fragen jemanden nervös machen, heißt natürlich nicht notwendigerweise, dass derjenige der Mörder ist. Er könnte auch einfach etwas zu verbergen haben.«

»Aber immerhin zeigt es dir, dass derjenige nicht davor zurückschreckt zu töten, um seine Geheimnisse zu wahren.«

»Mächtige Männer haben gewöhnliche eine ganze Reihe Geheimnisse … und es scheint, als kämen in dieser Sache mehrere Namen mächtiger Männer an die Oberfläche.«

Gibson fixierte den Verband mit einem Knoten und runzelte die Stirn. »Wer denn noch außer d'Eyncourt und Sir Stanley?«

Lord Jarvis, dachte Sebastian, sagte es aber nicht laut. Er glitt vom Tisch herunter und griff nach seinem Hemd. »Reicht das noch nicht?« Er zog das Hemd über den Kopf. »Bist du mit der Autopsie von Miss Tennysons Leiche fertig?«

»Ja. Aber ich fürchte, viel mehr kann ich dir nicht sagen. Sie wurde irgendwann am Samstag mit einem Stich ins Herz getötet. Es gibt sonst keine Verletzungszeichen. Wer sie auch immer ermordet hat, hat nicht versucht, ihr Gewalt anzutun.«

»Nun, dann musste die arme Frau zumindest nicht auch das noch erleiden.«

Gibson kratzte sich hinter dem Ohr. »Ich habe allerdings eine Sache bemerkt, die vielleicht von Bedeutung ist. Oder auch nicht.«

Etwas im Klang seiner Stimme ließ Sebastian vom Zuknöpfen seines Hemdes aufblicken. »Ach? Was denn?«

»Ich sagte, sie ist vor ihrem Tod nicht vergewaltigt worden. Allerdings war sie auch keine Jungfrau.«

Sebastian erwartete, dass Hero sich schon lange zur Nacht zurückgezogen hatte. Stattdessen saß sie im Schneidersitz auf dem Fußboden der Bibliothek und war umgeben von einem unordentlichen Kreis aus Büchern und Unterlagen. Sie saß mit dem Kopf über ein Manuskript gebeugt da. Ein Streifen Tinte zierte ihr Kinn, und sie war so in ihre Tätigkeit versunken, dass er den Eindruck hatte, sie nahm sein Hereinkommen nicht einmal wahr.

»Ich dachte, du hättest einen musikalischen Abend mit deiner Mutter geplant«, sagte er und blieb auf der Türschwelle stehen.

Sie sah hoch. Die brennenden Kerzen, die auf einem Tisch standen, warfen weiches, goldenes Licht auf ihr Profil und ihre Schultern. »Das ist doch schon Stunden her. Ich habe beschlossen, dass ich ruhig schon mit der Durchsicht von Gabrielles Forschungsunterlagen anfangen könnte. Ich kann nicht anders, ich glaube, dass hier irgendwo der Schlüssel zu dem, was ihr und den Jungen zugestoßen ist, verborgen ist.« Sie verengte die Augen, als sie seinen Arm in der Schlinge sah. »Du bist verletzt.«

»Nichts Ernstes. Zwei Männer haben mich in Covent Garden überfallen und versucht, mich umzubringen.«

»Und das bezeichnest du als nichts Ernstes?«

Er ging zu einem Sessel am Kamin und streckte sich darin aus. »Der Versuch, mich umzubringen, war ernst. Die Wunde an meinem Arm ist es nicht.«

»Wer waren sie?«

»Was denjenigen betrifft, den ich getötet habe, bin ich mir nicht sicher. Aber derjenige, der mich beleidigt hat, war Franzose.«

Sie schwieg einen Augenblick, in Gedanken versunken, die er nur erahnen konnte. Sie war zu gut darin, über Teile von sich hinwegzutäuschen. Dann erhob sie sich vom Boden und ging zur Anrichte, um ihm ein Glas Brandy einzuschenken. Sie hielt es ihm hin, den Blick auf sein Gesicht gewandt. »Du enthältst mir noch etwas vor«, sagte sie. »Was?«

Er nahm den Brandy. »Bin ich so durchschaubar?«

»Manchmal.«

Sie ließ sich in den Sessel ihm gegenüber sinken und sah ihn erwartungsvoll an. Es war ihm bewusst, wie spät es war, er hörte die Stille im Haus, die sie umgab, und verspürte die Absurdität, die darin lag, dass er zögerte, mit seiner eigenen Frau über die Sexualität ihrer toten Freundin zu sprechen.

»Nun?«, insistierte sie.

»Paul Gibson hat die Autopsie von Miss Tennysons Leichnam beendet. Er sagt, sie war keine Jungfrau mehr.«

Er sah, wie sie den Mund öffnete und ihre Brust sich in einem hastigen Atemzug hob. Er sagte: »Du hast es nicht gewusst?«

»Nein. Allerdings haben wir über solche Dinge nie gesprochen.«

»Und dennoch überrascht es dich.«

»Ja. Sie war so fest entschlossen, niemals zu heiraten.«

»Vielleicht hatte sie eine leidenschaftliche, lange vergessene Jugendliebe.«

Hero neigte den Kopf zur Seite und sah ihm in die Augen. »Sind solche Jugendlieben jemals vergessen?«

»Möglicherweise nicht.«

Sie erhob sich, und kurz dachte er, er sähe die sanfte Rundung ihres anschwellenden Körpers unter dem feinen Musselinstoff ihres Kleids. Dann wurde ihm klar, dass es wahrscheinlich eine Illusion war, hervorgerufen durch die Lichtverhältnisse oder seine abschweifenden Gedanken. Denn in ihrem Bauch wuchs sein Kind heran – gezeugt in einem Augenblick der Angst und der Schwäche, als sie gemeinsam dachten, der sichere Tod stünde ihnen bevor. Und dieses Kind hatte sie hierher gebracht, zu diesem Augenblick, als Ehemann und Gattin.

Sie ging zurück und hob die Unterlagen auf, in denen sie gelesen hatte. Dazu gehörte ein Notizbuch, auf dessen Seiten viel durchgestrichen und abgeändert worden war. Er fragte: »Was ist das?«

»Gabrielles Übersetzung der *Lady of Shalott*.«

»Ah. Ich habe übrigens herausgefunden, wer der Franzose ist, mit dem sie befreundet war. Er ist ein Kavallerieoffizier namens Philippe Arceneaux.«

Sie drehte den Kopf und sah ihn an. »Du hast ihn gefunden?«

»Das würde ich gern sagen, aber in Wahrheit hat er mich gefunden. Er sagte, sie seien sich im Lesesaal des

Britischen Museums begegnet. Er hat ihr bei der Übersetzung geholfen.«

Hero blieb regungslos stehen, das Notizbuch in ihrer Hand war vergessen. »Meinst du, er könnte ihr Liebhaber gewesen sein?«

»Er sagt Nein, gibt aber zu, dass er sich zumindest ein bisschen in sie verliebt hatte. Er hatte sich anscheinend angewöhnt, seine Spaziergänge auf die Zeiten zu legen, zu denen sie mit den Jungen zum Serpentine zu gehen pflegte, damit sie dort ihre Bötchen fahren lassen konnten. Und am Sonntag vor einer Woche ist er mit ihr nach Camlet Moat gefahren, um die Stätte zu sehen – was er allerdings nie zugeben wird, da es gegen seine Bewährungsauflagen verstieß.«

Sie schwieg und blickte in die Ferne.

»Was ist los?« Er musterte sie.

Sie schüttelte den Kopf. »Ich dachte nur gerade an etwas, das Gabrielle vor etwa einem Monat erzählt hat.«

»Was denn?«

»Sie hat gefragt, ob ich je das Gefühl hätte, dass mir etwas fehle – etwas Wichtiges im Leben –, wenn ich mich der Forschung und dem Schreiben verschreibe, anstatt zu heiraten. Neulich erst sagte sie, sie fühlte sich langsam, als ob sie das Leben nur von außen betrachte, anstatt es wirklich zu leben. Sie sagte, es wäre, als verbrächte sie ihre Tage in den fahlen Schatten des Lebens anderer Menschen, die sie in einem Spiegel sähe – anfangs wäre das vielleicht noch unterhaltsam, aber am Ende doch leer und unbefriedigend. Und dann sagte sie ...«

»Ja?«

»Sie hat gesagt: ›Neuerdings merke ich, wie satt ich der Schatten bin.‹«

Sie sah ihm in die Augen. Ihm wurde ein weiteres Mal die Stille der Nacht bewusst, die sie umgab. Und er ertappte sich dabei, dass er an die bezaubernde Weichheit ihrer Haut dachte, an das seidige, liebkosende Gefühl ihres schweren, dunklen Haars, das über seinen Bauch glitt, und daran wie sich ihre Augen vor Überraschung und Vergnügen weiteten, wenn er in sie eindrang. Er sah ihr in die großen, dunklen Augen, sah, wie sich ihr Mund öffnete, und wusste, dass ihre Gedanken die seinen widerspiegelten.

Dennoch wuchs das schwelende Misstrauen, das die ganze Zeit zwischen ihnen herrschte, durch die unbekannten Strömungen ins Unendliche, die Gabrielle Tennysons Tod umtosten. Genau so sehr trugen Jarvis' ungebrochene Bosheit und Sebastians verworrene, düstere Vergangenheit dazu bei. Sie waren als zwei misstrauische Fremde in diese Ehe geraten, die nur durch das Kind, das sie erschaffen hatten, und die Leidenschaft, die sie einander zuletzt eingestanden hatten, geeint wurden. Nun schien es, als verlören sie auch das Wenige noch. Bloß …

Bloß stimmte auch das nicht ganz. Die Leidenschaft war immer noch da. Nur ihre Fähigkeit, sich ihr hinzugeben, schwand.

Er sagte mit seltsam heiserer Stimme: »Und was hast du Gabrielle geantwortet, als sie dich gefragt hat, ob du manchmal das Gefühl hättest, dass dir etwas im Leben fehle?«

Die Andeutung eines Lächelns glitt über ihre Lippen. »Ich habe gelogen. Ich sagte Nein.«

Einen schmerzlichen Augenblick lang dachte er, sie würde zu ihm kommen. Dann sagte sie »Gute Nacht« und wandte sich ab.

Am nächsten Morgen kam ein Wachtmeister der Bow Street, um Sebastian mitzuteilen, dass einer seiner Covent Garden-Angreifer identifiziert worden war. Der Name des Toten war Gaston Colbert. Er war ein französischer Kriegsgefangener, der auf *Parole* entlassen worden war.

Kapitel 24

Mittwoch, 5. August

Jarvis hörte beim Frühstück das entfernte Läuten der Türglocke. Kurz darauf betrat Hero den Frühstücksraum. Zu ihrem preußisch-blauen Husarengewand mit Epauletten, das am Mieder doppelreihig mit Messingknöpfen besetzt war, trug sie einen passenden Hut, der einem Husarenhelm ähnelte. Im Gehen zog sie die Handschuhe aus.

»Guten Morgen«, sagte Jarvis und schnitt sich ruhig ein Stück von seinem Steak ab. »Du siehst heute ausgesprochen kriegerisch aus.«

Sie trat zu seinem Tisch, stützte sich mit den Händen darauf ab und sah ihn mit forschendem Blick an. »Letzte Nacht haben zwei Männer versucht, Devlin zu töten. Weißt du etwas darüber?«

Er legte das Messer auf dem Rand seines Tellers ab. »Soweit ich gehört habe, war der Angreifer, den Devlin mit der üblichen tödlichen Effizienz ausgeschaltet hat, ein französischer Offizier auf *Parole*. Weshalb denkst du, dieser Zwischenfall hätte etwas mit mir zu tun?«

»Weil ich dich kenne.«

Jarvis nahm einen Bissen von seinem Fleisch, kaute und schluckte. »Ich gebe zu, dass ich es nicht bedauern würde, wenn jemand deinen Ehemann von der Bildfläche wegwischen würde. Aber die Frage, ob ich aktiv versuche, seiner Existenz ein Ende zu setzen, kann ich derzeit verneinen.«

Sie blieb bewegungslos in ihrer Position und fixierte weiterhin seine Gesichtszüge. »Weißt du, wer dahinter steckt?«

»Nein. Obschon ich Vermutungen anstellen könnte.«

Sie zog einen Stuhl heraus und setzte sich. »Dann stelle Vermutungen an.«

Jarvis verspeiste ein weiteres Stück Fleisch. »Hast du die Flugblätter bemerkt, die in letzter Zeit überall in der Stadt auftauchen und nach König Artus rufen, der in Englands Stunde der Not aus Avalon zurückkommen soll?«

»Weißt du, wer dahinter steckt?«

»Natürlich Napoleons Agenten.«

»Und du deutest an, dass diese Agenten jemanden auf Devlin angesetzt haben? Warum?«

»Wer in einer Schlangengrube stochert, sollte sich nicht wundern, wenn die Schlangen sich wehren.«

»Glaubst du, dass Devlin, wenn er denjenigen findet, der hinter den Flugblättern steckt, auch Gabrielles Mörder finden wird?«

Jarvis griff nach seinem Bier und nahm einen tiefen Schluck. »Das könnte interessant sein.«

»Und für dich zweckdienlich – wenn es Devlin gelingen sollte, denjenigen zu eliminieren.«

Er lächelte. »Das wäre das eine.«

Sie nahm ihre Handschuhe und stand auf.

Jarvis fragte: »Hast du Devlin von meinem Zusammentreffen mit Miss Tennyson am Freitagabend erzählt?«

Hero sah von der Tür aus zu ihm zurück. »Nein.«

Ihre Antwort überraschte und erfreute ihn, löste aber auch eine vage Sorge aus. Er musterte das Antlitz seiner Tochter. Ihre Wangen blühten von einem inneren Leuchten, das eine eigene Geschichte erzählte. Unvermittelt sagte er: »Du weißt, dass ich weiß, warum du ihn geheiratet hast.«

In einem raschen Atemzug öffneten sich ihre Lippen, doch ansonsten blieb sie bemerkenswert ruhig und gelassen. »Ich kann mir nicht vorstellen, was du meinst.«

»Deine ehemalige Zofe hat ihre Beobachtungen zu deiner Verfassung gestanden, bevor sie getötet wurde.« Als Hero ihn weiterhin nur ansah, fragte er: »Ist das Kind von Devlin?«

Ihre Pupillen weiteten sich in Empörung. »Ja.«

»Hat er dich genötigt?«

»Nein.«

»Ich verstehe. Wie interessant.«

Sie sagte: »Die Lage ist … kompliziert.«

»Es scheint so.« Er griff nach seinem Schnupftabak. »Und das Kind soll – wann kommen?«

»Im Februar.«

Jarvis ließ die Tabakdose aufschnappen, dann hielt er sie, halb vergessen, einfach fest. »Du gibst auf dich acht, Hero.«

Ihre Augen strahlten belustigt. »So wie immer.«

Er erwiderte ihr Lächeln nicht. »Wenn dir irgendetwas zustößt, werde ich ihn töten.«

»Mir wird nichts zustoßen, Papa«, sagte sie. »Gute Nacht.«

Noch nachdem sie gegangen war, saß er eine ganze Weile mit der offenen Schnupftabakdose in der Hand da. Dann schloss er sie mit einem Klacken und spannte die Faust um das Metall so fest an, bis er es knacken hörte.

Leutnant Philippe Arceneaux spielte in einem Kaffeehaus in der Nähe der Wych Street Schach mit einem ungeschlachten, schnauzbärtigen Husaren, als Sebastian an seinem Tisch stehenblieb und sagte: »Begleiten Sie mich ein paar Schritte, Leutnant?«

Der schwarzbraune Hund zu Arceneaux' Füßen hob den Kopf und gab ein vorfreudiges »Wuff« von sich.

»*Monsieur!*«, protestierte der Franzose mit dem Schnäuzer und sah zu ihm auf. »Unser Spiel! Ihr stört!«

Der Husar trug noch die engen ungarischen Reithosen und den Dolman, die reich dekorierte, aber ausgeblichene Uniformjacke seines Regiments. An beiden Schläfen hingen schmale, geflochtene Zöpfe herunter, die als Liebesknoten oder *Cadenettes* bezeichnet wurden, und hinter beiden Ohren hing je ein weiterer Zopf. Die *Cadenettes* wurden durch das Gewicht einer Goldmünze heruntergezogen, die am Ende jedes Zopfes eingeflochten war, denn Napoleons Husaren waren gleichermaßen für ihre untadelige, prächtige Erscheinung bekannt wie für ihre Ruchlosigkeit auf dem Pferderücken.

»Schon gut«, sagte Arceneaux auf Französisch und hob kapitulierend die Hände, bevor er seinen Stuhl zurückschob und aufstand. »Ich gebe auf. Du hast mich längst geschlagen. Meine Lage ist hoffnungslos.«

Sebastian bemerkte das Stirnrunzeln des Husaren, mit dem er ihnen auf dem Weg zur Tür des Kaffeehauses nachsah.

»Wer ist Ihr Freund?«, fragte er, als sie sich umwandten und zur nahegelegenen Kirche St. Clements schlenderten, den glücklichen Hund auf den Fersen.

»Pelletier? Kümmert Euch nicht um ihn. Er hat ein übles Gemüt und ein noch übleres Temperament, aber er ist harmlos.«

»Interessante Wortwahl«, sagte Sebastian, »wenn man bedenkt, dass zwei Ihrer Offizierskollegen mich vergangene Nacht in Covent Garden versucht haben umzubringen.«

Arceneaux' Lächeln erlosch. »Ich habe von der Attacke auf Euch gehört.« Er nickte zu dem Arm, den Sebastian in einer Schlinge trug. »Wurdet Ihr verwundet?«

»Nicht schwer. Aber ich frage mich, warum zwei französische, auf *Parole* entlassene Offiziere versuchen sollten, mich zu töten?«

Arceneaux starrte ihn mit aufgerissenen Augen an. »Denkt Ihr, ich wüsste das?«

»Mit einem Wort: Ja.«

Chien winselte leise, und Arceneaux blieb stehen, bückte sich und kraulte den Hund hinter den Ohren. Kurz darauf sagte er: »Ich verdiene mir meinen Lebensunterhalt mit Französischstunden für kleine Jungen und mit der Arbeit als Übersetzer für einen Verlag in der Fleet Street. Es reicht für ein Dachzimmer in einem Mietshaus, dort drüben.« Er nickte zu einer Straße in der Nähe. »Manchmal kann mein Vater mir Geld schicken. Aber er hat selbst ein hartes Leben. Er besitzt einen kleinen Weinberg in der Nähe von Saint-

Malo. Seine besten Kunden waren immer die Engländer. Der Krieg war nicht gut fürs Geschäft.«

»Was genau wollen Sie mir sagen?«

Arceneaux richtete sich wieder auf. »Nur, dass Männer, deren Beruf der Krieg ist, manchmal feststellen müssen, dass eine Arbeit, in der sie ihre … professionellen Fertigkeiten einsetzen, am lukrativsten ist.«

»Für wen?«

Der Franzose schüttelte den Kopf. »Das entzieht sich meiner Kenntnis.« Sie gingen weiter, der Hund lief voraus. Arceneaux beobachtete ihn eine Weile, dann sagte er: »Etwas habe ich Euch noch nicht erzählt – etwas, das meiner Ansicht nach erklären könnte, was Euch letzte Nacht geschehen ist. Als ich sagte, dass ich Gabrielle am Mittwoch zum letzten Mal gesehen habe, war es nicht ganz die Wahrheit. Ich habe sie auch am Freitagabend gesehen. Da war sie … ganz außer sich.«

»Fahren Sie fort.«

»Sie sagte, sie hätte etwas herausgefunden … und das ärgerte sie und machte ihr zugleich Angst.«

»Wovon sprechen wir hier genau?«

»Von einer Fälschung oder einem Betrug. Sie hat mich gewarnt und sagte, es wäre nur zu meinem Schutz, wenn sie mir nicht mehr sage. Ich weiß nur, dass es irgendetwas mit der Artussage zu tun hatte.«

»Eine Fälschung?«

»Ja.«

»Und warum zum Teufel haben Sie vorher nichts davon gesagt?«

Arceneaux' Gesicht war so blass geworden, dass es fast weiß wirkte. »Sie sagte, es wäre mehr als eine bloße

Fälschung. Es stünde kein monetäres Interesse dahinter.«

»Hat sie gesagt, wer darin verwickelt war?«

»Sie hatte mit einem Antiquar darüber gestritten, aber ich glaube, er war nur eine Schachfigur. Jemand anderes stand hinter der Scharade – jemand, vor dem sie Angst hatte. Das hat mich überrascht, denn Gabrielle war keine Frau, die leicht zu verängstigen war.«

»Der Antiquar – hat sie seinen Namen genannt?«

Arceneaux schüttelte den Kopf.

Aber das machte nichts. Sebastian wusste, um wen es ging.

Kapitel 25

Es dauerte eine Weile, doch zuletzt machte Sebastian Bevin Childe ausfindig: Er war auf einer Ausstellung antiken griechischen Porzellans, die in einer kleinen Halle im Middle Temple in der Nähe von Fountain Court stattfand.

Er stand gerade vornübergebeugt an einer Vitrine und drückte das Gesicht gegen das Glas, um eine tönerne Trinkschale zu betrachten. Als er aufsah, entdeckte er Sebastian, der ihn unverwandt aus einiger Entfernung beobachtete, und der Mund klappte ihm auf. Er ruckte hoch, und sein Blick irrte nach links und rechts, als suchte er nach einem Fluchtweg.

»Nein«, sagte Sebastian mit einem angedeuteten, maliziösen Lächeln. »Sie können nicht vor mir weglaufen.«

Der Antiquar lachte resigniert auf. Dann spannte er den Kiefer an. »Ich habe nicht die Absicht wegzulaufen. Ich habe schon von Euch gehört, Lord Devlin. Meine Unterhaltung mit Eurer Gattin war bereits schlimm genug. Ich bleibe exakt hier stehen. In einer Halle voller Menschen könnt Ihr mich nicht angreifen.«

»Das ist richtig. Aber ist Ihnen wirklich daran gelegen, sie alle mit anhören zu lassen, was ich Ihnen zu sagen habe?«

Childe erstarrte. »Wenn Ihr erwartet, dass ich verstehe, was Ihr mit dieser geheimnisverbrämten

Äußerung andeuten wollt, fürchte ich, dass Ihr enttäuscht sein werdet.«

Sebastian nickte zu dem zeremoniellen Gefäß. »Wunderschönes Stück, nicht wahr? Es sieht echt aus. Allerdings kannte ich einen Mann mit einer Werkstatt am Rand von Neapel, der in einer Woche ein Dutzend dieser Schalen herstellen konnte. Fälschungen, gewiss, aber ...«

Childe zischte: »*Sch!* Sprecht leise.« Er warf einen raschen Blick um sich. Ein korpulenter Mann mit vorstehendem Mund und vollen Lippen betrachtete sie über seine Augengläser hinweg. »Vielleicht«, sagte Childe, »wäre es letztlich doch besser, wenn wir diese Unterredung im Freien fortsetzen.«

Sie gingen die Middle Temple Lane entlang zu den ausgedehnten Temple Gardens, die die Themse säumten. Einstmals Bezirk der Tempelritter, dienten der Inner und der Middle Temple nun als zwei der »Inns of Court« der Londoner City, somit als Advokatenkammern, den Berufsvereinigungen, denen sämtliche Rechtsanwälte der höheren Gerichte aus England und Wales angehörten. Die Morgensonne tränkte die oberen Teile der mittelalterlichen Mauern, die sie umgaben, mit üppig goldenem Licht. Aber im Schatten der dichtstehenden Gebäude war die Luft noch kühl.

Sebastian sagte: »Ich habe herausgefunden, dass Ihr Streit mit Miss Tennyson am vergangenen Freitag nichts mit der Lage von Camelot zu tun hatte, sondern es ging um eine Fälschung. Und versucht erst gar nicht, es zu leugnen«, fügte er hinzu, als Childe den Kopf schüttelte und tief Luft holte.

Childe klappte den Mund zu und spielte mit der Uhrenkette, die an seiner Westentasche herunterhing. Erneut schoss er Blicke aus seinen kleinen, grauen Augen in alle Richtungen, während sein Hirn fieberhaft herauszufinden versuchte, was Sebastian wusste, und wie er zu dem Wissen gekommen sein konnte. Sebastian hatte den Verdacht, dass der Mann mit jedem Zucken seiner unruhigen Augäpfel verwarf und überdachte, was er nun antworten sollte.

»Welche Fälschung?«, fragte Sebastian.

Childe kaute auf der Innenseite seiner Wange herum.

»Verflucht noch mal, eine Frau ist tot und zwei Kinder werden vermisst. Welche Fälschung?«

Childe räusperte sich. »Wisst Ihr von der Entdeckung der Leichname von König Artus und Guinevere in Glastonbury Abbey 1191?«

»Kann ich nicht sagen.«

Childe nickte, als wolle er zeigen, dass er mit dieser Unwissenheit gerechnet hatte. »Laut dem mittelalterlichen Chronisten Gerald von Wales hat König Heinrich II von einem geheimnisumwitterten walisischen Barden die Lage der letzten Ruhestätte von König Artus erfahren. Der König war zu jener Zeit bereits alt und hinfällig, aber vor seinem Tode vertraute er die Informationen des Barden den Mönchen der Glastonbury Abbey an. Den Anweisungen des Königs folgend gruben die Mönche zwischen zwei alten Pyramiden im Kirchhof der Abtei. Fünf Meter unter der Erdoberfläche stießen sie auf einen geborstenen, ausgehöhlten Stamm, der die

Leichen eines Mannes und einer Frau enthielt. Über den Särgen lag eine steinerne Platte, an deren Unterseite ein Eisenkreuz befestigt war. Auf dem Kreuz stand die lateinische Inschrift: ›Hier liegt der berühmte König Artus mit Guinevere, seiner zweiten Gattin, auf der Insel Avalon begraben.«

»Wie passend«, sagte Sebastian. »Fast, als hätten diejenigen, die ihn bestatteten, mehrere hundert Jahre in die Zukunft gesehen und gewusst, dass die Mönche eines Tages den guten alten König Artus ausgraben würden. Also haben sie dafür gesorgt, dass ihre Inschrift alle Informationen enthielt, die eine vollständige Identifikation ermöglichen würde.«

»Genau so«, sagte Childe mit einer angedeuteten Verbeugung. »Ich brauche nicht eigens zu erwähnen, dass die Mönche die entdeckten Knochen nahmen und erneut bestatteten, zuerst in der Lady Chapel der Abtei, dann unter dem Hochaltar, in einem Marmorsarg, den König Edward 1278 stiftete.«

»Mit dem Kreuz zusammen?«

»Aber gewiss. Es wurde auf dem Grab angebracht. Doch als die Abtei im Zuge der Zerstörung der Klöster unter Heinrich VIII dem Erdboden gleichgemacht wurde, sind die Gebeine von König Artus und seiner Königin verschwunden. Lange Zeit wurde das Kreuz in der Pfarrkirche St. John the Baptist aufbewahrt. Aber es ist am Ende verschwunden, wahrscheinlich zu Chromwells Zeiten.«

»Und was genau hat das alles mit Miss Tennyson zu tun?«

Childe räusperte sich. »Wie Ihr wisst, bin ich damit beschäftigt, die Bibliothek und die Sammlung des verstorbenen Richard Gough zu erfassen. Unter seinen Besitztümern habe ich ein antikes Bleikreuz gefunden, auf dem folgende Worte eingeschrieben standen: *Hic Iacet Sepultus Inclitus Rex Arturius in Insula Avalonia.*«

»Und nichts über Guinevere?«

Childe deutete einen seiner typischen Diener an. »Eben. Berichte zur genauen Inschrift haben immer schon leicht variiert.«

»Von welcher Größe des Kreuzes sprechen wir hier?«

»Von gut dreißig Zentimetern Länge.«

»Woher zum Teufel stammt das denn?«

»Das ist mir nicht bekannt. Soweit ich herausfinden konnte, kam das Kreuz – interessanterweise zusammen mit einer Kiste alter Gebeine – an einem seiner letzten Tage in Goughs Besitz, als er unglücklicherweise zu krank war, um dieser Gabe die Aufmerksamkeit zu widmen, die sie verdient hätte. Aber offenkundig glaubte Gough, dass dieses Kreuz dasjenige ist, das die Mönche im zwölften Jahrhundert entdeckt hatten.«

»Und Gough hat geglaubt, die Gebeine wären die von Artus und Guinevere? Das kann nicht Ihr Ernst sein.«

»Ich gebe nur Goughs eigene Schlussfolgerungen wieder. Unter Altertumsforschenden ist kein Name angesehener als seiner.«

»Wenn ich es richtig verstehe, ging Miss Tennyson mit Goughs Schlussfolgerungen nicht konform?«

Childe seufzte. »Nein. Letzten Freitag ist sie nach Gough Hall hinausgefahren, um das Kreuz und die Gebeine in Augenschein zu nehmen. Die Knochen sind zweifelsfrei von sehr hohem Alter, aber das Kreuz wies sie sogleich als Fälschung zurück. Als ich ihr zu widersprechen wagte …«

»Sie haben ihr widersprochen? Ich hatte den Eindruck, dass Sie Artus als Wunschdenken des kollektiven britischen Geistes betrachteten.«

Childe blies sich auf. »Ich persönlich mag die Gültigkeit verschiedener Geschichten in Zweifel ziehen, die sich um eine obskure Gestalt spinnen, die gelebt haben könnte oder auch nicht. Jedoch zolle ich der Gelehrsamkeit von Mr Richard Gough meinen höchsten Respekt, und ich würde es als äußerst unprofessionell ansehen, das Relikt kurzerhand unbekümmert abzutun, nur weil es nicht zu meiner bisherigen Überzeugung passt.«

»Wie ging es also mit Miss Tennyson weiter?«

»Wir diskutierten. Und zwar recht hitzig, fürchte ich. Miss Tennyson wurde so erbost, dass sie mir das Kreuz aus den Händen wand und in den See warf.«

»Sie sind an einem See entlang gegangen? Mit einem dreißig Zentimeter langen Eisenkreuz?«

Childe blickte ihn mit großen Augen an. »Ähm, ja. Man konnte von Miss Tennyson wohl kaum erwarten, das Haus zu betreten, um das Artefakt zu sehen. Ich kenne sie vielleicht schon von Kindesbeinen an, dennoch wäre es vollends unangemessen gewesen. Also beschlossen wir, stattdessen im Park spazieren zu gehen. Gough Hall hat einen hübschen – und bedauerlicherweise sehr tiefen – See.«

»Das ist in der Tat bedauerlich.«

»Ich muss nicht eigens erwähnen, dass mich die Unmäßigkeit, mit der sie das Kreuz geradezu in den See schleuderte, erzürnt hat. Ich fürchte, ich bin daraufhin selbst recht erregt geworden. Hitzige Wörter flogen hin und her, und sie ist vor Wut kochend davon gerauscht. Danach habe ich sie nicht mehr gesehen.«

Sebastian betrachtete das erhitzte, selbstgefällige Antlitz des untersetzten Mannes. Er war von der Geschichte, die er da zusammengeschustert hatte, offenbar sehr angetan. Doch es war unmöglich zu erraten, wo die Wahrheit tatsächlich lag. Sebastian sagte: »Ich gehe davon aus, dass die Bediensteten von Gough Hall Ihre Geschichte bestätigen können?«

»Derzeit leben dort nur ein älterer Hausmeister und seine Frau, aber ich bezweifle nicht, dass sie sich für mich verbürgen werden, ja. Der alte Bentley hat mir sogar dabei geholfen, am Rand des Sees mit einem Enterhaken zu suchen, aber nach einer guten Stunde haben wir es drangegeben. Ich fürchte, das Kreuz ist verloren – und dieses Mal für immer.«

»Glauben Sie, dass es echt war?«

»Ich glaube, dass es das Kreuz war, das die Mönche von Glastonbury im Jahre 1191 der Welt präsentiert haben, ja.«

Und das war nicht genau das Gleiche, wie Sebastian sehr wohl bemerkte.

Er beobachtete eine Gruppe Studenten der Rechtswissenschaften, die durch die Gärten eilten und deren schwarze Roben im warmen Wind flatterten. »Sie sagten, dass Miss Tennyson ärgerlich war?«

»Oh ja. Die ganze Familie ist recht cholerisch, müsst Ihr wissen.«

»Und melancholisch.«

»Und melancholisch, ja.«

Von hier aus sahen sie die ausgedehnte Fläche des in der Sonne glitzernden Flusses, den massiven Brückenbogen und die Warenhäuser und Werften des gegenüberliegenden Ufers. Sebastian sagte: »Nun verstehe ich nur eines noch nicht.«

»So?«

»Was an dem Zwischenfall, den Sie beschrieben haben, könnte ihr denn nun Angst eingejagt haben?«

Childes selbstgefälliges Lächeln verschwand. »Angst?«

»Ganz recht.«

Childe schüttelte den Kopf. »Ich habe nichts davon gesagt, dass sie ängstlich war.«

»Weil Sie den Teil, in dem es um gefährliche Mächte mit nichtmonetären Motiven geht, unterschlagen haben.«

Ein plötzlich aufkommender, heißer Wind bewegte die Äste der Birken über ihren Köpfen, sodass sie einen Streifen goldenen Sonnenlichts hindurchließen, der auf Childes Antlitz fiel, als er sich umdrehte und Sebastian ausdruckslos ansah. »Es tut mir leid, aber ich habe nicht den geringsten Schimmer, wovon Ihr da sprecht.«

»Nicht?«

»Nein.« Childe räusperte sich und nickte zu dem Arm, den Sebastian in der Schlinge trug. »Habt Ihr Euch verletzt?«

»Tatsächlich hat mich vergangene Nacht jemand versucht umzubringen; haben Sie dazu einen Gedanken?«

Childe klappte der Kiefer herunter. »Euch *umzubringen*?«

»Mhm. Jemand, dem die Fragen nicht gefallen, die ich stelle. Was mir wiederum zeigt, dass Miss Tennyson gute Gründe hatte, verängstigt zu sein. Was auch immer hier vor sich geht, ist gefährlich. Sehr gefährlich. Es ist noch nicht vorbei, und mir scheint es, als stünden Sie genau im Zentrum des Ganzen. Vielleicht behalten Sie das im Hinterkopf, wenn Sie mir nächstes Mal Lügenmärchen auftischen wollen.«

Der Antiquar hatte eine kränkliche gelbe Farbe angenommen.

Sebastian berührte mit der gesunden Hand seinen Hut und lächelte. »Einen guten Tag, Mr Childe. Genießen Sie die restliche Keramikausstellung.«

Kapitel 26

Zwanzig Minuten später, als Sebastian seinen Zweispänner in die Bow Street lenkte, war die Straße dort von einem lärmenden, zerlumpten Mob verstopft, der sich aus der Behörde auf den Gehweg ergoss und den schmalen Kutschweg völlig blockierte. Abgerissene Männer und hohlwangige Frauen, die eine ganze Gruppe heulender, dreckstarrender und schlecht ernährter Kinder mit sich führten, schubsten und stießen einander in einem fieberhaften Wirbel um einen kleinen, bebrillten Magistraten herum, der versuchte, sich einen Weg durch die kunterbunte Menge zu bahnen.

»Lord Devlin!«, rief Sir Lovejoy und lenkte seine Schritte entschlossen zum Zweispänner.

»Was zur Hölle ist denn hier los?«, fragte Sebastian. Tom sprang vom Kutschbock und lief zu den verängstigten Pferden, die die Köpfe hin und her warfen.

Lovejoy prallte, von der herandrängenden Menge gestoßen, gegen die Kutsche. »Es ist schon seit gestern so. Wir werden wahrlich von Eltern belagert, die ihre Kinder für die Belohnung anbieten, die Mr Tennyson ausgesetzt hat – vom Wickelkind bis zu kräftigen Burschen von zwölf und vierzehn Jahren. Sogar Mädchen. Und das hier sind nur die Überzähligen. Tennyson hat in der Nähe der Fleet Street Räume angemietet und einen Agenten eingesetzt, bei dem jeder, der Informationen hat, vorstellig werden soll.«

»Grundgütiger«, sagte Sebastian und ließ den Blick über die verzweifelte, ausgehungerte Menschenmenge schweifen. »Gibt es denn inzwischen Hinweise, was den Tennyson-Kindern zugestoßen ist?«

Lovejoy stieß in einem langen Seufzen die Luft aus und schüttelte den Kopf. »Es ist, als wären sie einfach von der Erdoberfläche verschwunden.«

Der Untersuchungsrichter taumelte und stürzte beinahe, als eine pockennarbige Frau mit wildem Blick, die ein anscheinend totes Kind umklammerte, in ihn hineinlief. Mit etwas Mühe richtete er sich wieder auf. Die Masse wurde langsam gefährlich. »Habt Ihr irgendetwas Interessantes herausgefunden?«

»Noch nicht«, sagte Sebastian. Trotz seines Vertrauens zu Sir Henry hatte Sebastian gelernt, bei Mordermittlungen mit verdeckten Karten zu spielen. »Ich frage mich, ob Sie mir wohl die Adresse des Mädchens geben könnten, das Miss Tennysons Leichnam gefunden hat.«

»Ihr meint Tessa Sawyer? Sie wohnt bei ihrem Vater in einem Dorf namens Cockfosters, wenige Meilen südwestlich des Wallgrabens. Ich glaube, ihre Mutter ist tot und der Vater ein rechter Tagedieb. Warum fragt Ihr?«

»Ich habe ein paar Fragen, die sie mir vielleicht beantworten kann.«

Sebastian hielt dem langen, taxierenden Blick des Magistraten stand. Dann nickte Lovejoy nur und machte einen Schritt rückwärts in die schreiende und wogende Menschenmenge.

Cockfosters stellte sich als ein kleines Dorf westlich von Camlet Moat heraus, das im Wesentlichen aus einer Kirche, einem alten Inn, einigen Villen und verstreuten, schäbigen Cottages bestand.

Sebastian folgte den Richtungsangaben des Dorfkaplans und fuhr einen schäbigen Pfad zu einem baufälligen, strohgedeckten Cottage aus geweißelten, roh behauenen Steinen hinauf, das am anderen Ende des Dörfchens lag. Ein Mädchen von vielleicht fünfzehn oder sechzehn Jahren hängte in dem staubigen, sonnenbeschienenen Hof Kleider an einer Leine auf, die zwischen einer Hausecke und einem halb abgestorbenen Maulbeerbaum gespannt war. Das zierliche, kleine Ding mit flusigem braunen Haar und Augen, die für ihr Antlitz zu groß wirkten, summte bei der Arbeit eine eindringliche, magische Melodie vor sich hin. Sie war so sehr in ihre eigene Welt vertieft, dass sie die elegante Kutsche, die neben dem Gatter anhielt, nicht wahrzunehmen schien.

Sebastian sprang hinunter auf den ungefegten Weg und spürte in seinem Arm einen stechenden Schmerz hinaufschießen, denn auf der Fahrt nach Enfield hatte er die Schlinge abgelegt. Er hielt kurz inne, um wieder zu Atem zu kommen, dann sagte er: »Entschuldigen Sie bitte, Miss; sind Sie Tessa Sawyer?«

»Huch!« Das Mädchen sprang in die Höhe und umklammerte das nasse Hemd, das es sich an die Brust drückte. Ihre Nasenflügel weiteten sich vor Schreck. »Habt Ihr mich v'lleicht verschreckt.«

»Ich bitte um Verzeihung.« Sebastian blieb mit einer Hand auf der rostigen Klinke stehen. »Darf ich hereinkommen?«

Das Mädchen knickste nervös, und ihre Augen weiteten sich, als sie von Sebastian zur Kutsche blickte, die in der sonnenübergossenen Gasse wartete. Die hochgezüchteten Braunen wedelten mit dem Schweif die Fliegen fort. »Oh ja, Sir. Aber wenn Ihr mein Pa sucht, der is nich da. Der hilft bei der Suche nach den toten Bu'm, ja, das macht der.«

Sebastian musste mit der Hüfte gegen das Gatter stoßen, um es zu öffnen. »Tatsächlich möchte ich mit Ihnen sprechen. Warum glauben Sie, dass die Jungen tot sind, Tessa?«

Tessa schüttelte verwirrt den Kopf. »Das sagen doch alle. Ich mein, is ja auch logisch, oder?«

Sebastian ließ den Blick über den Hof wandern. Ein paar dürre Hühner pickten halbherzig auf dem bloßen Boden herum, während ein brauner Ziegenbock mit einer Glocke um den Hals in einem Müllhaufen neben den Überbleibseln eines alten Steinschuppens herumwühlte. Falls es je Glasscheiben in den Fenstern des Cottages gegeben hatte, so waren sie schon lange verschwunden. Die unbemalten Läden hingen windschief in den Angeln. So wie das verschlissene, feuchte Strohdach aussah, hatte Sebastian keinen Zweifel, dass es bei Regen leckte.

Er sagte: »Haben Sie am Samstagabend, als Sie beim Graben waren, irgendeine Spur von den Kindern gesehen?«

Tessa schüttelte den Kopf. »Nein, Sir. Ich hab nix gesehn oder gehört außer 'nem kleinen Platscher. Und ich kann nich genau sagen, was das eigentlich war. Könnte 'ne Wasserratte oder v'lleicht 'n Frosch gewesen sein.«

»Haben Sie die Dame im Boot vorher je gesehen?«

Tessa schluckte, und ihr Gesicht verschloss sich. »Nur ein Mal.«

»Tatsächlich? Wann?«

»Irgendwann letzte Woche. Ich glaub, es war v'lleicht Sonntag.«

»Sie meinen letzten Sonntag?«

»Nein, den davor.«

»Haben Sie sie auf der Insel gesehen?«

»Ach, nein, Sir. Sie is hierhergekommen, nach Cockfosters.«

Das überraschte Sebastian. »Wissen Sie auch, warum?«

Tessa sog die Unterlippe zwischen die Zähne und biss darauf herum. Ihr Blick wanderte zur Seite.

»Sagen Sie es mir«, bat Sebastian.

Sie sog rasch den Atem ein. »Sie is hergekommen, um nach Rory Forster zu suchen. Hat ihm ganz schön was an den Kopf geworfen, vor der Schmiede.«

»Forster wohnt in diesem Dorf?«

»Auf'nem Bauernhof östlich von hier. Wusstet Ihr das nich?« Sebastians Unwissenheit schockierte sie offenbar. »Die meisten Männer, die auf den Ausgrabungen am Moat arbeiten, kommen von Trent Place. Aber Sir Stanley hat Rory angeheuert, weil er früher für irgendso'n berühmten Gentleman unten in Salisbury geschafft hat.«

»Meinen Sie Sir Richard Colt Hoare? In Stonehenge?«

Das Mädchen sah ihn mit großen Augen an. »Das wüsst ich jetzt nich.«

»Und was genau wollte Miss Tennyson von Forster?«

Tessa drehte sich um und begann damit, das Hemd aufzuhängen. »Ich war die meiste Zeit nich da.«

»Aber Sie haben hinterher davon gehört, nicht? Oder nicht?«, hakte Sebastian nach, als das Mädchen stumm blieb.

Tessa trocknete sich die Hände an ihren abgetragenen Kleidern ab. »Die Leute sagen, sie war sauer auf Forster, weil er die Einfassung der Quelle auf der Insel eingerissen hat. Die sagen, da hat jemand ein Riesengematsche angerichtet.«

»Eine Quelle?«

Sie nickte, ihre Züge wurden hart. »Das hätt der nich machen dürfen. Es ist ein besonderer Ort.«

»In welcher Hinsicht besonders?«

Sie warf ihm einen raschen Seitenblick zu. »Kennt Ihr das Gefühl, wenn Ihr in 'ner wirklich alten Kirche sitzt, ganz allein, und alles is ruhig, die Sonn scheint durch die Bleiglasfenster herein, dann fühlt Ihr Euch genau so … wenn so ein Friede und eine Freude sich in Euch breitmachen? So ist es an der Quelle der Weißen Dame.«

»Welche Weiße Dame?«

»Na, die Weiße Dame. Ich hab sie nie selbst gesehn, aber andere schon. Sie bewacht die Quelle. Hat sie immer schon.«

Sebastian betrachtete das feingezeichnete Gesicht des Mädchens, den weisen Blick ihrer haselnussbraunen Augen, und widerstand dem Drang, darauf hinzuweisen, dass die Weiße Dame von Camlet Moat offenbar darin gescheitert war, ihre Quelle vor der Schaufel irgendeines Schatzsuchers zu bewahren. Er hatte schon von den Quelljungfrauen gehört, den alten Naturgeistern, denen man nachsagte, dass sie die heiligen Quellen und Brunnen von Britannien und Irland beschützten. Obgleich der Glaube an die Quelljungfrauen aus den Zeiten vor dem Christentum stammte, war er nie ganz verschwunden, und überall auf dem Land verteilt konnte man heute noch kleine Schreine für die Quelljungfern finden. Und im Grunde schien es zu allem zu passen, was er bisher über die Insel erfahren hatte, dass die Insel auch eine eigene heilige Quelle haben sollte. Ihm wurde klar, dass Miss Tennyson auf die Zerstörung gestoßen sein musste, als sie mit Arceneaux und den Kindern die Insel besucht hatte.

Er sagte: »Ist sie in einem Gig in das Dorf gekommen? Mit einem Mann und zwei Kindern?«

»Ja, Sir.«

»Wo kann ich Forster finden?«

Tessa zog die Nase hoch und ruckte mit dem Kopf nach hinten zur Kreuzung. »Er hat letztes Jahr die Witwe Clark geheiratet. Ihr Hof liegt am Rand des alten Jagdreviers.«

Sebastian tippte sich an den Hut und verbeugte sich elegant vor dem Mädchen. »Vielen Dank, Miss Sawyer. Guten Tag.«

Er drehte sich um und griff gerade nach der Klinke des alten Gatters, da sagte Tessa plötzlich: »Also, den letzten Teil von dem, was Miss Tennyson zu Rory gesagt hat, den hab ich gehört.«

Sebastian wandte sich zu ihr um. »Ach? Und was war das?«

»Sie sagte, sie wollte Sir Stanley bitten, ihn zu feuern.«

»Und haben Sie auch Rorys Antwort hören können?«

»Aye. Sagte, das wär'ne schlechte Idee. Und wo sie ihn dann gefragt hat, ob er ihr drohen will, da sagte er ...« Tessa unterbrach sich, und alle Farbe verließ ihre Wangen.

»Was hat er gesagt?«

Das Mädchen schluckte. »Er hat Ja gesagt.«

Kapitel 27

Rory Forster sammelte auf einem grasbewachsenen Feld, das von einem kleinen Bach gesäumt war, Felsbrocken ein, als Sebastian ihn antraf.

Sebastian hielt die Kutsche im Schatten einer ausladenden Ulme an und beobachtete, wie der Mann einen Stein von der Größe einer Wassermelone auf den Haufen hob, der bereits auf einem niedrigen Karren neben ihm lag. Das braune Maultier vor dem Karren stand friedlich in der Nachmittagshitze und bewegte lediglich die Ohren, als Sebastian den Zweispänner in Toms Obhut zurückließ und über den Zauntritt stieg.

»Guten Tag«, rief er.

Forster richtete sich mit einem weiteren grauen Stein in beiden Händen auf und warf Sebastian einen fragenden Blick zu, dann verfrachtete er den Stein auf den Karren. »Was wollt Ihr'n hier? Habt Ihr net gehört, mit den Ausgrabungen in Camlet Moat ist fini für mich. Ich arbeite net mehr für Sir Stanley, und sonst hab ich Euch auch nix zu sagen.«

Sebastian wischte eine Fliege weg, die um sein Gesicht herumschwirrte. »Als wir neulich miteinander gesprochen haben, haben Sie ganz vergessen, Ihren Streit mit Miss Tennyson von Sonntag vor einer Woche zu erwähnen. Hier in Cockfosters, vor der Schmiede.«

»Mein Bruder ist der Schmied, wie unser Pa vor ihm.«

»Und das erklärt wohl auch, wieso Miss Tennyson wusste, wo sie Sie finden würde.«

Forster wandte sich um und bückte sich, um einen weiteren Felsbrocken aufzuheben.

Sebastian sagte: »Das halbe Dorf wurde Zeuge des Zwischenfalls.«

Forster grunzte. »Aye. Sie war 'ne Angriffslustige, diese Frau. Die konnte quatschen, was sie wollte, aber ich wusste, dass die am Schluss net zu Sir Stanley gehen tät. Sie hatte gar keine Beweise für nix.«

»Aber vielleicht hat sie kürzlich etwas gefunden, und das ist der Grund, weshalb Sie sie ermordet haben.«

Forster hievte einen weiteren Felsen hoch und wuchtete ihn über den Rand des Karrens. »Ich hab's Euch und dem Magistraten schon gesagt: Ich war am Sonntag mit meiner Frau daheim.«

Sebastian blickte in die Ferne, wo das Feld sich in leichtem Anstieg bis zu einer Reihe Kastanien erstreckte, die im Westen eine kleine Wasserscheide säumten. Die Luft war heiß, und die Wiese lag in leuchtendem Smaragdgrün da; sie war übersät von Gänseblümchen. Auf der Szenerie lag ein trügerischer Frieden mit dem Anschein einer idyllischen Unschuld, die keinen Raum für Leidenschaft und Gier zu lassen schien. Oder für Mord.

Er sagte: »Glauben Sie, Sir Geoffrey de Mandeville hat seinen Schatz auf der Insel versteckt?«

Forster sah zu ihm her und lächelte, dass die Grübchen sich in seine gebräunten Wangen eingruben. »De Mandeville? Ne. Aber habt Ihr net von Dick Turpin gehört?«

»Dick Turpin? Meinen Sie den Straßenräuber?«

»Aye. Finchley Common war früher sein Revier. Er hat sich immer auf der Insel versteckt. Sei'm Onkel Nott hat das *Rose and Crown* bei the Brook am anderen Ende des Jagdreviers in Clay Hill gehört. Also, wenn es wirklich 'n Schatz auf der Insel gibt, glaub ich eher, dass er Dick Turpin gehört, als irgendso 'nem alten Ritter, der schon wer weiß wie viele Jahrhunderte tot und begraben is.«

»Haben Sie also danach gesucht? Nach dem Gold eines Räubers?«

Forster griff nach den Zügeln seines Mulis. »Hab net behauptet, *ich* hätt's gemacht. Ich sag nur, Turpins Geschichte is hier in der Gegend bekannt. Könnte jeder sein. Jeder könnt nach dem gesucht haben, was er vielleicht verbuddelt hat.«

»Warum hat Miss Tennyson Sie dann beschuldigt?«

Forster trieb das Maultier ein paar Schritte vorwärts, dann blieb er stehen, um einen weiteren Stein aufzuheben. »Hat mich net so arg gemocht. Noch nie.«

»Und Sie mochten sie auch nicht«, sagte Sebastian und behielt den Brocken in Forsters Händen im Auge.

»Das leugne ich ja gar net. Sie hat mir gedroht, sie tät Sir Stanley sagen, ich hätt' die Quelle zerstört. Aber sie hatte keine Beweise net, und das wusst se.«

»Warum haben Sie sie dann bedroht?«

»Hab ich net. Wer sowas erzählt, denkt sich das entweder aus, oder er wiederholt dummes Geschwätz, das er gehört hat.« Forster feuerte den Felsbrocken auf den wachsenden Haufen und blieb dann mit den Fäusten an der schmalen Hüfte stehen. Er atmete schwer, und sein sonnengebräuntes Gesicht und der Nacken glänzten vom Schweiß. »Ich hab nachgedacht.

Und mir schwant so, als hätt Sir Stanley mit dem, was der Lady passiert is, mehr zu tun als ich zuerst gemeint hab.«

»Wie seltsam, wenn man bedenkt, dass Sie gestern so eifrig bedacht waren, den Verdacht eher auf Sir Stanleys Gattin Lady Winthrop zu lenken als auf ihn selbst.«

»Ich sag doch, ich hab nachgedacht. Mir schwant, das alles hat was damit zu tun, dass Sir Stanley sich gern einbildet, er wär einer von dene alte Druiden.«

»Ein Druide.«

»Richtig. Zieht sich weiße Kittel an und hält auf der Insel heidnische Rituale ab. Ich weiß sicher, dass Miss Tennyson ihn letztens dabei gesehen hat. Vielleicht hatte er Schiss, dass sie sein Geheimnis verrät.«

»Es kann kein so großes Geheimnis gewesen sein, wenn Sie es kannten.«

Forster kniff in unerwarteter Erheiterung die Augen zusammen. Er legte einen Finger an die Nase und zwinkerte, dann drehte er sich um und bückte sich nach einem weiteren Stein.

Sebastian sagte: »Und woher wissen Sie so genau, dass Miss Tennyson Sir Stanley bei diesen Ritualen beobachtet hat?«

Forster zog Schleim in den Mund und spuckte ihn ins Gras. »Weil ich selbst da war. Es war letzten Samstagabend, lang, nachdem wir das Tagewerk beendet hatten. Sir Stanley war auf der Insel, in seinen Gewändern, da kommt Miss Tennyson zurück ...«

»Wie?«, unterbrach Sebastian ihn.

»Was meint Ihr mit ›wie‹?«

»Sie sagten, Miss Tennyson ist zurückgekommen. Zu Fuß? In einem Gig? Wer hat sie chauffiert?«

»Sie ist in ’nem Gig gekommen und selbst gefahren.«

Es war das erste Mal, dass Sebastian hörte, Miss Tennyson sei selbst gefahren. Auf dem Land war es nicht ungewöhnlich, dass eine Frau ohne die Begleitung eines Burschen fuhr. Aber Gabrielle wäre ja von London aus gefahren, und das war eine ganz andere Sache. Er sagte: »Ist sie das oft? Selbst gefahren, meine ich.«

»Manchmal schon.«

»Sie sagen also, sie ist auf der Insel angekommen und hat Sir Stanley dort gesehen, der gerade ein altertümliches Ritual abhalten wollte?«

»Richtig. Kurz vor Sonnenuntergang war das.«

»Wusste einer von beiden, dass Sie da waren?«

»Ne. Ich war hinter Hecken.«

»Und was genau haben Sie auf der Insel gemacht?«

»Hab meine Pfeife dort vergessen.«

»Ihre Pfeife.«

Forster sah Sebastian mit großen Augen an, als wolle er ihn davor warnen, ihm nicht zu glauben. »Richtig. Bin deshalb zurückgegangen. Nur hab ich dann Sir Stanley so komisch ausstaffiert gesehn, also hab ich mich hinter den Hecken versteckt, weil ich sehn wollte, was da abgeht.«

»Und Sie waren immer noch hinter den Hecken versteckt, als Sie Miss Tennyson haben heranfahren sehen?«

»Ja.« Forster wandte sich um und hob einen großen, gezackten Stein hoch. »Ich konnt net hörn, was sie sagten. Aber ich zweifel keine Sekunde, dass sie ihn und das komische Gurtzeug gesehn hat, das er getragen hat.«

»Was ist dann geschehen?«

»Weiß ich net. Ich bin gegangen.«

»Was genau deuten Sie also an? Dass Sir Stanley sich um Miss Tennysons Entdeckung seines unorthodoxen Verhaltens und seines Glaubens solche Sorgen gemacht hat, dass er sie am Sonntag wieder zur Insel gelockt und getötet hat?«

»Ich deut gar nix net an. Sag Euch nur, was passiert is. Das is alles.«

»Verstehe. Und haben Sie sonst noch jemandem von dieser Begegnung erzählt?«

»Ne. Warum sollt' ich?«

»Ja, warum?« Sebastian schickte sich an, sich abzuwenden, da kam ihm ein Gedanke, und er hielt inne. »Noch eine Frage: Haben Sie letzten Sonntag bei den Ausgrabungen irgendetwas Ungewöhnliches oder Interessantes entdeckt?«

Forster runzelte die Stirn. »Ne. Warum?«

»Ich frage mich nur, warum Miss Tennyson zur Insel zurückgefahren ist, zuerst am Samstagabend und dann wieder am Sonntag.«

»Dazu kann ich nix net sagen.«

»Gar kein Gedanke dazu?«

»Ne.« Forster griff nach den Zügeln seines Maultiers.

»Was haben Sie am Samstag gefunden?«

»Nur 'n Areal mit alten Pflastersteinen – von 'nem Friedhof oder sowas.«

»Das ist alles?«

»Nix, um jemanden deshalb umzulegen, was? Oder?«

»Das würde ich auch nicht meinen«, sagte Sebastian. »Bis auf eine Kleinigkeit.«

Forster wickelte sich die Zügel um die Fäuste. »Und was?«

»Miss Tennyson ist tot.«

»Und die zwei Hosenscheißer«, sagte Forster.

»Sind sie tot?«, fragte Sebastian und betrachtete das stoppelige Gesicht seines schlichten Gegenübers streng.

»Sind net gefunden worn, oder doch?«

»Nein«, sagte Sebastian. »Sind sie nicht.«

»Glaubt Ihr, er sagt die Wahrheit?«, fragte Tom, als Sebastian auf den Hochsitz der Kutsche sprang.

Sebastian blickte über die Schulter seinen *Tiger* an. »Wie viel hast du gehört?«

»Das meiste.«

Sebastian hob die Zügel an. »Um ehrlich zu sein, bin ich nicht überzeugt, dass Forster so viel Einbildungskraft hat, sich eine solche Geschichte aus den Fingern zu saugen. Aber ob ich ihm glaube? Kaum. Ich nehme an, er ist in jener Nacht auf die Insel gegangen, um nach dem Schatz zu suchen. Aber er könnte tatsächlich etwas gesehen haben.« Er wandte den Blick Richtung Enfield Chase. »Ich denke, ich sehe mir mal diese heilige Quelle an.«

Die Insel lag verlassen da, und die Nachmittagssonne wurde durch das Laubdach alter Ulmen und Buchen gefiltert, sodass sie nur die dunklen Gewässer des Grabens gelegentlich mit Lichtsprenkeln tupfte.

»Keiner da«, flüsterte Tom, als Sebastian auf dem alten Wall von Camlet Moat anhielt. »Ich dachte, die würden noch nach den beiden Buben suchen.«

»Das tun sie. Aber ich nehme an, sie hoffen nicht mehr darauf, hier in der Gegend eine Spur von ihnen zu finden.« Sebastian sprach ebenfalls leise. Wie Tom hatte er das Gefühl, die feierliche Ruhe dieses Ortes nicht stören zu wollen.

Ohne das Geräusch von Forsters Schaufel oder die entfernten Rufe der Suchenden, die sie am Tag zuvor gehört hatten, war die Stille an diesem Ort so vollständig, als wären sie tief in einen vergessenen und verzauberten Wald vorgedrungen. Sebastian gab seinem Laufburschen die Zügel und sprang leichtfüßig auf die Erde. Seine Stiefel sanken in der weichen Laubschicht neben dem Weg ein. Einer der Braunen schnaubte, und er streckte die Hand aus, um über das samtige Maul des Pferds zu streicheln. »Führ sie ein bisschen herum. Es sollte nicht allzu lang dauern.«

»Aye, Meister.«

Er ging über die schmale Landbrücke auf die Insel. Die Gräben, die Sir Stanleys Arbeiter ausgehoben hatten, waren allesamt wieder aufgefüllt. Die Reihen langer, schmaler Streifen aufgeworfener Erde erinnerten Sebastian unangenehm an die Armengräber auf Kirchhöfen. Aber er wusste, dass in einem Jahr das Gras und Dickicht der Insel sie wieder überwuchern und es so sein würde, als hätte niemand diesen Ort je gestört.

Sebastian blieb kurz stehen und ließ den Blick über die verlassene Stätte wandern. Eine der ungeklärten Fragen an diesem Mordfall war die Frage, wie Gabrielle Tennyson – und wohl auch ihre Vettern – an dem fatalen Sonntag hierhergekommen waren. Die Erkenntnis, dass Gabrielle manchmal auch selbst in einem Gig hergefahren war, eröffnete einen Wust neuer Möglichkeiten.

Es war ungewöhnlich für eine junge Frau, allein von London aus aufs Land zu fahren. Vielleicht hatte sie gedacht, dass sie im Alter von achtundzwanzig Jahren außerhalb solcher Einschränkungen gelegen hatte. Oder vielleicht hatte sie die Gesellschaft ihres neunjährigen Vetters und seines Bruders als ausreichend erachtet, um der Schicklichkeit Genüge zu tun. Aber wenn die Tennysons an dem fraglichen Tag allein hergefahren waren, blieb immer noch die Frage, was zur Hölle aus dem Pferd und dem Gig geworden war? Und warum hatte kein Mietstall sich gemeldet, der die Kutsche an sie vermietet hatte?

Sebastian wandte sich um und folgte dem Pfad, den er zuvor bemerkt hatte, ein Fußpfad, der sich durch Hecken und Büsche zum nordöstlichen Rand der Insel schlängelte. Dort, auf einer kleinen Lichtung in der Nähe des Inselrands, entdeckte er die Überreste der alten Quelle.

Die Quelle, die zuvor mit Sandsteinquadern eingefasst gewesen war, sah nun aus wie eine schmutzige, tiefe Wunde. Die alten Einfassungssteine, die aus der Erde gerissen worden waren, lagen mit feuchtem Lehm und zerbrochenen Ziegeln auf einem Haufen vor einem knorrigen Weißdorn, dessen ausgeblichene Äste über das Schlammloch ragten. An den Zweigen des Baumes flatterten Dutzende Streifen aus weißem, fadenscheinigem Stoff.

Überrascht blieb Sebastian stehen. Man nannte sie *Rag Tree* oder Lappenbaum. Sie waren Relikte eines alten Glaubens, dessen Ursprünge in den Nebeln der

Zeit verloren waren. Diese Bäume standen an heiligen Stätten, die Bittende mit einem Anliegen aufsuchten – seien es Krankheit, Trauer, Sorge oder unerwiderte Liebe –, um ein Gebet zu sprechen und einen Streifen Stoff als Gabe darzubringen, den sie an einen Zweig des Baums banden. Während der Stoff in Wind, Sonne und Regen verrottete, so der Glaube der Bittenden, würden ihre Gebete erhört, ihre Krankheiten geheilt und ihre Schwierigkeiten beseitigt werden. Rag Trees standen üblicherweise an heiligen Quellen und Brunnen, denn es hieß, die Macht des Zaubers würde noch erhöht, wenn man den Lappen in heiliges Wasser tauchte.

Jetzt verstand er, weshalb Tessa sich im Mondlicht nach Camlet Moat gewagt hatte.

Er sah, wie eine aufkommende, heiße Windbö die zerfasernden, verwitterten Stoffstreifen flattern ließ. Und er fragte sich, wie viele andere Besucher wohl hierher kamen, um die heilige Quelle der Insel aufzusuchen.

Wie es aussah, waren das so einige.

Er trat zu dem Haufen schlammiger Steine und ging daneben in die Knie. Die Entweihung der Quelle lag offensichtlich nicht lange zurück. Aber es war unmöglich zu erkennen, ob der Mann –oder die Männer– die das getan hatten, gefunden hatten, wonach sie auf der Suche gewesen waren.

Ein schwaches Geräusch ließ Sebastian den Kopf drehen. Sein übersteigertes Hörvermögen nahm entferntes Hufgeklapper war, das rasch näherkam. Er hörte, wie sich das ungesehene Pferd mit seinem Reiter näherte, dann lauschte er. Über das Wasser klang die leise Stimme eines Mannes herüber, der eine Frage stellte. Darauf antwortete Tom mit seiner hellen Stimme.

Sebastian blieb, wo er war, und ließ den derzeitigen Eigentümer von Camelot herankommen.

Kapitel 28

Sir Stanley Winthrop, der in die geschmeidigen rehledernen Beinlinge und den gutgeschnittenen Reitmantel des wohlhabenden Landedelmannes gekleidet war, blieb am Rand der Lichtung stehen. Seine Reitgerte hing lose von seiner Hand herunter. »Lord Devlin. Was führt Euch her?«

Sebastian erhob sich. »Sie haben mir gar nicht gesagt, dass auf der Insel ein Rag Tree steht.«

»Vermutlich habe ich es nicht als relevant erachtet. Sicherlich nehmt Ihr nicht an, das könnte etwas mit Gabrielles Tod zu tun haben?«

Sebastian wandte sich um und ließ den Blick über den alten Weißdorn mit den zerrissenen und verwitterten Opfergaben wandern. »Ein interessanter Aberglaube.«

»Ihr haltet es für einen Aberglauben?«

Sebastian wandte den Blick wieder auf das Antlitz des Bankiers. »Sie nicht?«

»Ich glaube, es gibt viele Dinge auf Erden, die wir nicht zu verstehen vermögen. Die Macht des menschlichen Geistes ist eines davon.«

Sebastian nickte zu dem Haufen feuchter Steine zu seinen Füßen. »Wann ist das passiert?«

»Gabrielle hat es so vorgefunden, als sie vor einer Woche hierhergekommen ist. Eine alte Legende besagt,

Geoffrey de Mandeville hätte seinen Schatz an der Quelle vergraben.«

»Können Sie sich vorstellen, wer verantwortlich ist?«

»Na, irgendein unwissender Narr, schätze ich. Offenbar auf der Suche nach Gold.«

»Mandevilles Gold oder das von Dick Turpin?«

»Ach, die Geschichten über Turpin habt Ihr also auch schon gehört?«

Winthrop blickte auf die matschige Fläche hinunter, und Sebastian erhaschte einen Hauch des eiskalten Zorns, den er schon einmal bei ihm gesehen hatte. »Unglücklicherweise werden beide mit der Insel in Verbindung gebracht.«

»Hat Miss Tennyson Ihnen verraten, wen sie für den Täter hielt?«

»Sie sagte, sie hätte so ihren Verdacht. Aber als ich sie drängen wollte, genauer zu werden, sagte sie, sie hätte keinen echten Beweis und würde deshalb zögern, jemanden ernstlich zu bezichtigen.«

»Hat sie je gesagt, dass sie den Vorarbeiter im Verdacht hätte, Rory Forster?«

»Hat sie Rory verdächtigt? Nein, das hat sie nicht gesagt. Wie beunruhigend.«

Sebastian musterte Winthrop. Doch dieser hatte seine Emotionen wieder ganz unter Kontrolle; seine ebenmäßigen Züge gaben nichts preis. Sebastian sagte: »Warum haben Sie mir nicht gesagt, dass Miss Tennyson am Abend vor ihrem Tod zur Insel zurückgekommen ist? Oder dass Sie an jenem Abend auch hier waren?«

Winthrop schwieg kurz, als sei er versucht zu leugnen. Dann schürzte er die Lippen und zuckte die

Achseln. »Da Ihr schon wisst, dass wir hier waren, kann ich wohl davon ausgehen, dass Ihr auch den Grund kennt?«

»Man sagte mir, dass Sie sich für das Druidentum interessieren. Dass Sie vergangenen Sonntag in weißen Gewändern hergekommen sind, um zum Lammas-Fest ein heidnisches Ritual zu begehen. Ist das richtig?«

In den Augen seines Gegenübers glomm es belustigt auf. »Was genau stellt Ihr Euch vor, Lord Devlin? Dass Gabrielle per Zufall über mich gestolpert ist und ich solche Angst vor Entdeckung hatte, dass ich sie ermordet habe, um sie zum Schweigen zu bringen?«

»Das wurde angedeutet.«

»Wirklich? Von wem?«

»Sie wissen, dass ich diese Frage nicht beantworten kann.«

»Nein, vermutlich nicht.«

»Interessieren Sie sich tatsächlich für das Druidentum?«

»Schockiert es Euch, dass ich ein Interesse an den Religionen der Vergangenheit habe?«

»Nein.«

Winthrop zog überrascht eine Braue hoch. »Da seid Ihr eine Ausnahme. Glaubt mir.«

Sebastian sagte: »Und hat Miss Tennyson Ihr Interesse an der Religion Ihrer Vorfahren geteilt?«

»Ja, das hat sie. Ich kann allerdings nicht behaupten, dass sie meinen Glauben geteilt hat.«

»*Glauben* Sie denn?«

Erneut glitt ein belustigter Schimmer über die hellgrauen Augen des Bankiers. »Ich glaube, dass viele Wege zu Weisheit und Verstehen führen. Die meisten

Menschen sind es zufrieden, die Antworten auf Lebensfragen in den formalen Dogmen und Hierarchien von strukturierten Religionen zu finden. Sie finden Trost darin, wenn man ihnen vorschreibt, was sie glauben und wie sie ihre Religion ehren sollen.«

»Und Sie?«

»Ich? Ich finde Frieden und Sinn an alten Orten wie diesem«, Winthrop breitete die Arme weit aus und hob die Handflächen dem Himmel entgegen, »mit den Bäumen, dem Wasser und der Luft. Wie genau der Glaube unserer Vorfahren ausgesehen hat, ist vielleicht verlorengegangen, aber die Essenz ihrer Weisheit ist noch immer da – wenn man nur dem wispernden Wind zuhört und sein Herz für unsere Mitgeschöpfe auf der Erde und all ihre Kreaturen öffnet.«

»Kennt Lady Winthrop Ihre Ansichten?«

Winthrop ließ die Hände wieder an den Seiten herunterfallen. »Sie kennt mein Interesse.«

Und das war, wie Winthrop selbst ausgeführt hatte, durchaus nicht das Gleiche. Sebastian sagte: »Soweit ich es verstanden habe, sind Lady Winthrops Ansichten eher … orthodox.« Und streng, dachte er, sagte es jedoch nicht.

»Wir müssen alle unseren jeweiligen Weg gehen.«

Sebastian betrachtete das markante Gesicht des älteren Mannes, sein kantiges Kinn und sein modisch geschnittenes, flachsfarbenes Haar, durch das sich auf elegante Art weiße Strähnen zogen. Er fand es schwierig, wenn nicht gar unmöglich, diese Unterhaltung über Spiritismus und Harmonie mit dem Bild des zielstrebigen Bankiers in Einklang zu bringen, der es durch Kriegsgeschäfte und rücksichtsloses

Beseitigen der Konkurrenz zu einem Vermögen gebracht hatte.

Als spürte er Sebastians Zweifel, sagte Winthrop: »Ihr seid skeptisch. Natürlich.«

»Machen Sie mir das zum Vorwurf?«

»Kaum. Es ist kein Geheimnis, dass ich mein Leben mit der Suche nach Geld und Macht verbracht habe. Aber ein Mann kann sich ändern.«

»Durchaus. Obgleich das selten ist.«

Winthrop ging zu dem dunklen Wasser des Grabens und blieb dort mit dem Rücken zu Sebastian stehen. Er klopfte sich mit der Spitze seiner Reitgerte gegen den Oberschenkel und sah zum gegenüberliegenden Ufer. »Wusstet Ihr, dass ich fünf Kinder hatte? Drei Mädchen und zwei Jungen, geboren von meiner ersten Frau. Sie waren hübsche Kinder mit den blauen Augen, dem Blondhaar und der einnehmenden Art ihrer Mutter. Und dann ist eines nach dem anderen gestorben. Zuerst haben wir Peter an das Fieber verloren. Dann Mary und Jane an die Masern. Manchmal glaube ich, die Trauer hat meine Gattin umgebracht. Es war, als ob sie einfach verschwände. Sie ist einen Monat nach Jane verstorben.«

»Mein herzliches Beileid«, sagte Sebastian sanft.

Winthrop nickte mit zusammengepressten Lippen. »Natürlich habe ich wieder geheiratet – die brillante Witwe eines verstorbenen Kollegen. Ich wusste, dass sie sich vermutlich als unfruchtbar herausstellen würde, aber welche Rolle spielte das schon? Ich hatte ja noch zwei Kinder. Als ich im letzten Jahr Trent Place erworben habe, dachte ich, ich hätte endlich alles erreicht, was ich mir immer gewünscht hatte. Dann sind im Abstand von wenigen Wochen meine beiden Kinder verstorben. Elizabeth bekam eine grässliche Rachenentzündung, und dann ist James gestürzt, als er mit dem Reitpferd über einen Graben setzte. Er hat sich das Genick gebrochen. Es gibt einfach zu viele Möglichkeiten, wie ein Kind sterben kann. Und als ich James bestattete ...« Winthrops Stimme brach. Er hielt inne und schüttelte den Kopf. »Als ich James bestattete, wurde mir bewusst, dass ich mein Leben damit zugebracht hatte, ein Vermögen anzuhäufen, und wofür? Damit ich für meine Familie die ausgefeilteste Gedenkstätte auf dem Friedhof bauen konnte?«

Sebastian schwieg.

Dann lachte Winthrop zittrig auf. »Die jetzige Lady Winthrop ist der Meinung, dass meine Trauer über den Verlust meiner Kinder meinen Verstand aus dem Gleichgewicht gebracht hat. Vielleicht hat sie recht. Ich weiß nur, dass ich in den Dogmen ihrer Kirche weder Frieden noch Trost finde, während ich an einem Ort wie diesem ...« Er stieß einen langen, schmerzlichen Atemzug aus. »An einem Ort wie diesem finde ich zumindest einen Weg zum Verstehen, wenn schon nicht Frieden. Und einen Weg, mit dem, was unerträglich schien, weiterleben zu können.«

»Und Miss Tennyson? Ist sie vergangenen Samstag nach Camlet Moat gekommen, um an dem ... was auch immer Sie hier getan haben, teilzunehmen?«

»Teilnehmen?« Winthrop schüttelte den Kopf. »Nein. Aber sie war daran interessiert, dabei zuzusehen. Es ist mir zwar kein Anliegen, mit meinen spirituellen Überzeugungen hausieren zu gehen, aber ich schäme mich ihrer nicht. Ihr seht also, wenn Ihr Euch denkt, ich hätte Miss Tennyson getötet, weil sie mein Interesse am Druidentum entdeckt hat, dann irrt Ihr Euch.«

Sebastian sagte: »Hatten Sie eine romantische Beziehung zu ihr?«

Winthrop schien von dieser Vorstellung ernstlich erschrocken. »Großer Gott, nein! Ich bin praktisch alt genug, um ihr Vater zu sein.«

Sebastian zuckte die Achseln. »Das kommt vor.«

»In diesem Fall nicht. Nichts von dieser Art war zwischen uns. Wir waren Freunde. Ich habe ihr für ihre Intelligenz, ihr Wissen und ihren starken Willen Respekt gezollt. Würden meine eigenen Töchter noch leben, male ich mir gern aus, dass sie zu Frauen wie sie herangewachsen wären. Aber so habe ich auch an sie gedacht – wie an eine Tochter.«

Nach allem, was Sebastian über Miss Tennyson erfahren hatte, war sie die Art Frau, die die meisten Männer eher einschüchtern und erschrecken würde, als in ihnen Bewunderung zu wecken. Aber es gab immer Ausnahmen.

Er sagte: »Wie ich hörte, ist Miss Tennyson manchmal selbst in einem Gig hierhergefahren. Stimmt das?«

»Manchmal schon. Allerdings nicht oft.« Winthrop lächelte leicht, wurde jedoch sogleich wieder ernst. »Wenn sich ihr Bruder darüber beklagte, dass sie die Postkutsche nahm, sagte sie, sie drohe ihm immer damit, sich stattdessen selbst zu kutschieren.«

»Aber am Samstagabend ist sie tatsächlich allein herausgefahren?«

»Ja.«

»Glauben Sie, sie könnte auch am Sonntag selbst her chauffiert sein?«

»Das halte ich für möglich.«

Der Wind frischte wieder auf und ließ die verwitterten Stoffstreifen am Rag Tree flattern. Sebastian sagte: »Was können Sie mir zu Sir Geoffrey de Mandeville sagen?«

Winthrop runzelte die Stirn. »Mandeville?« Der plötzliche Themenwechsel schien ihn zu verwirren.

»Ich hörte, er soll die Insel heimsuchen.«

»Das tut er. Wenngleich das Märchen, das man sich hier erzählt, er wäre in dieser Quelle ertrunken, Unfug ist. Er wurde von einem Pfeil getötet, der ihn bei der Belagerung von Burwell Castle am Kopf getroffen hat. Das ist Meilen von hier entfernt.«

»Wo liegt er begraben?«

»In London im Tempel.«

Überrascht sagte Sebastian: »Er war also ein Tempelritter.«

»Der Zusammenhang ist unklar, fürchte ich. Es heißt, die Tempelritter kamen zu ihm, als er im Sterben lag, und haben ihren Mantel auf ihn gelegt, damit er mit dem roten Kreuz auf der Brust sterben konnte.«

»Warum?«

»Das ist nicht überliefert. Wir wissen nur, dass die Templer Mandevilles Leichnam in einen Bleisarg legten und nach London verbrachten, wo sein Sarg annähernd zwanzig Jahre in einem Apfelbaum neben dem Tempel gehangen hat.«

»Ein Bleisarg in einem Apfelbaum?«

»So geht die Sage. Er war exkommuniziert, und das bedeutete, die Templer konnten ihn nicht auf ihrem

Kirchhof bestatten. Das waren dunkle Zeiten, aber man kann nicht leugnen, dass Mandeville ein besonders hässliches Exemplar jener Zeit war.«

»In jenen Tagen sagten die Menschen offen, dass Christus schlief und seine Heiligen weinten««, zitierte Sebastian leise einen Satz der alten Chronisten.

Winthrop nickte. »Am Ende hat der Papst nachgegeben. Die Exkommunizierung wurde aufgehoben, und die Tempelritter durften ihn bestatten. Man kann noch heute sein Bildnis auf dem Boden des Tempels sehen, müsst Ihr wissen.«

»Wie ungewöhnlich«, meinte Sebastian, »wenn er gar kein Templer war.«

»In der Tat.«

»Und die Annahme, dass sein Schatz am Grund dieser Quelle liegt?«

Winthrop schwieg kurz, den Blick auf das Schlammloch gerichtet, das aus der Quelle geworden war. »Geschichten von großen Schätzen werden oft mit heiligen Stätten in Zusammenhang gebracht«, sagte er. »Die Erinnerung an die Wichtigkeit eines Ortes kann noch lange bestehen bleiben, auch wenn die eigentliche Bedeutung längst vergessen ist. Und dann betrachten die später Geborenen in ihrer Ignoranz und Gier den Ort als Ruhestätte weltlicher Schätze.«

»Meinen Sie, das ist hier der Fall?«

»Unglücklicherweise können wir das nicht wissen. Aber die Assoziation von Camelot, den Templern und den Geschichten eines verlorenen Schatzes ist sicherlich faszinierend.«

»Faszinierend?«, sagte Sebastian. »Oder tödlich?«

Sir Stanley sah beunruhigt aus. »Vielleicht beides.«

Hero verbrachte den restlichen Morgen damit, die Stapel von Gabrielles Büchern und Unterlagen durchzusehen. Sie suchte nach etwas – irgendetwas –, das den Tod ihrer Freundin erklären könnte.

Sie konnte die Überzeugung nicht abschütteln, dass der Schlüssel zu Gabrielles Tod hier verborgen lag, in diesem Stapel von Notizen und Übersetzungen, an denen ihre Freundin gearbeitet hatte. Doch Gabrielles Interessen waren so breitgestreut gewesen, beginnend bei den wenig bekannten Jahrhunderten vor der Zeit der Kelten über die Zeit des antiken Roms bis hin zu den finsteren Zeiten, die für Britannien nach dem Zusammenbruch des Empires hereinbrachen, dass es eine schier unlösbare Aufgabe war, ihre Forschungen zu sichten.

Als Hero Gabrielles Notizen zu *The Lady of Shalott* durchging, fiel ein loses Blatt Papier zu Boden. Sie hob es auf und hielt ein handgeschriebenes Gedicht in Händen.

Befiehl mir zu weinen, und weinen werd ich
Solang aus den Augen ich seh:
Und sehe ich nicht, so weine ich
Aus meinem tiefsten Herzen so weh.

Befiehl mir Verzagtheit, ich werde verzagen,
Unter der Zypresse dort:
Befiehl mir den Tod, den Ruf will ich wagen
Nach dem Gevatter, und folg' ihm hinfort.

Du bist mein Herz, mein Lieb, mein Leben,
Sogar meiner Augen Licht,

*Nach deinem Befehl allein will ich streben,
will leben und sterben für dich.*

Hero lehnte sich zurück, das Papier fest in der Hand. Sie atmete heftig aus, als ihr eine neue und vollends unerwartete Möglichkeit dämmerte.

Kapitel 29

Hero saß mit hochgezogenen Beinen gemütlich im Armsessel neben dem Kamin, auf dem Schoß einen Gedichtband aus dem siebzehnten Jahrhundert, als Devlin in der Tür erschien. Er brachte den Duft nach Sonne, frischer Luft und dem Land mit sich.

»Was ist mit deiner Schlinge geschehen?«, fragte sie ihn, als sie aufsah.

»Die war mir im Weg.«

»Wenn das mal kein guter Grund ist, sie nicht mehr zu tragen.«

Er unterdrückte ein leises Lachen und ging zum Beistelltisch, um sich ein Glas Wein einzuschenken. »Hat Gabrielle dir gegenüber je erwähnt, ob sie sich für das Druidentum interessierte?«

»Das Druidentum? Großer Gott, nein. Warum um alles in der Welt fragst du?«

Er kam zu ihr und stellte sich mit dem Rücken zum kalten Kamin. »Weil sich herausgestellt hat, dass sie am Abend vor ihrem Tod zum Sonnenuntergang wieder nach Camlet Moat hinausgefahren ist und dort mit angeschaut hat, wie Sir Stanley an einer alten, heiligen Quelle auf der Insel ein heidnisches Ritual durchgeführt hat. Sie ist sogar selbst in einem Gig hingefahren.«

»Das kann nicht dein Ernst sein.«

»Ich wünschte es. Aber Rory Forster hat sie dort gesehen, und Sir Stanley hat es auch eingestanden.«

»Und was hat Forster bei Sonnenuntergang auf der Insel getan?«

»Laut Rory eine vergessene Pfeife gesucht – und sich im Gebüsch versteckt. Allerdings halte ich es für viel wahrscheinlicher, dass er mit der Absicht hingegangen ist, nach einem vergrabenen Schatz zu suchen. Er dürfte recht perplex gewesen sein, als er entdeckte, dass er die Insel an dem Abend nicht für sich hatte.«

»Ein Schatz?«

»Mhm. Entweder von Dick Turpin oder einem Tempelritter dort vergraben, je nachdem, welcher Version man glauben möchte. Genau eine Woche vor ihrer Ermordung ist Miss Tennyson nach Cockfosters gestürmt und hat Rory in aller Öffentlichkeit beschuldigt, die Einfassung der heiligen Quelle auf der Insel zerstört zu haben.«

»Auf der Suche nach diesem Schatz?«

Devlin nickte. »Die Legende sagt, Sir Geoffrey de Mandeville hat seine unehrenhaft erworbenen Reichtümer neben dem Fuß der Quelle vergraben, und sein Geist soll jeden verjagen, der versucht, ihn zu heben. Sein Geist muss bei der Arbeit eingeschlafen sein, denn ich habe das überprüft, und irgendjemand hat kürzlich ein schönes Tohuwabohu dort angerichtet.«

»Du sagtest, sie hat Rory am Sonntag vor einer Woche damit konfrontiert?«

Er leerte sein Weinglas. »Der Zeitpunkt ist interessant, nicht? An dem Tag war sie mit Arceneaux dort. Ein paar Tage danach ist sie nach Gough Hall rausgefahren und hatte einen heftigen Wortwechsel mit Bevin Childe. Deine Freundin war eine überaus streitlustige und provokative junge Frau.«

Hero strich sich mit der Hand über den Rock. »Du hast dann mit Bevin Childe gesprochen?«

»Ja. Er behauptet, er hätte in der Sammlung von Richard Gough etwas gefunden, das er das *Glastonbury Cross* nannte. Angeblich soll dieses Kreuz die Grabstätte von König Artus und Guinevere in der Abtei markiert haben. Hast du schon einmal davon gehört?«

»Ja.«

»Nun, Miss Tennyson war anscheinend überzeugt, dass es sich um eine moderne Fälschung handelte, und mitten in einem sehr lebhaften Streitgespräch mit Childe hat sie das Kreuz ergriffen und in den See geworfen.«

Sie bemerkte, dass er sie genau beobachtete. »Wie ... eigenartig, so etwas zu tun«, sagte sie mit bemüht gleichmütiger Stimme.

Stirnrunzelnd setzte er sich auf den ihr gegenüberstehenden Sessel. »Geht es dir gut, Hero?«

»Gewiss, ich bin nur müde.«

»Vielleicht machst du zu viel, wenn man die Umstände betrachtet.« Seine Worte kamen ungeschickt; sie sprachen nie über die bevorstehende Geburt, obgleich sie der Grund für ihre Heirat gewesen war.

Sie gab einen für sie unüblichen, geringschätzigen Ton von sich. »Wenn du dich mit ›diesen Umständen‹ darauf beziehst, dass ich schwanger bin, darf ich dich daran erinnern, dass Schwangerschaft ein natürliches

Geschehen ist und keine schreckliche, kräftezehrende Krankheit.«

»Das stimmt. Aber ich achte auch besonders auf meine Stuten, wenn sie trächtig sind.«

Bei diesen Worten lachte sie laut auf. »Ich weiß nicht, ob ich mich nun geschmeichelt oder beleidigt fühlen soll bei diesem Vergleich.«

In seinen Augenwinkeln bildeten sich Lachfältchen. »Geschmeichelt, auf jeden Fall.«

Ihre Blicke begegneten sich, und der Augenblick dehnte sich zu etwas Intimem und Unerwartetem aus.

Sie spürte, wie ihre Wangen heiß wurden, und sah zur Seite. »Wie hast du von Gabrielles Streit mit Childe über das Kreuz erfahren?«

»Leutnant Arceneaux hat mir davon erzählt.«

»Arceneaux? Das ist allerdings interessant.« Sie hob das Pergament hoch, das sie entdeckt hatte, und streckte es ihm entgegen. »Das hier habe ich in Gabrielles Unterlagen gefunden.«

»Befiehl mir zu weinen, und weinen werd ich, solang aus den Augen ich seh.« Er sah zu ihr auf. »Kennst du das Gedicht?«

»Nein. Aber es klingt vertraut, nicht wahr? Ich glaube, es könnte von einem der Kavalierpoeten zu Zeiten Charles I sein.« Sie klappte das Gedichtbuch zu und legte es zur Seite. »Aber ich konnte es noch nicht finden.«

»Es sind die letzten drei Strophen von Robert Herricks ›To Anthea, Who May Command Him Anything. Für Anthea, die ihm ein Jegliches befehlen mag.‹«

Ihre Augen wurden groß. »Du kennst es?«

Er lächelte. »Überrascht dich das etwa? Hast du dir vorgestellt, dass ich meine ganze Zeit damit zubringe, auf Jagden zu gehen, Brandy zu trinken oder bei Boxwetten auf Gentleman Jackson zu gewinnen?«

Sie musste lächeln. »So in der Art.«

»Tja.« Er stand auf und verglich die kühne Handschrift des Gedichts mit der säuberlichen Schrift in Gabrielle Tennysons Notizbüchern. »Das sieht nicht wie ihre Schrift aus«, sagte er kurz darauf.

»Es ist nicht ihre Schrift.«

Er sah zu ihr hinüber. »Weißt du, wessen Schrift es ist?«

Sie kam zu ihm und zog eines der Notizbücher aus dem Stapel. »Hier. Sieh dir die Übersetzung von *The Lady of Shalott* an, an der Gabrielle gearbeitet hat. Dann wirst du erkennen, dass die Handschrift, in der das Gedicht geschrieben wurde, zu der passt, mit der jemand die Änderungen und Anmerkungen an den Rändern ihrer Arbeit gemacht hat. Ich glaube, dass Philippe Arceneaux ihr das Gedicht gegeben hat.«

Devlin betrachtete die Anmerkungen und kniff die Lippen zu einem dünnen Strich zusammen.

Hero sagte: »Meinst du, der Leutnant hat sie mehr geliebt als er dir gegenüber zu erkennen gab?«

»»Du bist mein Herz, mein Lieb, mein Leben««, zitierte er und legte die Übersetzung beiseite. »Es klingt ganz danach, nicht? Aber nicht nur das – ich würde sogar sagen, dass Miss Tennyson seine Liebe erwidert hat.«

Hero schüttelte den Kopf. »Wie kannst du dir da so sicher sein?«

Er blickte auf das zerknitterte Blatt, das er noch immer in der Hand hielt. »Weil sie das aufbewahrt hat.«

Leutnant Philippe Arceneaux und sein struppiger kleiner Hund sahen bei einem Kricketspiel in Marylebone Park Fields am nördlichen Stadtrand Londons zu, als Sebastian sich zu ihnen gesellte.

Die warme Sonne tauchte das Gras der Hügel in der Nähe in einen goldenen Ton. Man konnte Kühe muhen hören und einen Habicht beobachten, der langsam seine Kreise über den Eichen am Rand des Feldes zog. Der Schlagmann erzielte einen Run, und unter den Zuschauern wurde gemurmelte Zustimmung hörbar.

Sebastian sagte: »Sie haben Spaß am Kricketspiel entdeckt, nicht wahr? Sie sind einer der ganz wenigen Franzosen, denen es je so ergangen ist.«

Arceneaux schnaubte belustigt. »Die meisten meiner Offizierskollegen finden es unverständlich, aber ja, ich schätze es.«

»Wenn ich es richtig sehe, haben Sie auch eine Vorliebe für unsere Kavalierpoeten entwickelt.«

»Pardon?«

»»Ein Herz so sanft, ein Herz so mild, / Ein Herz so frei und fein, / Wie keines in der Welt du findst / Mein Herz soll deines sein«« zitierte Sebastian leise, während der Bowler dem Schlagmann den Ball zuwarf.

»Welch zauberhafte Lyrik«, sagte Arceneaux, der scheinbar seine ganze Aufmerksamkeit dem Bowler zuwandte. »Sollte ich es kennen?«

»Es ist aus einem Gedicht von Robert Herrick.«

»*No ball*«, rief der Schiedsrichter, da der Bowler regelwidrig geworfen hatte.

Die unbarmherzige Augustsonne brannte vom Himmel auf das offene Feld herunter und füllte die Luft mit dem Geruch nach Staub und heißem Gras. Arceneaux verharrte bewegungslos mit eingefrorenen Gesichtszügen und hielt den Blick auf die Feldspieler gerichtet.

Sebastian sagte: »Aus demselben Gedicht, aus dem Sie Strophen für Miss Tennyson aufgeschrieben haben.«

Der Adamsapfel des Franzosen bewegte sich, als er schluckte. Schweiß glänzte auf seinem von der Sonne geröteten Gesicht. »Ihr habt es also gefunden?«

»Lady Devlin, ja.«

»Wie habt Ihr erraten, dass es von mir war?«

»Die Handschrift passt zu den Anmerkungen, die Sie in Miss Tennysons Übersetzung von *The Lady of Shalott* geschrieben haben.«

»Ach. Gewiss.«

Sie wandten sich von der Zuschauermenge ab und nahmen den Weg, der sich zur ausgedehnten, hügeligen Landschaft im Norden schlängelte. Der Hund trabte ihnen schwanzwedelnd mit fröhlich heraushängender Zunge voraus. Sebastian sagte: »Ich hoffe, Sie haben nicht vor, mich für dumm zu verkaufen, indem Sie weiterhin die Wahrheit leugnen.«

Arceneaux schüttelte den Kopf, hielt dabei den Blick unverwandt auf die friedlich wiederkäuenden Kühe auf der grasbewachsenen, sonnenbeschienenen Weide neben ihnen gerichtet. Auf der Spitze des Hügels standen ein paar Kastanien in der windstillen Hitze. Ihre unbeweglichen Blätter an den herabhängenden Zweigen hoben sich wie eine Schneise gegen den leuchtend klaren, vergissmeinnichtblauen Himmel ab. »Ihr wollt die Wahrheit, Mylord? Die Wahrheit ist, dass ich mich bei unserer ersten Begegnung in Gabrielle verliebt habe. Ich ging im Lesesaal gerade ein paar alte Manuskripte durch und blickte zufällig auf. Und da stand sie. Neben dem hohen Fenster des Lesesaals wartete sie darauf, dass ein Mitarbeiter ihr das Buch überreichte, das sie wollte, und ... da war es um mich geschehen.«

»Hat sie Ihre Zuneigung erwidert?«

Er lächelte geheimnisvoll. »Sie hat sich nicht auf den ersten Blick in mich verliebt, falls Ihr das meint. Aber wir sind schnell gute Freunde geworden. Wir sind oft in den Museumsgärten spazieren gegangen und haben lebhaft über widersprüchliche Visionen von Liebe in *Roman de la Rose* oder über die Verlässlichkeit der verschiedenen mittelalterlichen Chronisten palavert. Sie war ein paar Jahre älter als ich, wie Ihr wisst. Sie hat mich damit aufgezogen und mich einen kleinen Buben genannt. Ich vermute, dass sie nie zugelassen hätte, dass unsere Freundschaft sich so entwickelte, wenn ich im selben Alter oder sogar älter als sie gewesen wäre. Aber so hat sie sich ... bei mir sicher gefühlt. Sie hat mir später gesagt, dass sie sich in mich verliebt hat, bevor sie überhaupt begriff, was geschah.«

»Haben Sie um sie angehalten?«

»Wie hätte ich das tun können? Als Kriegsgefangener?« Er zeigte auf den Grenzstein im Gras neben dem Weg. »Sehen Sie diese Grenze? Laut den Bedingungen meiner *Parole* ist es mir nicht gestattet, weiter zu gehen.«

»Und doch sind Sie weiter gegangen – am Tag, an dem Gabrielle und Sie nach Camlet Moat gefahren sind.«

Sebastian erwartete, Arceneaux würde es erneut leugnen. Doch er zuckte halbherzig die Schultern und sagte: »Manchmal ... manchmal geben Männer einem verrückten Impuls nach, schätze ich. Aus Frustration oder Verzweiflung oder einem närrischen Anfall von Wagemut heraus. Aber wie hätte ich je um sie anhalten können? Wie könnte ich irgendeine Frau bitten, ein derart eingeschränktes Leben zu führen, womöglich für immer?«

»Und doch heiraten manche auf *Parole* entlassene französische Offiziere hier in England.«

»Das stimmt. Allerdings heiraten sie nicht solche Frauen wie Gabrielle Tennyson. Ich habe sie zu sehr geliebt, um sie darum zu bitten, mit mir in einer Dachkammer zu leben.«

»Hatte sie kein eigenes Einkommen?«

Der Franzose wirbelte zu ihm herum. »Großer Gott. Selbst wenn, wofür haltet Ihr mich?«

»Sie wären kaum der erste Mann, der vom Einkommen seiner Gattin lebt.«

»Ich bin kein Mitgiftjäger!«

»Das habe ich nie behauptet.« Sebastian musterte das jungenhafte, mühsam beherrschte Antlitz seines Gegenübers. »Haben Sie um sie angehalten?«

»Nein.«

Arceneaux wandte sich ab und betrachtete den Hund, der mit der Nase am Boden und dem Schwanz in der Luft einer aufregenden Spur bis zum Rand der stacheligen Hecke folgte und sich dann mit einem enttäuschten und frustrierten »Wuff« hinsetzte.

Sebastian sagte: »Ich glaube, dass Sie mich noch immer anlügen, Leutnant.«

Arceneaux stieß ein abgehacktes Lachen aus. »Ach? Und würdet Ihr mir daraus einen Vorwurf machen?«

In weitem Bogen wischte er mit den Armen durch die Luft und schloss damit die große, sich nach Süden ausdehnende Großstadt ein. »Ihr wisst doch, welche Hysterie sich in der Stadt ausgebreitet hat. Sagt all diesen Menschen, dass Gabrielle Tennyson einen französischen Geliebten hatte und wartet ab, welche Schlüsse sie daraus ziehen werden. Sie würden mich noch vor Einbruch der Dunkelheit erhängen.«

»Waren Sie denn ein Liebespaar? Und das meine ich ganz im Wortsinne.«

»*Monsieur!*« Arceneaux hielt den Kopf sehr gerade, seine Nasenflügel blähten sich indigniert, und er ballte die Hände neben den Oberschenkeln zu Fäusten.

»Ich sollte Ihnen wohl verraten, dass Miss Tennysons Leiche seziert wurde.« Sebastian zögerte. »Es wurde herausgefunden, dass sie keine Jungfrau war.«

»Was, Ihr ...«

Sebastian riss einen Unterarm nach oben, um den Hieb abzufangen, den Arceneaux auf seinen Kiefer ausführte.

»*Bâtard!*«, spie Arceneaux aus, als Sebastian sein Handgelenk griff und festhielt.

Sebastian griff fester zu, und seine Lippen entblößten seine Zähne, als er sich näher zu ihm beugte und die nächsten Worte sehr deutlich aussprach: »Gottverdammt. Halten Sie ein, Leutnant. Wessen Ehre sehen Sie von meinen Worten als besudelt an? Ihre eigene?« Anzudeuten, dass ein Gentleman eine Frau, die er nicht ehelichen konnte oder wollte, verführte, war in der Tat eine schwere Anklage. »Denn hier geht es nicht um Sie, Leutnant ...«

»Wenn Ihr denkt, *das* würde mich scheren ...«

»Und um Gabrielle Tennysons Ehre geht es hier auch nicht«, fuhr Sebastian unbeirrt fort. »Es geht darum, den Mann – oder die Frau – zu finden, der oder die sie getötet hat, und möglicherweise auch die beiden kleinen Jungen. Also sagen Sie mir: Was wissen Sie darüber, was Miss Tennyson mit Sir Stanley zu schaffen hatte?«

»Um Himmels willen, was deutet Ihr denn jetzt an?« Arceneaux wehrte sich heftig gegen Sebastians Griff.

Sebastian ließ ihn los. »Beruhigen Sie sich. Ich frage, weil die Leute reden, wenn eine attraktive junge Frau und ein älterer, aber noch sehr viriler Mann oft Zeit miteinander verbringen.«

»Wer?« Arceneaux ballte erneut die Hände zu Fäusten. »Wer hat angedeutet, dass zwischen ihnen etwas gelaufen ist?«

»Zum einen Lady Winthrop. Die Dame war offensichtlich mehr als nur etwas eifersüchtig auf die Zeit, die Miss Tennyson mit ihrem Gatten verbracht hat.«

Der Franzose spuckte verächtlich aus. »Lady Winthrop ist eine Närrin.«

»Wirklich?«

»Sie hat ihren Ehemann schon vor Langem verloren, allerdings nicht an Gabrielle. Sie hat ihn an seine Trauer um die toten Kinder verloren, an seine Faszination von Geschichte und an die angebliche Weisheit der Druiden.«

»Also wusste Miss Tennyson von Sir Stanleys Interesse am Druidentum, nicht wahr?«

»Ja. Ich sagte Euch doch, sie waren Freunde, gute Freunde sogar. Aber mehr nicht.«

Sebastian musterte das feingezeichnete, gelehrte Gesicht des französischen Offiziers. »Und Sie hatten keine Bedenken, dass die Frau, die Sie liebten, so viel Zeit in der Gesellschaft eines anderen Mannes verbrachte?«

»Nein. Überrascht Euch das? War es nicht Euer Shakespeare, der vom ›treu gesinnter Herzen Bund‹ schrieb?«

»›Wenn dies in mir zum Irrtum werden kann‹, zitierte Sebastian aus dem Sonett, »›Dann schrieb ich nie ...‹«

»›Hat nie geliebt ein Mann.‹« Arceneaux richtete seine Krawatte und strich mit schmerzlicher Würde seinen abgetragenen Mantel glatt. »Ich habe Gabrielle geliebt, und ich weiß, dass sie mich wiedergeliebt hat. Ich habe nie an ihr gezweifelt. Nicht einen einzigen Augenblick.«

»Und Sie wissen von keinem anderen Mann in ihrem Leben?«

»Nein!«

»Wissen Sie etwas über frühere Verehrer?«

Arceneaux runzelte die Stirn und sah zu Chien hin, der zufrieden auf sie zu tapste, das eine Ohr abgewinkelt. »Ich weiß, dass es einen Mann gegeben hat – einen Verehrer, der sie wiederholt zur Heirat gedrängt hat. Nichts, das sie sagte, schien den Mann zu entmutigen. Es war sehr eigenartig.«

»Wer war das?«

»Sie hat mir den Namen nicht verraten, allerdings konnte ich mir zusammenreimen, dass er ein Freund der Familie war.«

»Also würde ihr Bruder ihn vermutlich kennen?«

»Das nehme ich doch an. Der Mann hat ihr recht offen den Hof gemacht. Sie sagte mir, dass er seit Jahren um sie herumscharwenzelte – dass er ihr sogar schon Süßigkeiten und Liebesgedichte geschickt hat, als sie noch die Schulbank gedrückt hat.«

»Das klingt ausgesprochen … verachtungswürdig.«

»So hat sie es auch empfunden.«

Chien lief fröhlich einen Kreis um sie herum, dann sprang er zu einem Spatz, der auf dem Zweig einer Heckenrose in der Nähe zu tschilpen begann.

Sebastian sagte: »Hat Miss Tennyson Ihnen je verraten, warum sie so fest entschlossen war, niemals zu heiraten?«

Arceneaux beobachtete den Spatz, der zeternd davonflog. Chien blieb stehen, Schwanz und Ohren in die Höhe gereckt. »So ungewöhnlich ist das nicht unter Frauen, die sich der Wissenschaft verschrieben haben, nicht wahr?«

Chien trottete wieder zurück und schob Sebastian die kalte, feuchte Hundeschnauze unter die Hand. Sebastian strich dem Hund mit der Hand über den Rücken. Es hatte eine Zeit gegeben, in der auch Hero sich geschworen hatte, niemals zu heiraten. Sie hatte nur zugestimmt, seine Frau zu werden, weil sie entdeckt hatte, dass sie sein Kind unter dem Herzen trug – und selbst dann noch hatte es ihn unsägliche Mühe und Zeit gekostet, sie zu überzeugen. Er dachte sich, dass er verstehen konnte, warum Miss Tennyson so an ihrer Entscheidung festhielt.

Dennoch blieb bei Sebastian das Gefühl zurück, dass der Franzose log.

Kapitel 30

Jarvis stand mit einem Glas Champagner in der Hand am Terrassenrand und ließ den Blick über die schwitzenden Männer in Frack und schneeweißen Krawatten schweifen, die leise mit fröhlich lachenden Damen in glänzenden Musselinkleidern und breitkrempigen Hüten plauderten. Die Sonne war höllisch heiß und der Champagner warm. Für gewöhnlich mied Jarvis solche Veranstaltungen. Doch diese spezielle *al fresco*-Veranstaltung wurde von Lady Elcott veranstaltet, der neuesten Eroberung des Prinzen, auf dessen Erscheinen Jarvis wartete.

Eine kaum wahrnehmbare Ruhe in der Menge der Anwesenden leitete Jarvis' Aufmerksamkeit zu einer hochgewachsenen, vertrauten Gestalt, die quer über die Terrasse auf ihn zu kam. Sie trug ein hinreißendes Kleid aus cremefarbener Seide mit schwarzen Paspeln und dazu einen schwarzen Samthut mit einer Kokarde aus schwarzen und cremefarbenen Federn. Sie war keineswegs die schönste der anwesenden Damen, und dennoch gelang es ihr, aller Augen auf sich zu ziehen.

»Und ich dachte, du hättest frivole gesellschaftliche Verlustigungen aufgegeben, um die üble Begeisterung deines Mannes für Mordermittlungen zu teilen«, sagte Jarvis, als Hero neben ihm stehen blieb.

»Ich sagte dir bereits, dass mein Engagement in dieser Sache nichts mit Devlin zu tun hat. Gabrielle Tennyson war meine Freundin, und wer sie auch immer getötet hat, wird mir Rede und Antwort stehen müssen.« Sie ließ wie er den Blick über die Damen und Herren wandern, die sich auf dem Rasen unterhalb der Terrasse verteilt hatten. »Davon abgesehen vermag ich keinen Grund zu erkennen, weshalb das eine das andere ausschlösse.«

»Gesellschaftliche Verpflichtungen und Mord, meinst du? Da hast du allerdings recht. Um ehrlich zu sein, nehme ich sogar an, dass Lady Elcott unter ihren Gästen mehr Mörder vereint als du vermutlich im Gasthaus an der Ecke finden würdest … wobei ich jedoch bezweifle, dass auch nur einer von diesen Helden für seine Verbrechen je auf der Anklagebank landen wird.«

Sie richtete den Blick wieder auf ihn. »Es ist dir schon bekannt, dass ich inzwischen vom Kreuz von Glastonbury weiß?«

»So?« Er trank einen Schluck Champagner. »Und was genau ›weißt‹ du darüber?«

Offenbar war seine Replik nicht das, worauf sie gehofft hatte. Sie kniff die Augen zusammen, spülte ihre Enttäuschung aber mit einem Schluck Limonade hinunter.

Er lächelte. »Du hast dieses Spiel von mir gelernt, erinnerst du dich? Und ich bin darin immer noch besser als du. Soll ich dir sagen, was genau du weißt? Du weißt, dass Bevin Childe in der Sammlung des verstorbenen Richard Gough eine Kiste mit altem Gebein und ein graviertes Artefakt gefunden hat, welches er als das Glastonbury Cross identifiziert hat. Außerdem weißt du, dass Miss Tennyson, als sie von

Childes Entdeckung hörte, das Kreuz als eine moderne Fälschung abgetan und den fraglichen Gegenstand in einem erschreckenden Anfall ungezügelter Wut in den See geworfen hat.«

Hero erwiderte sein Lächeln. »Tatsächlich habe ich etwas mehr als nur das herausgefunden. Ich habe mir diese Flugblätter genauer angesehen, von denen du mir erzählt hast – diejenigen, die von der Sehnsucht nach der Rückkehr des ›einzigen und künftigen Königs‹ und von Englands Sieg erzählen, wenn er die unzulänglichen Usurpatoren vertreibt, die derzeit auf dem Thron sitzen.« Sie sah zum Prinzregenten, der rotgesichtig und schwitzend Kopf und Schultern über einen vollbeladenen Teller mit gebutterten Krabben gebeugt hielt, sodass der Mantel aus feinstem Bath-Kammgarn über seinem Rücken spannte. »Ich kann mir vorstellen, wie der Ausdruck solcher Empfindungen in gewissen Kreisen Sorge auslösen kann, auch wenn die Flugblätter, wie du mir anvertraut hast, ursprünglich das Werk französischer Agenten sind. Solche Dinge entwickeln zuweilen ein Eigenleben. Und während wir uns gern dem Glauben hingeben, unser Zeitalter wäre zu fortschrittlich, um solchen Erzählungen Vorschub zu leisten, so sind in Wahrheit doch viel zu viele Menschen da draußen immer noch sowohl unwissend als auch bedauernswert leichtgläubig – und mithin nur zu bereit, an einen wunderbaren Erlöser zu glauben.«

»Wie wahr.«

Ein warmer Wind kam auf, der die ausgedehnten Zweige einer Ulme in Bewegung versetzte, sodass Licht- und Schattenmuster über Heros ausgeprägte

Gesichtszüge tanzten. Sie sagte: »Vor etwa sechshundert Jahren war auch Henry II wegen ruheloser Untertanen besorgt, die sich danach sehnten, dass König Artus zurückkehren und sie erretten möge. Zu seinem Glück sind die Mönche der Glastonbury Abbey mit ihrer Entdeckung von Gebeinen in die Bresche gesprungen, von denen sie behaupteten, es seien diejenigen von König Artus und Guinevere. Und das genau zum richtigen Zeitpunkt.«

»Welch glückliche Fügung, nicht wahr?« Jarvis lächelte.

»Mhm. Und welch ein Mangel an Urteilsvermögen lag doch in den Bemühungen von König Henry VIII, das Vermögen der Kirche an sich zu bringen, und im Zuge dessen einen derart wertvollen Schatz in all dem Gerangel zu verlieren. Damit öffnete er diesen hässlichen Gerüchten erneut Tür und Tor.«

»Eine erschreckend sorglose Haltung von ihm«, stimmte Jarvis ihr zu und übergab sein Champagnerglas einem vorbeigehenden Ober.

»Doch die Geschichte wiederholt sich bisweilen … oder sollte ich eher sagen, die Wiederholung kann herbeigeführt werden? Besonders, wenn eine gewisse couragierte junge Frau, die im Wege stehen könnte, beseitigt wird.«

Jarvis zog eine verzierte goldene Schnupftabakdose aus seiner Tasche und ließ sie mit einem Finger aufschnappen.

Hero betrachtete seine Gesichtszüge. »Gabrielle war keine Frau, die leicht einzuschüchtern war. Aber bevor sie gestorben ist, hatte sie vor jemandem Angst. Vor jemand Mächtigem. Ich glaube, sie hatte Angst vor dir.«

Er hob eine Prise Tabak an die Nase und schnupfte. »Sie hatte eine einzigartige Art, das zu zeigen, findest du nicht?«

Hero beugte sich zu ihm, das höfliche Lächeln immer noch im Gesicht, und sagte leise: »Ich glaube, dass Gabrielle recht hatte: Dieses Kreuz war eine Fälschung. Ich glaube, dass du Childe irgendwie dazu gebracht hast, zu behaupten, er hätte das gefälschte Kreuz in Goughs Sammlungen gefunden, und zwar in der Hoffnung, die Nachricht seiner Entdeckung würde helfen, diese gefährlichen Rufe nach König Artus' Rückkehr wieder einzudämmen. Immerhin hat es vor ein paar hundert Jahren bei den Plantagenets geklappt, also warum sollte es heute nicht klappen?«

»Ja, warum nicht?«

»Was ich allerdings noch nicht herausfinden konnte, war, wie du Childe dazu gebracht hast zu kooperieren.«

»Wirklich, Hero; vielleicht solltest du dieses wachsende Interesse an Mordermittlungen aufgeben und dich stattdessen dem Verfassen von Schundromanen zuwenden.« Er sah in ihren Augen etwas aufglimmen, das er nicht recht zuordnen konnte, und schloss seine Tabakdose. »Ich habe dir bereits gesagt, dass ich deine unbequeme Freundin nicht getötet habe.«

Als sie schweig, lachte er leise. »Du glaubst mir nicht, oder?«

»Fast. Aber nicht ganz.« Sie neigte den Kopf zur Seite. »Wenn du es für nötig gehalten hättest – hättest du sie dann getötet, obwohl sie meine Freundin war?«

»Ohne zu zögern.«

»Und würdest du es mir sagen?«

»Früher schon. Aber jetzt ... bin ich mir nicht mehr so sicher.«

»Du meinst, wegen Devlin?«

»Ja.« Er ließ den Blick ein weiteres Mal über die anwesenden schwitzenden Aristokraten wandern. »Und bedauerst du es? Deine Entscheidung, deinem Ehemann gegenüber wenig mitteilsam zu sein, meine ich.«

»Nein.«

Er sah ihr wieder in die Augen. »Ganz sicher, Hero?«, fragte er und sah, wie ihre Gesichtsfarbe dunkler wurde.

Sie sagte: »Ich glaube nicht, dass du Gabrielle bewusst hast ermorden lassen. Aber kannst du dir ganz sicher sein, dass du nicht indirekt schuld daran bist?«

Vater und Tochter maßen sich gegenseitig mit Blicken.

»*Darling!*«

Hero wandte sich um und sah Lady Elcott auf sich zu eilen. Hinter ihr flatterte eine ganze Wolke glänzenden, zitronenfarbenen Organzas und langer, cremefarbener Satinbänder. Sie legte ihre perfekt manikürten Fingerspitzen auf Heros Arm und zog ihre dünn gezupften Brauen nach oben. »Ihr seid tatsächlich gekommen, welche Freude! Habt Ihr Euren schurkischen Ehemann mitgebracht?«

»Dieses Mal nicht«, sagte Hero.

»Entschuldigt mich.« Jarvis verbeugte sich und begab sich geschickt an die Seite des Prinzen, um ihn gerade noch rechtzeitig davon abzuhalten, einen zweiten Teller voller Krabben zu verspeisen.

Als er zum Rand der Terrasse zurücksah, war es Hero gelungen, sich dem Griff ihrer Gastgeberin zu entziehen und zu verschwinden.

Paul Gibson stand über den steinernen Sektionstisch in der Mitte des Gebäudes hinter seiner Praxis gebeugt da. So traf Sebastian ihn an. Gibson pfiff leise bei der Arbeit. Er hatte die Arme bis zu den Ellbogen in das blutige, geöffnete Abdomen eines Leichnams geschoben, der so aufgebläht, farblos und in einem so fortgeschrittenen Verwesungszustand war, dass Sebastian würgen musste.

»Großer Gott«, sagte er, und ihm traten die Tränen in die Augen, als ihn der faulige Gestank mit voller Wucht traf. »Wo haben sie denn diesen Leichnam gefunden?«

»Haben ihn aus dem Fleet Ditch an der West Street gezogen. Er hing unter der Brücke fest, und das wohl schon eine ganze Weile, wie es aussieht.«

»Hat ihn denn niemand gerochen?«

»Dort an der Ecke ist ein Schlachthaus. Ich vermute, die Gerüche haben sich gewissermaßen vermischt.« Der Arzt griff feixend nach einem Lappen, um sich die Hände und Arme abzureiben. »Was kann ich für dich tun? Und bitte sag nicht, dass du mir noch eine Leiche schicken willst, denn ich habe noch zwei, um die ich mich kümmern muss, wenn ich mit dieser hier fertig bin.«

»Keine Leichen mehr.« Sebastian ging in den sonnenbeschienen Garten hinaus und stellte sich vornübergebeugt, die Hände auf die Oberschenkel gestützt hin, um seine Lunge mit frischer Luft zu füllen. »Ich habe nur eine Frage zu Gabrielle Tennyson. Du sagtest, sie war keine Jungfrau mehr. Besteht die Möglichkeit, dass sie schwanger war?«

»Ich habe keinen Hinweis darauf entdeckt.«

»Könntest du das zweifelsfrei feststellen? Ich meine, wenn es noch nicht lange wäre?«

»Sagen wir mal so: Wenn sie schon weit genug gewesen wäre, um es zu wissen, würde ich es auch wissen.«

Sebastian richtete sich auf und schluckte rasch, als erneut der Gestank des Leichnams zu ihm zog. »Hölle noch mal. Ich weiß nicht, wie du das aushältst.«

Gibson lachte leise. »Nach einer gewissen Zeit bemerkt man den Geruch gar nicht mehr.« Er dachte kurz darüber nach, dann hängte er an: »Normalerweise«.

»Ich rede nicht nur vom Geruch.«

»Ach so.« Der Ire sah Sebastian ins Gesicht, nun ernst. »Es ist so: Wenn sie zu mir kommen, dann ist es nur noch Gewebe und Knochen, und darauf konzentriere ich mich – dort liegt das Geheimnis, das ich aufdecken muss. Ich darf mich nicht mit der Angst und dem Schmerz befassen, die sie erlebt haben müssen, als sie das durchlitten haben, was sie auf meinen Tisch gebracht hat. Ich darf mich nicht mit dem Verrat oder den Verletzungen, der Wut und Verzweiflung beschäftigen, die sie erlebt haben. So muss man es angehen. Und um ehrlich zu sein, weiß ich nicht, wie *du* es aushältst, Devlin.«

Als Sebastian schwieg, legte Gibson ihm die Hand auf die Schulter, dann drehte er sich zu dem Steingebäude und seinem aufgeblähten, vermodernden Insassen um.

»Wurde er ermordet?«, rief Sebastian ihm hinterher. »Der Mann auf deinem Tisch, meine ich.«

Gibson blieb in der offenen Tür stehen und sah zu ihm zurück. »Dieser nicht. Höchstwahrscheinlich ist er besoffen ins Wasser getorkelt und ertrunken. Ich bezweifle, dass er überhaupt mitbekommen hat, wie ihm geschah – was wohl keine Art zu gehen ist, wenn man gehen muss.«

»Ich schätze, es schlägt einige der anderen Möglichkeiten.«

Gibson grunzte. »Glaubst du, Gabrielle Tennyson und ihre kleinen Vettern wurden von einem Mann ermordet, der Angst hatte, sie geschwängert zu haben?«

Sebastian wollte ihn daran erinnern, dass man nicht sicher wusste, ob Alfred und George Tennyson tot waren, doch dann ließ er es. Sicherlich war es nur noch eine Frage der Zeit, bis einer der Suchenden oder ein Bauer, der mit seinem Hund draußen war, auf die kleinen Leichname der Kinder stoßen würde, halb in einem Graben oder im weichen Laub eines Loches liegend, das ein umgestürzter Baum hinterlassen hatte.

Er schüttelte den Kopf. »Ich weiß es nicht. Zum jetzigen Zeitpunkt ist alles offen.«

»Armes Mädchen«, sagte Gibson seufzend. »Armes, armes Mädchen.«

Im Westen malte die Sonne lila und orangefarbene Streifen an den Abendhimmel über dem Horizont, als Sebastian die Adelphi-Gebäude an der Themse erreichte. Er stieg die Stufen zum Stadthaus der Tennysons hinauf, da hörte er seinen Namen.

»Lord Devlin.«

Er drehte sich um und sah Gabrielles Bruder mit großen Schritten quer über die Straße herankommen. »Habt Ihr Neuigkeiten?«, fragte Hildeyard Tennyson. In seinen angestrengten Zügen lag ängstliche Hoffnung.

»Leider nicht.«

Tennysons Lippen öffneten sich vor schmerzlicher Enttäuschung. Offensichtlich war er wieder auf der Suche nach den Kindern gewesen. Auf seinem Mantel und den Stiefeln lag Staub, sein Gesicht glänzte von Schweiß und war von zu vielen Stunden in der heißen Sonne rot verfärbt.

»Suchen Sie immer noch im alten Jagdrevier?«, fragte Sebastian, als sie die Terrasse entlang gingen, die sich über die Themse erstreckte.

»In den Wäldern und auf den Höfen und Feldern drum herum, ja. Aber bis jetzt haben wir nichts gefunden, nicht eine Spur. Es ist, als wären die Kinder im Nebel verschollen.« Der Jurist stieß zitternd einen langen Atemzug aus. »Einfach … verschollen.«

Sebastian blickte auf den Fluss hinaus, den die Sonne mit goldenem Licht überflutete. Mit Kohle beladene Kähne lagen tief und dunkel im Wasser; ein Fährmann ruderte nach Lambeth. Die eintauchenden Ruderblätter aus Holz ließen bogenförmig Tröpfchen in die Luft steigen, die im sterbenden Licht wie Diamanten funkelten.

Tennyson folgte Sebastians Blick. Ringe lagen unter seinen Augen, als er der Fahrt des Fährmanns über den Fluss zusah. »Ich weiß, von den Magistraten und Wachtmeistern bis zu den Bauern und Arbeitern, die ich angeheuert habe, denken alle, die Jungen müssen tot sein. Ich höre sie ja untereinander reden. Sie glauben alle, dass sie nach einem Grab suchen. Aber sie sagen es nicht zu mir.«

Sebastian blickte weiter auf das Wasser hinaus.

Kurz darauf sagte Tennyson: »Mein Vetter – der Vater der Buben – ist auf dem Weg von Lincolnshire hierher. Es geht ihm nicht gut. Ich hoffe bei Gott, dass der Weg ihn nicht umbringt.« Er zögerte, dann fuhr er fort: »Oder die unvermeidliche Trauer.«

Es fiel Sebastian schwer, ihm in die angestrengten, verzweifelten Augen zu blicken. »Sie sagten mir neulich, dass Ihre Schwester nicht an einer Heirat interessiert war.«

»Das ist richtig«, sagte der Jurist langsam, dem es merklich schwerfiel, Sebastians Gedankengang zu folgen. »Sie hat sich schon in relativ jungen Jahren darüber eine feste Meinung gebildet. Unser Vater hat ihre Haltung dem Einfluss von solchen wie Miss Berry und Miss Catherine Talbot zugeschrieben. In Wahrheit war Gabrielle einfach viel mehr an römischen Ruinen und den Inschriften auf mittelalterlichen Grabsteinen interessiert als an Kleidung oder Säuglingsausstattung.«

»Im Lauf der Jahre muss sie aber dennoch einige Verehrer angezogen haben.«

»Einige schon. Aber ohne jegliche Ermutigung haben wenige länger verharrt.«

»Können Sie sich an irgendjemanden erinnern, der länger ausgeharrt hat als die anderen?«

Tennyson dachte eine Weile nach. »Nun, ich glaube, Childe hat länger als die meisten ausgehalten. Aber großer Gott, niemand könnte ihn einer solchen Tat verdächtigen.«

»Childe? Meinen Sie Bevin Childe?«

»Ja. Kennt Ihr ihn? Ehrlich gesagt – wenn ich irgendjemandem eine Chance bei Gabrielle zugetraut hätte, dann Childe. Ich meine, er hat sowohl ein beträchtliches Einkommen als auch eine Leidenschaft für Altertümer, die ihrer eigenen ähnlich war. Sie kannte ihn schon, als sie noch die Schulbank drückte – tatsächlich hat er sogar behauptet, sich schon in sie verliebt zu haben, als sie kaum größer als ein Kind mit Zöpfen und zerrissenen Röcken war. Aber sie wollte nichts von ihm.«

»Wie hat er ihre Zurückweisung aufgenommen?«

Ein Hauch von Erheiterung ließ die ausgezehrten Züge des Juristen aufleuchten. »Ehrlich? Mit Unglaube. Man kann Childe nicht nachsagen, dass er eine schlechte Meinung von sich selbst hätte. Zuerst war er überzeugt, dass sie nur eine ›wachsende mädchenhafte Schüchternheit‹ an den Tag legte, wie er es nannte. Dann, als er endlich begriff, dass sie weniger schüchtern als einfach uninteressiert war, schrieb er ihre mangelnde Begeisterung einem fehlenden Verständnis seines tatsächlichen Wertes zu. Ich hatte vorher nie bemerkt, was für ein unerträglicher Langweiler dieser Mann sein konnte. Ich fürchte, er hat sich zum Hanswurst gemacht.«

»Wann hat er den Wink mit dem Zaunpfahl denn endlich begriffen?«

»Dass seine Verehrung aussichtslos war? Ich bin mir nicht sicher, ob er es überhaupt begriffen hat. Noch bevor ich nach Kent aufbrach, hat sie sich über ihn beklagt.«

»Meinen Sie, über seine Ablehnung ihrer Theorien bezüglich Camlet Moat?«

»Nein. Über seine Weigerung, ihre Ablehnung des Heiratsantrags als endgültig anzunehmen.«

Kapitel 31

Bevin Childe tastete sich die unbeleuchtete Treppe von seiner Wohnung in der St. James's Street hinunter. Da trat Sebastian auf dem Absatz aus dem Schatten heraus, packte den Gelehrten von hinten mit beiden Fäusten am Schlafittchen seines Mantels, drehte ihn und drückte ihn mit dem Gesicht gegen die Wand.

»Grundgütiger«, stieß der Antiquar aus, als er mit dem Bauch voran gegen die Vertäfelung donnerte. »Herrje, Herrje, Herrje. Mein Geldbeutel steckt in der Innentasche meines Mantels. Bitte, bedienen Sie sich, auch wenn ich Sie warnen muss: Sie werden für diesen brutalen Gewaltakt gegen meine Person nur eine kümmerliche Belohnung darin finden.«

»Ich bin an Ihrem verfluchten Geldbeutel nicht interessiert«, knurrte Sebastian.

»Devlin?« Der Altertumsforscher wurde vor Erleichterung ganz schlaff. »Seid Ihr das?« Er versuchte, sich herumzudrehen und gab frustriert auf, als Sebastian nur noch fester zugriff. »Großer Gott, ich hielt Euch für einen Beutelschneider.« Dann versteifte er sich mit wachsender Empörung. »Was hat das zu bedeuten?«

Sebastian sprach leise und mit tödlicher Ruhe. »Vielleicht hätte ich Sie warnen sollen, dass ich ein ungeduldiger Mann bin, sobald es um Mord geht. Und Sie, Mr Childe, strapazieren meine Geduld ganz arg.«

»In diesem Land gibt es Gesetze, wisst Ihr das? Ihr könnt nicht einfach herumlaufen und Gentlemen in ihren Wohnungen auflauern. Das ist nicht rechtens und nicht richtig. Das tut – man tut es nicht!«

Sebastian unterdrückte den Drang, laut aufzulachen. Stattdessen presste er sich gegen den Antiquar, bis das füllige Gesicht des Mannes an der eleganten Holzvertäfelung seitlich plattgedrückt wurde. »Sie haben mir nicht gesagt, dass Sie Miss Tennyson den Hof gemacht haben. Sie waren ein verdrossener und unangenehm penetranter Verehrer.«

»Nun, das ist nicht gerade eine Angelegenheit, mit der ein Gentleman hausieren geht, oder etwa doch? Ich meine, ein Mann hat schließlich seinen Stolz.«

»Wollen Sie damit sagen, dass Miss Tennysons Zurückweisung Ihren Stolz verletzt hat?«

Ein Schaudern überlief Childe, als erkenne er plötzlich den Abgrund zu seinen Füßen. »Ich weiß nicht, ob ich es genau so ausdrücken würde.«

»Wie genau würden Sie es denn ausdrücken?«

»Frauen wie Miss Tennyson muss man behutsam umwerben. Aber ich bin ein Mann mit Durchhaltevermögen. Ich zweifle nicht, dass meine Werbung zu guter Letzt von Erfolg gekrönt worden wäre.«

»Sie zweifeln nicht.«

»Nicht im Mindesten.« Childes Ton war immer selbstbewusster geworden bis hin zur Selbstgefälligkeit.

»Sie wollen mich also glauben machen, Sie wussten nichts davon, dass sie sich vor Kurzem in einen schneidigen jungen Kavallerieoffizier verliebt hat, den sie im Britischen Museum kennengelernt hat?«

»Was?« Childe versuchte erneut, sich umzudrehen, doch Sebastian hielt ihn fest. »Das glaube ich nicht! Wer? Wer ist der Mann? Das ist Unfug. Ihr denkt Euch das gerade aus. Das ist unmöglich.«

»Na, hoffentlich finde ich nicht heraus, dass Sie doch davon wussten.«

Childe erblasste. »Was soll das heißen?«

»Das heißt«, Sebastian verlagerte seinen Griff, »dass es da eine gewisse Sorte Mann gibt ... einen Mann, der es nicht gut aufnimmt, wenn die Frau, die er zu ehren gedenkt, indem er sie zu seiner Gattin macht, seine Brautwerbung zurückweist – allerdings nicht, weil sie schüchtern ist und ›behutsam umworben‹ werden muss, sondern weil sie ihm recht offen einen anderen Mann vorgezogen hat. Womit kann man einen Mann wie Sie zu einer Gewalttat bringen? Hm? Damit, dass man Ihren Ruf als Gelehrten bedroht? Oder mit einem Affront gegen Ihre Männlichkeit? Ich frage mich, wie Sie reagieren würden, wenn ebenjene Frau, die Sie als Verehrer erniedrigt hat, anschließend noch drohen würde, Ihre Glaubwürdigkeit als Antiquar zu zerstören? Wäre das ausreichend, um Sie zu einem Mord zu verleiten?«

Childes Stirn glitzerte, und auf seiner Nasenspitze bildeten sich Tröpfchen. Ein ekliger Geruch nach Schweiß und Angst stieg von ihm auf, und als er wieder etwas sagte, war seine Stimme ein helles Stottern: »Das ist doch Irrsinn. Miss Tennyson und ich waren lediglich unterschiedlicher Ansicht bezüglich des Kreuzes in Goughs Sammlung, das ist alles. Meine

Glaubwürdigkeit als Antiquar war nie im Mindesten gefährdet.«

»Dann sagen Sie mir, warum ...«

Sebastian unterbrach sich, als unter ihnen eine Tür geöffnet wurde. Vom Alkohol verwischte Männerstimmen klangen die Treppe herauf. Er ließ den Antiquar los und trat einen Schritt zurück.

»Ich bin noch nicht fertig mit Ihnen. Wenn ich mehr herausfinde, komme ich wieder. Und wenn ich feststelle, dass Sie mich angelogen haben, garantiere ich, dass Sie es bereuen werden.«

Als Sebastian nach Hause in die Brook Street kam, beschäftigte Hero sich gerade mit einer Aufklärungsschrift eines gewissen Ezekiel Smyth mit dem Titel »Satan, Druidentum und der Weg zur ewigen Verdammnis«.

»Großer Gott«, sagte er. »Was liest du denn da?«

Sie lachte und warf es zur Seite. »Ob du es glaubst oder nicht, dieses scheinheilige Geschwafel wurde von George und Alfred Tennysons Tante Mary Bourne geschrieben.«

»Das kann nicht dein Ernst sein.«

»Doch. Sie nimmt auch an einer wöchentlichen Bibelstunde eines gewissen Reverend Samuel in der Savoy Chapel teil. Ein anderes Mitglied des Bibelkreises ist keine geringere als Lady Winthrop.«

Er griff nach der Streitschrift und blätterte sie durch. »Das ist allerdings interessant.«

»Nicht wahr?« Sie sah zu ihm herüber und kniff die Augen zusammen. »Die Schulternaht an deinem Mantel ist auf; was hast du gemacht?«

Er blickte auf seinen Mantel hinunter. »Ach, das hatte ich nicht bemerkt. Das könnte passiert sein, als Leutnant Arceneaux mir den Garaus machen wollte, weil ich die Ehre der Frau beleidigt habe, die er liebt ...«

»Wie das?«

»Indem ich ihn gefragt habe, ob er mit ihr das Lager geteilt hat. Er hat es übrigens verneint.«

»Glaubst du ihm?«

»Nein. Allerdings hat er mir eine Information geliefert, die sich als wertvoll herausgestellt hat: Offenbar war Mr Bevin Childe einer der Verehrer von Miss Tennyson – und zwar ein unangenehmer Verehrer, der sich weigerte, ein Nein als Antwort gelten zu lassen. Laut Hildeyard war er schon in Gabrielle verliebt, seit sie ein Kind war.«

Hero starrte ihn an. »Sagtest du, seit sie ein Kind war?«

»Ja, warum?«

Doch sie schüttelte nur den Kopf und äußerte sich nicht mehr dazu.

Donnerstag, 6. August

Am nächsten Morgen saß Hero um neun Uhr fünfzig vor dem Britischen Museum in ihrer Kutsche. Auf dem Schoß hielt sie einen Skizzenblock und in der Hand einen spitzen Bleistift.

Sie machte sich über ihre künstlerischen Fähigkeiten keine Illusionen. Sie konnte ein recht glaubhaftes, leicht erkennbares Bildnis eines Menschen zeichnen. Aber ihre Zeichnungen waren leidlich gut, mehr nicht. Wäre sie eine wahre Künstlerin, hätte sie Bevin Childe aus dem Gedächtnis malen können. Das lag jedoch außerhalb ihres Könnens.

So wartete sie also in dem kühlen Morgenschatten, den die hohen Stadthäuser der Great Russell Street warfen. Exakt zwei Minuten vor zehn Uhr hielt eine Mietdroschke vor dem *Pied Piper* an. Mit typischen, langsamen und schwerfälligen Bewegungen stieg Mr Bevin Childe aus der Kutsche aus und blieb auf dem Bürgersteig stehen, um zu zahlen.

Er warf einen gleichgültigen Blick in Richtung der gelben Kutsche, die vor dem Museum wartete, und schritt dann über die Straße, seinen Gehstock mit dem Messinggriff unter einen Arm geklemmt.

Im schattigen Inneren der Kutsche kratzte Heros Bleistift hektisch über das Papier, als sie in großen Strichen die Charakteristika seines Äußeren festhielt.

Als ob er irgendwie ihren prüfenden Blick spüren könnte, blieb er kurz vor dem Pförtnerhaus des Museums stehen, und die hohen Spitzen seines Hemdkragens stachen in seine runden Wangen, als er den Kopf drehte und um sich blickte. Dann entschwand er aus ihrer Sicht.

Sie brauchte weitere zehn Minuten, um ihre Zeichnung zu beenden, indem sie Details und Kleinigkeiten hinzufügte. Dann befahl sie ihrem Kutscher, nach Covent Garden zu fahren.

Der Mann zog ein langes Gesicht. »Ich bitte um Verzeihung, Mylady, aber habt Ihr grad ›Covent Garden‹ gesagt?«

»Ganz recht.«

Er verbeugte sich. »Sehr wohl, Mylady.«

Kapitel 32

Sebastian saß allein am Frühstückstisch und las die neuesten Berichte über die Invasion der Amerikaner in Kanada, da erklang ein Pochen an der Haustür. Er hörte, wie sein Majordomus Morey zur Tür ging, um sie zu öffnen. Dann erklang aufgeregtes Hundegebell in der Halle.

Sebastian hob den Kopf.

»Chien! Nein!«, rief jemand. »Komm zurück!«

Morey zischte. »Sir! Ich muss darauf bestehen, dass Sie Ihren – ach, du lieber Himmel.«

Auf dem Marmorfußboden der Halle wurden die kratzenden Geräusche von Krallen hörbar, und ein vertrauter schwarzbrauner Hund platzte herein. Schwanzwedelnd und mit heraushängender Zunge wartete er auf eine begeisterte Begrüßung.

»Du bist also stolz auf dich, was?«, sagte Sebastian und legte seine Zeitung beiseite.

»Chien!« Leutnant Philippe Arceneaux trat auf die Türschwelle. »Ich bitte untertänigst um Eure Verzeihung, Mylord. Chien, bei Fuß!«

»Es ist schon gut«, sagte Sebastian dem besorgten Majordomus, der hinter dem französischen Offizier hervorlugte. »Der Leutnant und sein ungezogener Hund sind mir bestens bekannt. Und nein, das ist keine Einladung für dich, dir noch mehr herauszunehmen«, warnte er den Hund, der zu seinen polierten

Hessischen Stiefeln tappte. »Beflecke meine glänzenden Stiefel, und Calhoun nagelt dein Fell an die Stalltür. Und wenn du das für eine leere Drohung hältst, hast du ganz offensichtlich noch nicht die Bekanntschaft meines Kammerherrn gemacht.«

»Möglicherweise würde er Euch eher Glauben schenken«, meinte Arceneaux lächelnd, »wenn Ihr ihm nicht an den Ohren ziehen würdet.«

»Vielleicht. Kommen Sie doch herein und nehmen Sie Platz, Leutnant. Darf ich Ihnen Frühstück anbieten? Und nein, das Angebot gilt nicht für dich, du Höllenhund, du kannst aufhören, meinen Schinken mit diesem seelenvollen Blick anzustarren.«

»Danke, Mylord, aber ich habe schon gespeist – das haben wir beide«, hängte er an und warf dem Hund einen finsteren Blick zu. »Schäm dich, Chien, du benimmst dich wie ein Strolch. Komm da weg.«

Der Hund setzte sich neben Sebastians Stuhl auf die Hinterläufe und winselte.

»Er hört sehr gut, wie ich sehe«, stellte Sebastian fest und leerte seinen Krug.

»Er mag Euch.«

»Er mag meinen Schinken.«

Arceneaux lachte, dann wich das Lächeln aus seinem Gesicht. »Ich habe ihn mitgebracht, weil ich Euch um etwas bitten muss.«

Sebastian, der den Hund hinter den Ohren kraulte, sah auf. »Ach?«

»Mir ist in den Sinn gekommen, dass Chien vielleicht eine Spur von Alfred und George aufnehmen könnte, wenn ich ihn mit nach Camlet Moat nehmen dürfte. Irgendetwas, das uns verraten könnte, wohin die

Buben verschwunden sind oder was ihnen zugestoßen ist. Etwas, das den Behörden entgangen ist. Er hat die Kinder sehr gemocht.«

Sebastian schwieg einen Augenblick und dachte über die Art der Bitte nach. »Das klingt nach einer klugen Idee. Aber warum kommen Sie damit zu mir?«

»Weil ich nicht mehr als eine Meile aus der Stadt hinaus darf. Aber wenn Ihr es mit den Behörden besprechen und uns begleiten würdet ...«

Sebastian betrachtete Arceneaux' feingeschnittenes, ernstes Antlitz mit den jungenhaften Sommersprossen darin und den großen, himmelblauen Augen. »Warum nicht? Es ist den Versuch wert.« Er erhob sich. »Versuchen Sie, Ihren Hund vom Schinken fernzuhalten, während ich die Kutsche vorfahren lasse.«

In der Admiralität, der Regierungsbehörde, die für alle Kriegsgefangenen zuständig war, erteilte ein gelangweilter Angestellter widerstrebend die Erlaubnis, dass Arceneaux in Sebastians Obhut London verlassen durfte. Als sie die belebten Straßen der Stadt hinter sich ließen, lockerte Sebastian die Zügel, die Braunen sprangen voran, und Chien kletterte zwischen die beiden Männer auf den Sitz, streckte die Nase in die Luft und genoss mit halbgeschlossenen Augen den Fahrtwind.

Sebastian betrachtete den Mischling mit gesunder Skepsis. »Also, ich würde nicht behaupten, dass es in seiner vielfältigen und zweifellos unehrenhaften Ahnenreihe irgendwelche Bluthunde gab.«

Arceneaux legte dem fidelen Hund den Arm um die Schultern. »Vielleicht nicht. Aber die Buben haben immer Verstecken mit ihm gespielt, und er hat sie immer sehr gut aufgespürt.«

Sebastian zügelte die Pferde etwas. »Als Sie Miss Tennyson und die Buben vergangene Woche nach Camlet Moat fuhren, haben Sie da Chien mitgenommen?«

»Ich habe nie gesagt, ich …«

»Antworten Sie auf meine Frage.«

Arceneaux stieß resigniert die Luft aus. »Ja.« Die Erinnerung zauberte den Hauch eines Lächelns auf seine Züge. »Chien ist einer Ente hinterher in den Graben gesprungen und hat sich danach in der lockeren Erde neben den Gräben gewälzt. Gabrielle sagte ihm, er wäre hier nicht mehr willkommen.«

Der Franzose verstummte und griff fester nach dem Hund, während er über die sonnenüberfluteten Felder hinwegblickte, gedanklich zweifellos in der Vergangenheit gefangen. Erst als sie den dichteren Wald des Jagdgebietes erreichten, sagte er: »Ich denke die ganze Zeit nach und versuche, einen Grund zu finden, warum sie die Jungen am Sonntag wieder mit hierher gebracht haben könnte.« Er schüttelte den Kopf. »Aber ich finde keinen.«

»Wussten Sie, dass Bevin Childe ein Bleikreuz in seinem Besitz hatte, das angeblich von König Artus' und Lady Guineveres Grab stammen sollte?«

»*Mon dieu!* Ihr meint aber nicht das Kreuz von Glastonbury?«

»Doch. Childe behauptet, es mit einer Kiste alter Knochen in der Sammlung gefunden zu haben, die er in Gough Hall katalogisiert hat. Miss Tennyson war hingegen davon überzeugt, dass es sich um eine moderne Fälschung handelte.«

»Hat sie darüber gesprochen? Aber ... wenn das alles war, warum hätte sie es mir dann nicht erzählt?«

»Ich hatte gehofft, Sie könnten das vielleicht erklären. Ich nehme an, die Kontroverse um die Entdeckung von König Artus' Grab im zwölften Jahrhundert ist beträchtlich?«

Arceneaux nickte. »Es wirkt alles eine Spur zu sauber, das ist das Problem. Damals stand den anglonormannischen Königen eine beachtliche Gegenwehr beim Versuch gegenüber, Wales zu erobern, und große Teile dieses Widerstands haben König Artus als einendes Element benutzt. Das Landvolk glaubte noch an die alte Sage, dass Artus nie wirklich gestorben wäre und eines Tages von der mystischen Insel Avalon zurückkehren würde, um die Mächte des Bösen zu vertreiben.«

»Und die Normannen und die Könige aus dem Geschlecht der Plantagenets wurden als die Mächte des Bösen gesehen?«

»Im großen Ganzen, ja. Wisst Ihr, die Schwierigkeit war, dass es kein Grab gab, von dem irgendjemand mit Fug und Recht behaupten konnte: ›Hier liegt König Artus, tot und begraben.‹ Deshalb war es leicht für die Menschen, zu glauben, er wäre gar nicht gestorben – und könnte deshalb eines Tages wiederkehren. Also war die Entdeckung des Grabes für die Plantagenets ein wahrer Segen. Sie konnten endlich sagen: ›Seht ihr, Artus ist tot. Hier ist sein Grab. Er kehrt nicht wieder, und wir sind seine rechtmäßigen Erben.‹«

»Und warum Glastonbury Abbey?«

»Nun, einst war die Gegend von Glastonbury tatsächlich eine nebelumwobene Insel, die von Marschland umgeben war, was der Verbindung zu Avalon eine gewisse Glaubwürdigkeit verleiht. Was aber die Entdeckung der Mönche noch verdächtiger macht, ist die Tatsache, dass damals, als sie behaupteten, Artus' Grabstätte gefunden zu haben, die Abteikirche gerade heruntergebrannt und ihr wichtigster Patron und Wohltäter, Henry II höchstselbst, gestorben war. Sie brauchten Geld, und womit hätten sie den Pilgerstrom besser ankurbeln können als mit der Entdeckung der Grabstätte von König Artus und seiner Königin?«

Mit anderen Worten: »Es war alles ein riesiger Bluff.«

»Es ist verführerisch, es so zu sehen. Allerdings haben die Mönche, wenn es wirklich nur eine List war, um das Einkommen der Abtei zu erhöhen, nicht sehr erfolgreich für ihren Fund getrommelt. Und wie das Grab beschrieben wurde – fünf Meter tief in einem ausgehöhlten Baumstamm – klingt eigenartig angemessen für ein Begräbnis im sechsten Jahrhundert. Man hätte erwartet, wenn die Mönche einen großangelegten Betrug planten und sich etwas ausdachten, dann wäre es ...« Er zögerte auf der Suche nach dem passenden Wort.

»Majestätischer?«, schlug Sebastian vor und steuerte die Pferde zu dem schmalen Pfad, der zu dem Graben führte.

»Ja.«

»Ich hörte, das Kreuz ist in der Zeit des Commonwealth verschwunden.«

»Ja, obgleich es im letzten Jahrhundert angeblich gesichtet wurde.«

»Mit anderen Worten, es ist also denkbar, dass Bevin Childe das Kreuz in der Sammlung, die er katalogisierte, gefunden haben könnte – wenn man die Frage, ob es tatsächlich im zwölften oder im sechsten Jahrhundert gefertigt wurde, mal beiseite lässt.«

»Theoretisch ist es wohl möglich.«

»Warum war Miss Tennyson dann felsenfest überzeugt, dass es eine jüngere Fälschung war?«

Arceneaux blickte über die schattige Waldwiese hinweg, die den Graben umgab. »Ich weiß es nicht. Ich schätze, Childe hielt das Kreuz für echt – zumindest aus dem zwölften Jahrhundert?«

»Das behauptet er.«

»Wo ist es? Wäre es möglich, dass ich es mir mal anschaue?«

Sebastian hielt in der Nähe der Landbrücke zur Insel an; die Pferde schnaubten und tänzelten nervös. Tom sprang ab und lief zu ihren Köpfen.

»Leider nicht. Childe behauptet, Miss Tennyson habe es am Freitag vor ihrem Tod in Gough Hall in den künstlich angelegten See geworfen.«

»Sie habe was?«

Sebastian sprang auf den Boden; seine Stiefel sanken in der weichen Erde ein. »Daraus schließe ich, dass sie ziemliches Temperament hatte?«

»Ja.« Arceneaux kletterte vorsichtiger hinunter, der Hund sprang ihm hinterher. »Es scheint mir dennoch eigenartig, dass sie das getan haben soll.«

Sebastian setzte zu sprechen an. »Vielleicht hat sie …«, dann unterbrach er sich. Sein Blick wurde von einer dunklen, reglosen Gestalt angezogen, die am Rand des Grabens im stehenden, grünen Wassers trieb. Der Hund hielt im Lauf inne, sträubte das Fell, zog die Lefzen zurück und ließ ein tiefes Knurren in der Brust erklingen.

Arceneaux legte eine Hand auf Chiens Kopf und flüsterte: »Was ist los?«

»Bleiben Sie hier«, sagte Sebastian und schlidderte die Böschung hinunter zum Wasser.

Der Männerkörper trieb mit dem Gesicht nach unten im algentrüben Wasser, die steifen Arme waren zu beiden Seiten ausgestreckt. Sebastian sprang in die trüben Untiefen, schloss die Faust um den Kragen des braunen Cordmantels und zerrte den Leichnam zur Böschung. Das Unterholz und der Farn knisterten unter seinen Stiefelabsätzen und dem schweren Gewicht des ertrunkenen Mannes.

»Ist er tot?«, fragte Arceneaux und hielt den Hund auf dem Kamm des Grabens fest. »Wer ist es?«

Sebastian zögerte kurz, das Atmen fiel ihm schwer. Die Kleidung des Mannes war grob, die Schuhe abgetragen und sein goldrotes Haar etwas zu lang. Sebastian ging neben dem Leichnam in die Knie und drehte ihn langsam um.

Der Mann plumpste mit einem dumpfen Geräusch auf den Rücken, die Arme schnellten zur Seite, und ein blasses, triefnasses Gesicht mit leer blickenden Augen wurde sichtbar. Ein vom Wasser verwaschener Fleck hatte die schäbige, kohlgeschwärzte Vorderseite seiner Lederweste und seines Arbeitskittels verfärbt.

Sebastian verlagerte das Gewicht auf die Fersen und hob die Hand, um sich den Hut tiefer in die Stirn zu ziehen. Er atmete langsam aus. »Es ist Rory Forster.«

Kapitel 33

Der örtliche Untersuchungsrichter John Richards entpuppte sich als übellauniger Landherr mit groben Zügen.

Squire John, ein mittelalter und zur Körperfülle neigender Mann, interessierte sich viel mehr für seine Jagdhunde und die Keule, die seine Köchin für das Abendessen zubereitete, als für die unappetitlichen und anstrengenden Erfordernisse einer Mordermittlung. Als Tom – nachdem sie herausgefunden hatten, dass Sir Stanley und seine Dame für ein paar Tage nach London verreist waren – dem Squire Sebastians Nachricht überbrachte, war es für den *Tiger* gar nicht so einfach, den Mann zu überzeugen, seine Kuhweide zu verlassen.

Nun stand der Squire am Ufer des Wallgrabens im Schatten und rieb sich mit einer fleischigen Hand über die geröteten Hängebacken, während er auf die Wasserleiche zu seinen Füßen starrte. »Hölle noch mal«, murmelte er und runzelte die Stirn. »Um ehrlich zu sein, war ich fast überzeugt, Euer Bursche hätte sich diese Geschichte ausgedacht, als er zu mir kam. Ich meine: Innerhalb von einer Woche treiben zwei Leichen in Camlet Moat? Ich hätte gesagt, das gibt's nicht. Aber nun, da ist noch eine Leiche.«

»Wenigstens stammt diese aus der Gegend«, konstatierte Sebastian.

Der Squire zog ein Schnäuztuch aus seiner Tasche und rieb sich über die Knollennase. »Aber das ist ja das Schlimmste daran. Ich kann mir nicht vorstellen, dass die Bow Street sich für den Mord an einem Sohn des Schmieds von Cockfosters interessiert.« Ein hoffnungsvoller Schimmer glomm in seinen wässrigen grauen Augen auf. »Außer natürlich, ihr denkt, es könnte mit der jungen Edelfrau zu tun haben, die wir am Sonntag hier gefunden haben?«

»Genau das würde mich nicht wundern.«

Die Miene des Squires hellte sich auf. »Ich schicke sofort einen der Burschen nach London.« Eine Bewegung zog seine Aufmerksamkeit zur anderen Seite des Grabens. Dort schritt Philippe Arceneaux mit Chien an der Seite systematisch die Insel ab. Der Squire rieb sich wieder über die Nase und kniff misstrauisch die Augen zu Schlitzen zusammen. »Wer sagtet Ihr doch gleich, ist dieser Kerl dort?«

»Mein Hundeführer.«

»Ist das Euer Hund?«

»Ja.«

»Hm. Wenn Ihr mich fragt, wirkt der Kerl irgendwie französisch. Es heißt, ein Franzose hätte diese Edelfrau umgebracht, wisst Ihr. Was genau macht der Kerl mit dem Hund?«

»Ich hoffte, der Hund würde eine Spur der vermissten Tennyson-Kinder finden.«

Da der Squire zweifelnd dreinblickte, fügte Sebastian hinzu: »Er ist ein ... ein Personenspürhund der Strand. Die sind für ihre Fähigkeit bekannt, vermisste Personen aufzuspüren. Dieses Exemplar ist besonders gut ausgebildet und sehr talentiert.«

»Gut ausgebildet, sagt Ihr?«, hakte der Squire nach, als Chien einem Kaninchen hinterherrannte und die Verfolgung durch das Unterholz aufnahm.

Arceneaux schrie ihm hinterher: »Chien! *À moi! Imbécile.*«

»Gelegentlich wird er durch die örtliche Fauna abgelenkt«, gestand Sebastian ein.

Der Squire schnaubte. »Haltet ihn am besten von Forster fern. Schätze, die Bow Street-Leute würden überall verteilte Abdrücke von Hundepfoten nicht schätzen.«

Sebastian ging wieder in die Hocke, um das rußgeschwärzte Loch in der Kleidung des Mannes sowie die klaffende Wunde zu betrachten. Die Fliegen waren bereits zugange, er wischte sie mit der Hand weg. Er brauchte Gibson nicht, um ihm zu sagen, dass der Mann erschossen worden war, und zwar aus unmittelbarer Nähe. Aber alle weiteren Geheimnisse, die der tote Mann noch barg, würden auf die Untersuchung des Anatomen warten müssen. Nach einer Weile sagte Sebastian: »Man sagte mir, Forster hätte im vergangenen Jahr eine Witwe von hier geheiratet?«

»Das ist richtig. Rachel Clark von der Hollyhock Farm. Ich hab einen meiner Burschen zu ihr geschickt, um sie zu warnen. Nur für den Fall, dass das, was Euer *Tiger* mit erzählte, wirklich stimmen sollte.« Der Squire schnaubte erneut. »Sie hätte es besser treffen können, wenn Ihr mich fragt. Hollyhock Farm ist ein einträgliches Anwesen. Andererseits kann man nicht leugnen, dass Forster ein ansehnlicher Mann war. Und wenn ein gutaussehender Mann ins Spiel kommt, macht sich eine Frau nicht selten zur Närrin.« Der Squire schürzte die Lippen und sah Sebastian grübelnd an. »Natürlich ist es noch schlimmer, wenn sie sich wie ein Beau von der Bond Street ausstaffieren und eine schneidige Sportkutsche fahren.«

Mit einem Räuspern erhob Sebastian sich. »Nun ... Am besten schnappe ich meinen Spürhund und seinen Führer, bevor sie den Tatort kontaminieren.« Er winkte Arceneaux zu, der Chien zurückzog. Der Hund folgte mittlerweile einer davon hüpfenden Kröte und ließ sich nur widerwillig von Arceneaux zur Kutsche zerren.

Einen Augenblick zog Sebastian es in Betracht, dem Squire von seiner Absicht zu erzählen, die zweifach verwitwete Rachel der Hollyhock Farm zu besuchen. Dann hängte der Squire düster an: »Und natürlich der Titel. Wenn ein Mann nur das richtige Aussehen hat und über einen Titel verfügt, spielt es für die Damen keine Rolle mehr, welch üblen Ruf der Kerl hat.«

Sebastian tippte sich an den Hut und verbeugte sich. »Squire John.«

Als sie wegfuhren, sah Sebastian aus dem Augenwinkel den Squire, der immer noch am Wasser stand, von den tiefen Schatten des uralten Gehölzes umgeben. Mit seiner plumpen Hand wedelte er vor seinem Gesicht durch die Luft, um die dichter werdende Wolke aus Fliegen zu verscheuchen.

»Ich möchte mich entschuldigen«, sagte Arceneaux steif, den einen Arm um den feuchten und gutgelaunten Hund gelegt, als sie nach Hollyhock Farm fuhren. »Ich habe Euch in diese Lage gebracht, und wofür? Chien hat keine Spur der Jungen gefunden. Nichts.«

Sebastian blickte zu ihm hinüber. »Es war einen Versuch wert.«

Der Franzose blickte weiter geradeaus; sein Gesicht wirkte beunruhigt. »Nichts von alledem ergibt Sinn. Was kann ihnen zugestoßen sein? Wie können sie einfach so verschwunden sein? Und warum?«

Doch auf diese Fragen hatte Sebastian nicht ansatzweise eine Antwort.

Als Hero nach Covent Garden kam, tummelten sich auf dem großen Platz Obst- und Gemüseverkäufer. Ihre Rufe durch die engen Straßen: »Reife Kirschen, Sixpence das Pfund« und »Kauft meine Primeln, zwei Bund einen Penny«. Der Geruch nach frisch geschnittenen Blumen, feuchter Erde und ungewaschenen, dicht beieinander stehenden Menschen lag in der Luft. Je näher sie zum Markt kamen, desto langsamer musste der Kutscher die Pferde gehen lassen.

Sie hielt den Blick strikt geradeaus gerichtet und ignorierte die bettelnden Rufe der Gassenkinder, die hochsprangen und die Gesichter gegen die Kutschfenster drückten, oder das Gelächter, das bei der Menge aufbrandete, die eine Puppentheater-Darbietung auf den Kirchenstufen beobachtete. Bei Tage fand auf der klassischen Piazza, die der Architekt Inigo Jones vor St. Paul's angelegt hatte, Londons größter Bauernmarkt statt. Aber später, wenn die langen Abendschatten über das Kopfsteinpflaster wanderten und die kunterbunte Mischung der Stände und Tresen für die Nacht schlossen, kamen willige Damen in aufgeplusterten Satinkleidern mit tiefen Ausschnitten heraus und flüsterten zwischen den Kolonnaden und hohen Säulengängen mit leisen, gurrenden Stimmen den Passanten ihre Einladungen zu.

Die Kutsche arbeitete sich langsam durch die Menge voran, bog schließlich in die King Street ein und hielt vor einem einst prächtigen Herrenhaus an, das nun in Wohneinheiten unterteilt war. Hero senkte den Schleier an ihrem Hut und wartete, während ihr Bursche an die verzogene, rissige Tür klopfte. Erst, als die Tür sich öffnete und die große, vertraute Gestalt von Molly O'Keefe, der Mistress des Hauses, darin erschien, kam der Kutscher, um die Stufen der Kutsche herunterzuklappen.

Die beiden Frauen hatten sich einige Monate zuvor kennengelernt, als Hero eine Theorie bezüglich der wirtschaftlichen Ursachen untersucht hatte, weshalb die Zahl der Prostituierten in der Stadt in letzter Zeit so explodierte. Bei Heros Anblick schnalzte Molly mit der Zunge und winkte sie in eine heruntergekommene Halle mit einst prächtigen Wandverkleidungen und einem zerbrochenen Kronleuchter, der schief über ihnen hing. Dann schlug sie die Tür vor den gaffenden Nachbarn zu. »Eure Ladyschaft! Meiner Treu, ich hätt nie gedacht, Euch wiederzusehn!«

»Molly, ich brauche Ihre Hilfe«, sagte Hero und zog das Porträt von Bevin Childe aus ihrem Skizzenblock.

Kapitel 34

Wie es der Name verriet, erwies sich Hollyhock Farm als weitläufiges Backsteincottage mit einem niedrigen Reetdach und Fenstern mit weißen Rahmen, das von dichten Malvensträuchern, Lavendel und riesigen rosafarbenen Zentifolienrosen von der Größe von Sebastians Fäusten umgeben war. Durch den Garten wand sich ein ruhiger Bach, den eine Geißblatt-umrankte Holzbrücke überspannte. Eine Gruppe weißer Gänse watschelte am Ufer entlang. Sie hoben die Köpfe, der warme Wind fuhr unter ihre Federn, und sie streckten alarmiert die Hälse, als Chien auf dem Kutschbock aufstand und ein »Wuff« in ihre Richtung ausstieß.

»Versuchen Sie bitte, diesen Höllenhund von den Gänsen fernzuhalten«, sagte Sebastian und sprang leichtfüßig auf den Kiespfad außerhalb des Gartens.

»Chien«, flüsterte Arceneaux und zog den Kopf des Hundes herum. »Benimm dich.«

Sebastian hatte erwartet, die Witwe der Hollyhock Farm trauernd, umgeben von ihrer Familie und ihren Nachbarn vorzufinden. Doch sie stand allein in ihrem Garten, die Arme um die Brust geschlungen, und die Röcke ihres schlichten Musselinkleids wischten über die Kissen aus Frauenmantel und Steinkraut, als sie über die Steinpfade des Cottages herbei eilte. Sie war offenbar über das Jugendalter hinaus, möglicherweise sogar ein oder zwei Jahre älter als ihr verblichener Ehemann, aber immer noch schlank und attraktiv mit ihrem sanft wehenden, goldenen Haar und einem süßen, herzförmigen Antlitz.

»Mrs Forster«, sagte Sebastian und blieb ein Stück vor ihr stehen. »Darf ich mit Ihnen reden?«

Als sie ihm das Gesicht zuwandte, sah er ihre trockenen Augen und eine bleiche Maske des Entsetzens, der Trauer und von etwas anderem – etwas, das verdächtig nach Erleichterung aussah. So, als würde sie langsam aus einem verlockenden Traum erwachen, der immer mehr zum Albtraum geworden war. Sie nickte und schluckte mühsam. Ihre Kehle bewegte sich angestrengt. »Sie haben gesagt, Rory könnte tot sein. Dass seine Leiche in Camlet Moat draußen von einem Londoner Herrn gefunden wurde. Dann stimmt es?«

»Ja. Es tut mir leid. Darf ich Ihnen mein herzliches Beileid zum Tod Ihres Mannes aussprechen?«

Sie nahm einen tiefen Atemzug, der ihre Brust erbeben ließ. Davon abgesehen kam sie ihm allerdings bemerkenswert gefasst vor. »Vielen Dank.«

»Ich weiß, es ist ein ungünstiger Zeitpunkt, aber darf ich Ihnen ein paar Fragen stellen?«

Sie schüttelte den Kopf und atmete erneut zitternd ein. »Ja. Obgleich ich nicht weiß, was ich Euch sagen könnte, das von irgendwelchem Nutzen für Euch ist. Ich wusste nicht einmal, dass Rory heute Morgen zum Moat raus wollte. Er sagte, er wolle auf dem Dach des Kuhstalls arbeiten. Gott weiß, dass es schon seit sechs oder mehr Wochen ausgebessert werden muss.«

»Ich vermute, der Hof ist etwas vernachlässigt worden, da Ihr Ehemann für Sir Stanley in Camlet Moat gearbeitet hat.«

Sie drehte sich um und ging mit Sebastian den Pfad entlang. »Ich habe ihm gesagt, dass er für die Ernte mit dem Unsinn aufhören muss, aber ...«

»Er wollte nicht damit aufhören?«

»Er meinte, er könnte Jack Williams anheuern. Der könnte für die Hälfte des Lohns, den er bei Sir Stanley verdiente, seinen Platz einnehmen. Aber für einen Hof braucht man mehr als angeheuerte Männer. Das ist einer der Gründe, weshalb ...« Sie unterbrach sich und biss sich auf die Lippe.

Das ist einer der Gründe, weshalb ich ihn geheiratet habe. Die Worte hingen unausgesprochen in der Luft.

Sie blieb neben einem mit Rosen bepflanzten Bogen stehen und ließ den Blick zu dem langsam fließenden Bach wandern. Augenscheinlich war sie von besserer Abkunft als ihr Mann, und ihr Hof prosperierte. Für den Sohn eines Schmieds war sie ein guter Fang.

Sebastian schloss zu ihr auf. »Sir Stanley hat die Ausgrabungen beendet und die Gräben wieder auffüllen lassen«, sagte er. »Weshalb könnte Ihr Mann also heute Morgen zum Moat gegangen sein?«

Sie warf ihm einen Seitenblick zu. Dann huschte ihr Blick wieder weg, aber er sah noch Angst darin aufflackern.

»Ist er letzten Sonntag zum Moat gefahren?«, fragte Sebastian.

»Rory? Oh, nein. Er war die ganze Nacht hier bei mir.«

»Er hat Ihnen aufgetragen, das zu sagen, richtig?«

Mit verschlossener Miene schüttelte sie den Kopf.

»Sie können Ihrem Mann keinen Schaden mehr anrichten, wenn Sie jetzt die Wahrheit sagen. Er ist tot. Aber je mehr wir wissen, desto größer ist die Aussicht darauf, seinen Mörder zu finden.« Sebastian zögerte. »Er ist am Sonntag zum Moat gegangen, nicht wahr?«

Ihre Stimme war nur ein schmerzliches Flüstern. »Er hat mich gewarnt, es irgendjemandem zu verraten. Hat mich schwören lassen, sein Geheimnis zu wahren.«

Und wahrscheinlich hat er gedroht, sie zu schlagen, wenn ihr die Wahrheit herausrutschen würde, dachte Sebastian. Laut sagte er: »Um welche Zeit hat er am Sonntag den Hof verlassen?«

Sie presste sich die geballte Faust an die Lippen. »Kurz vor Sonnenuntergang. Obzwar Sonntag war und wahrscheinlich keiner unterwegs wäre, hielt er es für besser, bis spät zu warten.«

»Wissen Sie, weshalb er hingegangen ist?«

Sie schürzte die Lippe. »Wegen des Schatzes natürlich. Er war völlig verrückt danach. Lieber hat er dort nutzlose Löcher gebuddelt, als hier für den neuen Brunnen zu graben, den wir brauchten.«

»Um wie viel Uhr ist er nach Hause gekommen?«

»Ich glaube, gegen Mitternacht. Er war durchnässt. Sagte, er wäre ausgerutscht und in den Graben gefallen. Ich war so zornig auf ihn. Aber er hat mir gesagt, ich solle den Mund halten. Sagte, wir würden noch reich werden – dass ich feine Seiden- und Satinkleider bekäme, dazu meine eigene Kutsche, wie Squire Johns Lady.«

»Glauben Sie, er hat tatsächlich etwas gefunden?«

»Falls es so ist, hat er jedenfalls nichts mit nach Hause gebracht. So viel kann ich Euch sagen.« Ein Hauch Röte glitt über ihre Wangen. »Ich habe seine Taschen durchsucht, nachdem er eingeschlafen war. Natürlich hätte er es auch irgendwo verstecken können, bevor er heimkam.« Sie hielt inne und fügte dann fast bitter hinzu: »Und jetzt hat er sich umbringen lassen.«

»Ist Ihnen aufgefallen, dass er sich in den letzten Tagen anders als sonst verhalten hat?«

Sie dachte eine Weile nach, dann schüttelte sie den Kopf. »Wenn man nicht mitzählt, dass er gestern nach London gefahren ist, nicht.«

»Ist er oft nach London gefahren?«

»Ich habe es vorher noch nie erlebt.«

Ein Ruf lenkte Sebastians Aufmerksamkeit auf den Bach, wo Chien sich in geduckter Haltung an die Gänse heranpirschte, den Schweif zwischen den Hinterläufen, die Augen aufs Ziel fokussiert.

Sebastian sagte: »Hat er Ihnen gesagt, weshalb er hingefahren ist?«

»Nein. Obzwar er außergewöhnlich guter Laune war, als er nach Hause gekommen ist. In so guter Stimmung habe ich ihn nicht mehr erlebt, seit er mir den Hof gemacht hat.« Bei der Erinnerung wurden ihre Züge weich, doch der Eindruck verflüchtigte sich gleich wieder.

Arceneaux' Stimme klang vom Bachlauf herüber: »Chien!«

Sebastian fragte rasch: »Gibt es sonst noch irgendetwas, das Sie mir sagen können und das helfen könnte?«

Sie schüttelte den Kopf, da rief Arceneaux: »Chien! *Mon dieu.* Nein!«

Molly O'Keefes Nachricht erreichte Hero am späten Nachmittag.

Sie kehrte nach Covent Garden zurück, als das schräge, goldene Licht des frühen Abends in die ärmlichen, engen Straßen hineinschien. Die Bewohnerinnen in Mollys Unterkunftshaus flogen gerade aus.

»Was haben Sie herausgefunden?«, fragte Hero Molly. Irgendwo vom ersten Stockwerk erklang helles, perlendes Gelächter, und zwei in flatterige Gewänder gekleidete Frauen verließen die Unterkunft durch die Haustür. Das Unterkunftshaus war kein Bordell, auch wenn man nicht leugnen konnte, dass einige der Bewohnerinnen Freudendamen waren. Aber diese Frauen führten ihre Kunden zu anderen Häusern, die als »Accommodation Houses« bekannt waren.

Eine der Freudendamen, eine schwarzhaarige Frau in Federn und einem diagonal mit silbernen Spangen verschlossenen Kleid, schmatzte mit den Lippen und schob provokativ die Hüfte heraus, als sie Hero sah. »Wolln Se 'n bisschen Flitter kaufen, damit Ihr Kerl das Fähnchen wieder hochbekommt, Mylady? Wetten, ich krieg's hin. Sie können dabei zuschaun.«

»Danke, aber nein.«

»Lizzy, du großmäuliges Trampeltier«, zischte Molly und schlug mit der Schürze nach der Frau. »Schick dich und verschwinde.«

Lizzy lachte und verschwand mit einem lässigen Winken hinaus in den Abend.

»In meinem Wohnzimmer wartet ein Mädchen namens Charlotte Roach auf Euch«, sagte Molly und zog Hero ins Haus hinein. »Auch wenn ich ehrlich gesagt nich weiß, ob 'ne wohlerzogene Lady wie Ihr auf das hören sollte, was sie zu sagen hat.«

»Unfug«, sagte Hero. »Inzwischen sollten Sie wissen, dass ich nicht so leicht zu brüskieren bin.«

Molly blieb vor der geschlossenen Tür stehen. Ihr breitflächiges, einfaches Gesicht wirkte besorgt. »Ihr habt noch nich gehört, was sie zu sagen hat.«

Charlotte Roach konnte nicht älter als vierzehn oder fünfzehn sein. Sie hatte ein schmales, scharfkantiges Gesicht, strohfarbenes Haar und blasse, arglistige Augen mit kurzen, dünnen hellen Wimpern. Ihr fadenscheiniges Kleid aus weiß-rosa gestreiftem Satin war augenscheinlich für eine ältere und größere Person genäht und dann gekürzt worden. Der Ausschnitt enthüllte den größten Teil der kleinen, hochangesetzten Brüste des Mädchens. Sie lümmelte undamenhaft auf einem abgewetzten Sofa neben Mollys Kamin und hielt ein Glas in der Hand, das anscheinend mit Gin gefüllt war. Ihre zu einem dünnen, strengen Strich zusammengepressten Lippen lockerten sich auch nicht, als Hero in den Raum trat. In basser Bewunderung begaffte sie Hero von oben bis unten, dann sah sie zu Molly. »Is das die feine Dame, von der wo du mir erzählt hast?«

»Die bin ich«, sagte Hero.

Charlotte wandte den Blick wieder zu Hero und streckte einen schmutzigen Finger aus, um auf die Zeichnung von Childe zu deuten, die neben ihr auf dem Sofa lag. »Das Euer Kerl?«

»Wenn du mich damit fragen möchtest, ob das mein Ehemann ist, dann lautet die Antwort nein.« Langsam, bedächtig zog Hero fünf Guineen aus ihrem Retikül und legte sie in einer Reihe vor ihr auf den Tisch. »Das ist für dich ... vorausgesetzt, du sagst mir, was du weißt. Aber versuch nicht mal, mir irgendwelchen Blödsinn zu erzählen, denn ich erkenne eine Lüge, wenn ich sie höre.«

In den blassen, ernsten Augen des Mädchens flackerte Belustigung auf. »Was wollt Ihr'n wissen?«

»Wann hast du diesen Gentleman das letzte Mal gesehen?«

Das Mädchen trank einen tiefen Zug Gin. »Das muss wohl so vor zwei Jahren gewesen sein. Hab ihn nich mehr gesehn, seit ich im *Lamb's Pen* in der Chalon Lane gewesen bin.«

Hero warf Molly einen raschen Blick zu. Sie hatte schon vom *Lamb's Pen* gehört, einem diskreten Etablissement in der Nähe des Portland Square, das Männer belieferte, die ihre Huren jung mochten – sehr jung. Vor zwei Jahren konnte Charlotte Roach nicht älter als dreizehn gewesen sein. Auch wenn das Mädchen nur bestätigte, was Hero bereits vermutet hatte, spürte sie, wie sich ihr die Haare zu Berge stellten. Angestrengt sagte sie: »Weiter.«

»Der is immer am ersten Montag im Monat ins *Lamb's Pen* gekommen. Immer am ersten Montag, punkt neun Uhr. Man konnte die Uhr nach ihm stellen. War echt'n komischer Kauz.« Charlotte sog die Unterlippe zwischen die Zähne, und ihr Blick huschte wieder zu den Guineen, die in einer Querreihe auf dem Tisch lagen. »Wollt Ihr sonst noch was hörn?«

Hero widerstand dem Drang, dem Mädchen einfach das Geld zu geben und zu gehen, und ließ sich auf den hinfälligen Sessel gegenüber sinken. »Ich will alles hören, was du über ihn weißt.«

Kapitel 35

Hero blieb am Eingang zum Lesesaal des Britischen Museums stehen und ließ den Blick über die Reihen von Klerikern, Ärzten, Juristen und Altertumsforschern schweifen, die über ihre Bücher und Manuskripte gebeugt da saßen. Es war ein dunkler Raum mit Binsenmatten auf dem Boden und einer Kollektion verstaubter ausgestopfter Vögel, die von oben herunterzuschauen schienen.

Bevin Childe war nicht da.

»Miss, sagte ich. *Miss!*« Ein kleinwüchsiger, plumper Angestellter in einem groben, schwarzen Mantel und einer vergilbten Krawatte rückte ihr zu Leibe. Die Hände hatte er entsetzt nach oben gestreckt, und nun senkte er die Stimme zu einem zischenden Flüstern. »Dieser Saal gehört nicht zum Museumsrundgang. In der Bibliothek sind nur registrierte Leser zugelassen. Sie müssen gehen. Verlassen Sie sofort den Saal.«

Hero maß den kleinen Mann von oben bis unten mit einem Blick, der ihn nicht nur zum Einhalten brachte, sondern ihn sogar einen Schritt zurückweichen ließ. »Ich bin Lady Devlin«, sagte sie ruhig. »Die Tochter von Lord Jarvis.«

»Lord J...« Der Mann brach ab, schluckte und stieß ein albernes Kichern aus. »Oh ... Lady Devlin, aber gewiss!« Er verbeugte sich so tief, dass seine Knubbelnase fast seine Knie berührte. »Wie – wie können wir Euch zu Diensten sein?«

»Ich wünsche mit Mr Bevin Childe zu sprechen.«

»Ich fürchte, Mr Childe hält sich in einer unserer privaten Studienkammern auf.«

»Wenn Sie dann bitte so freundlich wären, mich direkt zu ihm zu führen?«

»Ich fürchte, Mr Childe schätzt es nicht, gestört zu werden, wenn er – ich meine, gewiss, Lady Devlin. Hier entlang, bitte.«

Er führte sie durch einen schmalen Flur und um eine Ecke herum, dann blieb er vor einer verschlossenen Tür stehen, von der die Farbe abblätterte. »Mr Childe ist hier, Mylady«, flüsterte er und grub seine leicht vorstehenden Schneidezähne in die Unterlippe. »Soll ich Euch ankündigen?«

»Danke sehr, aber das mache ich selbst. Sie dürfen uns allein lassen.«

Eine Welle der Erleichterung lief über seine rundlichen Züge. »Jawohl, Mylady. Solltet Ihr etwas brauchen – ganz gleich, was – zögert nicht, nach mir zu rufen.«

Hero wartete, bis er unter vielen Verbeugungen rückwärts durch den Flur verschwunden war. Dann drehte sie den Knauf und öffnete leise die Tür.

Es war ein kleiner Raum, nur durch ein verstaubtes Oberlicht erhellt. Er war vollgestopft mit Stapeln von Kisten und überfüllten Regalen. Bevin Childe saß auf einem Stuhl mit gerader Rückenlehne und hielt den Kopf über die abgenutzten Seiten eines Manuskripts gebeugt, das auf dem Tisch vor ihm lag und von einem samtüberzogenen Gewicht in der Form eines

Würstchens offengehalten wurde. In einer Hand hielt er einen Stift, und mit dem Zeigefinger der anderen fuhr er eine Zahlenreihe entlang. Ohne auch nur den Blick zu heben, sagte er säuerlich: »Sie stören mich in meiner Konzentration. Wie Sie sehen können, ist dieser Raum bereits belegt. Entfernen Sie sich freundlicherweise sogleich.«

Hero zog die Tür hinter sich zu und lehnte sich dagegen.

Childe sah weiterhin mit gerunzelter Stirn auf seine Zahlen hinunter, offenbar in der sicheren Annahme, wieder allein zu sein. Sie durchmaß den Raum und zog den Stuhl, der ihm gegenüber unter dem Tisch stand, heraus.

»Haben Sie nicht gehört, was ich sagte?« Er riss den Kopf hoch. Sein kurzsichtiger Blick heftete sich auf Hero, und er ließ den Stift fallen. Aus der gefüllten Federspitze spritzte ein Tintenklecks auf die Seiten seiner Notizen. »Großer Gott. Nicht Ihr schon wieder.«

Lächelnd machte sie es sich auf dem Stuhl gemütlich und beugte sich vor, stützte die Ellbogen auf dem Tisch ab und das Kinn in die Hände. »Was für ein netter, ungestörter Raum für ein angenehmes, kurzes Gespräch. Welch glückliche Fügung.«

Er machte Anstalten, aufzustehen.

»Setzen Sie sich hin«, sagte Hero.

Er sank zurück auf den Stuhl, legte die Hände flach vor sich auf den Tisch, schürzte die Lippen und zog die Brauen tief über die Augen. »Wann werdet Ihr und Euer Gemahl mich endlich in Ruhe lassen?«

»Sobald Sie aufhören, uns zu belügen.«

Childe versteifte sich. »Darf ich Euch versichern, dass ich ein angesehener Gelehrter bin? Ein überaus angesehener Gelehrter! Nichts von dem, was ich Euch sagte, ist falsch. Nichts!«

»Tatsächlich? Sie sagten mir, Ihr Streit mit Miss Tennyson am vergangenen Freitag war nur ein wissenschaftlicher Disput über ihre Theorie, dass es sich bei Camlet Moat um Camelot handelte. Das war erwiesenermaßen nicht die Wahrheit. In Ihrem Streit ging es um das Kreuz von Glastonbury.«

Sein Gesicht lief rot an. »Miss Tennyson war eine streitsüchtige Frau. Ab einem gewissen Punkt wird es schwierig, diese cholerischen Episoden im Kopf auseinanderzuhalten.«

»Ich würde Ihnen glauben, wenn sie diesen ganz speziellen Streit nicht damit beendet hätte, dass sie das Kreuz in den See warf. Dieser Augenblick kommt mir doch überaus denkwürdig vor.«

Childe kniff die Lippen zu einem dünnen, geraden Strich zusammen und starrte sie über den Tisch hinweg an.

Hero veränderte die Haltung auf dem Stuhl und griff nach dem Retikül auf ihrem Schoß. »Ich verstehe, weshalb man für diese kleine Charade ausgerechnet Sie für die Hauptrolle ausgewählt hat. Ihre Vorbehalte in allen Fragen bezüglich König Artus sind wohlbekannt. Wenn ausgerechnet Sie den Schritt machen und sowohl das Kreuz von Glastonbury als auch eine Kiste mit alten Gebeinen präsentieren würden, würde die Entdeckung umso glaubwürdiger wirken – insbesondere, wenn noch dazu behauptet wird, die Stücke stammten aus der Kollektion von Richard Gough.«

»Das ist unerhört!«, brach es aus Childe heraus. »Wäret Ihr ein Mann, so würde ich ...«

»Sie würden was? Mich zu einem Duell herausfordern? Ich bin eine sehr gute Schützin, müssen Sie wissen.«

»Nach meinem besten Wissen«, sagte Childe durch zusammengepresste Zähne, »ist das Kreuz, das ich in Mr Goughs Kollektion gefunden habe, ebendasselbe Artefakt, das die Mönche von Glastonbury im Jahr 1191 der Welt vorgestellt haben. Wie der Zufall es will, wird die Gelehrtenwelt in Kürze die Gelegenheit haben, das selbst zu beurteilen. Des Kreuz ist aus dem See geborgen worden und wird in der kommenden Woche für Untersuchungen zur Verfügung gestellt.«

»Sie haben also ein neues herstellen lassen, nicht?«

Childe lehnte sich im Stuhl zurück und verschränkte die Arme vor der Brust. »Ich sehe keinerlei Anlass, diese Behauptung einer Antwort zu würdigen.«

Hero lächelte. »Aber es gibt noch einen weiteren Grund, weshalb man Sie für diese Scharade erwählt hat. Ist es nicht so, Mr Childe? Wie Sie sehen, habe ich weitergedacht. Warum sollte sich ein angesehener Gelehrter mit einem einträglichen Auskommen für ein solches Possenspiel zur Verfügung stellen? Doch dann wurde es mir klar: weil Sie ein kleines, schmutziges Geheimnis haben, das Sie anfällig für Erpressung macht.«

Childe bewegte sich unbehaglich und spannte den Kiefer an.

»Deshalb haben Sie Gabrielle getötet, richtig? Nicht, weil sie die tatsächliche Herkunft Ihres sogenannten Kreuzes von Glastonbury aufgedeckt oder weil sie Ihr Poussieren zurückgewiesen hat, sondern weil sie Ihre Vorliebe für kleine Mädchen entdeckt hat.«

Er zuckte zusammen, dann saß er unbeweglich da. »Ich habe nicht den leisesten Schimmer, wovon Ihr da sprecht.«

»Ich spreche vom *Lamb's Pen*. Und denken Sie nicht einmal daran, es zu leugnen. Dort wird sorgfältig Buch geführt, müssen Sie wissen. Außerdem ...«

Childe sprang auf. Sein Gesicht wurde dunkelrot und wutverzerrt, und eine seiner fleischigen Hände schoss vor. »Ihr verfluchtes kleines ...«

Hero zog eine kleine, messingbesetzte Steinschlosspistole aus ihrem Retikül, spannte den Hahn und richtete die Mündung auf seine Brust. »Berühren Sie mich, und Sie sind tot.«

Er erstarrte und riss die Augen auf. Sein dicker, verschwitzter Körper war über den Tisch gebeugt, und seine Brust hob und senkte sich in seinem erregten Atmen.

»Wenn Sie sich erinnern mögen«, sagte sie gelassen, »ich habe soeben erwähnt, dass ich eine gute Schützin bin. Eine Waffe dieser Größe ist zwar nicht sehr zielgenau, aber auf diese Entfernung ist das auch nicht vonnöten. *Jetzt setzen Sie sich.*«

Langsam und vorsichtig ließ er sich wieder auf dem Sitz nieder.

»Mr Childe, Sie sind ein Narr. Dachten Sie denn ernstlich, ich würde mich unbewaffnet mit einem

Mann, dem ich zutraue, einen Mord begangen zu haben, in einen abgeschlossenen Raum begeben?«

Seine feuerrote Farbe von zuvor war einem teigigen Weiß gewichen. »Ich habe Miss Tennyson nicht ermordet.«

»Sie hatten offenkundig ein Motiv – tatsächlich sogar mehrere. Soeben haben Sie eine schockierende Gewaltbereitschaft gegenüber Frauen an den Tag gelegt. Vergangenen Sonntag waren Sie am Nachmittag in Gough Hall und abends in der St. James's Street. Sie hätten Gabrielle und ihre kleinen Vetter leicht auf dem Weg zwischen den beiden Orten töten können.«

»Das würde ich nicht tun. Niemals!«

»Weshalb sollte ich Ihnen das glauben?«

Childe schluckte.

Hero erhob sich, die Waffe in der Hand. »Stehen Sie auf, drehen Sie sich um und legen Sie die Hände auf die Kisten vor Ihnen.«

»Was habt Ihr vor?«, fragte er und warf einen Blick über die Schulter, während er sich gehorsam umdrehte.

»Augen zur Wand.«

»Aber was wollt Ihr *tun*?«

Hero öffnete die Tür hinter sich. »Das hängt weitgehend von Ihnen ab, nicht wahr?«

»Was heißt das?«

Sie hörte ihn die Frage wiederholen, als sie bereits halb den Gang hinunter war.

»Was wollt Ihr tun?«

Als Sebastian wieder in London war, warf die untergehende Sonne lange Schatten auf die Straßen.

Er traf Hero auf dem Bänkchen vor ihrem Schminkspiegel an. Sie trug ein elegantes, hoch angesetztes Abendkleid aus elfenbeinfarbener Seide mit kleinen Puffärmeln. Das Mieder war vorne mit rosafarbener Seide gestaltet, die in einem Karomuster mit elfenbeinfarbener Spitze durchbrochen war. Sie hielt den Kopf gebeugt und war gerade damit beschäftigt, sich ein dünnes, rosafarbenes Band durch das streng aufgesteckte Haar zu winden. Er lehnte sich in den Türrahmen ihres Boudoirs und beobachtete, wie das flackernde Kerzenlicht auf ihren blanken Schultern und der Nackenlinie tanzte. Und erneut gewahrte er diesen verwirrenden Wirbel aus Bewunderung und Begehren, der von dem beunruhigenden Gefühl begleitet wurde, etwas zu verlieren, das er nie wirklich besessen hatte. Etwas, das stärker als Leidenschaft und ganz anders als Schuld, Ehre oder Pflicht war.

Sie wurde damit fertig, das Band im Haar zu fixieren, und sah auf. Ihre Blicke begegneten sich im Spiegel. Was auch immer sie sah, veranlasste sie dazu, ihrer jungen Zofe zuzunicken. »Das ist alles, Jane, danke.«

»Sehr wohl«, sagte die Frau und knickste.

Sebastian wartete, bis Jane gegangen war, dann trat er ein und schloss die Tür. »Rory Forster ist tot. Ich habe ihn in Camlet Moat im Graben treibend gefunden.«

»Grundgütiger.« Hero drehte sich um und sah ihn an. »Was ist ihm zugestoßen?«

»Jemand hat ihm aus nächster Nähe in die Brust geschossen. Ich würde sagen, irgendwann heute Morgen. Der Leichnam sollte inzwischen bei Gibson sein; allerdings wäre ich überrascht, wenn er uns schon mehr sagen könnte.«

»Aber ... weshalb wurde er ermordet?«

»Ich hatte ein interessantes Gespräch mit Rorys Witwe, die im Osten des alten Jagdreviers einen gutgehenden Hof besitzt. Sie hat den Mann erst vor einem Jahr geheiratet, und wenn du mich fragst, war sie auf dem besten Wege, diese Übereinkunft zu bereuen. Forster war vielleicht ein attraktiver Teufel, scheint allerdings weit interessierter an der Suche nach dem vergrabenen Schatz gewesen zu sein als daran, sich um den Hof zu kümmern. Ich nehme an, es hat ihm auch nicht ganz ferngelegen, die Fäuste gegen seine Frau einzusetzen, wenn sie ihn geärgert hat ... und er gehörte zu der Sorte, die schnell und oft ärgerlich wird.«

»Vielleicht ist sie diejenige, die ihn erschossen hat.«

Sebastian lachte überrascht auf. »Ich gestehe, dass dieser Gedanke mir gar nicht gekommen ist. Aber ich halte es für wahrscheinlicher, dass Rory versucht hat, jemanden zu erpressen, und seine Belohnung zuletzt in Form einer Kugel kassiert hat.«

»Du meinst, er wusste, wer Gabrielle ermordet hat? Aber ... woher?«

»Laut Witwe Forster ist Rory am Sonntag bei Sonnenuntergang mit seiner Schaufel nach Camlet Moat aufgebrochen und später am Abend triefnass zurückgekommen. Er hat große Reden geschwungen, er würde ihr Seide und Satin kaufen und eine Kutsche, die die der Dame des Squires in den Schatten stellen würde. Sie hat angenommen, er müsse etwas vom berühmten Schatz der Insel gefunden haben.«

»Stattdessen hat er den brutalen Mord an einer Frau und zwei Kindern beobachtet?«

»Das vermute ich. Als ich zum ersten Mal mit ihm gesprochen habe, hat er über die Männer gelacht, die auf die Suche nach den Tennyson-Jungen gegangen sind. Er sagte, die Hosenscheißer würde keiner finden.«

»Weil er wusste, dass sie schon tot waren«, sagte Hero leise. »Du lieber Gott.«

»Seine Frau sagte, er ist gestern nach London gefahren. Da könnte er den Mörder konfrontiert und sein Schweigen im Austausch gegen Gold angeboten haben.«

»Und die Übergabe sollte heute Morgen in Camlet Moat stattfinden.« Hero stand auf. »Eine interessante Ortswahl – und vielleicht auch eine verräterische?«

»Es könnte kaum verräterischer sein, wenn Sir Stanley und seine Gattin derzeit nicht ausgerechnet zufällig in London weilten.«

»Ich weiß.« Sie ging zu ihrer Handschuhschublade und wählte ein Paar langer, elfenbeinfarbener Handschuhe aus. »Mein Vater hat sie für heute Abend zum Dinner am Berkeley Square eingeladen.«

»Ah. Dorthin gehst du also.«

Sie sah zu ihm herüber. »Du bist ebenfalls eingeladen, wenn du möchtest.«

Er ließ den Blick über ihr Antlitz wandern. Sie sah so ruhig und selbstbeherrscht aus wie immer. Doch langsam kannte er sie besser, und bedauerlicherweise nahm er etwas Künstliches, Überspielendes an ihr wahr. Ihm kam in den Sinn, dass sie auf ihre Art eine ebenso begabte Schauspielerin war wie Kat Boleyn.

Als würde sie sich der Intensität seiner Musterung bewusst, lachte sie plötzlich auf und sagte: »Was ist? Warum schaust du mich so an?«

»Du verheimlichst mir etwas.«

Sie neigte den Kopf zur Seite, und ein eigenartiges Lächeln ließ ihre Augen aufleuchten. »Und du willst mir weismachen, dass du mir gegenüber ganz offen gewesen bist?«

Er wollte ihr sagen, das wäre er durchaus. Dann fiel ihm das gefaltete Blatt Papier in seiner Tasche ein, eine Nachricht, die er wenige Augenblicke zuvor erhalten hatte, und in der stand:

Ich habe Informationen, die dich interessieren könnten. Komm vor der Abendprobe zum Theater. K.

Seine Versicherung blieb ihm im Halse stecken.

Er sah, wie sie die Augen verengte. Sie hatte die Augen ihres Vaters: am äußeren Rand waren sie blasssilbergrau, während von der Pupille sternförmig anthrazitfarbene Strahlen ausgingen. Darin lag eine fast angsteinflößend intensive Intelligenz. Sie sagte: »Ich kann mir nicht vorstellen, dass viele Ehepaare innerhalb weniger Tage nach ihrer Hochzeit in Mordermittlungen verwickelt werden.«

»Nein. Obgleich ich es für passend halte, wenn man bedenkt, wie wir uns kennengelernt haben.«

Sie wandte sich ab. »Gehe ich recht in der Annahme, dass du die Einladung meines Vaters zum Dinner ablehnst?«

»Ich habe eine Verabredung mit jemandem, der mir möglicherweise Informationen über Jamie Knox liefern kann.«

Sie wartete darauf, dass er mehr sagte, und als er das nicht tat, sah er einen Anflug von Emotion in ihren Augen. Allerdings hätte er nicht sagen können, ob sie verletzt, misstrauisch oder auf boshafte Art zufrieden war.

Kapitel 36

In den Empfangsräumen von Jarvis' Residenz am Berkeley Square war der Krieg an diesem Abend das Hauptgesprächsthema. Krieg in Europa, Krieg auf hoher See, Krieg in Amerika.

Hero unterhielt sich mit Castlereagh über Wellingtons Fortschritte in Spanien, mit Brathurst über die Bereicherungen der verdammenswerten neureichen Amerikaner durch britische Verschiffungen und mit Liverpool über Napoleons letzten Überfall gegen Russland. Die meisten von Liverpools Regierungsmitgliedern waren voller Erwartung, ebenso wie die wichtigsten Bankiers der City, denn der Krieg war eine finanzielle Unternehmung.

Sie empfand den Abend fast unerträglich heiß und drückend, die Luft in den vollen Räumen ungewöhnlich stickig. Die Hunderten Kerzen in den Kronleuchtern über ihren Köpfen trugen noch weiter zur Hitze bei, und sie spürte, dass ihr die Wangen brannten. Sie ging über die Unannehmlichkeit hinweg und suchte sich einen Weg durch die Gäste ihres Vaters, um sich zu Sir Stanley Winthrop zu begeben, der in eine Unterhaltung mit ihrer Mutter, Lady Jarvis, vertieft war, da hielt der Earl of Hendon sie auf.

»Ich hatte gehofft, heute Abend meinen Sohn in Eurer Gesellschaft anzutreffen«, sagte Devlins Vater, der die strahlendblauen St. Cyr-Augen in einer Mischung aus Sorge und Verletzung zusammengekniffen hatte. Sie verstand die offenkundige Entfremdung, die sich zwischen Vater und Sohn gebildet hatte, nicht, fühlte sich aber gleichzeitig unwohl dabei, nach den Ursachen zu forschen.

»Ich fürchte, es wird mehr als nur eine Hochzeit nötig sein, um eine Annäherung zwischen Devlin und meinem Vater zu erreichen«, sagte sie leichthin.

»Aber es geht ihm gut?«

»Devlin? Ja.«

»Ich habe gehört, er wurde in Covent Garden verletzt?«

»Nur eine kleine Wunde. Nichts Schlimmes.«

Hendon seufzte. »Ich werde nie verstehen, warum er sich immer wieder in diese Mordermittlungen ziehen lässt. Aus Langeweile? Oder aus der närrischen Einbildung, er könnte sich so mit der Welt versöhnen?«

»Ich glaube nicht, dass Devlin solchen Einbildungen erliegt.« Sie neigte den Kopf. »Wer hat Euch von dem Angriff in Covent Garden erzählt?«

Ein untypischer Ausdruck der Milde glitt über seine Züge. »Ein gemeinsamer Freund«, sagte er, verbeugte sich und ging weiter. Sie blieb nachdenklich zurück.

Die Stimme einer Frau riss sie aus ihren Gedanken. »Meine liebe Lady Devlin, darf ich Euch zu Eurer Eheschließung beglückwünschen?«

Hero wandte sich um und sah, dass Sir Stanley Winthrops Frau sie beäugte, die in ihrem langärmeligen und hochgeschlossenen Kleid aus rosa Tüll und Satin erhitzt und leicht verschwitzt aussah.

Das Wissen, dass Lady Winthrop an diesem Dinner teilnehmen würde, hatte Hero dazu gebracht, herzukommen.

»Oh, vielen Dank«, sagte sie und lächelte, während sie die Frau des Bankiers etwas beiseite zog. »Ich bin sehr froh, dass Sie heute Abend herkommen konnten. Ich wollte mit Ihnen über Gabrielle Tennyson sprechen.«

Lady Winthrops leicht dankbares Lächeln erlosch, und sie warf hektische Blicke nach links und rechts, als ob der Gedanke, jemand könne Heros Bemerkung mit angehört haben, sie beunruhigte. »Aber ... haltet Ihr dies für den richtigen Ort, um über ...«

»Kannten Sie sich gut?«, fragte Hero und ging über das offensichtliche Unbehagen der Frau hinweg.

Lady Winthrop räusperte sich und schluckte. »Nein, gut nicht.«

»Aber Sie sind eine enge Freundin von Miss Tennysons Base, Lady Bourne, glaube ich.«

»Ich weiß nicht, ob ich mich als *enge Freundin* bezeichnen würde ...«

»Nicht? Ich dachte, mir hätte jemand erzählt, Sie studierten regelmäßig mit Reverend Samuel in der Savoy Chapel die Bibel.«

»Ja, das stimmt. Zwar werden die Auserwählten Gottes durch seine unwiderstehliche Gnade gerettet, aber mit Gottes Gnade geht die zwingende Forderung einher, die Weisheit und Schönheit seiner Lehren zu erforschen und zu bedenken. *Insbesondere* in solch gefährlichen Zeiten, wenn so viele Menschen von des Teufels Blendwerk und den Verlockungen des alten heidnischen und gottesfeindlichen Glaubens versucht werden.«

»Ah, ja; ich hörte bereits, dass Mrs Bourne die Autorin eines Pamphlets ist, das vor den Gefahren des Druidentums warnt – unter Pseudonym natürlich. Ich frage mich, ob sie mit den Legenden vertraut ist, die Camlet Moat in einen Zusammenhang mit den alten Kelten bringen?« Hero ließ vielsagend den Blick zu Sir Stanley wandern, der im Gespräch mit Liverpool dastand. In seinen seidenen Kniehosen und dem Schwalbenschwanz sah er großartig aus.

Lady Winthrop folgte ihrem Blick, und sie spannte den Kiefer an. Was in ihren Augen aufflammte, als sie quer durch den Raum zu ihrem großen und gutaussehenden Gatten blickte, glich sehr aufwallendem Hass. »Ich bin mir nicht sicher, ob ich genau verstehe, was Ihr andeuten wollt, Lady Devlin«, sagte sie mit leiser Stimme.

»Nur, wie faszinierend die feinen Verbindungen zwischen einer Person und der nächsten sind, finden Sie nicht auch?«

»Wir sind alle in Sünde aneinander gebunden.«

»Die einen mehr als die anderen, denke ich«, sagte Hero trocken.

Lady Winthrops Nasenflügel weiteten sich, als sie scharf die Luft einzog. »Gabrielle Tennyson war eine von Gott ferne Frau. Der heilige Paulus sagt uns, eine Frau hat in äußerster Demut Anweisungen zu befolgen. Der Herr lässt nicht zu, dass Frauen Autorität über Männer lehren oder ausüben, sondern gebietet ihnen, still zu sein. Eva wurde nach Adams Abbild geschaffen, und sie hat sich verführen lassen und ist der Sünde verfallen. Deshalb versucht eine gottesfürchtige Frau nicht, in der Welt voranzugehen und Männer herauszufordern, sondern unterwirft sich ihrem Gatten und opfert sich in der Führung ihres Haushalts auf. Manchmal ertappe ich mich bei der Frage, was Miss Tennyson wohl getan hätte, wenn ihr Bruder sich vermählte. Ich kann mir vorstellen, dass seine kürzliche Verlobung ihr gar nicht zugesagt hat.«

»Kürzliche Verlobung?«

Ein träges, gehässiges Lächeln glitt über das Antlitz ihres Gegenübers. »Herrje; habe ich etwas ausgeplaudert? Ich wusste, dass die Verlobung wegen des Todes von Miss Goodwins Großmutter noch geheim gehalten wurde, aber ich hatte angenommen, dass Ihr als enge Freundin von Miss Tennyson Bescheid wüsstet. Hat sie Euch nichts davon gesagt?«

»Nein«, sagte Hero. »Woher wissen Sie denn davon?«

»Emily Goodwins Mutter ist eine liebe Freundin von mir.«

Kat Boleyn zog sich ein schweres Kostüm aus lilafarbenem Samt mit goldenem Besatz über den Kopf, als Sebastian in ihre schäbige Garderobe im Covent Garden Theater glitt und die Tür hinter sich schloss.

»Ich habe mich schon gefragt, ob du es rechtzeitig vor der Probe schaffen würdest«, sagte sie, ohne sich umzuwenden, und hob das schwer auf ihren Rücken fallende, kastanienfarbene Haar hoch. »Hier. Mach dich nützlich.«

Es war eine natürliche Bitte, da sie unter Zeitdruck stand und er ein alter Freund war. Als seine Fingerspitzen ihren warmen Körper berührten, versuchte er, von ihr nur als alte Freundin zu denken –

als Schwester, obwohl er nur zu gut wusste, dass sie das nicht war.

»Du hast etwas herausgefunden?«, fragte er mit gepresster Stimme.

Geschäftig legte sie einen Armreif an. »Du hattest recht mit Jamie Knox. Er hat tatsächlich mit einer Gruppe Schmugglern zu tun, die den Kanal befahren. Sie arbeiten von einem kleinen Dorf in der Nähe von Dover aus und schmuggeln vor allem französischen Wein und Brandy.« Nach kurzem Zögern fuhr sie fort: »Aber es geht noch mehr vor sich ... worüber ich dir nichts sagen kann.«

Er drehte sie zu sich um und betrachtete mit verengten Augen ihren sanft geschwungenen Hals, die kindlich nach oben weisende Nase, ihre vollen, sinnlichen Lippen. »Ich dachte, du weißt, dass du mir vertrauen kannst und dass nichts, das ich von dir erfahre, jemals weitergehen wird, ganz gleich, was es ist.«

»Es steht mir nicht zu, dieses Geheimnis zu offenbaren.« Mit einem Ausdruck, den er nicht einordnen konnte, verengte sie die vertrauten, blauen Augen. »Ich kann dir nur sagen, dass das, was vor sich geht, gefährlich ist, und zwar sehr gefährlich. Jamie Knox ist gefährlich. Er ist niemandem außer sich selbst gegenüber loyal – und vielleicht noch einem Waffenbruder namens Jack Simpson.«

»Den habe ich kennengelernt.«

Sie berührte ihn leicht am Arm. »Ich habe gehört, dass du letzte Nacht angegriffen und verletzt wurdest. Geht es dir gut?«

»Wo hast du das gehört?«

Sie lächelte keck. »Von Gibson.«

»Gibson hat ein großes Mundwerk. Es ist nur ein Kratzer.«

»Mhm.«

Eine warnende Glocke läutete in der Ferne. Er zögerte einen Augenblick, bevor er ihre Hand nahm und ihre Finger küsste. »Danke«, sagte er und drehte sich zur Tür um.

»Sebastian ...«

Er blieb stehen und sah sie an.

»Es heißt, Jamie Knox hört, sieht und reagiert so außergewöhnlich wie du. Und wir wissen beide, dass er dir ähnlich genug sieht, um dein Bruder zu sein – oder zumindest Halbbruder. Was geht hier vor sich?«

Um sie herum klang der Lärm einer Theatertruppe, die gleich eine Kostümprobe hatte – unterdrücktes Kichern, ein heiserer Ruf nach einer fehlenden Requisite, rasches Füßetrappeln auf den blanken Bodenbrettern. Sebastian sagte: »Ich weiß es nicht. Er behauptet, sein Vater war ein Kavalleriehauptmann.«

»Aber du glaubst ihm nicht?«

»Ich weiß nicht, was ich glauben soll. Amanda hat mal zu mir gesagt, mein Vater wäre wahrscheinlich ein Stallbursche.«

Kats Lippen kräuselten sich. »Das klingt ganz nach etwas, das Amanda aus lauter Bosheit sagen könnte.« Sebastians Schwester Amanda hatte ihn von Geburt an gehasst – dafür, dass er ein Junge war, dass er den Titel und das Vermögen ihres Vaters erben sollte, und – das hatte Sebastian kürzlich erfahren – dafür, dass er der lebende Beweis für die fortwährende und nicht sehr wählerische Untreue ihrer Mutter war.

Er sagte: »Das bedeutet aber nicht, dass es nicht wahr sein könnte.«

Sebastian stand in seiner Bibliothek vor dem kalten Kamin, den einen Fuß auf dem Gitter abgestellt und in der Hand ein Glas Brandy, als er vor dem Haus eine Kutsche anhalten und dann Heros rasche Schritte die Stufen vor der Haustür hinaufeilen hörte. Auf der Kaminumrandung brannte nur ein Kerzenleuchter; der restliche Raum lag im Schatten. Er hörte, wie sie mit Morey leise ein paar Worte wechselte. Dann erschien sie im Eingang zur Bibliothek. Mit einer Hand löste sie am Hals ihren Abendumhang.

Er straffte die Schultern und drehte sich zu ihr um. »Du bist früh zurück.«

»Ein Glück, dass du da bist«, sagte sie und eilte in den Raum. »Ich habe soeben eine überaus erstaunliche Information erhalten.«

Sebastian spürte ein unverhofftes Lächeln auf den Lippen. »Tatsächlich? Was denn?«

Sie zog den Umhang von den Schultern und drapierte ihn auf der Lehne eines Sessels. »Hildeyard Tennyson macht Miss Goodwin nicht nur den Hof, sondern sie sind bereits verlobt!«

»Das weiß ich.«

Hero starrte ihn an, und auf ihren Zügen wechselte Ungläubigkeit zu heraufdämmernder Irritation. »Du wusstest es!«

»Tennyson hat es erwähnt, als er nach London zurückgekommen ist. Er sagte, die Verlobung wurde kurz vor seinem Aufbruch nach Kent arrangiert, aber nicht formell angekündigt wegen des plötzlichen Todes von Miss Goodwins Großmutter inmitten der Verhandlungen des Ehevertrags.«

»Aber wenn du das gewusst hast, warum hast du es mir denn nicht gesagt?«

»Ich dachte, das hätte ich.«

»Nein. Du hast mich darüber informiert, dass er eine Zuneigung zu der Tochter eines Kollegen gefasst hat, von einer Verlobung hast du nichts erwähnt.«

»Ich bitte dich um Verzeihung. Ich nehme an, ich habe es nicht für bedeutsam gehalten. Aber offenbar bist du anderer Ansicht. Warum?«

»Denk mal darüber nach. Gabrielle war noch ein Schulmädchen, als sie nach dem Tod der Mutter den Haushalt ihres Vaters zu führen begann. Sie war etwa dreizehn Jahre lang die Hausherrin des Tennysonschen Stadthauses auf der Adelphi Terrace und ihres kleinen Anwesens in Kent. Kannst du dir vorstellen, dass eine Frau wie Gabrielle der achtzehnjährigen Braut ihres Bruders lammfromm die Führung der beiden Häuser überlässt, die sie jahrelang als ihre eigenen betrachtet hat, und danach zufrieden weiterleben kann?«

Sebastian trank langsam einen Schluck von seinem Brandy. »Um ehrlich zu sein, habe ich nicht darüber nachgedacht, welche Auswirkung seine Heirat unweigerlich auf seine häuslichen Arrangements haben würde.«

Heros Gesichtsausdruck sagte so deutlich »Männer!«, dass er beinahe laut aufgelacht hätte.

Er sagte: »Verrat mir genau, was ich in dieser Hinsicht alles übersehen habe, weil ich so ... *männlich* denke.«

Sie zog die langen Handschuhe ab und warf sie neben dem Umhang auf den Stuhl. »Es ist so: Wäre Gabrielle mittellos, wäre ihr keine andere Wahl geblieben, als mit ihrem Bruder und seiner Braut weiterhin im Adelphi zu wohnen. Das war sie aber nicht; ihr Vater hat ihr ein eigenes Einkommen vermacht. Es war vielleicht nicht üppig, aber genug, um allein zu leben oder …«

»Oder mit dem Mann, den sie liebte«, sagte Sebastian. »Und unter den gegebenen Umständen kann ich nicht sehen, dass seine Bedenken, als Mitgiftjäger gesehen zu werden, ihn abhalten könnten.«

Hero ging zu dem Tisch neben dem Sessel, auf dem sie das Buch der Kavalierpoeten hatte liegenlassen. »Ich musste an das Gedicht denken, das Arceneaux Gabrielle gegeben hat, das von Robert Herrick. Er hat die letzten drei Strophen abgeschrieben, um sie ihr zu schenken. Aber die ersten drei halte ich für viel wichtiger.« Sie blätterte durch das Buch. »Hier, hör zu:

Gebiete mir zu leben, ich werde leben
Um dein Protestant zu sein:
Gebiete mir zu lieben, und ich werde geben!
Mein Herz voller Liebe sei dein.

Ein Herz so sanft, ein Herz so mild
So gesund und ungebunden,
wie weltweit du ein andres nicht findst,
dieses mein Herz hast du gefunden.

Gebiete meinem Herzen zu harren, es harrt
Folgsam deinem Beschluss …

Sebastian rezitierte das Gedicht gemeinsam mit ihr aus dem Gedächtnis heraus, sein Blick in ihren versunken, und sein Tenor vereinigte sich mit ihrem volltönenden Alt. »›Oder gebiete ihm, sogleich zu verschmachten,/ das wird es für dich mit Genuss.‹«

»Zur Hölle nochmal«, sagte er, leerte den Brandy und setzte klirrend das Glas auf.

Kapitel 37

Arceneaux' Wohnung lag in einer dunklen, engen Gasse in der Nähe der Kirche St. Clements. Wenn die Gegend auch kein Slum war, so war das ehemals vornehme Viertel doch seit Langem im Niedergang hin zum Armenviertel. Als Sebastian auf dem Fußgängerweg stehen blieb und mit den Blicken die schmutzigen Fenster und die bröckelnde Fassade des alten Hauses absuchte, löste sich eine schmuddelige Frau mit eingefallenem und gequältem Gesicht, die ihre Jugendjahre lange hinter sich hatte, aus dem Schatten eines Bogens und flüsterte ihm einladende Worte zu.

Er schüttelte den Kopf und drückte die Eingangstür auf.

Im Innern des Hauses war es heiß und stickig, und der Geruch nach gekochtem Kohl, schimmeligem Holz und stinkenden, nicht weggeräumten nächtlichen Hinterlassenschaften hing in der Luft. Er stieg die durchgetretenen, dunklen Stufen zum Dachboden hinauf und versuchte, sich Gabrielles freundlichen und gebildeten französischen Leutnant an diesem Ort vorzustellen. Hinter einer Tür klangen die heiseren, wütenden Schreie eines Mannes und das leise Weinen einer Frau hervor, hinter der nächsten schrie unaufhörlich ein Säugling. Irgendwo dudelte jemand eine traurige Melodie auf einer Violine. Die bittersüßen Klänge vermischten sich auf bizarre Weise mit dem Geheul rolliger Katzen in der Gasse hinter dem Haus.

Auf dem obersten Treppenabsatz gab es nur zwei Türen. Durch keinen der Risse im Holz schien Licht hindurch, doch Sebastian klopfte an beide und blieb still stehen, um nach der kleinsten Bewegung zu lauschen.

Nichts.

Nach den Vorschriften seiner *Parole* hätte Arceneaux um diese Uhrzeit in seiner Wohnung sein müssen. Sebastian wandte sich wieder zur Treppe um und zögerte mit der Hand auf dem wackligen Pfosten. Dann machte er sich auf den Weg zum *The Angel* in der Wych Street.

Bei der Hitze war das Kaffeehaus fast leer. Tabakrauch und der Duft frisch gerösteten Kaffees hing schwer in der von flackerndem Licht erhellten Gaststätte. Als er die Tür leise hinter sich zuzog, sah der Kellner fragend auf. Sebastian schüttelte den Kopf und ließ den Blick über die verstreuten Männergrüppchen schweifen, die griesgrämig dreinblickend über die Tische gebeugt dasaßen und leise miteinander redeten.

Arceneaux war nicht darunter. Aber in einer Ecke spielte der große, blonde Husarenhauptmann,

Pelletier, mit einem ausgemergelten Infanterieoffizier in einem schäbigen, blauen Mantel Schach. Als Sebastian herankam, hob der Husar den Kopf, die Goldknöpfe an seinen Trassen blinkten im Kerzenlicht, und mit den Fingern der einen Hand strich er sich über den üppigen Schnäuzer, während er Sebastian beobachtete, der die Stube durchquerte.

»Seid Ihr gekommen, um wieder eine meiner Partien zu verderben?«, sagte er, als Sebastian neben dem Tisch stehenblieb.

»Ist Arceneaux heute Abend hier gewesen?«

Der Husar schürzte die Lippen und zog eine Schulter hoch.

»Heißt das, Sie haben ihn nicht gesehen, oder Sie wissen nicht, wo er ist?«, fragte Sebastian.

»Das heißt, dass er jetzt jedenfalls nicht da ist.«

»Wissen Sie, wo ich ihn finden kann?«

Der Mann verzog die Lippen zu einem unverschämten Lächeln. »*Non.*«

»Ich dachte, Ihre *Parole*-Bestimmungen schreiben vor, dass Sie nach acht Uhr abends in Ihren Unterkünften sein müssen.«

»Unsere Unterkünfte sind hier«, sagte der Infanterieoffizier, während der Husar weiter schwieg. »Wir haben oben Zimmer.«

Sebastian blickte auf das Schachbrett. »Interessant. Wer ist am Zug?«

»Ich«, sagte der Infanterist, zupfte mit Daumen und Zeigefinger an der Oberlippe und runzelte überrascht und hoffnungslos die Stirn.

»Ziehen Sie die Königin auf F-sieben«, sagte Sebastian und drehte sich um.

»*Casse-toi*«, zischte der Husar zornig und erhob sich grummelnd halb vom Sitz.

»Kein weiser Gedanke«, sagte Sebastian und wandte sich um, eine Hand an der Steinschlosspistole in seiner Tasche.

Kurz traf der zornige Blick des Husaren seinen. Dann ließ sich der Franzose wieder auf den Stuhl fallen. Sein Kiefer war angespannt, und seine Brust hob und senkte sich in schnellen Atemzügen.

Sebastian spürte den wütenden Blick des Mannes, der ihm zur Tür folgte.

Als er hinauskam, umgab ihn die eigenartig atembeklemmende Nacht mit ihrer schweren, heißen und erdrückenden Luft. Er stand in wachsender Frustration auf dem Fußweg. Wo zur Hölle war Arceneaux? Nach der Sperrstunde außerhalb seiner Unterkunft unterwegs zu sein, bedeutete für einen Offizier auf Bewährung das Erlöschen seiner *Parole* und die Rückkehr in die gleichen Drecklöcher, in denen die Männer der unteren Ränge schmorten.

Sebastian spürte den Hauch einer kühlen Brise, die durch die Straßen zog und das Versprechen eines Wetterumschwungs mit sich brachte. Er roch den Fluss, die hereinkommende Flut und einen Salzhauch, der an weit entfernte Länder erinnerte.

Und da wusste er, wohin der französische Leutnant gegangen war.

Zehn Monate nach Baubeginn streckte sich die neue Strand Bridge an der Stelle, an der einst das Savoy, der großartigste Palast an der Themse, gestanden hatte, vom Ufer aus über den Fluss. Das Savoy hatte die Tage des Ruhms schon lange hinter sich gehabt und war zuerst zu einem Almosenhaus, dann zu einem Gefängnis und Barracken geworden. Inzwischen war nicht mehr als eine halb verfallene Ruine davon übrig, die sich zwischen der Strand und dem Flussufer erstreckte – eine Ödnis, die von Trümmern und Haufen gehauener Steine, Backsteinen und Holzbalken übersät war und sich bis zur aufragenden Brücke ausdehnte. Als Sebastian den schattigen Abhang hinunterstieg, sah er das runde, steinerne Fundament eines kleinen, mittelalterlichen Wachturms und eine lange Backsteinmauer, die von leeren Bögen durchbrochen war. Hinter den Ruinen hob sich der scharfgeschnittene, im Entstehen begriffene Brückenkopf hell vor dem schwarzen Himmel ab.

Die ersten vier der riesigen Brückenbögen waren bereits vollendet, wenngleich die hölzernen Gerüste darunter noch standen und zwischen dem Hauptgesims, der Brüstung und der Balustrade, die dort noch gebaut werden mussten, spannte sich eine Hängebrücke über dem Baugerüst. Wenn die Brücke vollendet wäre, würde der Fahrweg auf gleicher Höhe wie die Strand verlaufen. Jetzt jedoch lag er noch einige Fuß darunter und strebte holprig und ungepflastert zum gegenüberliegenden Ufer, nur um abrupt über dem rasch dahinströmenden Wasser zu enden.

Als Sebastian auf die Brücke hinausging, hörte er die Gezeiten gegen die Kofferdämme am Fuß des Piers schwappen und spürte im verschwitzten Gesicht eine unerwartet kühle Brise. Er hielt den Blick unverwandt auf die einzelne Gestalt eines Mannes geheftet, der sich vor dem wogenden Gewässer der Themse abhob. Der

Mann saß am gezackten Ende der Brücke und ließ die Beine über dem Wasser baumeln, das viele Meter unter ihm wogte. Eine Hand hatte er freundschaftlich auf den Rücken des braunschwarzen Hundes neben sich gelegt.

»Woher wusstet Ihr, wo Ihr mich finden könnt?«, fragte Arceneaux, als Sebastian vielleicht drei Meter entfernt stehenblieb.

»Ich habe mich daran erinnert, dass Sie mir erzählten, wie gern Sie hierher kommen.«

Der Franzose legte den Kopf in den Nacken, und der vom Wasser heraufwehende Wind zauste ihm um das Gesicht herum das Haar. »Werdet Ihr mich anzeigen?«

»Nein.«

Arceneaux nahm mit geschlossenen Augen einen tiefen Atemzug, sodass sich seine Nasenflügel weiteten. In einem ernsten Lächeln formten seine Lippen nur einen dünnen Strich, als er die Luft einsog. »Könnt Ihr es riechen? Das ist die See. Dieselbe See, die just jetzt in die Mündung der Rance fließt und gegen die Wälle von Saint-Malo brandet.«

Sebastian blieb regungslos stehen. Der Wind riss an seinen Mantelschößen.

»Manchmal frage ich mich, ob ich es je wieder zu Gesicht bekommen werde«, sagte Arceneaux. »Wir bilden uns ein, frei zu sein. Aber das sind wir nicht. Was ist mit all den Gefangenen des Hundertjährigen Krieges geschehen? Wisst Ihr es? Was geschieht mit all den Gefangenen des nicht enden wollenden Krieges? Ich frage mich, ob das mein Schicksal ist? Bringe ich mein Leben auf einem staubigen, dunklen Dachboden zu, biete Schreibdienste für einen gelegentlichen Schilling hier und dort an, bringe kleinen Jungen Französisch bei ...« Seine Stimme brach weg, er schüttelte den Kopf.

Sebastian sagte: »Vor zwei Wochen hat Mr Hildeyard Tennyson bei der Tochter eines Kollegen um ihre Hand angehalten. Aufgrund eines Trauerfalls in der Familie der Braut wurde die Verlobung noch geheim gehalten. Aber ich kann mir nicht vorstellen, dass Miss Tennyson Ihnen, ihrem lieben Freund, nichts davon gesagt hat.«

Einen Augenblick lang blieb Arceneaux regungslos sitzen. Dann rieb Chien den Kopf an der Seite seines Freundes. Der Franzose strich dem Hund mit einer Hand über den Rücken, seine Aufmerksamkeit scheinbar ganz auf seinen Kumpel gerichtet. »Sie hat es mir erzählt, ja.«

»Ich muss zugeben, dass mir die Tragweite von Tennysons Verlobung zunächst entgangen ist. Aber wie meine Gattin, die in solchen Angelegenheiten deutlich bewanderter ist, mir dargelegt hat, würde eine Frau von Miss Tennysons Temperament und freigeistiger Haltung niemals bloß als Schwägerin und geduldete Mitbewohnerin in den Häusern bleiben, in denen sie selbst länger als zehn Jahre die Hausherrin war.«

Arceneaux blickte weiterhin unverwandt auf den Fluss hinaus und streichelte den Rücken des Hundes.

Sebastian fuhr fort: »Sie muss außer sich gewesen sein und Trost gebraucht haben. Sie hatten ihr schon Ihre Liebe erklärt. Und dennoch wollten Sie mich glauben machen, dass Sie nicht um ihre Hand angehalten haben? Dass Sie sie nicht gedrängt haben, Sie zu heiraten?«

»Nein.« Es war eine leise, halbherzige Lüge, die der Wind fast verwehte.

Sebastian zitierte:

>»Befiehl meinem Herzen zu harren, es harrt*
Folgsam deinem Beschluss
Oder gebiete ihm, sogleich zu verschmachten,
das wird es für dich mit Genuss. «

Er hielt inne, dann sagte er: »Haben Sie darüber nachgedacht, gegen Ihre *Parole* zu verstoßen und nach Frankreich zurückzukehren?«

»Nein!«

»Ich denke, doch. Ich glaube, dass Sie Ihre Meinung nur geändert haben, weil Gabrielle Tennyson zuletzt der Heirat zugestimmt hat.« Sebastian vermutete, dass sie bei dieser Gelegenheit wahrscheinlich zum ersten Mal das Bett geteilt hatten, aber das würde er nicht aussprechen.

Arceneaux schaffte sich auf die Beine hoch und machte einen raschen Schritt nach vorne, um sogleich stehenzubleiben. »Nun gut, verflucht noch mal. Es ist wahr. Ich habe über Flucht nachgedacht. Könnt Ihr Euch auch nur einen Kriegsgefangenen vorstellen, irgendwo, der nicht gelegentlich davon träumt, seine *Parole* zu brechen und zu fliehen? Wer wäre nicht versucht?«

Sebastian starrte den jungen französischen Leutnant an. Im Mondlicht sah sein Gesicht blass aus, seine Augen lagen wie dunkle Flecken tief im schmerzverzerrten Antlitz. Der Wind zerrte an seinem feinen braunen Haar und ließ seine Mantelschöße flattern. Sebastian hatte den Eindruck, dass er sich nur mit höchster Willenskraft zusammenriss. Dennoch war er dem Zusammenbruch gefährlich nahe.

»Hat sie den Antrag angenommen?«

Anstatt zu antworten, nickte der Franzose nur und blickte erneut auf das windgepeitschte Wasser des Flusses hinaus.

Ich habe die Schatten langsam satt, dachte Sebastian, der ihn beobachtete. Er sagte: »Irgendetwas enthalten Sie mir noch immer vor. Verflucht noch mal, Leutnant; die Frau, die Sie liebten, ist tot. Wer hat sie Ihrer Meinung nach getötet?«

Arceneaux wirbelte zu ihm herum. »Denkt Ihr denn, wenn ich wüsste, wer sie ermordet hat, würde ich denjenigen nicht zahlen lassen?«

»Vielleicht sind Sie sich nicht ganz sicher, wer schuldig ist. Aber Sie haben einen Verdacht, und dieser Verdacht liegt schwer auf Ihren Schultern. Deshalb sind Sie jetzt hier und setzen Ihre *Parole* aufs Spiel, oder nicht?«

Der Wind frischte auf und wurde stärker. Er jagte die dichter werdenden, dunklen Wolken über ihre Köpfe dahin, sodass das spärliche Mondlicht gedimmt wurde.

»Wer hat sie Ihrer Meinung nach ermordet?«, verlangte Sebastian erneut zu wissen.

»*Ich weiß es nicht!*« Arceneaux' Züge verzerrten sich, als entrisse man ihm die Worte. »Ich liege jede Nacht wach und frage mich, ob ich auf irgendeine vertrackte Weise schuld bin am Tod der Frau, die ich geliebt habe.«

»Warum?«, drängte Sebastian. »Weshalb denken Sie, dass Sie daran schuld sind?«

Chien stand auf und blickte auf das Geröll am Ufer. Er stellte die Ohren halb auf und trottete ein paar Schritte auf den Brückenkopf zu, dann blieb er stehen.

Arceneaux ging zu ihm und legte dem Hund die Hand auf den Hals. »Was ist los, Junge, hm?«

Sebastian witterte unerklärlicher und doch unentrinnbarer Weise Gefahr, die seinen Atem beschleunigte und seine Haut brennen ließ. Er suchte die Ruinen des antiken Palastes ab und verengte die Augen, als er die Stein- und Holzhaufen fixierte. Die lange, zerbrochene Mauer mit den leeren Fenstern hob sich dunkel und filigran vor dem stürmischen Himmel ab.

»Arceneaux«, sagte er warnend just in dem Augenblick, als auf dem Fundament des alten Wachturms eine Feuerzunge aufflammte und der Knall eines Gewehrschusses über dem Wasser widerhallte.

Kapitel 38

»Runter!«, brüllte Sebastian und tauchte hinter der halbfertigen Mauerbrüstung in Deckung.

Er blickte zurück und sah Arceneaux schwanken, und mitten auf der Brust seiner Weste wuchs nass eine dunkle, schimmernde Blüte.

»Arceneaux!«

Die Knie des Franzosen sackten langsam ein, sein Kopf fiel nach hinten und sein Gesicht hob sich, als wolle er gen Himmel schauen.

Sebastian sprang aus der Deckung heraus, um nach dem fallenden Mann zu greifen und ihn hinter das Steinwerk in Schutz zu ziehen. »Zur Hölle«, fluchte Sebastian und presste den zitternden Mann an sich.

Chien kroch neben sie, sein Bellen durchbrach die Nacht.

Das ganze Vorderteil von Arceneaux' Weste war nass vom Blut, sein Mund stand offen, und er sog mühsam die Luft ein. Das Blut auf seiner Brust bildete Blasen.

Sebastian wusste nur zu gut, was das bedeutete.

Dennoch riss er sich die Krawatte vom Hals und wickelte sie zu einem dicken Tupfer um die Hand.

»Zwecklos«, flüsterte Arceneaux, als Sebastian den Stoff gegen die klaffende, blutende Wunde in seiner Brust drückte. Dann hustete er, und aus Mund und Nase rann ihm das Blut.

»Sie werden wieder gesund«, log Sebastian und zog den Verletzten etwas hoch, bis er mit dem Rücken an Sebastians Brust lag. Er wollte verzweifelt verhindern, dass Arceneaux an seinem eigenen Blut ertrank.

Arceneaux schüttelte den Kopf, seine Augen kippten nach hinten. »Gabrielle ...«

»Sprich mit mir, Philippe«, rief Sebastian. Das warme Blut des Franzosen rann über seine Hand, als er verzweifelt versuchte, den Stoffballen auf Arceneaux' aufgerissene, zuckende Brust zu drücken. »Wer könnte dich umbringen wollen?«

Das Zucken hörte auf.

»Philippe? *Philippe!*«

Neben ihm stieß der Hund winselnd mit der Schnauze gegen die erschlaffte Hand des Franzosen.

»Verflucht!« Sebastian stieß den angehaltenen Atem aus.

Trotz des kalten Windes schwitzte er, und sein Atem ging schnell und stoßweise. Er verlagerte vorsichtig das Gewicht und schob den Leichnam von sich herunter. Er nahm den beißenden Geruch verbrannten Pulvers wahr und erkannte den verwehenden Mündungsrauch, als er sich umwandte und vorsichtig um den Rand der Steinmauer blickte.

Nichts.

Er fixierte den Blick auf die Überbleibsel des mittelalterlichen Turms, die rechts unterhalb der langen Palastmauer lagen. Von dem oberen Teil des Turms war fast nichts übrig; nur ein Teil des runden Fundaments war noch vorhanden, einen guten Meter hoch. Sebastian schätzte, dass der Schütze vielleicht zweihundert oder dreihundert Meter von seinem

Versteck entfernt war. Der Schuss wäre bei guten Lichtverhältnissen an einem Tag mit ruhiger Wetterlage schon schwierig gewesen. Bei Nacht und Wolken, die den Mund verdunkelten, bei auffrischendem Wind hätten die meisten Männer ihn für unmöglich gehalten.

Allerdings nicht für einen geübten Gewehrschützen, der im Dunkeln ein fliehendes Karnickel auf dreihundert Meter Entfernung traf.

Sebastian rieb sich mit dem Handrücken über die Stirn. Die einzige Frage war bloß: Warum sollte Jamie Knox Gabrielle Tennysons französischen Leutnant umbringen wollen? Das ergab keinen Sinn ...

Falls der Schütze tatsächlich Jamie Knox und sein anvisiertes Ziel in der Tat Arceneaux gewesen war – und nicht Sebastian selbst.

Oberhalb der gezackten Turmmauer war eine winzige Bewegung erkennbar, dann war wieder alles still. Der Schütze war noch dort.

Sebastian wägte seine Möglichkeiten ab. Im Grunde saß er fest. Er hatte selbst eine Steinschlosspistole in der Tasche, doch sie war klein und hatte keine große Reichweite. Gegen ein Gewehr mit einer gewissen Reichweite war sie nutzlos.

Momentan schützte ihn die halberbaute Brüstung, die am Rand der Brücke verlief. Aber wenn der Schütze den Platz wechselte oder wenn er einen Kumpan hatte, der aus westlicher Richtung käme, wäre Sebastian am Ende der langen, offenen Brücke präsent wie eine Zielscheibe im Schießstand.

Er musste weg.

Er maß mit dem Blick die Entfernung von seinem Versteck zu einem Haufen bearbeiteter Natursteine, die etwa ein Drittel des Gesamtwegs zum Brückenkopf entfernt aufgestapelt waren. Sebastian hatte in seinem Leben oft genug Schüsse aus Baker Rifles gehört, um genau zu wissen, womit auf ihn geschossen wurde. Die Baker war ein einläufiger Vorderlader. Aber ein guter Schütze konnte innerhalb einer Minute vier Mal nachladen und feuern.

Ein außergewöhnlicher Schütze auch fünf Mal.

Sebastian zweifelte nicht daran, dass der Mann, der auf ihn schoss, ein außergewöhnlicher Schütze war.

Das hieß, dass Sebastian, wenn er den Schützen zu erneutem Feuern verlocken konnte, höchstens zwölf Sekunden bleiben würden, um sich in die Sicherheit des Steinhaufens dort zu retten, bevor der Schütze nachgeladen hatte und wieder feuerbereit war.

Er versuchte, einen Weg zu finden, wie er den Schützen dazu bringen konnte, erneut zu feuern, ohne allerdings getroffen zu werden, da stand Chien, der winselnd neben Arceneaux' Leiche gelegen hatte, plötzlich auf.

»Runter, Junge«, flüsterte Sebastian.

Der Hund ging in eine geduckte Haltung und starrte mit wachsamem und stetem Blick auf das nahegelegene Ufer.

»Chien«, warnte Sebastian, dann rief er: »Chien, nein!«, als der Hund als schwarzbrauner Streifen vor dem hellen Gestein der Brücke in die Nacht rannte.

Er beobachtete hilflos, wie der Hund hangaufwärts rannte. Chien hatte den Wachturm fast erreicht, da klickte das Gewehr wieder und spie Feuer in die Nacht.

Der Hund jaulte auf und wurde still.

»*Verfluchter Dreckskerl*«, schimpfte Sebastian und rannte los.

Er spürte, wie der Wind vom Wasser her an seinen Mantelschößen riss und das Geröll unter seinen Stiefelabsätzen gefährlich ins Rutschen kam, während er im Kopf die Sekunden seit dem letzten Schuss zählte.

... sechs, sieben ...

Er umrundete einen Stapel Gesteinsbrocken – *acht, neun* – und übersprang eine kleine Spalte – *zehn, elf* –, dann tauchte er hinter dem Steinhaufen ab, just als der nächste Gewehrschuss über dem offenen Wasser erscholl.

Neben seinem Gesicht stob eine Kaskade pulverisierten Splitts auf.

»Hölle und Teufel noch mal«, fluchte er und rieb sich mit dem Ärmel über die blutige Wange. Schon war er wieder auf den Füßen und rannte weiter, dieses Mal zu einem Haufen Holzplanken, die er beim Brückenkopf sah.

... sieben, acht ...

Er hörte die herankommende Flut gegen die Kofferdämme am Fuß des ersten Piers schwappen und dazu ein Grummeln wie von fernem Donnern.

... zehn, elf ...

Das Holz war weiter weg, als er gedacht hatte. Die letzten drei Meter schlidderte er auf dem Bauch weiter. Der Schotter zerriss seine Kleidung. Er riss die Arme über den Kopf, um sich vor dem nächsten Schuss zu wappnen.

Der jedoch nicht fiel.

Schlauer Bastard.

Sebastian lag flach ausgestreckt hinter dem Holzstapel, sein Herz raste und das Blut rauschte ihm in den Ohren. Der Schütze hatte offenbar genau erkannt, was Sebastian tat. Statt einen Schuss zu vergeuden, hatte er jetzt eine geladene Waffe. Er brauchte nur noch zu warten, bis Sebastian wieder zu sehen war, und dann in aller Ruhe abzudrücken.

Er kann einem flüchtenden Kaninchen im Dunkeln auf dreihundert Meter den Kopf wegschießen.

Der Wind frischte auf und brachte den Geruch des Flusses und das Knarren der Hängebrücken mit sich, die auf beiden Seiten der im Bau befindlichen Brücke knapp oberhalb der Bögen verliefen. Sebastian zögerte kurz, fixierte die dunklen Ruinen und strengte die Ohren an, um auch das leiseste Geräusch zu hören.

Nichts.

Er rollte sich rasch zur anderen Seite der Brücke und ließ sich dann vorsichtig am Rand hinunter, bis er darunter hing. Mit den Fingern grub er sich in eine Lücke im Mauerwerk, seine Füße baumelten über der schmalen Hängebrücke. Weit unten floss das Wasser als reißender Strom.

Dann ließ er los.

Leichtfüßig landete er auf den Planken der Hängebrücke, die Seile schwankten unter seinem Gewicht. Da die massive Steinbrücke nun zwischen ihm und dem Schützen dräute, rannte Sebastian auf das Ufer zu, die Holzbrücke unter seinen Füßen schwankte und tanzte.

Der letzte Brückenbogen ragte hoch über dem Gezeitenbett des Flusses auf und fußte auf dem mit Schutt übersäten Ufer. Sebastian erreichte festen

Boden und hielt einen Augenblick still, um die kleinste
Bewegung, den kleinsten Laut zu erfassen. Er
betrachtete den trockenen, zerklüfteten Uferboden,
das verfilzte und vertrocknete Gestrüpp und die
aufragende Schlossruine. Die Erinnerung an andere
Nächte in einem scheinbar anderen Leben erwachte.
Als der Tod in jedem dunklen Schatten und hinter jeder
Ecke gelauert hatte, als das Donnern in der Ferne von
der Artillerie gekommen war und die geborstenen
Hauswände zu spanischen Dörfern gehörten, die von
eben erst erloschenen Feuern geschwärzt waren.

Er nahm einen tiefen Atemzug und spürte plötzlich
starken, quälenden Durst. Mit schmerzender Kehle
schluckte er. Dann rannte er geduckt über das offene
Gelände und versteckte sich hinter den Überbleibseln
der zerstörten Schlossmauer.

Dieser Teil des Palastes hatte einst auf den Fluss
hinausgeblickt, eine elegante Fassade mit hohen, spitz
zulaufenden Fenstern und mächtigem Strebewerk.
Jetzt war nur noch die eine Mauer übrig. Sie erstreckte
sich in östlicher Richtung und endete abrupt kurz vor
dem kleinen Rundturm, hinter dem der Schütze
lauerte. So leise er konnte, kroch Sebastian durch die
Ruinen vorwärts, jeden Raschelns des langen,
trockenen Gestrüpps und jeden unter seinem Gewicht
knirschenden Steins schmerzlich gewahr. Er kam an
der klaffenden Öffnung vorbei, die früher ein riesiger
mittelalterlicher Herdplatz gewesen sein musste, an
einem leeren Türsturz, an einer Wendeltreppe, die ins
Nichts führte. Durch die gähnenden Fenster sah er das
massive Bauwerk der neuen Brücke, den dunklen,

glänzenden Fluss und dann die niedrige Wölbung des Steinfundaments des alten Wachturms.

Er blieb am gezackten Ende der Mauer stehen, zog die Pistole aus der Tasche und spannte leise beide Hähne. Er hörte das entfernte Rumpeln der Kutschen auf der Strand weiter oben und spürte in den Adern an seinem Hals machtvoll das Blut pochen. Er atmete tief ein. Dann sprang er um das Ende der zerstörten Mauer und zielte mit der Pistole in den Wachturm hinein, den Finger am ersten Abzug angespannt.

Doch der Turm war leer, und das Gestrüpp darin lag voller Abfälle. Der Schütze war in die Nacht verschwunden und hatte nur die Baker Rifle zurückgelassen, die wie zum Hohn an den verwitterten alten Steinen lehnte.

Kapitel 39

Sir Henry Lovejoy war kein Freund großer Höhe.

Er blieb ein gutes Stück vor dem gezackten Ende des noch im Bau befindlichen Brückenbogens stehen. Mit gespreizten Beinen, die Füße fest in den Boden gestemmt, versuchte er sich vor dem mächtig heranwehenden, stärker werdenden Wind zu schützen. Weit unten erkannte er den Fluss, dessen dunkles Wasser gegen die vorübergehend errichteten, grobgezimmerten Kofferdämme anbrandete. In der Luft mischten sich die schweren Gerüche der Flut und des feuchten Schlicks an den Uferrändern mit dem an Kupfer erinnernden Geruch frisch vergossenen Bluts.

»Wie sagtet Ihr, war noch mal sein Name?« Lovejoy blickte unverwandt auf den toten Mann, der im Schatten der noch nicht fertig gebauten Brückenbrüstung lag.

Devlin stand neben ihm; seine Abendkleidung war zerrissen, schmutzig und nass vom Blut des Toten. In einer Hand hielt er eine Baker Rifle; seine Finger hoben sich blass vom dunklen Gewehrschaft ab. »Arceneaux. Leutnant Philippe Arceneaux, vom zweiundzwanzigsten Chasseurs à Cheval.«

Mit einem Schnauben ging Lovejoy in die Hocke, um die feingezeichneten Züge des französischen Offiziers, seine weichgeschwungenen Lippen und die schmalen Wangen zu betrachten. Im Tod sah er erschreckend jung aus. Andererseits, dachte Lovejoy, kann für einen Mann, der bald Mitte fünfzig ist, das Alter von vier- oder fünfundzwanzig Jahren sehr jung scheinen.

Der Untersuchungsrichter richtete sich wieder auf und nickte zwei Männern knapp zu, die er mitgebracht hatte. Sie hoben den Körper zwischen sich hoch und wuchteten ihn auf die Bahre des Leichenhauses, auf der sie ihn durch die Straßen der Stadt transportieren würden.

»Ihr könnt Euch nicht vorstellen, wer der Schütze war?«, fragte Lovejoy Devlin.

»Ich habe ihn nicht zu Gesicht bekommen. Er hat aus den Ruinen des alten Wachturms heraus geschossen. Dort, auf der rechten Seite.«

»Möchten Sie, dass ich mir das mal ansehe?«, fragte Constable Leeper, ein Lulatsch mit außergewöhnlich langem Hals und einem schlimm sonnenverbrannten Gesicht.

Lovejoy nickte. »Warum nicht. Bei Tageslicht werden wir mehr sehen, aber wir sollten eine erste Inaugenscheinnahme durchführen.«

Als der Wachtmeister sich umdrehte und losgehen wollte, hielt Devlin ihn mit den Worten auf: »Der Leutnant hatte einen mittelgroßen, schwarzbraunen Hund, auf den der Schütze geschossen hat. Ich habe das Flussufer bereits nach ihm abgesucht, aber erfolglos. Falls Sie auf ihn stoßen – und falls er noch lebt – möchte ich, dass er zu jemandem gebracht wird, der seine Wunden versorgen kann.«

»Aye, Euer Lordschaft«, sagte der Constable, dessen Fackel die Luft mit dem Geruch nach heißem Pech erfüllte, als er die Brücke hinunter hastete.

Lovejoy blinzelte in die düstere Ferne. Von hier aus sah das nahe Flussufer wie ein Sammelsurium aus dunklen Gestalten und unscharfen Schatten aus. »Grundgütiger. Die Überreste des Turms müssen ungefähr dreihundert Meter entfernt sein.«

Devlins Gesicht blieb regungslos. »Ziemlich genau, ja.«

»Hätte ich das Ergebnis nicht selbst gesehen, hätte ich gesagt, das ist unmöglich. Bei Tageslicht wäre es schon phänomenal. Wie kann irgendjemand über solche Entfernung in der Dämmerung ein Ziel erkennen, geschweige denn treffen?«

»Wenn er scharfe Augen, eine gute Nachtsicht und einen ruhigen Finger hat, könnte er es schaffen. Ich habe Scharfschützen gekannt, die einen Mann auf gut sechshundert Meter treffen konnten, wenn derjenige ruhig dastand und die Sonne schien.«

Etwas in der Stimme des Viscounts brachte Lovejoy dazu, ihn anzublicken. Er stand mit durchgedrücktem Rücken eigenartig starr da. Sein Gesicht war von Blut, Staub und Schweiß befleckt.

Lovejoy fragte: »Seid Ihr sicher, dass der Schütze Lovejoy treffen wollte? Schließlich hat er dann noch auf Euch gefeuert.«

»Das hat er. Aber nur, um mich lang genug in Deckung zu zwingen, um verschwinden zu können. Ich glaube, dass er den Mann getötet hat, den er töten wollte.«

Von Stöhnen begleitet hoben die beiden Männer von der Pfarrei die Bahre auf ihre Schultern und gingen zurück zum Flussufer. Lovejoy hob die Laterne hoch und folgte ihnen. Der Kies auf der halb errichteten

Brücke knirschte unter seinen Füßen. »Sehe ich es richtig, dass dieser Leutnant Arceneaux der junge Franzose ist, mit dem Miss Gabrielle Tennyson befreundet war?«

»Ja. Allerdings habe ich herausgefunden, dass sie weit mehr als nur Freunde waren.«

»Wie tragisch.«

»In der Tat.«

»Und Ihr könnt Euch gar nicht vorstellen, wer das getan haben könnte, oder warum?«

Devlin blieb neben den Palastruinen stehen, und seine seltsamen gelben Augen glitzerten im flackernden Licht von Lovejoys Laterne, als er in die Dunkelheit hinaus starrte.

»Mylord?«

Devlin wandte den Blick auf ihn, als würde er sich plötzlich seiner Anwesenheit erinnern. »Entschuldigen Sie mich, Sir Henry«, sagte er mit einer knappen Verbeugung und wandte sich ab.

»Mylord?«

Doch Devlin war bereits verschwunden. Seine langen Beine trugen ihn mit Leichtigkeit das dunkle, geröllbeladene Ufer hinauf, und die Waffe warf einen schmalen, tödlichen Schatten in der Nacht.

Als Sebastian das *Black Devil* betrat, hielt er das Gewehr noch immer in der Faust. Die Vorderseite seines Hemdes und seiner Weste waren dunkelrot von Arceneaux' Blut, seine Krawatte verschwunden. Sein ursprünglich eleganter Abendmantel hing in Fetzen an ihm herunter. Seinen Hut hatte er verloren, und an der Seite seines verschwitzten, von schmutzigen Streifen durchzogenen Gesichts rann ein dünner Streifen Blut herab.

»Jesses, Marja, Josef und all Heilige«, flüsterte die vollbusige, dunkelhaarige Bardame, als Sebastian unmittelbar hinter der Tür, die Baker in einem Winkel auf der Hüfte abgestützt, stehenblieb und mit verkniffenen Augen den rauchschwangeren, niedrigen Raum absuchte.

»Wo ist Knox?«, fragte er, und seine Worte klangen laut über das Geräusch der hastig zurückgeschobenen Stühle und Bänke und die Schritte schwerer Stiefelabsätze hinweg, als die Kunden der Taverne sich beeilten, ihm aus dem Weg zu kommen.

Die junge Frau hinter dem Tresen erstarrte mit aufgerissenen Augen, ihr Mund stand offen und die halb enthüllten, weißen Ansätze ihrer Brüste bebten, so heftig atmete sie ein und aus.

»Wo zur Hölle noch mal ist er?«, fragte Sebastian erneut.

»Ihr schätzt ’nen dramatischen Auftritt, was?«, sagte eine sardonische Stimme von einer Tür her, die sich soeben im Hintergrund des Raums geöffnet hatte.

Sebastian wirbelte herum. Über den nun leeren Schankraum hinweg trafen sich ihre Blicke, identisch gelbe Augen, denen die Fähigkeit außergewöhnlicher Sehschärfe sowohl auf große Entfernung als auch bei Nacht gemeinsam war – eine Sehschärfe, die die meisten Menschen als unmenschlich betrachteten.

Oder sogar böse.

Sebastian legte die Baker mit einem Klackern auf der verkratzten Oberfläche des Tresens ab. »Ich bringe Ihre Waffe zurück.«

Auf den Lippen des anderen erschien ein leichtes Lächeln. »Tschuldigung. Ist nit meine. Hat die einer verloren?«

»Wo waren Sie vor einer Stunde?«

Jamie Knox trat in den Raum hinein und lächelte noch immer leicht. Er trug seinen üblichen schwarzen Mantel, die schwarze Weste und schwarze Krawatte, und sein Gesicht war eine dunkle, attraktive Maske. »Hier natürlich. Warum fragt Ihr?«

»Sind Sie je einem Franzosen namens Philippe Arceneaux begegnet?«

»Arceneaux?« Knox runzelte die Stirn, als dächte er angestrengt nach. »Vielleicht. Schwer zu sagen. Ich hab 'ne Kneipe. Hier kommen viele Männer her.«

»Leutnant Philippe Arceneaux.«

»Sagt er, ich würd ihn kennen?«

»Er ist tot. Jemand hat ihn heute Abend auf eine Entfernung von ungefähr dreihundert Metern erschossen. Im Dunkeln.«

Knox blickte zu der jungen Frau, die immer noch mit großen Augen hinter dem Tresen stand. »Verschwinde.«

Sie ging durch die Vordertür hinaus, wobei sie auf der Schwelle stehenblieb und ihm einen letzten, fragenden Blick zuwarf, den er ignorierte. Der Schankraum war nun leer bis auf die beiden Männer.

Knox ging langsam hinter den Tresen und griff darunter, um eine Flasche Brandy hervorzuholen. »Ihr habt offensichtlich mit meinem alten Kumpel Jack Simpson gesprochen.« Er zog den Stopfen aus der Flasche. »Der wird Euch auch erzählen, ich könnte ein Irrlicht aus der Luft heraus fangen und die Toten flüstern hörn. Aber unter uns gesagt: Ich würd ihm nit alles glauben, was er verzapft.«

Sebastian durchmaß den Raum und ließ den Blick über die niedrigen Dachsparren, den massiven alten Kamin und die große Feuerstelle wandern. »Ich hörte, Sie haben dieses Lokal beim Würfelspiel gewonnen – oder Sie haben jemanden dafür umgelegt. Welche Version stimmt?«

Knox stellte die Flasche und zwei Gläser neben der Baker auf der Theke ab. »Wie gesagt, solltet Ihr nit alles glauben, was Ihr über mich so hört.«

»Ich habe auch gehört, Sie waren in Corunna. Leutnant Arceneaux war auch in Corunna. Sind Sie ihm dort begegnet?«

»Ich bin Euerm Leutnant Arceneaux nie begegnet. Möge seine Seele in Gott ruhen.« Knox goss Brandy in die beiden Gläser und stellte die Flasche weg. »Hier. Trinkt.«

»Danke, nein.«

Knox lachte. »Was denkt Ihr? Dass ich versuche, Euch um die Ecke zu bringen?« Er schob beide Gläser über den Tresen. »Hier. Sucht Euch eins aus, ich trinke aus dem anderen. Zerstreut das Eure Bedenken?«

Sebastian trat entschlossen zu ihm und wählte eines der Gläser mit der bernsteinfarbenen Flüssigkeit aus.

Mit einem Strahlen in den gelben Augen hob Knox das andere an die Lippen und trank in einem großen Zug. »So. Wollen wir abwarten, bis ich auf den Boden falle und anfange, in Todeszuckungen herumzustrampeln?« Er nahm noch einen Schluck und ließ den Brandy dieses Mal auf der Zunge rollen. »Guter Stoff. Kommt von einem Château bei Angoulême.«

»Und wie ist er in Ihren Keller gelangt?«

Knox lächelte. »Wollt Ihr mir weismachen, Ihr hättet keinen französischen Brandy im Weinkeller?«

»Arceneaux stammte aus Saint-Malo, ebenfalls eine Weingegend. Er hat mir mal erzählt, dass sein Vater einen Weinberg besaß. Vielleicht haben Sie ihn dort kennengelernt.«

Knox lächelte nicht mehr. »Ich hab doch schon gesagt, ich bin ihm nie begegnet.«

»Ich werde es so oder so herausfinden, wissen Sie.«

»Dann kommt wieder her. Wie die Dinge liegen, habt Ihr nix gegen mich in der Hand als Mutmaßungen.«

»Sind Sie sich da so sicher?«

»Wenn Ihr irgendwas in der Hand hättet, das als Beweis taugt, wär ich jetzt schon in der Bow Street und müsst den Untersuchungsrichtern Rede und Antwort stehen. Nit Euch.«

»Danke für den Brandy.« Sebastian stellte sein Glaus auf den Tresen und drehte sich zum Ausgang um.

»Ihr habt Euer Gewehr vergessen«, rief ihm Knox hinterher.

»Behalten Sie's. Vielleicht brauchen Sie es wieder.«

Der Kneipenbesitzer lachte auf; seine Stimme klang laut und klar. »Erinnert Ihr Euch daran, dass ich Euch sagte, mein Vater war ein Kavallerieoffizier?«

Sebastian blieb mit der Hand am Türgriff stehen und sah zurück.

Knox stand noch immer hinter der Theke. »Ich hab gelogen. Meine Mutter wusste nie ganz sicher, wer von den drei Dreckskerlen, mit denen sie geschlafen hat, mich in ihren Bauch gepflanzt hat. Sie war eine junge Schankdirne namens Nellie. Im *Crown and Thorn* in

Ludlow. Die Frau, die mich großgezogen hat, sagte, Nellie hätte behauptet, mein Pa könnte entweder ein britischer Lord, ein Walisischer Hauptmann oder ein Stallbursche vom fahrenden Volk gewesen sein. Hätt sie lang genug gelebt, hätte sie meinen tatsächlichen Erzeuger wahrscheinlich in mir wiedererkannt. Aber sie ist schon gestorben, als ich noch 'n winziges Wickelkind war.«

Sebastians Haut wurde heiß; die Abschürfungen auf seinen Wangen stachen. Trotzdem durchlief ihn eine eigenartige Empfindung, als wäre er außerhalb seines Körpers und nur ein gleichgültiger Beobachter dessen, was gesagt wurde.

Knox sagte: »Neulich habe ich den Earl of Hendon am Grosvenor Square gesehen. Der sieht kein bisschen so aus wie ich. Aber mir ist aufgefallen, dass er auch kein bisschen wie Ihr aussieht. Richtig?«

Sebastian öffnete die Tür und schritt hinaus in die warme, windumtoste Nacht.

Kapitel 40

Der Sturm brach kurz vor der Morgendämmerung los. Jaulender Wind trieb dichte Regenvorhänge vor sich her durch die Straßen, und der Donner ließ mit der wilden Kraft eines Artilleriefeuers die Fenster in den Einfassungen klirren.

Sebastian stand auf der Rückseite seines Hauses in der Brook Street auf der Terrasse und stützte sich mit ausgebreiteten Armen auf der Balustrade zum Garten ab. Er hatte den Kopf in den Nacken gelegt und ließ mit geschlossenen Augen den Regen auf sich herabprasseln.

Als er noch ein sehr kleiner Junge gewesen war, hatte seine Mutter ihn oft zu Spaziergängen im Regen mitgenommen. Bei warmem Wetter hatte sie ihn im Sommer manchmal ohne Kappe laufen lassen. Im Regen legten sich seine Haare dann platt an den Kopf, und die Tropfen fielen von seiner Nase hinunter. Er hatte versucht, sie mit der Zunge aufzufangen, und sie schimpfte nicht mit ihm. Das tat sie auch nicht, wenn er durch jede Pfütze, die er finden konnte, watete und platschte und fröhlich quietschte, wenn das Wasser unter seinen stampfenden Füßen hochspritzte.

Seine liebsten Spaziergänge waren jedoch diejenigen in Cornwall gewesen, wenn der Sturmwind die Küste peitschte und sie ihn schnappte und mit zu den Klippen nahm. Dort standen sie Seite an Seite und waren von

der Kraft des Windes und dem Zorn der Wellen
fasziniert, die mit beeindruckendem Brausen gegen die
Felsen schlugen. Sie rief dann: »Oh, Sebastian, spürst
du das? Ist das nicht großartig?« Und der Wind prallte
gegen sie, ließ sie einen Schritt zurücktaumeln, und sie
lachte laut, spreizte die Arme im Wind und schloss die
Augen, gab sich ganz dem puren Rausch des
Augenblicks hin.

Er verlor sich so sehr in der Vergangenheit, dass er
nicht hörte, wie sich die Tür hinter ihm öffnete. Es war
ein anderer Wahrnehmungssinn, der ihm mit
plötzlicher Gewissheit klarmachte, dass er nicht mehr
allein war.

»Devlin?«

Er drehte sich um und sah Hero in der Tür stehen. Sie
trug noch ihr elfenbeinfarbenes Kleid mit den
staubrosafarbenen Bändern, und er fragte sich, ob sie
aufgewacht war und sich angekleidet hatte, um zu ihm
zu kommen, oder ob sie noch gar nicht zu Bett gewesen
war.

Er hatte sich den zerrissen, blutgetränkten Mantel
und die Weste vom Leib gerissen, trug aber noch sein
ruiniertes Hemd mit dem schiefen Kragen. »Mein
Gott«, sagte sie, und ihre Augen wurden groß, »du bist
ja blutbedeckt.«

»Es ist nicht meines. Philippe Arceneaux ist tot.«

»Hast du ihn umgebracht?«

»Warum sollte ich? Ich habe ihn geschätzt.«

Sie trat in den Regen, die schweren Tropfen
hinterließen dunkle Flecken auf der feinen Seide ihres
Kleides. Sie hob die Hand und berührte seine Wange.
»Du bist verletzt.«

»Nur ein paar Kratzer.«

»Was ist geschehen?«

»Derjenige, der Arceneaux ermordet hat, hat aus einer Entfernung von dreihundert Metern auf ihn geschossen. Im Dunkeln.«

»Wer kann auf solche Entfernung so gut zielen?«

»Zum einen ein Kneipenbesitzer aus Bishopsgate und ehemaliger Grenadier namens Jamie Knox.«

»Warum sollte ein Kneipenbesitzer Arceneaux töten wollen?«

»Das weiß ich nicht.« Er blickte auf den windgepeitschten Garten hinaus. Ein gezackter Blitz zerschnitt den Himmel. Der Regen strömte herunter. »Zu vieles weiß ich nicht, und deshalb sterben weiterhin Leute.«

»Das ist nicht deine Schuld. Du tust alles, was du kannst.«

Er sah sie wieder an. »Das ist nicht genug.«

Sie schüttelte den Kopf, und um ihre Lippen lag ein seltsames Lächeln. In der Dunkelheit sahen ihre Augen unwirklich, beinahe leuchtend aus. Der Regen lief ihr über die Wangen und tropfte von ihren nassen Haarspitzen herunter, durchweichte das Mieder ihres Kleides und ließ ihre hohen, runden Brüste durch die dünne Seide ihres Gewands deutlich hervortreten.

Heiser sagte er: »Du ruinierst dein Kleid. Du musst hineingehen.«

»Du doch auch.«

Sie blieben stehen.

Langsam ließ sie die Hand in seinen Nacken gleiten, strich mit dem Daumen in einer zarten Liebkosung über seine Kehle und versank in seinem Blick. Dann legte sie, die Augen weit offen, den Kopf etwas zur Seite und berührte mit den Lippen seinen Mund.

Er öffnete die Lippen für sie und trank von ihrem Kuss, schob in ihrem Rücken die Hände nach oben. Er spürte ihr Zittern. Doch bevor er sie an sich ziehen konnte, glitt sie von ihm weg.

Sie blieb in der Tür stehen und warf einen Blick zurück. Er sah, wie ursprüngliche, nackte Emotionen über ihr Antlitz glitten – Schuld, Reue und ein tiefes, hoffnungsloses Sehnen. Sie sagte: »Wenn das alles überstanden ist, müssen wir ... wieder von vorn anfangen.«

Der Regen stürzte auf ihn herab, und der Wind bauschte sein nasses, blutbeflecktes Hemd und legte ihm die Haare platt an den Kopf. Es war ihm bewusst, wie spät es war, und er spürte ihre vollen Lippen noch. Unerwartet durchlief ihn ein instinktives Begehren für diese Frau, die die Mutter seines ungeborenen Kindes war. Sie war die Tochter seines Feindes.

Er sagte schroff: »Und wenn es nie überstanden ist?«

Aber darauf hatte sie keine Antwort, und die Frage hing noch in der Luft, nachdem sie lange gegangen war.

Freitag, 7. August

Am nächsten Morgen fiel der Regen immer noch aus dem stahlgrauen Himmel herab, als Sebastian die Stufen zum eleganten Mayfair-Stadthaus seiner Schwester Amanda Lady Wilcox erklomm.

Die Tür wurde von Lady Wilcox' erfahrenem und üblicherweise stoischen Butler geöffnet, der einen

Schritt zurückprallte und mit zugleich konsternierter wie erschreckter Stimme sagte: »Mylord Devlin!«

»Guten Morgen.« Sebastian übergab dem Butler Hut, Handschuhe und Stock, dann ging er auf die Treppe zu. »Ich vermute, meine Schwester weilt noch im Frühstückszimmer?«

»Ja, aber ... Mylord ...«

Sebastian nahm zwei Stufen auf einmal. »Bemühen Sie sich nicht, ich kündige mich selbst an.«

Er traf seine Schwester an einem kleinen Tisch an, von dem aus sie über den verregneten Garten blicken konnte. Vor ihr stand ein leerer Teller. Sie hatte in der *Morning Post* gelesen, sah bei seinem Eintreten jedoch auf und hielt eine rosa geblümte Teetasse auf halbem Weg zu ihren gespitzten Lippen in der Luft.

»Guten Morgen, Amanda«, sagte er launig.

Sie setzte die Tasse so heftig ab, dass die Flüssigkeit über den Rand schwappte. »Großer Gott. Du bist das.«

Amanda, die Erstgeborene des Earl of Hendon und seiner schönen, umtriebigen Countess war nie eine sehr attraktive Frau gewesen. Sie hatte zwar die zierliche, elegante Gestalt und das goldene Haar ihrer Mutter geerbt, doch ihre grobknochigen Züge verdankte sie Hendon, und im Alter von zweiundvierzig Jahren konnte man ihre Veranlagung deutlich von ihrem Antlitz ablesen.

Sie trug ein schlichtes, taubengraues Morgenkleid mit hochangesetzter Taille und Spitzenrüschen entlang des Ausschnitts, denn sie war erst seit anderthalb Jahren verwitwet und deshalb noch in Trauer. Sebastians Rolle beim Tod ihres Gatten war ein Thema, über das die beiden nicht sprachen.

Sie griff nach ihrem Tee, und ihre Mundwinkel wanderten herunter, als sie daran nippte. »Was willst du?«

Ohne auf die Aufforderung zu warten, sich zu setzen, mit der er gar nicht rechnete, zog er sich einen Stuhl heraus und ließ sich darauf nieder. »Ich freue mich auch, dich zu sehen, liebe Schwester.«

Sie schnaubte leise. »Ich habe schon gehört, dass du es wieder nicht lassen konntest und dich erneut in Mordermittlungen hast ziehen lassen; dieses Mal auch noch in den Fall der Schwester eines einfachen Advokaten. Man hätte sich doch erhofft, dass deine kürzliche Heirat diesem plebejischen Unfug ein Ende setzen würde. Aber ganz offenkundig ist das nicht der Fall.«

»Offenkundig«, sagte Sebastian trocken.

Sie schnaubte erneut, erwiderte jedoch nichts.

Er ließ den Blick über ihre vertrauten Gesichtszüge wandern, die verkniffenen Lippen, die breite, leicht knollige Nase, die so sehr an ihren Vater gemahnte, und die stechend blauen St. Cyr-Augen, die sie ebenfalls von ihrem Vater geerbt hatte. Er war ihr Bruder – oder zumindest ihr Halbbruder, ihr einziger lebender und anerkannter direkter Verwandter. Dennoch hasste sie ihn mit solch roher und tiefsitzender Inbrunst, dass es ihm manchmal den Atem nahm.

Als Hendons erstgeborenes Kind hätte sie alles geerbt – Land, Vermögen und Titel –, wäre sie nur ein Junge gewesen. Doch da sie ein Mädchen war, hatte man sie nur mit einer Mitgift versehen und verheiratet. Es war eine ansehnliche Mitgift gewesen, zweifellos, aber im Vergleich zu allem, was einst Sebastian gehören würde, nur eine Kleinigkeit. Ihre beiden Kinder, Bayard, der neue Lord Wilcox und Stephanie, seine achtzehnjährige Schwester, waren Wilcox'. Nach dem Gesetz der männlichen Erbfolge stand ihnen nichts von den Liegenschaften der St. Cyrs zu.

Das war die gesellschaftliche Norm. Aus irgendeinem Grunde hatte Amanda in ihrem Sturkopf dennoch in ihrem tiefsten Innern immer geglaubt, dass man sie irgendwie um das betrogen hatte, was von Rechts wegen ihr zustehen sollte. Sogar Richard und Cecil, Hendons beiden älteren Söhnen, hatte sie deshalb Vorwürfe gemacht. Doch ihren tiefsten Hass hatte sie sich immer für Sebastian aufgespart. Denn sie wusste – oder vermutete zumindest – von Anfang an, dass dieser letzte Sohn der Countess of Hendon nicht wirklich ein leiblicher Sohn des Earls war.

Sie setzte ihre Teetasse wieder ab. »Weshalb auch immer du hergekommen bist, sag es und verschwinde wieder, damit ich in Ruhe meine Zeitung fertig lesen kann.«

»Ich möchte etwas über den Dezember vor meiner Geburt wissen. Wie gut kannst du dich daran erinnern?«

Sie zuckte mit der Schulter. »Gut genug. Ich war elf. Warum fragst du?«

»Wo hat Mutter damals Weihnachten verbracht?«

Sie dachte einen Augenblick darüber nach. »In Lumly Castle bei Durham. Warum?«

Sebastian erinnerte sich noch recht gut an Lady Lumly, denn sie war eine von Mutters besonderen Freundinnen gewesen, fast so lebensfroh und schön – und treulos – wie die Countess selbst.

Er sah, wie sich Amandas Pupillen vergrößerten, und bemerkte das leicht herablassende Lächeln, das die Furchen in ihren Mundwinkeln noch tiefer einprägte, und er wusste, dass sie die Gründe für seine Frage nur zu gut verstand. »Ich kann es mir zusammenrechnen, Sebastian. Du versuchst herauszufinden, wer in dem Winter ihr Liebhaber war, nicht?«

Er erhob sich, ging zum Fenster, das auf den Garten hinauswies, und wandte ihr den Rücken zu. Im Regen wirkte das Tageslicht fahl und dünn, das triefende Gebüsch dunkelgrün, und die nassen Schieferplatten der Terrasse glänzten dunkel. Als er ihr nicht antwortete, lachte sie gehässig. »Unter den gegebenen Umständen ist das verständlich, aber du gehst leider von der Annahme aus, dass sie sich nur einen Liebhaber zur Zeit hielt. Sie konnte sehr schamlos sein, musst du wissen.«

Ihre höhnischen Worte jagten einen Schauder der Wut durch ihn. Es erschreckte ihn, als er erkannte, dass sein Beschützerinstinkt gegenüber Sophie, den er bereits als Junge empfunden hatte, noch immer in ihm aufglühte, trotz all ihrer Lügen, trotz ihres grausamen und zerstörerischen Betrugs und der Vernachlässigung an ihm.

»Und an jenem Weihnachten?«, fragte er und kämpfte um eine gleichmütige Stimme. Er hielt den Blick weiter auf die Szenerie vor dem Fenster gewandt.

»Daran kann ich mich nicht wirklich erinnern.«

Er beobachtete, wie sich die Führstöcke der Kletterrosen im Wind bogen und sah die Regentropfen, die einander an der Fensterscheibe jagten.

Amanda erhob sich. »Du willst also wirklich wissen, wer unserer Mutter den wertvollen kleinen Bastard verpasst hat? Tja, dann sage ich es dir. Es war ihr Bursche. Ein niederer, stinkender *Bursche*.«

Er drehte sich um und blickte ihr ins vertraute und verkniffene Antlitz. Er glaubte ihr nicht. Er weigerte sich schlicht.

Sie musste in seinen Augen erkannt haben, dass er alles, was sie gesagt hatte, zurückwies, denn sie stieß ein missfälliges, grelles Lachen aus. »Du glaubst mir nicht, oder? Na, ich habe die beiden *gesehen*. In jenem Herbst auf den Klippen über dem Meer in Cornwall. Er lag auf dem Rücken, und sie hat ihn geritten. Es war der ekelhafteste Anblick, den ich je ertragen musste. Jeb war seine Name, glaube ich. Oder vielleicht Jed, oder etwas ähnlich Vulgäres.«

Er blickte in die hasserfüllten, blauen Augen seiner Schwester und spürte eine fast körperliche Abscheu. »Ich glaube dir nicht«, sagte er laut.

»Glaub es nur«, höhnte sie. »Ich sehe ihn jedes Mal, wenn ich dich anschaue. Oh, sein Haar war vielleicht dunkler als deines, und vielleicht war er nicht so groß. Aber ich habe nie daran gezweifelt.«

Eine plötzliche Windbö peitschte den Regen mit erschreckend lautem Rattern gegen das Fenster.

Er wollte fragen, ob der Bursche zum fahrenden Volk gehört hatte, doch er wollte sich dieser kalten, zornigen Frau gegenüber nicht verraten, die ihn mehr als alle anderen Menschen in ihrem Leben hasste. Also fragte er stattdessen: »Was ist aus ihm geworden?«

»Weiß ich nicht, und es ist mir auch egal. Er ist weggegangen. Das allein war für mich wichtig.«

Sebastian ging zur Tür, blieb stehen und sah noch einmal zu ihr zurück. Sie stand mit geballten Fäusten da, und ihr Gesicht war vor Hass und irgendeiner weiteren Emotion rot und verzerrt.

Er brauchte eine Weile, doch dann erkannte er sie.

Es war Triumph.

Sir Henry Lovejoy zögerte am Ausgang der Bow Street-Behörde und zog eine Grimasse, als er auf den dauernden, vom Wind schräg gepeitschten Regen blickte. Von den Traufen platschte das Wasser herunter und schwoll im Rinnstein an, während es von den großen Fenstern des Gebäudes aufstob. Mit einem Seufzen wollte er den Schirm aufspannen und in den Wolkenbruch hinaustreten, da fiel ihm ein Gentleman auf, der vom *Brown Bear* quer über die Straße auf ihn zu kam.

Es war ein großer, militärisch aussehender Gentleman, dem die Elemente anscheinend nichts anhaben konnten. Die zahlreichen Schultercapes seines Mantels wirbelten um ihn herum, als er über den vollen Rinnstein sprang. »Ach, Sir Henry, nicht wahr?«, sagte er und blieb auf dem Bürgersteig stehen. »Ich bin Colonel Urquhart.«

Lovejoy schluckte mühsam und verneigte sich ungeschickt. Der Colonel war dafür bekannt, einer von Jarvis' Männern zu sein. »Colonel. Wie kann ich Ihnen helfen?«

»Ich habe gehört, Sie stehen der Suchaktion nach dem Mörder der Tennyson-Familie vor.«

»Das ist richtig. Tatsächlich wollte ich soeben …«

Urquhart schob die Hand in Lovejoys Armbeuge und zog ihn zurück ins Büro. »Wollen wir ein trockenes und ungestörtes Plätzchen finden, um uns etwas zu unterhalten?«

Kapitel 41

Seit Kurzem hatte Kat Boleyn es sich zur Gewohnheit gemacht, den Blumenmarkt in der Castle Street, nicht weit weg vom Cavendish Square, zu besuchen. Sie hatte festgestellt, dass sie dort einen seltenen, flüchtigen Moment des Friedens inmitten der fröhlich bunten Reihen von Rosenstöcken, Lavendel und verspielten Blumensträußen fand. Manchmal war die Schönheit einer Blüte oder die ferne Erinnerung eines Duftes so berauschend, dass sie sie in ein anderes Leben und an einen anderen Ort zurückbrachten.

Der morgendliche Regen hatte endlich aufgehört und kühle, saubere Luft mit dem süßlichen Geruch nach feuchtem Stein hinterlassen. Sie ging eine Weile zwischen den Ständen umher, den Korb trug sie locker über einem angewinkelten Arm. Erst, als sie bei einem Mann stehenblieb, der kleine Orangenbäumchen in Blumentöpfen verkaufte, bemerkte sie, dass sie beobachtet wurde.

Als sie aufsah, erblickte sie eine große Adlige in einem erstklassig geschneiderten, grünen Ausgehgewand aus feinster Seide, das mit lila Paspeln abgesetzt war. Sie hatte die gebogene Nase und intelligenten, grauen Augen ihres Vaters. Nur den überraschend sinnlichen Mund hatte sie nicht von ihm geerbt.

»Wissen Sie, wer ich bin?«, fragte Devlins frischgebackene Viscountess mit rauchiger Stimme, die ihr auf der Bühne ein Vermögen hätte einbringen können, wäre sie in einer weniger hohen gesellschaftlichen Schicht geboren.

»Ja.«

In stiller Übereinkunft wandten die beiden Frauen sich in Richtung Oxford Market, gingen hinter einer Gesangsgruppe farbiger Männer vorbei und zwischen Straßenhändlern durch, die von Äpfeln bis zu frittiertem Aal alles feilboten. Nach einer Weile sagte Kat: »Ich nehme an, Ihr sucht mich aus einem bestimmten Grund auf.«

»Ich möchte wissen, ob Sie jemanden kennen, der Devlin letzte Nacht beinahe ermordet hat.«

Ein schmerzhafter Stich der Angst stieß Kat in die Brust und nahm ihr den Atem. »Geht es ihm gut?«

»Ja. Aber der Mann, der neben ihm stand, ist tot. Jemand hat ihm aus ungefähr dreihundert Metern Entfernung ins Herz geschossen.«

Kat kannte nur einen Mann, der dazu fähig war, einen solchen Schuss zu landen. Zwei, wenn sie Devlin mitzählte. Doch dieses Wissen behielt sie für sich.

Die Viscountess sagte: »Ich glaube, Sie kennen einen Kneipenbesitzer namens Jamie Knox.«

»Ich habe von ihm gehört«, antwortete Kat vorsichtig.

Die Viscountess warf ihr einen Seitenblick zu. »Ich sollte Ihnen vielleicht sagen, dass ich über Russell Yates und seine ... diversen Aktivitäten im Bilde bin.« Sie hielt inne, dann fuhr sie fort: »Ich habe meine Informationen nicht von Devlin.«

Kat verstand nur zu gut, was das bedeutete. Kats eigene Begegnungen mit dem Vater dieser Frau, Lord Jarvis, waren entsetzlich, angsteinflößend und nahezu tödlich verlaufen. Er hatte ihr Folter und einen grausamen Tod versprochen, und auch wenn die Drohung schwächer geworden war, so war sie doch nicht verschwunden. Kat wusste, dass er nur auf die richtige Gelegenheit wartete zuzuschlagen. Sie musste auf ihre jahrelange Übung als Theaterschauspielerin zurückgreifen, um ihre Stimme fest klingen zu lassen. »Und?«

»Soweit ich es begriffen habe, ist dieser Knox einer der –sagen wir ›Geschäftspartner‹? – Ihres Ehemannes.«

Abrupt blieb Kat stehen und wirbelte zu ihr herum. »Was genau wollt Ihr sagen?«

Die Viscountess erwiderte ihren Blick. »Ich glaube, dass Knox für Devlin gefährlich ist. Ich glaube außerdem, dass Sie mehr über den Mann wissen, als Sie zugeben wollen – selbst Devlin gegenüber.«

Kat bemerkte die dunkler werdenden Wolken, die sich über ihnen zusammenballten und erneut Regen verhießen. Sie spürte die Feuchtigkeit schon im Wind und roch den erdigen Duft der Gemüsesorten auf den Marktständen.

Als sie schwieg, sagte die Viscountess: »Ich verstehe die Schwierigkeiten, die aus einer geteilten Loyalität heraus erwachsen.«

Kat lachte erschrocken auf und nahm den Weg wieder auf. »Na, ich schätze, das ist noch eine weitere Sache, die wir beide gemeinsam haben, nicht wahr?«

»Zumindest versucht mein Vater nicht, Devlin zu töten.«

Kat warf ihr einen Seitenblick zu. »Könnt Ihr Euch da so sicher sein?«

In den Augen der anderen glomm etwas auf, das sie rasch verbarg. Sie gingen am Rand des Platzes weiter, bis die Viscountess sagte: »Ich weiß nicht genau, was letzten Winter geschehen ist, das die Entfremdung zwischen Ihnen und Devlin herbeigeführt hat. Aber ich glaube, dass er Ihnen noch immer etwas bedeutet – zumindest genug, dass Sie ihn nicht verletzt oder tot sehen wollen.«

»Ich glaube, Ihr unterschätzt Euren Ehemann.«

»Er ist sterblich.«

Erneut blieb Kat stehen. Der Wind ließ die Decken der Marktstände flattern und trieb Flugzettel über die nassen Pflastersteine. Sie sagte: »Weshalb seid Ihr hergekommen?«

In den Augen ihres Gegenübers glomm überraschend Belustigung auf. »Ich sollte doch annehmen, dass das recht offenkundig ist.«

»Großer Gott«, flüsterte Kat, als plötzliches Verstehen in ihr dämmerte. »Ihr liebt ihn.«

Anstatt zu antworten neigte die Viscountess nur den Kopf und drehte sich um.

»Warum habt Ihr solche Angst davor, es einzugestehen?«, rief Kat ihr hinterher. »Ihr wollt es nicht einmal Euch selbst eingestehen, oder?«

Sie dachte, die andere würde einfach weitergehen. Doch stattdessen blieb die Viscountess stehen und blickte zu ihr zurück. »Ich hätte erwartet, dass Sie das besser als jede andere verstehen würden.«

»Er ist nicht mehr mein Geliebter«, sagte Kat, die exakt wusste, was Lady Devlin meinte. »Schon seit fast einem Jahr nicht mehr.«

»Nein. Aber das bedeutet ja nicht, dass er Sie nicht mehr liebt ... und Sie ihn.«

»Devlin wird mich immer lieben«, erwiderte Kat. »Ganz gleich, wen er noch lieben wird. Er gibt seine Liebe nicht leichtfertig, aber wenn er einen Menschen in sein Herz hineinlässt, wird er für immer dort bleiben. So ist er einfach. Aus demselben Grund wird er Hendon immer lieben, so sehr er sich auch wünscht, es wäre anders.«

Kat sah die Überraschung in den Augen der anderen Frau, und sie dachte: *Oh, Sebastian, du hast es ihr nicht gesagt. Warum hast du es ihr nicht gesagt?*

Laut sagte sie: »Seid Ihr Jamie Knox je begegnet?«

»Nein, warum?«

Weil Ihr es wüsstet, sobald Ihr ihn sähet, dachte Kat. Doch sie sagte nur: »Ihr habt recht, er ist gefährlich. Um Euret- und um Devlins willen wäre es besser, Ihr bleibt ihm fern.«

Bei jeder anderen Frau hätte die Warnung vielleicht gegriffen. Doch dies war die Tochter von Jarvis. Kat sah, wie es in den Augen der Viscountess nachdenklich aufglomm.

Und sie wusste, dass sie soeben einen schrecklichen Fehler begangen hatte.

Sebastian verließ das Haus seiner Schwester und fuhr durch den dichter werdenden Regen zur Strand.

Er ging zu einem Metzger in der Nähe der Villers Street und kaufte ein Stück Schinken, dann setzte er seinen Weg zu dem halb erschlossenen Land fort, das seitlich der Straße steil zu der Stelle abfiel, an der sich der neue Brückenkopf erhob. Die Themse war vom

Regen zum reißend fließenden Gewässer angeschwollen. Sie umspülte als pockennarbiger, schmutziger Strom die neuen Pfeiler. Vor dem dunklen Himmel hoben sich die aufstrebenden Brückenbögen scharf und hell ab.

Er hielt die Kutsche an und ließ den Blick über die Baustelle schweifen. Weit zur Linken erhob sich die neoklassizistische Fassade des neuen Somerset House, in dem es wie immer von den üblichen Beamten nur so wimmelte. Zur Rechten lag die Savoy Chapel mit dem zugehörigen Friedhof, die einzigen noch vorhandenen Überbleibsel des riesigen mittelalterlichen Palastes, der einst an dieser Stelle gestanden hatte. Im tristen Tageslicht sahen der vom Regen aufgewühlte Matsch, das tropfnasse Gestrüpp und die geborstenen Mauern verloren und leer aus.

Am Abend zuvor hatte Sebastian in der guten Stunde, die verging, nachdem er die Bow Street über die Ermordung von Arceneaux informiert hatte und bevor Sir Henry eingetroffen war, die Ruinen in immer größer werdenden Umkreisen nach dem struppigen schwarzbraunen Hund mit der weißen Blesse auf der Nase und einer Schwäche für Schinken abgesucht. Erfolglos. Er war sich selbst nicht sicher, was er glaubte, heute erreichen zu können, das er in der vorangegangen Nacht nicht geschafft hatte, aber er fühlte den Drang, es zu versuchen.

»Wenn du ein verletzter Hund wärest«, sagte er zu Tom, »wohin würdest du gehen?«

Der *Tiger* verzog angestrengt nachdenkend das Gesicht und betrachtete wie Sebastian das regennasse

Flussufer. Nach einer Weile sagte er: »Sind wir nicht ein Stück flussabwärts vom Adelphi?«

»Ja.«

»Na, wenn der Franzosenleutnant oft bei Miss Tennyson und den zwei Buben war, dann schätz ich mal, sein kleiner Hund is v'lleicht dorthin gegangen – falls er's noch so weit geschafft hat. In den Gewölben unter der Terrasse gibt's doch haufenweise Verstecke.«

Sebastian griff nach dem Schinken. »Tom, du bist ein Genie.«

Kapitel 42

Sebastian ging über die neugierigen Blicke und obszönen Kommentare hinweg, die ihm folgten, und tauchte tief in die feuchtkalte, düstere Welt unter der Oberfläche des Adelphi-Komplexes ein.

»Chien«, rief er und packte den Schinken aus. »*À moi*, Chien. Chien?«

Er stapfte durch die Warenlager der Weinhändler, und die verärgerten Rufe und Drohungen der Eigentümer folgten ihm. Er stolperte über staubige Kohlehaufen und drang tief in die feuchten Winkel der riesigen Stallungen der Werft vor.

»Chien?«

Mit einer Hand auf der Hüfte blieb er stehen, sah die trägen Staubkörnchen, die im schummrigen Licht glitzerten, und atmete den Geruch reifen und feuchten Heus ein. »Chien!«, schrie er, und seine Stimme hallte in dem höhlenartigen Raum mit den hohen Bögen wider.

Er stieß frustriert einen langen Atemzug aus und wandte sich zum Gehen um ...

Da hörte er ein schwaches, jämmerliches Winseln.

»Kannst du ihm helfen?«, fragte Sebastian.

Paul Gibson blickte auf den Hund hinunter, der ausgestreckt und hechelnd auf dem Tisch im vorderen Raum seiner Praxis lag. »Na, ich nehme an, so arg unterscheiden sich Hunde nicht von Menschen, wenn es ums Wesentliche geht.« Er untersuchte mit sanften Fingern die blutige Wunde in der Schulter des Hundes und runzelte die Stirn. »Lass mich mit ihm allein. Ich sehe, was ich tun kann.«

»Danke.« Sebastian wandte sich der Tür zu.

»Aber wenn irgendetwas hiervon an die Ohren meiner geschätzten Kollegen am St. Thomas's dringt«, rief Gibson ihm hinterher, »dann werde ich dir nie verzeihen.«

Die antike, rußgeschwärzte Kirche von St. Helen's Bishopsgate kauerte wie eine räudige Henne inmitten des aufgeschwemmten Kirchhofs.

Hero hatte die Kapuze ihres einfachen Capes zum Schutz vor dem Nieselregen hochgezogen und wanderte zwischen den überwucherten grauen, flechtenbewachsenen Grabsteinen und geborstenen Gräbern umher. Sie verengte die Augen, als sie den Hof des giebelständigen Armenhauses betrachtete, das mit der Rückseite zum Grundstück der ehemaligen Priorei stand. Der Himmel hatte eine bleigraue Farbe angenommen, und die belaubten Äste der Ulmen hingen regenschwer herunter. Sie konnte den Verlauf der römischen Mauer leicht erkennen, die Gabrielle hier einst untersucht hatte. Sie verlief von der Rückseite des Kirchhofes aus entlang dem Hof der Taverne und verschwand zwischen dem *Black Devil* und dem baufälligen Gebäude daneben.

Sie war von ihrer Begutachtung des alten Bauwerks so in Anspruch genommen, dass sie eine Weile brauchte, bevor sie den großen, ganz in schwarz gekleideten Gentleman bemerkte, der auf sie zu kam.

Er trug schwarze Hosen, die in hohen, schwarzen Stiefeln steckten, einen schwarzen Mantel und eine schwarze Weste. Nur sein Hemd war weiß, und die Spitzen des Kragens hoben sich scharf vor der dunklen Krawatte ab. Er hatte die schlanke, geschmeidige Statur eines Soldaten und die Anmut eines geborenen Athleten. Sein Haar war noch dunkler als das von Devlin, wobei er die gleichen hohen Wangenknochen und das feingliedrige Gesicht wie Devlin hatte. Aber vor allem seine Augen zogen sofort ihre Aufmerksamkeit auf sich und fesselten sie. Da wusste sie auch, warum Kat Boleyn sie vor diesem Mann gewarnt hatte, und verstand genau, vor welchem Anblick die Schauspielerin sie hatte bewahren wollen – und vor welchen Schlussfolgerungen.

»Ich weiß, wer Ihr seid«, sagte er und blieb vielleicht fünf Schritte vor ihr stehen.

»Dann haben Sie mir gegenüber einen Vorteil.«

Er verbeugte sich vor ihr und ließ nur den Hauch von Spott erkennen. »Ich bitte um Verzeihung. Darf ich mich vorstellen? Mr Jamie Knox, zu Euren Diensten.«

Seine Aussprache war nicht die eines Gentlemans.

»Ah«, antwortete sie vielsagend.

Er richtete sich wieder auf. Das Lächeln auf seinen wohlgeformten Lippen erreichte die Augen nicht. »Warum seid Ihr hier?«

»Wieso glauben Sie, dass ich aus einem anderen Grund hier bin, als um die Architektur und die Bauten von St. Helen's zu betrachten? Wussten Sie, dass dies einst die Pfarrkirche von William Shakespeare war?«

»Nein. Aber ich glaube nit, dass Ihr wegen einem längst toten Schreiberling hier seid. Spioniert Ihr uns aus?«

»Wenn ich das täte, würde ich dann etwas von Interesse entdecken?«

Unerwartet verzog er die Lippen zu einem breiteren, ehrlichen, wenn auch sardonischen Lächeln, und einen Augenblick sah er Devlin dermaßen ähnlich, dass es ihr beinahe den Atem nahm. Er sagte: »Wie ich sehe, habt Ihr Eure Kutsche in der Straße parken lassen. Keine kluge Entscheidung.«

Sie zog die Braue hoch, um Hochmut vorzutäuschen. »Drohen Sie mir?«

Er lachte. »Ich? Ach nein. Aber das ist hier nicht die beste Nachbarschaft. Man weiß nie, was einer jungen feinen Dame wie Euch an einem nassen, trüben Tag wie heute zustoßen kann, wenn sie allein ist.«

Sie ließ die rechte Hand in ihr Retikül gleiten, das schwer an ihrem Arm herunterhing. »Ich bin besser in der Lage, mich zu verteidigen, als Sie vielleicht annehmen.«

Eine Windbö bewegte die Baumwipfel über ihnen und ließ eine Kaskade Regentropfen auf die alten Grabsteine und das nasse Gras prasseln.

»Das ist gut zu wissen«, sagte er und blickte sie unverwandt an. Dann trat er einen Schritt zurück und tippte sich an den Hut. »Grüßt Euern Ehemann von mir.«

Und er ging davon. Sie blickte ihm hinterher und fragte sich, wie er hatte wissen können, wer sie war, wenn sie ihm vor diesem Tage noch nie begegnet war.

Sebastian zog sich in seinem Ankleideraum gerade das blutige und kohlengeschwärzte Hemd über den Kopf, als er den Türklopfer an der Haustür hörte. Er griff nach der Karaffe und kippte heißes Wasser in die Waschschüssel.

Aus der Halle unten klang ein ärgerlicher Ruf nach oben, gefolgt von einem Handgemenge und raschen Schritten auf der Treppe.

»Sir!«, kam ein erboster Schrei von Morey. »Wenn Sie einfach im Kleinen Salon warten möchten, werde ich sogleich nachsehen, ob Seine Lordschaft ... Sir!«

Sebastian hielt inne und drehte den Kopf just in dem Augenblick zur Tür, als Charles Tennyson d'Eyncourt, ehrenwertes Parlamentsmitglied aus Lincolnshire, sich durch die Tür des Ankleidezimmers herein schob.

»Verfluchter intriganter Bastard«, schrie d'Eyncourt und blieb abrupt mitten in der Kammer stehen. Sein Gesicht war vom Erstürmen der Treppe gerötet, er ballte die Hände zu Fäusten, und seine Krawatte hing völlig schief. »Das ist alles Eure Schuld! Ihr habt mich ruiniert! Hört Ihr mich? Ihr habt mir eindeutig jegliche Hoffnung auf eine bedeutsame Zukunft in der Regierung zunichtegemacht.«

Sebastian nickte dem Majordomus zu, der an der Tür erschienen war. »Es ist gut, Morey, ich kann mich um diese Sache allein kümmern.«

Der Majordomus dienerte und zog sich zurück.

Sebastian griff nach einem Handtuch. »Sagen Sie mir bitte, wie ich Ihnen genau geschadet haben soll.«

Gabrielles Vetter starrte ihn mit geblähten Nüstern an und atmete erregt schnaubend ein und aus. »Es geht in der ganzen Stadt rund!«

Sebastian trocknete sich das Gesicht ab und rieb sich mit dem Tuch über die nasse Brust. »Was geht in der ganzen Stadt rund?«

»Die Sache über Gabrielle und ihren französischen Geliebten. Das ist Eure Schuld – Euer verfluchtes Beharren darauf, Eure Nase in die Privatangelegenheiten anderer Leute zu stecken. Ich hatte schon befürchtet, diese Liaison käme ans Licht.«

Sebastian hielt kurz inne und hob den Kopf. »Sie wussten über Leutnant Philippe Arceneaux Bescheid?«

Mit zusammengekniffenen Lippen und plötzlich verstummt erwiderte d'Eyncourt seinen Blick.

Sebastian warf das Handtuch zur Seite. »Woher? Woher wussten Sie es?«

D'Eyncourt richtete seine Aufschläge. »Ich habe sie zusammen gesehen. Tatsächlich hatte ich die Absicht, Hildeyard sogleich nach seiner Rückkehr nach London über das in Kenntnis zu setzen, was da vor sich ging. Nicht dass jemals ein Mensch Gabrielle erfolgreich hätte bremsen können, aber dennoch. Was sonst hätte ich tun können?«

»Wann haben Sie die beiden gesehen? Wann?«

»Ich sehe nicht, inwieweit das für Euch von irgendeinem ...«

Sebastian trat auf ihn zu, und der aufgeblasene, arrogante, selbstgefällige Schnösel wich zurück, bis er mit Rumpf und Schultern gegen den Kleiderschrank hinter sich stieß. »Ich frage nur noch ein Mal: Wann und wo?«

D'Eyncourt schluckte sichtlich mühsam und riss die Augen auf. »Zum ersten Mal bin ich durch Zufall auf sie gestoßen, im Park letzte ... irgendwann letzte Woche.

Sie waren dermaßen ekelhaft voneinander fasziniert, dass sie mich nicht einmal wahrnahmen. So hatte ich die Gelegenheit, sie zu beobachten, ohne bemerkt zu werden. Es war recht offensichtlich, woher der Wind zwischen den beiden wehte.«

Sebastian runzelte die Stirn. »Sie sagten, das war das erste Mal, dass Sie sie gesehen haben. Wann noch?«

D'Eyncourts Zunge glitt über seine Unterlippe. »Am Donnerstag. Er war auch da ... als sie die Konfrontation mit dem Kneipenbesitzer auf den York Steps hatte, ich habe Euch doch davon erzählt. Die beiden Männer wurden beinahe handgreiflich.«

»Arceneaux war bei ihr, als Gabrielle mit Knox disputierte?«

»Wenn Knox der Name des Kerls ist, ja.«

»Und als Sie mir von dem Zwischenfall erzählten – warum haben Sie da die Anwesenheit von Arceneaux unterschlagen?«

»Ich denke doch, dass meine Beweggründe evident sind. Meine Base ersten Grades in einer schlüpfrigen Affäre mit einem von Napoleons Offizieren? Habt Ihr denn eine Vorstellung, was das für meine politische Karriere bedeutet?«

Sebastian bemerkte ein Rinnsal, das ihm aus dem nassen Haar die Wange hinunterlief. »Ihretwegen ist ein Mann ums Leben gekommen, und Sie stehen da und heulen wegen Ihrer verfluchten politischen Karriere?«

D'Eyncourt hob die Hand und richtete seine Krawatte, streckte das Kinn hoch und dann zur Seite, als wolle er eine Verkrampfung im Nacken lösen.

»Welcher Mann soll Eurer Ansicht nach meinetwegen ums Leben gekommen sein?«

»Arceneaux!«

D'Eyncourt sah entgeistert aus. »Ich weiß nicht, wie Ihr auf den Gedanken kommt, mir diesen Tod anhängen zu können, aber wen schert es, ob er tot ist? Der Mann hat Gabrielle und meine Neffen getötet, oder ist Euch das noch nicht zu Ohren gekommen?«

Sebastian rieb sich mit der Rückseite des Arms über die nasse Wange. »Wovon sprechen Sie da, zum Teufel?«

Über d'Eyncourts selbstzufriedenes Gesicht glitt ein herablassendes Grinsen. »Anscheinend hat Arceneaux am Abend vor seinem Tod einem seiner französischen Offizierskollegen gestanden, dass er Gabrielle und die Jungen umgebracht hat.« D'Eyncourts Grinsen wurde breiter. »Was ist los? Hat die Bow Street etwa vergessen, Euch ins Licht zu setzen?«

Kapitel 43

Sir Henry Lovejoy blieb im Schutz der Bögen der langen Arkade stehen, die auf den Marktplatz von Covent Garden wies. Erneut hatte der Regen eingesetzt und stürzte als dichte, windgepeitschte Vorhänge auf die verlassenen Stände und Unterstände auf dem Platz. Er neigte nicht zu profanem Handeln, aber in diesem Augenblick war sein Drang, seinem Zorn über Charles Tennyson d'Eyncourt Luft zu machen, unleugbar.

Er schluckte und sagte zu dem Mann neben sich: »Ich möchte um Verzeihung bitten, Mylord. Es war nicht meine Intention, dass Ihr auf eine solche Weise von dieser Entwicklung hört.«

»Sorgen Sie sich nicht darum«, sagte Devlin. »Wie ist es dazu gekommen?«

»Heute Morgen kam ein Gentleman zur Behörde und berichtete, Arceneaux' Tod hätte einen französischen Offizierskollegen dazu bewegt, mit der Information vorzutreten.«

»Wie ist der Name des Offiziers?«

»Alain Lefevre – ein Hauptmann der Infanterie, glaube ich. In Badajos gefangengenommen. Er sagte, Arceneaux habe in einer Weinlaune eingestanden, Miss Tennyson im Laufe eines Streits unter Liebenden erstochen zu haben.«

»Und die beiden Jungen, Alfred und George?«

»Er sagte, Arceneaux hätte zunächst behauptet, die Reue über seine Tat wäre über ihn gekommen, sodass er die Jungen zurück nach London hätte bringen wollen. Aber dann hätte er Panik bekommen und die Jungen ebenfalls getötet, um seine Schuld zu verschleiern. Die Leichen der Kinder sind irgendwo in einem Wasser- oder Straßengraben versteckt. Wir haben Männer ausgeschickt, um die Straßen zwischen Camlet Moat und der Stadt abzusuchen, aber derzeit ist es zweifelhaft, ob die Leichen der armen Buben je gefunden werden.«

Devlin hielt den Blick auf den Platz gerichtet, auf dem der Wind lose Kohlblätter vor sich her trieb. »Ich würde gern mit diesem Lefevre sprechen.«

»Unglücklicherweise ist der Mann bereits auf dem Rückweg nach Frankreich.«

Devlin wirbelte mit dem Kopf zu ihm herum. »Er ist was?«

»Zur Belohnung für seine Kooperation. Soweit ich es verstanden habe, hielt man es für das Beste, ihn zum eigenen Schutz rasch aus dem Land zu befördern.«

Eine Bö pustete ihnen feinen Nebel ins Gesicht. Lovejoy nahm seine Brille ab und wischte sie mit seinem Schnäuztuch trocken, bevor er sie umständlich wieder aufsetzte. »Seine Aussage passt in der Tat zu den uns bekannten Fakten.«

»Nur, wenn man Philippe Arceneaux nicht kennt.«

Als Lovejoy darauf nichts erwiderte, fuhr der Viscount fort: »Was sollte denn der angebliche Grund für den Streit zwischen Arceneaux und Miss Tennyson gewesen sein?«

»Das wusste Lefevre nicht. Aber einige neuere Entwicklungen könnten Licht in dieses Thema bringen. Heute Morgen wurden vier auf *Parole* entlassene französische Offiziere bei einem Fluchtversuch nach Frankreich gefasst. Einer der gefangenen Männer – ein Husarenhauptmann namens Pelletier – war dem Vernehmen nach einer von Arceneaux' Vertrauten.«

Devlin runzelte die Stirn. »Ist dieser Pelletier ein großer, bärenhafter Mann mit blonden Schläfenlocken und einem mächtigen Schnurrbart?«

»Das klingt nach ihm, ja. Kennt Ihr ihn?«

»Ich bin ihm begegnet. Wann haben die Flüchtenden London verlassen?«

»Wir glauben, vor dem Morgengrauen. Man hat sie im hinteren Teil eines Karrens gefunden, den der Besitzer, ein Textildrucker, mit Bänken ausgestattet hatte. Wir vermuten, dass ursprünglich sechs Männer den Fluchtversuch hatten begehen wollen. Arceneaux wäre einer der fehlenden Männer, und der zweite jener französische Offizier, den Ihr neulich abends getötet habt, als er Euch in Covent Garden angegriffen hat. Anscheinend kam es unter den Konspiratoren zu einem Zerwürfnis, aufgrund dessen Arceneaux zweifellos getötet wurde – aus Angst, er habe vor, sie zu verraten.«

»Bestätigt das dieser Husarenhauptmann Pelletier?«

»Alle gefangenen Flüchtigen weigern sich, irgendeine Aussage zu tätigen. Einer der Wachtmeister ist beim Versuch, die Männer zurückzuhalten, erschossen worden. Das bedeutet, dass sie alle nun wegen Mordes hängen werden.« Lovejoy schüttelte den Kopf.

»Schockierend, nicht wahr? Offiziere, die ihren Eid brechen ... Das offenbart einen solchen Mangel an den Gefühlen und Instinkten eines Gentlemans.«

Lovejoy erwartete, dass Devlin als ehemaliger Militär jeden Offizier, der sich selbst derartig entehrte, aufs Schärfste verurteilen würde. Der Viscount schwieg eine Weile und kniff die Augen zusammen, während er in den fallenden Regen starrte. Als er schließlich sprach, klang seine Stimme eigenartig gepresst. »Ich nehme an, sie hatten Heimweh und sehnten sich verzweifelt danach, Frankreich wiederzusehen. Manchmal scheint es wirklich so, als wolle dieser Krieg niemals enden.«

»Ich nehme es an, aber ...«

Devlin wandte sich ihm plötzlich zu, sein Gesicht wirkte verschlossen. »Sagten Sie, es war der Karren eines Textildruckers?«

Lovejoy blinzelte. »Ja. Obgleich ich fürchte, dass wir nie herausfinden werden, welcher Färber genau involviert ist – falls überhaupt. Erscheint Euch dieses Detail aus einem bestimmten Grund bedeutsam?«

»Es wäre möglich.«

Jamie Knox überwachte im regennassen Hof der *Calvert's Brewery* in der Upper Thames Street gerade das Beladen eines Bierwagens, als Sebastian unter den Bogen trat. Er lehnte sich mit der Schulter an die rauen Backsteine des Durchgangs, verschränkte die Arme vor der Brust und beobachtete den Kneipenbesitzer bei der Arbeit.

In der Luft hing schwer der hefige Duft fermentierten Hopfens, dazu der Geruch nach nassem Stein und Backsteinen, und der Gestank nach Fisch stieg vom regengepeitschten Fluss in der Nähe herauf. Knox warf ihm einen raschen Seitenblick zu und fuhr dann fort, den Männern, die Bierfässer auf den hohen Wagen hievten, seine Anweisungen zuzurufen. Er besprach sich kurz mit seinem Fahrer, dann kam er zu Sebastian und blieb vor ihm stehen. Das Regenwasser lief ihm über die Wangen, seine Augen waren unter einer Kapuze verborgen.

»Ihr seid offensichtlich aus einem bestimmten Grund hier. Aus welchem?«

Sebastian musterte das hübsche, feingeschnittene Gesicht, das seinem eigenen so ähnlich sah. »Ich weiß, warum Sie Philippe Arceneaux getötet haben.«

Knox stieß ein Lachen aus. »Na prächtig. Dann sagt es mir: Welchen Grund sollte ich haben, diesen jungen französischen ... ähm, Leutnant, richtig? – zu töten?«

»Leutnant, richtig.« Sebastian trat zurück, als ein Karren, der von einem rotbraunen Shire Horse gezogen wurde, unter den Bogen fuhr. Vom nassen Pferdefell stieg der Dampf auf, und die Hufe klapperten auf dem Kopfsteinpflaster. »Ich habe gesehen, dass gegenüber Ihrer Taverne der Laden eines Textildruckers liegt.«

»Stimmt. Aber über ganz London müssen mehrere Dutzend oder noch mehr Färbereien verteilt sein. Wenn Ihr also glaubt, es gibt einen Zusammenhang zwischen dem Textildruckerkarren, in dem, wie ich gehört habe, die vier flüchtigen französischen Offiziere aufgegriffen wurden, und meiner Taverne, dann lasst Euch sagen: weit gefehlt.«

»Ich würde Ihnen vielleicht glauben, wenn ich nicht herausgefunden hätte, dass Philippe Arceneaux ebenfalls bei der kleinen Auseinandersetzung, die Sie am Donnerstag mit Miss Tennyson auf den York Steps hatten, zugegen war. Ich denke mir, es gibt einen Grund, weshalb Sie dieses kleine Detail unterschlagen haben, und der Grund ist er.«

Knox stand mit den Händen in der schlanken Hüfte da. Seine Wangen wirkten schmal, und die Andeutung eines Lächelns umspielte seinen Mund, als wäre er amüsiert.

Sebastian sagte: »Wissen Sie, ich glaube, dass in jenem Wagen ursprünglich sechs Franzosen sein sollten, einer von ihnen Arceneaux. Nur, dass die Frau, die er liebte – das wäre übrigens Miss Tennyson – herausgefunden hat, dass er seine Flucht plante, und ihn bat, hierzubleiben. Deshalb ist er von seinem Plan zurückgetreten.«

»Zweifellos eine interessante These. Allerdings kann ich einfach nit sehen, was das alles bloß mit mir zu tun haben soll.«

Sebastian betrachtete das Paar schwerer, grauer Brauereipferde, die Knox' Bierkutsche vorgespannt waren, und sich in die Halfter legten. »Man hat mir gesagt, dass in den vergangenen drei Jahren sechshundertzweiundneunzig auf *Parole* entlassene französische Offiziere aus England geflüchtet sind oder es versucht haben. Das ist eine ganz enorme Zahl Männer. Zahlen Sie so für den französischen Wein und Brandy, den Sie hereinschmuggeln? Mit entflohenen Kriegsgefangenen?«

Um sie herum prasselte der Regen, platschte in die Pfützen im Hof und schoss vom hohen Dach der Brauerei herunter. Knox erwiderte schweigend, wachsam seinen Blick.

Sebastian sagte: »Es ist ein ausgefuchster und einträglicher Trick, aber auch gefährlich. Hat Gabrielle Tennyson herausgefunden, was Sie machen? Haben Sie letzten Donnerstag auf den York Steps darüber mit ihr gestritten? Denn so mancher würde eine solche Bedrohung als hervorragendes Mordmotiv sehen, wenn irgendeine Frau ihm drohte, seinen Namen preiszugeben. Ich frage mich, ob Arceneaux Ihnen den Mord an ihr vorgeworfen hat? Haben Sie beschlossen, ihn aus dem Weg zu räumen, bevor er Ihnen Schwierigkeiten bereiten konnte?«

In den Augen des Grenadiers glomm es kalt und gefährlich auf. »Und die zwei Buben? Soll ich die auch um die Ecke gebracht haben, einfach so, aus Sportsgeist?«

»Nach meiner Erfahrung gibt es einen bestimmten Typus Mann, der mit tödlicher Entschlossenheit reagiert, wenn er sich in die Ecke gedrängt fühlt. Vielleicht haben Sie die Gelegenheit gesehen, gegen sie vorzugehen, und haben sich von der Tatsache, dass die beiden Buben dabei waren, nicht bremsen lassen.«

»Und was hab ich dort draußen in Camlet Moat mit Miss Tennyson und den beiden Bälgern gemacht? Hm? Sagt mir das mal. Denkt Ihr etwa, sie ist mit mir dorthin gefahren? Wo sie Arceneaux geliebt hat und mich für einen Schmuggler und einen durch und durch verderbten Charakter gehalten hat?«

Das war die einzige verbliebene Schwachstelle in Sebastians These, und er hatte es schon gewusst, bevor er den Grenadier angesprochen hatte. »Ich weiß nicht, warum sie mit Ihnen dorthin gefahren ist. Vielleicht sind Sie ihr auch gefolgt. Vielleicht ist sie nicht einmal dort ermordet worden. Vielleicht haben wir die Leichen der beiden Buben deshalb noch nicht gefunden. Weil Sie sie an einem anderen Ort ermordet und vergraben haben.«

Knox' knappes Lächeln war wieder da. »Vielleich an einem Ort wie dem Kirchhof von St. Helen's? Das wäre doch ein schlauer Platz, um ein paar Leichen zu verscharren, oder nicht? Auf einem Friedhof voller verrottender Leichen.«

»Vielleicht«, antwortete Sebastian. »Natürlich besteht auch immer noch die Möglichkeit, dass Sie Miss Tennyson gar nicht ermordet haben. Dass jemand anderes sie aus einem vollends anderen Motiv getötet hat. Aber das hätte Arceneaux nicht wissen können, richtig? Etwas, das er neulich zu mir sagte, ließ darauf schließen, dass er Angst hatte, für das verantwortlich zu sein, was ihr widerfahren ist. Also hat er Sie vielleicht des Mordes bezichtigt, obwohl Sie es nicht waren. Vielleicht hat er damit gedroht, Sie zu verraten, sobald seinen Freunden die Flucht gelungen wäre. Der Zeitpunkt seines Todes ist seltsam, stimmen Sie mir da nicht zu?«

Jegliches Anzeichen von Belustigung war aus dem Antlitz des Grenadiers gewichen. Er wirkte hart und streng. »Ich habe im Lauf meines Lebens viele Männer getötet; welcher Soldat hätte das nicht? Aber ich habe niemals eine Frau oder ein Kind getötet, und ich habe noch nie kaltblütig einen Mann ermordet.«

Die beiden Männer maßen einander. Es regnete noch immer in Strömen und rauschte in Sebastians Ohren. Er zog den Hut tiefer in die Stirn. »Wenn ich

herausfinde, dass Sie Philippe Arceneaux erschossen
haben, werde ich dafür sorgen, dass Sie hängen.«

Bruder oder nicht, dachte er, sprach es jedoch nicht
aus.

Kapitel 44

Sebastian stand oberhalb der Cole Harbour Steps, und zu seinen Füßen brandete die sturmgepeitschte Themse gegen das alte Bauwerk. Hinter ihm erhoben sich die rußgeschwärzten Brauereimauern, und dahinter der Stahlhof. Dunkle Wolken stülpten sich tiefer über die Stadt, schwer vom bevorstehenden Regen.

Er dachte immer öfter, dass er etwas im Leben von Gabrielle Tennyson übersehen hatte, etwas, das das ungelöste Puzzle erklären konnte, als das ihr Tod erschien. Und das mysteriöse Verschwinden ihrer beiden kleinen Vettern. Er hatte vieles davon zusammengetragen – ihre Liebe zu dem gelehrten, jungen französischen Leutnant, die Konflikte, die mit ihrer Arbeit rund um die Artussage und Camelot zusammenhingen, der missglückte Fluchtversuch von Arceneaux' Offizierskollegen. Doch irgendetwas entging ihm noch. Und er konnte die wachsende Überzeugung, dass der Schlüssel in den vermissten Kindern lag, nicht abschütteln.

Waren Gabrielle und die beiden Jungen in der Gesellschaft ihres Mörders nach Camlet Moat gefahren? Oder war ihre Leiche aus Gründen, über die Sebastian nur spekulieren konnte, dort abgelegt worden? Warum sollte der Mörder Gabrielle am Graben zurücklassen und die beiden Vettern mitnehmen, um sie andernorts zu töten oder zu vergraben? *Waren* die Jungen überhaupt getötet worden oder waren sie jetzt noch irgendwo da draußen und lebten?

Sebastian drehte sich flussaufwärts und verengte die Augen, um auf den Fluss hinaus zu blicken. Von hier aus konnte er über die schwarzverfärbte, breite Blackfriars Bridge bis zu den aufstrebenden Bögen der neuen Strand Bridge sehen. Noch weiter weg, im Nebel, lag die imposante Fassade des Adelphi-Komplexes. In seinem Kopf formte sich ein Gedanke, ein Szenario, das umso mehr Sinn ergab, je enger sich die verschiedenen Möglichkeiten, die er in Betracht zog, umeinander drehten.

Er wandte sich von der Themse ab und hastete durch den Regen zur Upper Thames Street. Dort winkte er eine Droschke heran und wies den Fahrer an, zum Tower Hill zu fahren.

»Bist wohl gekommen, um deinen Hund abzuholen?«, fragte Gibson und humpelte vor Sebastian durch den dunklen Flur.

Sebastian zog sich den nassen Umhang von den Schultern und rieb sich mit den Ärmeln über das tropfnasse Antlitz. »Wird er wieder gesund?«

Gibson führte ihn in seinen ramponierten und vollgestopften Salon. Dort hob der kleine schwarzbraune Hund den Kopf und schlug mit der Rute auf die ramponierte Decke, um Sebastian zu begrüßen. Aber er machte keine Anstalten, sich zu erheben, und Sebastian sah, dass unter der dicken

Bandage an seiner Schulter noch immer Blut hervorsickerte.

»Es könnte besser sein, ihn noch ein kleines bisschen länger hierzulassen, damit ich ein Auge auf ihn haben kann.« Gibson rieb sich mit der Hand über das kratzige Kinn, das er augenscheinlich diesen Morgen nicht rasiert hatte. »Auch wenn ich nicht leugnen kann, dass er fürchterlich anstrengend ist.«

»Was hast du angestellt, Chien, hm?« Sebastian ging neben dem Hund in die Hocke. »Hast du den Schinken gestohlen, den Mrs Federico für das Abendessen unseres guten Doktors vorgesehen hatte?«

»Das hat er tatsächlich versucht. Aber das ist noch nicht das Schlimmste. Ich habe ihn für seine Geschäfte in den Garten raus gelassen, und was bringt er mir zurück? Einen Knochen. Gott sei Dank hat er ihn nicht angenagt, sondern nur wie ein wertvolles Fundstück angeschleppt, als erwartete er eine Belohnung dafür.«

»Hat Mrs Federico das gesehen?« Gibsons Haushälterin Mrs Federico war gleichermaßen zimperlich bezüglich der Tätigkeiten ihres Dienstherrn wie von gesegnetem Unwissen, wenn es darum ging, was auf seinem Grundstück alles vergraben war.

»Glücklicherweise nicht. Aber wenn er anfängt, da draußen Löcher zu buddeln, komme ich in Schwierigkeiten.« Gibson sah Sebastian finster an. »Na los, lach, wenn du willst. Aber wenn du nicht wegen des Hundes hergekommen bist, weshalb dann?«

»Hast du noch die Kleidung, die Gabrielle Tennyson bei ihrer Ermordung getragen hat?«

»Ja. Warum?«

»Mich beschäftigt da etwas.«

Hero nippte im Kleinen Salon an einer Tasse heißen Tees, als Sebastian zu ihr kam. Sie trug ein Ausgehkleid aus hauchdünner Seide, und ihr Haar war feucht, so als wäre sie gerade erst aus dem Regen heimgekommen. Er legte ein in braunes Packpapier gewickeltes Bündel auf den Tisch neben ihr und sagte: »Ich denke immer öfter, dass Gabrielle Tennyson wahrscheinlich in London getötet und danach nach Camlet Moat verbracht wurde.«

Hero sah ihn über den Tassenrand hinweg an. »Ich dachte, Gibson sagte, es gäbe keine Hinweise darauf, dass sie post mortem bewegt worden sei.«

»Ja, hat er. Aber nur weil er keinen Hinweis gefunden hat, heißt das noch nicht, dass es nicht so geschehen sein könnte.« Er knotete das Seil auf, mit dem das Paket zusammengehalten wurde. »Diese Kleidung hat Gabrielle getragen, als sie umgebracht wurde. Ist das die Art von Garderobe, die sie vermutlich anlegen würde, um nach Enfield zu fahren?«

Sie streckte die Hand aus und berührte die kurzen Puffärmel des Kleides, und ein Schaudern überlief ihre Züge, als sie den tränenförmigen Blutfleck im Mieder ansah. »Es ist zwar ein sehr feiner Stoff, aber es handelt sich um ein Ausgehkleid, also durchaus die Art von Kleidung, die eine Frau für eine Landpartie tragen würde, ja.« Sie drehte die Unterröcke um, um sich die pfirsichfarbenen Halbschuhe anzuschauen. Dann runzelte sie die Stirn.

»Was ist?«, fragte Sebastian, der sie beobachtete.

»Ist das alles?«

»Ja, warum?«

»Sie hatte einen pfirsichfarbenen, rüschenbesetzten Spenzer mit Stehkragen. Ich hätte erwartet, dass sie ihn dazu tragen würde. Aber er ist nicht dabei.«

»Am Sonntag war es sehr heiß. Sie hat den Spenzer vielleicht in der Kutsche gelassen. Der Schatten ist im Wald sicherlich dicht genug, dass sie sich nicht hätte darum sorgen müssen, ihre Arme vor der Sonne zu schützen.«

»Das stimmt. Aber ich hätte nicht erwartet, dass sie auch die Haube abnehmen würde. Sie hatte eine hübsche Haube aus pfirsichfarbener Seide und Samt, die sie getragen hätte, um die Farbe der Schärpe und der Halbschuhe aufzunehmen. Die ist auch nicht dabei.«

»Würdest du den Spenzer und die Haube erkennen, wenn du sie in ihrem Ankleideraum finden würdest?«

Hero sah ihm in die Augen. Dann stellte sie den Tee beiseite und stand auf. »Ich hole meinen Mantel.«

»Hildeyard hat vielleicht Gabrielles Zofe schon damit beauftragt, ihre Kleidung wegzugeben«, sagte Hero, als sie durch den Regen Richtung Themse fuhren.

»Das bezweifle ich. Er hat seine Energie in die Suche nach den vermissten Kindern gesteckt. Aber selbst wenn doch, wird sich die Frau sicherlich erinnern können, was da war.«

Hero schwieg kurz und blickte auf die nassen Straßen hinaus. »Wenn du recht hast und Gabrielle hier in London getötet wurde, was ist dann deiner Meinung nach mit den Kindern geschehen?«

»Ich stelle mir gern vor, dass sie sich irgendwo in der Stadt verstecken – dass sie verängstigt weggelaufen sind, nachdem sie den Mord mitangesehen haben. Allerdings glaube ich auch, dass sie in dem Fall längst hätten gefunden werden müssen.«

Sie wandte sich ihm zu. »Du glaubst, d'Eyncourt steckt dahinter, oder? Du glaubst, dass er George und Alfred umgebracht und ihre Leichen irgendwo versteckt hat, wo sie nie gefunden werden. Und dass er dann Gabrielle nach Camlet Moat brachte, damit es so aussah, als ob ihr Tod irgendwie mit den Ausgrabungen oder ihren Forschungen zur Artussage in Zusammenhang steht.«

Sebastian nickte. »Ich muss immer wieder daran denken, wie er einfach bei *White's* saß und in aller Ruhe *The Courier* las. Was für ein Mann wäre nicht rausgegangen und hätte alles getan, was er konnte, um nach den Kindern seines Bruders zu suchen? Entweder ist er noch verabscheuungswürdiger als ich dachte, oder …«

»Oder er wusste, dass sie schon tot waren«, führte Hero seinen Gedanken zu Ende.

Als sie am Adelphi ankamen, stellten sie fest, dass Hildeyard Tennyson noch immer in Enfield war.

Anstatt den Dienern ihr Vorhaben zu erklären, sagte Hero einfach, sie hätte bei ihrem vorherigen Besuch etwas liegenlassen, und lief die Treppe zu Gabrielles Kammer hinauf, während Sebastian darum bat, die Haushälterin zu sprechen, und ihr George Tennysons Gedicht zurückgab.

»Ach, Euer Lordschaft, ich bin Euch so dankbar dafür«, sagte Mrs O'Donnell und drückte das Blatt mit Tränen in den Augen an ihren ausladenden Busen. »Ich dachte, Ihr hättet es sicher vergessen, aber ich hätte es nicht recht gefunden, Euch danach zu fragen.«

»Bitte entschuldigen Sie, dass ich es so lange behalten habe.« Sebastian verbeugte sich.

Als er aufsah, entdeckte er Hero, die die Treppe herunterkam. Ihre Blicke trafen sich. Er dienerte erneut vor Mrs O'Donnell und sagte: »Ma'am.«

Er wartete, bis er und Hero wieder draußen auf dem Trottoir waren, dann fragte er: »Und?«

Hero sah peinlich berührt aus. »All ihre Sachen sind noch da. Hildeyard hat offenkundig noch nichts anrühren wollen. Ich habe den Spenzer und die Haube sogleich gefunden. Es sah so aus, als hätte Gabrielle sie morgens zur Kirche getragen und nicht richtig weggeräumt, weil sie vorhatte, sie später erneut zu tragen.«

Um sie herum wirbelte der Regen und wurde so schnell dichter, dass Sebastian kaum den violetten Rock und das gelbe Schultertuch der alten Wahrsagerin vom fahrenden Volk am Ende der Terrasse erkennen konnte. Sebastian sagte: »Nun, Sir Stanley können wir von der Liste der Verdächtigen streichen. Er hätte Gabrielles Leiche niemals an den einzigen Ort gebracht, der den Verdacht mit Sicherheit auf ihn lenken würde. Und auch wenn ich es Lady Winthrop keineswegs komplett absprechen würde, dass sie fröhlich zuschauen würde, wie ihr Mann für einen Mord erhängt wird, den sie selbst begangen hätte, so wäre die logistische Herausforderung doch ...« Er unterbrach sich.

»Was?«, fragte Hero, die seinem Blick folgte.

Heute spielten ein paar abgerissene, barfüßige Kinder um die Röcke der Wahrsagerin herum: ein Mädchen von vielleicht fünf Jahren und ein wenig älterer Junge. »Diese Frau vom fahrenden Volk. Ich habe sie am Montag schon bemerkt. Wenn sie letzten Sonntag auch hier war, könnte sie etwas gesehen haben.«

»Die Wachtmeister haben alle Menschen in der Straße befragt«, sagte Hero, als Sebastian den Weg zu der Frau und den Kindern einschlug. »Sie haben sicherlich schon mit ihr gesprochen.«

»Das bezweifle ich nicht. Aber man kann manchen Personen zehnmal dieselbe Frage stellen und zehn verschiedene Antworten erhalten.«

Die Kinder rannten auf die beiden zu; ihre bloßen Füße platschten auf dem nassen Untergrund, sie hielten ihnen die ausgestreckten Hände entgegen, machten große Augen und bettelten: »Bitte, Sir, Lady, haben Sie einen Sixpence übrig? Nur einen Sixpence! Bitte, bitte.«

»Geht weg«, sagte Hero.

Der Junge sah Hero finster an, und sein Betteln schlug in einen angriffslustigen und fordernden Tonfall um. »Sie müssen uns einen Sixpence geben. Geben Sie uns einen Sixpence, oder ich lege einen Fluch auf Sie.«

»Gib ihnen nichts«, sagte Sebastian. »Sonst verachten sie dich dafür.«

»Ich habe nicht die Absicht, ihnen etwas zu geben.« Hero umfasste ihr Retikül fester. »Allerdings verstehe ich auch nicht, warum wir uns mit dieser Frau vom fahrenden Volk abgeben. Wenn sie die Wachtmeister angelogen hat, warum glaubst du dann, dass sie dir die Wahrheit sagen wird?«

»Es gibt bei den Roma ein Sprichwort: *Tshatshimo Romano.*«

Hero warf ihm einen überraschten Seitenblick zu. »Was heißt das?«

»Es heißt: ›Die Wahrheit wird in Romanes ausgesprochen‹.«

Kapitel 45

»*Sarishan ryor*«, sagte Sebastian, als er sich der Wahrsagerin näherte.

Die Frau stand an das Eisengeländer der Terrasse gelehnt. Ihr violetter Rock und die weite Bluse waren fadenscheinig und schmutzig, und ihre aufrechte Haltung wurde von der dunklen, wettergegerbten Haut eines Gesichts Lügen gestraft, das von Falten durchfurcht war. Sie schürzte die Lippen und verengte die Augen, als sie ihn schweigend und abschätzend mit Blicken maß.

»*O boro duvel atch pa leste*«, sagte er in einem neuen Versuch.

Sie schnaubte und antwortete ihm in derselben Sprache: »Wo habt Ihr Romanes gelernt?«

»Iberien.«

»Das hätte ich wissen müssen.« Sie drehte den Kopf zur Seite und spuckte aus. »Die Gitanos. Sie haben die echte Sprache unserer Vorfahren vergessen.« Sie betrachtete ihn nachdenklich, ließ den Blick auf seinem dunklen Haar ruhen. »Ihr könntet ein Roma sein. Ihr habt sowas an Euch. Außer die Augen. Ihr habt die Augen eines Wolfs. Oder eines *Jettatore*.« Sie berührte den blauweißen Anhänger, den sie an einem Lederband um den Hals trug. Es war ein *Nazar*, ein Talisman, der vor dem bösen Auge schützen sollte.

Es war Sebastian bewusst, dass Hero sie beobachtete. In ihren Zügen lag nicht die Spur von Verstehen, da das gesamte Gespräch auf Romanes geführt wurde.

Er sagte zu der Frau: »Ich möchte Sie nach der Lady fragen, die im zweiten Haus von der Ecke gewohnt hat. Eine große, junge Frau mit Haar in der Farbe von Kastanien.«

»Ihr meint die, die nicht mehr ist.«

Sebastian nickte. »Haben Sie sie gesehen, als sie letzten Sonntag das Haus verlassen hat?«

»Für die Roma ist ein Tag wie der andere.«

»Aber Sie wissen, welchen Tag ich meine, weil am Tag darauf der *Shanglo* zu Ihnen gekommen ist und Ihnen Fragen gestellt hat. Sie haben ihm gesagt, Sie hätten nichts gesehen.«

Sie enthüllte in einem Lächeln ihre vom Tabak verfärbten Zähne. »Und warum glaubt Ihr, dass ich Euch was anderes sagen werde, hmm?«

»Weil ich kein *Shanglo* bin.«

Die Roma hassten niemanden mehr als die *Shanglo* – das romanische Wort für Polizeiwachtmeister.

»Haben Sie die Frau und die beiden Jungen an dem Tag gesehen, als sie das Haus verließen?«, fragte Sebastian.

Das Licht wirkte inzwischen unheimlich, fast dicht, der Sprühnebel umwaberte sie nass und kühl und dämpfte alle Geräusche. Sebastian hörte das Platschen ungesehener Ruder draußen auf dem Wasser und das Geräusch von herabfallenden Tropfen in größerer Nähe. Gerade als er dachte, die Frau würde ihm nicht antworten, sagte sie: »Ja, ich habe sie gesehen, als sie gegangen sind. Aber sie sind auch wieder zurückgekommen.«

Ihm wurde klar, dass sie gesehen haben musste, wie Gabrielle Tennyson und die beiden Kinder an dem Morgen zur Kirche aufgebrochen waren. Er fragte: »Und danach? Ist jemand gekommen, der sie besucht hat? Oder sind sie wieder ausgegangen?«

»Wer weiß? Ich bin kurz danach weggegangen.« Die Frau ließ den Blick aus ihren dunklen Augen von Sebastian zu Hero wandern. »Aber *sie* hab ich gesehen.«

Sebastian spürte, wie ihm der Mund trocken wurde, und ein eigenartiges Kribbeln jagte ihm über die Kopfhaut.

Die alte Frau verzog die Lippen zu einem Lächeln, das ihre hohen, ausgeprägten Wangenknochen hervorhob. »Das wolltet Ihr nicht hören, richtig? Aber es ist die Wahrheit. Sie ist nicht an dem Tag, sondern am Tag davor hier gewesen, in einer gelben Kutsche, die von vier schwarzen Pferden gezogen wurde. Es war nur keiner zu Hause, also ist sie wieder weggefahren.«

Als hätte sie bemerkt, dass sie plötzlich zum Gesprächsthema geworden war, blickte Hero von ihm zu der Wahrsagerin und wieder zurück. »Was? Was sagt sie?«

Sebastian hielt den Blick auf die dunklen Augen der alten Frau gerichtet. Sie blinzelte nicht. »Ich will die Wahrheit wissen, wie sie auch immer lautet.«

Die alte Frau schnaubte. »Ihr habt sie gerade gehört. Jetzt ist die Frage, was Ihr daraus machen werdet.«

Sie gingen am Rand der Terrasse entlang. Ihre Schritte warfen ein hohles Echo in der weißen Leere.

Sebastian spürte den Nebel im Gesicht. Das andere Flussufer, die Jollen auf der Themse, selbst die Spitzen der großen Backsteingebäude um sie herum waren in dem dichten, weißen, wabernden Nebel verschwunden.

Hero brach das Schweigen. »Wo hast du Romanes gelernt?«

»Ich bin eine Zeitlang mit einer Gruppe Gitanes auf der Halbinsel unterwegs gewesen.«

Sie blickte ihn mit ernstem Ausdruck an. »Und wirst du mir verraten, was die Frau gesagt hat?«

»Sie hat gesagt, dass du am Samstag Gabrielle besuchen wolltest. Und denk nicht mal daran, es zu leugnen. Sie hat deine Kutsche und die Pferde beschrieben. Hast du sie nicht bemerkt? Oder bist du einfach davon ausgegangen, dass sie dich nicht wiedererkennt?«

Er sah, wie ihre Lippen sich öffneten, als sie scharf die Luft einsog. Dann sagte sie »Ach« und drehte den Kopf, um auf die vom Nebel verschluckte Themse zu schauen.

Er betrachtete ihr angespanntes Profil, die sanfte Wölbung ihrer Wange und den feinen, verräterischen Hauch von Farbe, der darauf lag. »Ich kann mir nur einen einzigen Grund vorstellen, der erklären würde, weshalb du das vor mir verheimlicht hast: Irgendwie ist Jarvis involviert. Habe ich recht?«

»Er sagt, er hat sie nicht getötet.«

»Und du glaubst ihm?«

Sie zögerte einen Augenblick zu lang. »Ja.«

Er stieß ein scharfes Lachen aus. »Du klingst nicht gerade überzeugt.«

Aus dem Nebel schälte sich die Gestalt eines Mannes heraus, der sich ihnen näherte. Ein Arbeiter in Arbeitskluft mit etwas über der Schulter, das nach einem Seesack aussah.

Sebastian sah, wie die Röte auf ihren Wangen sich nun vor Zorn vertiefte. Er sagte: »Sag mir, was hier vor sich geht.«

»Du weißt, dass ich das nicht kann.«

Er lachte schallend auf. »Nun, ich schätze, das klärt die Frage, wo deine Loyalität liegt.«

»Tatsächlich?« Sie wandte den Blick wieder auf sein Gesicht. »Findest du, ich sollte meinen Vater dir gegenüber verraten? Dann sag mir, würdest du erwarten, dass ich dich ihm gegenüber verrate?« Sie legte eine Hand auf ihren sanft geschwollenen Leib. »Und würdest du es in zwanzig Jahren, falls dieses Kind ein Mädchen ist, richtig finden, dass sie *dich* gegenüber dem Mann verrät, den sie heiratet?«

Als er schwieg, fuhr sie fort: »Bist du mir gegenüber so ehrlich gewesen, Devlin? Willst du mir verraten, warum du es nicht erträgst, mit deinem Vater auch nur im selben Raum zu sein? Und willst du mir von Jamie Knox erzählen? Willst du mir verraten, warum ein einfacher Ex-Grenadier und Tavernenbesitzer so sehr wie mein Mann aussieht, dass er sein Bruder sein könnte? Keiner von uns beiden ist dem anderen gegenüber vollends offen gewesen, richtig?«

»Nein«, sagte Sebastian just in dem Augenblick, in dem der Mann, der an ihnen vorbeiging, herumwirbelte, den Sack auf das Trottoir warf und einen Knüppel hochriss, mit dem er hart auf Sebastians Rücken einschlug.

Die Luft wurde ihm aus dem Körper gepresst, und die schmerzhafte Wucht des Schlags zwang ihn in die Knie.

Sebastian suchte nach dem Dolch in seinem Stiefelschaft und rang nach Luft. Er sah, wie der Mann den Prügel erneut hochhob und wieder zuschlagen wollte, und bemerkte Hero neben ihm, die die Hände an ihrem Retikül hatte.

Dann zog sie eine kleine Pistole mit einem Griff aus Walnussholz hervor, spannte den Hahn und feuerte dem Angreifer direkt in die Brust.

»*Jesus Christus*«, schrie Sebastian, als der Mann zurücktaumelte und schwer zu Boden ging. Er zuckte noch einmal mit einem Bein, der abgetretene Absatz seines Stiefels rutschte über das nasse Pflaster. Dann lag er still.

»Ist er tot?«, fragte Hero.

Den Dolch in der Hand, ging Sebastian neben dem Mann in die Hocke.

Er schien Mitte dreißig oder Anfang vierzig zu sein, hatte einen dicken, festen Körper. Sein Gesicht war wettergegerbt, das Haar hellbraun und schlecht geschnitten. Aus seinem Mundwinkel rann Blut, seine Augen wurden schon glasig. Sebastian blickte auf die zerrissene Brust des Mannes.

»Er ist tot.«

»Geht es dir gut?«

Er drehte sich um und sah sie über die Schulter an. Sie stand aufrecht da, ihr Gesicht wirkte blass, aber gefasst. Doch er sah, wie sich im hastigen Atmen ihre Nasenflügel bewegten, und ihre Lippen waren geöffnet, als müsse sie gegen Übelkeit ankämpfen. »Und dir?«

Sie schluckte mühsam. »Ja.«

Er senkte den Blick auf die Pistole in ihrer Hand. Es war ein schönes, wenn auch tödliches, zierliches Stück, eine kleine Batterie-Steinschlosspistole mit einem Schaft aus poliertem Walnussholz und eingravierten, vergoldeten Lafetten. »Woher hast du das?«

»Mein Vater hat sie mir geschenkt.«

»Und dich gelehrt, sie zu benutzen?«

»Wo läge sonst der Sinn, dass ich sie besitze?«

Sebastian nickte zu dem toten Mann. »Ist das einer von den Männern deines Vaters?«

»Himmel, nein. Ich habe ihn noch nie gesehen.«

Sebastian atmete versuchsweise tief ein, worauf ein scharfer Schmerz vom Rücken in seine Seiten schoss, sodass er mit einem Arm auf sein gebeugtes Knie gestützt einen Augenblick innehalten und keuchend atmen musste.

Sie beobachtete ihn und zog die Brauen zusammen. »Bist du sicher, dass es dir gut geht? Soll ich einen der Burschen herholen, damit er dir aufhilft?«

»Lass mir nur einen Augenblick Zeit.« Er versuchte wieder zu atmen, dieses Mal vorsichtiger. »Wirst du mir etwas über die Beziehung zwischen Childe und deinem Vater erzählen?«, fragte er, sobald er es konnte. »An der Stelle kommt Jarvis ins Spiel, nicht wahr?«

Sie sah ihm in die Augen. »Du weißt, dass ich das nicht kann. Aber ich sehe keinen Grund, weshalb du ihn nicht selbst danach fragen kannst.«

Sebastian stöhnte und streckte die Hand aus, griff den toten Mann an einem Arm und zog sich den leblosen Leichnam über die Schulter.

Sie beobachtete ihn. »Ist das klug angesichts deiner Verletzung?«

Er schaffte sich mit einem weiteren Stöhnen auf die Füße hoch und schwankte leicht unter dem Gewicht des Mannes.

»Was machst du denn?«, fragte sie.

»Ich bringe deinem Vater ein Geschenk.«

Er dachte, sie würde Einwände erheben.

Doch das tat sie nicht.

Kapitel 46

Auf Sebastians Klopfen an der Haustür am Berkeley Square öffnete Jarvis' Butler. Er sah den blutigen Leichnam, den Sebastian geschultert hatte, lange an, dann taumelte er mit einem leisen Schreckenslaut zurück.

»Guten Tag, Grisham«, sagte Sebastian und ging an ihm vorbei in die elegante Eingangshalle.

»Grundgütiger, Lord Devlin; ist dieser … ist dieser Mann etwa tot?«

»Ganz entschieden ja. Ist Seine Lordschaft zugegen?«

Grisham starrte in einer Faszination des Schreckens auf die baumelnden Arme und blutunterlaufenen Hände des Mannes. Dann riss er sich offenbar zusammen, schluckte mühselig und räusperte sich. »Ich fürchte, Lord Jarvis ist derzeit nicht …«

Von oben erklang lautes Gelächter.

»Im Kleinen Salon, nicht wahr?« Sebastian ging auf die Wendeltreppe zu, die zu den oberen Stockwerken führte, und blieb auf der ersten Stufe stehen, um einen Blick über die Schulter zu werfen. »Ich gehe davon aus, dass keine Damen zugegen sind?«

»Nein, Mylord. Aber – aber – Mylord! Es kann nicht Eure Absicht sein, diesen – diesen Leichnam mit in den Kleinen Salon Seiner Lordschaft zu nehmen?«

»Sorgen Sie sich nicht; ich nehme an, die Bow Street-Behörde wird den Leichnam abholen wollen. Vielleicht könnten Sie jemanden dorthin schicken, um ihnen die Notwendigkeit, das zu tun, nahezulegen?«

Grisham verbeugte sich würdevoll. »Ich werde sogleich jemanden schicken, Mylord.«

Charles Lord Jarvis stand mit dem Rücken dem leeren Kamin zugewandt, er hielt ein Glas Sherry in der Hand. »Die Amerikaner haben sich als abscheuliches Volk erwiesen«, sagte er zu den Gentlemen, die vor ihm standen. »Was sie getan haben, wird als Beleidigung nicht nur gegen die Zivilisation, sondern gegen Gott selbst in die Geschichte eingehen. Großbritannien zu einer Zeit anzugreifen, in der all unsere Ressourcen auf die gefährdete Verteidigung gegen die Ausbreitung des Atheismus und republikanischer Bestrebungen gerichtet sind ...«

Er unterbrach sich, als Viscount Devlin den Raum betrat. Über den Schultern trug er eine blutige Männerleiche.

Alle Köpfe wurden Richtung Tür gedreht. Gelähmtes Schweigen breitete sich unter den Versammelten aus.

»Was zum Teufel?«, fuhr Jarvis auf.

Devlin beugte sich vor und bewegte die Schulter, sodass der Leichnam mit den hohlen Wangen und leeren Augen auf Jarvis' exquisitem türkischen Teppich zu liegen kam. »Wir müssen miteinander reden.«

In Jarvis wallte ein seltener Anfall roher, primitiver Wut auf, die er rasch unter Kontrolle brachte. »Ist das Eure Version von Rebhuhnjagd?«

»Ich habe den Schuss nicht ausgeführt. Die Waffe war eine elegante, kleine Batterie-Steinschlosspistole mit einem Schaft aus poliertem Walnussholz und eingravierten, vergoldeten Lafetten. Ich gehe davon aus, die Waffe ist Euch vertraut?«

Einen intensiven Augenblick lang erwiderte Jarvis Devlins Blick aus funkelnden Augen. Dann wandte er sich zu seinen gaffenden Gästen um. »Ich bitte für die Störung um Verzeihung, Gentlemen. Wenn Sie uns bitte entschuldigen würden?«

Das Grüppchen – zu dem, wie Sebastian nun bemerkte, auch der Premierminister gehörte, außerdem der Marineminister und drei weitere Kabinettmitglieder – wechselte verstohlene Blicke und verließ dann, leise murmelnd, die Kammer.

Sebastian war seltsamerweise erleichtert, als er feststellte, dass Hendon nicht darunter war.

Jarvis ging zur Tür und schloss sie vernehmlich hinter ihnen. »Ich gehe davon aus, dass Ihr hierfür verflucht noch mal eine gute Erklärung habt?«

»Tatsächlich bin ich hier, um Euch nach einer zu fragen. Ich will verflucht noch eins wissen, weshalb meine Gattin und ich angegriffen wurden von ...«

»Hero? Geht es ihr gut? Meine Güte. Wenn meiner Tochter auch nur das Geringste zugestoßen ist ...«

»Nein, es ist ihr nichts zugestoßen – aber nicht dank Euch.«

»Ich vermag nicht zu begreifen, weshalb Ihr davon ausgeht, dass diese Angelegenheit in irgendeinem Zusammenhang zu mir steht. In der Welt muss es zahlreiche Menschen geben, die nur zu bereitwillig dafür zahlen würden, dass Eurer Existenz ein Ende gesetzt wird.«

»Ist er nicht einer Eurer Männer?«

»Nein.«

Devlin betrachtete Jarvis' Gesicht mit zusammengekniffenen Augen. »Und wollt Ihr mich glauben machen, dass Ihr mir vor einigen Tagen niemanden auf die Spur gesetzt habt?«

Jarvis nahm einen Schluck Sherry. »Der inkompetente, stümperhafte Idiot, der Euch durch das Adelphi gejagt hat, stand in der Tat in meinen Diensten – nun allerdings nicht mehr. Aber ich habe nichts …«, mit dem Glas deutete er auf den toten Mann auf dem Teppich, »damit zu tun. Wer ist das?«

»Wenn ich das wüsste, wäre ich nicht hier.«

Jarvis trat zu dem toten Mann und betrachtete ihn. »Dem Aussehen nach würde ich sagen, ein Raufbold.« Er richtete den Blick auf das zerrissene, blutige Hemd des Mannes. »Das war Hero?«

»Ja.«

Jarvis sah auf, sein Kiefer war angespannt. »Ob Ihr es glaubt oder nicht, bevor meine Tochter das Pech hatte, mit Euch zu tun zu bekommen, hat sie niemals jemanden getötet. Und nun …«

»Tut das nicht«, sagte Devlin und hob wie zur Warnung eine Hand hoch. »Denkt nicht einmal darüber nach, mir die Schuld an dieser Sache zuzuschieben. Wenn Hero heute Nachmittag in Gefahr geschwebt hat, dann Euret- und nicht meinetwegen.«

»Meinetwegen?«

»Zwei Tage vor ihrem Tod ist Gabrielle Tennyson auf eine Fälschung gestoßen. Damit im Zusammenhang stand jemand, der so skrupellos und mächtig ist, dass sie Angst um ihr Leben hatte. Ich denke, der Mann, vor dem sie sich gefürchtet hat, seid Ihr.«

Jarvis leerte sein Weinglas, blieb nachdenklich in den Anblick des Glases versunken stehen und ging dann zu einem Schreibtisch, um ein zerknittertes Flugblatt hochzuheben. »Habt Ihr diese Pamphlete gesehen?«

Devlin blickte auf das Flugblatt und machte keine Anstalten, es an sich zu nehmen. »Ja. Es scheint, dass sie sich schneller in der Stadt ausbreiten als die Behörden sie einsammeln können.«

»In der Tat, und das ist gewissen Agenten in französischen Diensten zu verdanken. Ihr Ziel ist es, an Unzufriedenheiten mit dem Hause Hannover zu appellieren und diese noch zu befördern. Ich habe den Verdacht, dass der Erfolg noch bei weitem größer ist, als Napoleon sich je hat träumen lassen.«

»Tatsächlich würde ich sagen, dass unser Prinny das sehr gut allein schafft.«

Jarvis kniff die Lippen zu einem dünnen Strich zusammen und warf den Zettel zur Seite. »Unzufriedenheit mit einem Monarchen ist eine Sache. Die Unterstellung, er säße als Usurpator auf dem Thron, eine ganz andere. Im zwölften Jahrhundert haben sich die Plantagenets mit einem ähnlichen Nonsens konfrontiert gesehen. Man möchte meinen, dass moderne Menschen nicht mehr so abergläubisch sind wie ihre Vorfahren vor sechshundert Jahren, und doch hat sich die Vorstellung eines wiederkehrenden Erlösers als überraschend reizvoll erwiesen.«

»Das ist eine beliebte Vorstellung.«

»Das ist das eine«, sagte Jarvis.

»Sehe ich es richtig, dass Ihr, wie einst die Plantagenets, beschlossen habt, auf diese Lage einzugehen, indem Ihr die Leichtgläubigen überzeugt, dass König Artus in Wahrheit keineswegs der ›einzige und künftige König‹ ist, sondern nur ein Haufen verrottender alter Knochen?«

»Etwas in der Art, ja.«

»Also habt Ihr – was gemacht? Einen Gelehrten – Bevin Childe, um genauer zu sein – angesprochen, der für seine Skepsis hinsichtlich der Artussage wohlbekannt ist, und ihn irgendwie überzeugt, die erstaunliche Behauptung zu verbreiten, er habe das Kreuz von Glastonbury und eine Kiste alter Gebeine in Richard Goughs Sammlungen gefunden? Ich schätze, ein guter Handwerker könnte anhand von überlieferten Zeichnungen einfach eine Nachbildung des Kreuzes anfertigen, während man die Knochen auf jedem alten Friedhof auftreiben könnte. Gewiss, die Geschichte lehrt uns, dass das Kreuz schon vor langer Zeit von den entscheidenden Knochen getrennt wurde, aber warum sollten solche Details die Legende beeinträchtigen?«

»Ja, warum?«

»Ich wundere mich nur über einen Punkt: Wie hat Miss Tennyson herausgefunden, dass es eine Fälschung war?«

Jarvis schob die Hand auf der Suche nach seiner Tabaksdose in die Tasche. »Ich glaube nicht, dass das von Relevanz ist.«

»Aber sie hat doch mit Childe gestritten und die Fälschung in den See geworfen.«

»Ja. Miss Tennyson war eine unbeherrschte, überaus cholerische Person.«

»Und sehr entschlossen, wie ich erfahren habe. Was wiederum bedeutete, dass Euer Plan, die

Leichtgläubigen davon zu überzeugen, dass Ihr im Besitz von König Artus' Gebeinen seid, nicht von Erfolg gekrönt sein würde.«

Jarvis ließ seine Schnupftabakdose mit einem Finger aufschnappen. »Ich habe für gewöhnlich nicht die Gepflogenheit, unschuldige Damen und ihre kleinen Vettern zu ermorden – wie viel Mühe sie auch verursachen mögen.«

»Aber Ihr würdet es tun, wenn Ihr es für notwendig erachtet.«

»Es gibt nur weniges, das ich nicht tun würde, um die Zukunft der Monarchie und die Stabilität des Königreiches zu wahren. Aber im großen Plan war diese Angelegenheit nicht einmal von so großer Wichtigkeit. Es hätte andere Wege gegeben, mit der Lage umzugehen, als eine unbequeme Freundin meiner Tochter zu ermorden.«

»Wie etwa?«

Jarvis hob eine kleine Prise Tabak an ein Nasenloch und schnupfte. »Ihr erwartet nicht ernstlich eine Antwort auf diese Frage?«

Devlins Lippen formten einen dünnen, festen Strich. »Vergangene Nacht hat jemand einen französischen, auf *Parole* entlassenen Offizier namens Philippe Arceneaux erschossen. Heute Morgen soll einer von Arceneaux' Offizierskollegen angeblich ausgesagt haben, Arceneaux hätte vor seinem Tod die Morde gestanden. Zur Belohnung wurde unser gemeinschaftsorientierter französischer Offizier sogleich außer Landes verfrachtet. Die einzige Person, die ich für mächtig genug halte, und der ich auch ein

Motiv zuordnen kann, um einen französischen Offizier derartig rasch zu entlassen, seid Ihr.«

Jarvis schloss die Tabakdose. »Natürlich war ich das.«

»Und Ihr habt Philippe Arceneaux erschießen lassen?«

»Ich leugne nicht, dass ich seinen Tod genutzt habe, um die ungelegenen Ermittlungen in den Tennyson-Morden zu beenden. Aber ob ich den Auftrag erteilt habe, ihn zu ermorden? Nein.«

»Die *ungelegenen Ermittlungen*? Hölle nochmal. Ungelegen für wen?«

»Nun, für die Krone natürlich.«

»Um Euch und Eure vermaledeite Scharade um das Kreuz von Glastonbury nicht zu erwähnen.«

Als Jarvis nichts erwiderte, sagte Devlin: »Wie habt Ihr Childe nur überzeugen können, seine Glaubwürdigkeit für einen solchen Streich herzugeben?«

»Mr Childe hat gewisse abwegige Vorlieben, von denen andere lieber keine Kenntnis haben sollen.«

»Inwiefern abwegig?«

Jarvis steckte die Dose in die Tasche. »Nichts, das er nicht im *Lamb's Pen* befriedigen könnte.«

»Wusste Gabrielle Tennyson über Childes Neigungen Bescheid?«

»Möglicherweise.«

»Woher wisst Ihr dann, dass nicht Childe die Tennysons getötet hat?«

»Das weiß ich nicht. Daher auch die Entscheidung, die Ermittlungen zu beenden. Es wäre inakzeptabel, dass dieser Mord in einen Zusammenhang mit dem Palast gerückt werden könnte.« Jarvis zog seine

Manschetten glatt. »Es ist vorbei, Devlin. Ein Mörder wurde ermittelt und mit dem Tode bestraft.«

Devlin nickte auf den toten Mann vor ihnen hinunter. »Für mich sieht es nicht so aus, als wäre es wirklich vorbei.«

»Ihr wisst nicht, ob dieser Angriff in irgendeinem Zusammenhang mit dem Fall der Tennysons steht. Die Behörden sind zufrieden. Die Öffentlichkeit hat bereits einen gemeinschaftlichen Seufzer der Erleichterung ausgestoßen. Lasst es ruhen.«

Devlin kräuselte die Lippe. »Und zulassen, dass der tatsächliche Mörder frei herumläuft? Zulassen, dass die Eltern der Jungen in Lincolnshire den Rest ihres Lebens in der Ungewissheit zubringen müssen, was ihren Kindern zugestoßen ist? Arceneaux' trauernde Eltern in dem Glauben lassen, ihr Sohn wäre ein Kindermörder?«

»Das Leben ist nicht immer sauber.«

»Diese Sache ist nicht nur unsauber. Das ist eine Abscheulichkeit.« Er wandte sich zur Tür um.

Jarvis sagte: »Ihr vergesst Eure Leiche.«

»In Kürze sollte jemand aus der Bow Street eintreffen.« Devlin blieb stehen und sah zurück zu Jarvis. »Ich bin neugierig. Was genau hat Hero zu der Annahme verleitet, Ihr hättet Gabrielle Tennyson ermordet?«

Langsam verzog Jarvis die Lippen zu einem maliziösen Lächeln. »Fragt sie selbst.«

Kapitel 47

Anstatt auf direktem Wege zur Brook Street zurückzufahren, machte Sebastian sich zuerst auf die Suche nach Bevin Childe.

Das *Cheese* in einer kurzen Sackgasse im Wine Office Court, die von der Fleet Street abging, war ein altehrwürdiges Speiselokal, das bei Antiquaren und Juristen beliebt war, die aus dem nahegelegen Temple herkamen. Nach einer mit gesenkter Stimme geführten Unterhaltung mit einem untersetzten Kellner stieg Sebastian eine enge Treppe hinauf und betrat einen verrauchten Raum mit niedriger Deckentäfelung. Dort traf er auf Childe, der in einsamer Pracht an einem Tisch in der Nähe der klobigen Fachwerkfenster ein Rotherham-Steak verspeiste.

Ein Stück Fleisch gerade zum Mund balancierend, blickte der Antiquar auf und sah Sebastian, der auf ihn zukam. Mit einem Klappern ließ er die Gabel fallen.

»Guten Abend.« Sebastian glitt auf das Sofa mit der hohen Rückenlehne ihm gegenüber. »Ich war überrascht, als Ihr Kammerdiener mir sagte, dass ich Sie hier finden könne. Nach meiner Kenntnis verbringen Sie die Freitage üblicherweise in Gough Hall.«

Der Antiquar klappte den Mund zu. »Mein Zeitplan für diese Woche ist ... auf den Kopf gestellt worden.«

»Wie ärgerlich für Sie.«

»Ja. Ihr habt ja keine Vorstellung.« In aller Ruhe griff der Antiquar wieder nach seiner Gabel, schob sich das Stück Steak in den Mund, dann schluckte er mühsam. »Ich ...« Er hielt inne, räusperte sich und versuchte es noch einmal. »Ich dachte, ich hätte gestern im Museum alles zur Zufriedenheit Eurer Gattin ausgeführt.«

Sebastian wahrte ein gleichmütiges Gesicht, obgleich er nicht wusste, wovon der Mann da sprach. »Sind Sie sicher, dass Sie nichts vergessen haben?«

»Nein, nichts.«

Sebastian bestellte per Handzeichen einen Krug Bier beim Kellner. »Erzählen Sie mir nochmals, wie Miss Tennyson herausgefunden hat, dass das Kreuz eine Fälschung war.«

Childe warf einen raschen Blick um sich, dann beugte er sich vor und senkte die Stimme. »Tatsächlich durch reinen Zufall. Sie hatte alles veranlasst, um am Freitag nach Gough Hall hinauszufahren und das Kreuz in Augenschein zu nehmen. Ich habe sie schon früh erwartet, doch als der Tag voranschritt und sie noch immer nicht erschien, habe ich es aufgegeben, auf sie zu warten. Dann kreuzte der Handwerker auf, der das Kreuz gezimmert hatte.« Childes rundes Gesicht rötete sich vor Ärger. »Der Kerl hatte doch tatsächlich die Unverfrorenheit, das Herstellen weiterer Artefakte anzubieten. Ich war gerade im Stall und erklärte ihm klar, was ich von seinem Vorschlag hielt, da drehte ich mich um und sah sie dastehen. Sie ... Ich fürchte, sie hat genug mit angehört, um die Wahrheit zu erfassen.«

»Woher wusste sie, dass Jarvis dabei eine Rolle gespielt hat?«

Childes Zunge glitt hervor, als er sich die Lippen befeuchtete. »Ich habe es ihr gesagt. Sie hat gedroht, den gesamten Plan zu verraten, wisst Ihr. Also habe ich sie davor gewarnt und sagte, sie hätte keine Vorstellung, mit wem oder was sie sich da anlegte.«

»Und das Wissen hat sie nicht eingeschüchtert?«

»Leider nicht. Wenn überhaupt, hat es sie noch mehr in Rage gebracht.«

Sebastian ließ den Blick über Childes schweißglänzendes Gesicht wandern. »Wer hat sie Ihrer Meinung nach getötet?«

Childe kicherte.

»Finden Sie diese Frage erheiternd?«

Childe schnitt ein Stück von seinem Steak ab. »Unter den gegebenen Umständen schon.«

»Es ist eine ernstgemeinte Frage.«

Er hielt in der Bewegung inne, beugte sich vor und senkte die Stimme. »Ehrlich?«

»Ja.«

Der Antiquar ließ erneut rasch den Blick schweifen. »Jarvis. Ich glaube, dass Lord Jarvis sie getötet hat, oder genauer gesagt, sie hat töten lassen.«

»Das ist interessant, denn Sie müssen wissen: Er ist der Meinung, dass Sie es gewesen sein könnten.«

Childes Augen traten hervor. »Das kann nicht Euer Ernst sein. Ich hätte sie niemals töten können. Ich habe sie geliebt! Vom ersten Augenblick an, in dem ich sie sah, habe ich sie geliebt. Grundgütiger, ich war willens, sie zu heiraten, obgleich ich nur zu gut über die Anfälle Bescheid wusste, die es in ihrer Familie gab.«

Sebastian starrte ihn an. »Worüber?«

Childe drückte sich die Serviette an die Lippen. »Ich weiß, sie sprechen nicht gerne darüber. Und wenngleich ich tatsächlich weder bei Hildeyard noch bei Gabrielle je Hinweise dafür gesehen hätte, dass sie unter diesem Gebrechen leiden, so besteht doch keinerlei Zweifel, dass es in der restlichen Familie sehr verbreitet ist. Ihr Urgroßvater hat es gehabt, müsst Ihr wissen. Und soweit ich es verstanden habe, leidet der Vater der beiden Buben – der Reverend in Lincolnshire – ganz arg darunter.«

Sebastian musterte sein Gegenüber über den Tisch hinweg. »Wovon sprechen Sie, zur Hölle? Welche Art Anfälle?«

Childe blinzelte ihn einfältig an. »Na, die Fallsucht natürlich. Deshalb hat Miss Tennyson doch immer darauf bestanden, niemals heiraten zu wollen. Obschon sie selbst keinerlei Anzeichen davon zeigte, hat sie befürchtet, dass sie es doch einem Kind weitervererben könnte. Sie hat es als den Familienfluch bezeichnet. Das hat D'Eyncourt außerordentlich erzürnt, das kann ich Euch verraten.«

»D'Eyncourt? Weshalb?«

»Weil er es zwar leugnet, bis er ganz blau angelaufen ist, aber die Wahrheit dennoch bleibt: Er leidet selbst darunter – wenn auch bei weitem nicht in dem Grade wie sein Bruder. Als wir in Cambridge waren, hat er einen Stipendiaten fast umgebracht, als der sagte, dass er darunter litte.« Childe unterbrach sich, dann sagte er es noch einmal, als wäre ihm die mitschwingende Bedeutung soeben erst aufgegangen. »Er hat ihn fast umgebracht.«

Kapitel 48

Sebastian fand Hero in der Bibliothek am Tisch, auf dem eines von Gabrielle Tennysons Notizbüchern offen vor ihr lag.

Ihre Haltung wirkte gelöst. Dennoch konnte er die Anspannung, die in jeder ihrer Poren vibrierte, geradezu sehen. Sie blickte auf, als er auf der Türschwelle stehenblieb, und über ihre Wangen huschte leichte Röte. Er war sich einer neuen Anspannung zwischen ihnen beiden bewusst, einer Vorsicht, die zuvor nicht da gewesen war. Doch ihm fiel nichts ein, das er sagen könnte, um diese Anspannung zu lockern.

Sie sagte es an seiner Stelle: »Wir sind mit der Situation ungeschickt umgegangen, nicht wahr? Oder vielleicht sollte ich sagen, *ich* bin ungeschickt damit umgegangen.«

Er ging zu ihr, zog den gegenüberstehenden Stuhl unter dem Tisch heraus und setzte sich. Die blanke Wut, die er zuvor, auf seinem Weg entlang der Themse, gespürt hatte, war wieder gewichen und hatte ihn unerwartet leer und niedergeschlagen zurückgelassen. Ihn bedrückte eine Schwere, die er nun als Traurigkeit erkannte.

Er ließ den Blick über ihre beherrschten Züge gleiten. »Ich würde bei ›wir‹ mitgehen.«

Steif sagte sie: »Ich mag die Situation bedauern, meine Entscheidung jedoch nicht.«

»Ich schätze, das ergibt Sinn. Ich kann dich für deine Loyalität gegenüber deinem Vater nur bewundern, auch wenn ich nicht zustimmen kann.«

Es überraschte ihn, als er sah, wie eine Regung über ihr Antlitz huschte. Doch noch immer hatte sie sich unter Kontrolle. Erst ein einziges Mal hatte er ihre Selbstbeherrschung zusammenbrechen sehen, in den unterirdischen Kammern von Somerset House, als sie beide dem Tod ins Auge geblickt hatten – und damals hatten sie das Kind gezeugt, das sie unter dem Herzen trug.

Er sagte: »Ich habe mit Jarvis gesprochen. Er riet mir, ich solle dich fragen, woher du von seiner Rolle in der Geschichte um Gabrielle wusstest. Hat sie es dir gesagt?«

»Nicht ganz. Als ich am Freitagabend meine Mutter besuchte, hörte ich von unten ärgerliche Stimmen. Ich konnte nicht verstehen, was gesprochen wurde ...« Die Andeutung eines Lächelns ließ ihre Züge kurz leuchten. »Wir sind nicht alle mit deinem guten Gehörsinn gesegnet. Aber ich glaubte, Gabrielles Stimme zu erkennen. Also bin ich nach unten gegangen. Ich kam gerade in der Eingangshalle an, da stürmte sie aus der Bibliothek meines Vaters. Ich hörte sie sagen: ›Ich habe Childe gesagt, wenn er versucht, das ans Licht zu bringen, stelle ich ihn bloß – und Euch ebenfalls.‹ Dann hat sie sich umgedreht und mich gesehen. Sie hat mich nur quer durch die Halle angeschaut, dann ist sie aus dem Haus gerannt.« Hero schwieg kurz, ihr Antlitz war von Trauer geprägt. »Danach habe ich sie nicht mehr wiedergesehen.«

»Hast du deinen Vater gefragt, worum es da gegangen ist?«

»Ja. Er sagte, Gabrielle wäre eine überemotionale Frau und offensichtlich nicht ausgeglichen. Sie hätte an dem Tag einen Streit mit Childe gehabt, dass es jedoch nichts wäre, worüber ich mir Gedanken machen sollte.«

»Er kennt dich nicht gut, oder?«

Sie erwiderte seinen Blick; das Lächeln war zurück. »Nicht so gut, wie er gern annimmt.« Sie schloss das Notizbuch, in dem sie gelesen hatte, und schob es beiseite. Er erkannte, dass es Gabrielles Übersetzung der *Lady of Shalott* war. Sie sagte: »Am nächsten Tag bin ich zum Adelphi gefahren, um mit ihr zu sprechen. Unglücklicherweise war sie noch in Camlet Moat.«

»Um wie viel Uhr war das?«

»Genau weiß ich es nicht. Mitten am Nachmittag. Ich habe ihr eine Nachricht hinterlassen. Später am Abend habe ich dann das hier von ihr bekommen.« Sie zog aus der hinteren Klappe von Gabrielles Buch einen zusammengelegten Zettel und schob ihn über den Tisch zu ihm.

Er faltete das Blatt auseinander und las.

Hero,
glaub mir, ich wäre die Letzte, die irgendjemandem für das Handeln seiner Familie Vorwürfe machen würde. Bitte komm wie geplant am Montag nach Camlet Moat, um die Ausgrabungen zu besichtigen. Dann sprechen wir über alles.

Sebastian faltete die Notiz nachdenklich wieder zusammen, dann sah er zu ihr auf. »Hat Gabrielle dir jemals anvertraut, warum sie so entschlossen war, nicht zu heiraten?«

Seine Frage schien Hero zu überraschen. Sie sah einen Augenblick verwirrt drein, dann schüttelte sie den Kopf. »Darüber haben wir nie gesprochen. Ich bin immer davon ausgegangen, dass sie beschlossen hatte, die Ehe sei mit einem Leben, das der Gelehrsamkeit gewidmet ist, nicht vereinbar.«

»Bevin Childe behauptet, in ihrer Familie läge Epilepsie, und sie hätte Angst gehabt, es an ihre eigenen Kinder zu vererben.«

Heros Lippen öffneten sich, und in einem raschen Atemzug weiteten sich ihre Nasenflügel. »Epilepsie? Das ist die Fallsucht, nicht? Meinst du, dass Childe weiß, wovon er spricht?«

»Ich bin mir nicht sicher. Ich bin im Versuch, Hildeyard zu befragen, zum Adelphi gefahren, aber er ist immer noch auf der Suche nach seinen Vettern. Es lässt sich nicht abstreiten, dass es in mehrfacher Hinsicht einen Sinn ergibt – die eigenartigen Bemerkungen zum Gesundheitszustand des Reverends, dass D'Eyncourt zum Erben seines Vaters bestimmt wurde, und sogar ein paar der Dinge, die über die beiden Jungen gesagt werden.«

»Meinst du, die Kinder könnten daran leiden?«

»Ich weiß es nicht. Hast du je einen Hinweis darauf gesehen?«

»Nein. Aber tatsächlich weiß ich fast gar nichts über dieses Anfallsleiden. Wie ist es bei dir?«

»Nein.« Sebastian erhob sich. »Aber ich kenne jemanden, der es weiß.«

»Fallsucht?«

Paul Gibson ließ den Blick zwischen Hero und Sebastian wandern. Sie saßen auf den abgewetzten Stühlen im unordentlichen, niedrigen Salon des Iren, und neben ihnen lag der schwarzbraune Hund auf einer Decke vorm Kamin und schlief.

Sebastian sagte: »Das ist doch der geläufigere Name für Epilepsie, nicht?«

Gibson stieß einen tiefen Atemzug aus. »Ja, das stimmt. Aber … ich bin nicht sicher, wie viel ich euch darüber sagen kann. Ich bin ja Chirurg, kein Internist.«

»Noch weniger als wir beide kannst du nicht darüber wissen.«

»Nun …« Gibson rieb sich mit der Hand über das Gesicht mit dem Bartschatten. »Soweit ich weiß, ist nicht genau bekannt, was die Ursache dafür ist. Es gibt natürlich unzählige Theorien, eine wilder als die andere. Aber zumindest scheint es eine Erbkomponente zu geben, jedenfalls meistens. Ich nehme an, dass tatsächlich mehrere verschiedene Funktionsstörungen zusammenkommen könnten, die durch etwas unterschiedliche Ursachen befördert werden. Manche betreffen vor allem Kinder; andere scheinen erst im Alter von zehn oder zwölf Jahren aufzutreten.«

»Das Alter, bei dem der Old Man of the Wolds seinen erstgeborenen Sohn enterbt und seinen Willen dahingehend geändert hat, dass d'Eyncourt alles erbt«, sagte Sebastian.

Hero sah Gibson an. »Gibt es keine Behandlung?«

»Ich fürchte nicht. Der übliche Rat an Betroffene lautet, viele ausgedehnte Spaziergänge zu machen. Und Wasser.«

»Wasser?«

»Ja. Es heißt, sowohl der Konsum von Wasser als auch Vollbäder oder Schwimmen würden helfen. Die Betroffenen sind außerdem ...« Gibson sah Hero an und schloss den Mund.

»Was?«, hakte sie nach.

Der Ire verlagerte unbehaglich das Gewicht und warf Sebastian einen bittenden Blick zu. »Vielleicht könntest du ganz kurz mit mir in die Küche kommen?«

»Du kannst es ebenso gut sagen; ich werde mich umdrehen und es ihr erzählen.«

Gibson verlagerte erneut das Gewicht und räusperte sich. »Nun gut ... Es gibt Hinweise ... Das heißt, viele glauben, dass die Anfälle durch bestimmte Aktivitäten ausgelöst werden können.«

»Welche Art von Aktivitäten?«

Gibson wurde puterrot.

Hero sagte: »Ich vermute, Sie beziehen sich auf Aktivitäten von sexueller Natur?«

Der Ire nickte, und die Röte auf seinen Wangen vertiefte sich noch.

Sebastian sagte: »Ich nehme an, dieser Glaube spielt eine entscheidende Rolle dabei, dass das Anfallsleiden immer noch mit einem solchen Stigma belegt ist.«

»In der Tat. Rauchen und übermäßiges Trinken lösen ebenfalls Anfälle aus. Aber die Krankheit kann sich auch in milderer Form manifestieren. Manchmal sind die Leidenden nur für mehrere Minuten unansprechbar. Sie wirken wie bei Bewusstsein, scheinen jedoch nicht da zu sein. Dann sind sie wieder anwesend und wissen gar nicht, dass etwas Eigenartiges stattgefunden hat.«

Sebastian sah, wie Hero sich mit offenem Mund vorbeugte. »Was ist?«, fragte er und sah sie an.

»Gabrielle hat so etwas gemacht. Nicht oft, aber ich habe es zwei Mal miterlebt. Es war, als ob sie … eine Minute oder so einfach verschwinden würde. Und dann war plötzlich alles wieder in Ordnung.«

Gibson nickte. »Manchmal schreitet die Krankheit nicht weiter voran. Aber gelegentlich kann ein Augenblick großer Aufruhr, Freude oder etwas anderes, das wir nicht einmal verstehen, einen richtigen Krampfanfall auslösen.«

Hero blickte zu Sebastian herüber. »Wenn du meinst, darin liegt der Schlüssel zum Mord an Gabrielle, so verstehe ich es immer noch nicht.«

»Ich muss immerzu an etwas denken, das Childe zu mir gesagt hat. Nämlich, dass Charles D'Eyncourt einen der armen Studenten in Cambridge fast ermordet hat, als der die Vermutung äußerte, d'Eyncourt könne daran leiden. Die meisten Menschen betrachten Epilepsie als etwas Peinliches, als ein Familiengeheimnis, das man um jeden Preis vertuschen muss, genau wie Irrsinn.«

»Und keiner ist skrupelloser und ehrgeiziger als D'Eyncourt«, sagte Hero. »Was meinst du also? Dass der kleine George erste Anzeichen von Epilepsie gezeigt hat? Und dass d'Eyncourt Gabrielle, die sich weigerte, das Kind wieder nach Lincolnshire zu verfrachten, ermordet hat? Sie und die beiden Jungen?«

Chien hob den Kopf und winselte.

»Ich dachte nicht an George und d'Eyncourt«, sagte Sebastian, ging zu dem Hund und hockte sich neben ihn. »Es besteht kein Zweifel, dass der Bursche ein arroganter, prinzipienloser Lügner ist, aber zugleich ist er ein Feigling. Ich bin nicht überzeugt davon, dass er dazu in der Lage ist, die Leiche seines Vetters zehn Meilen nördlich von London zu verfrachten, zu irgendeinem gottverlassenen Graben, von dem er wahrscheinlich noch nie gehört und den er mit Sicherheit noch nie gesehen hat. Und ich vermute, dass er jemanden wie Rory Forster, sollte der Bastard versucht haben, ihn zu erpressen, auszahlen würde – anstatt dafür zu sorgen, dass er sich in einem dunklen Wald mit ihm träfe, wo er ihn durch einen Schuss in die Brust töten würde.«

Hero beobachtete, wie er an den Ohren des Hundes zog, und ihre Augen wurden groß. »Großer Gott. Du kannst doch nicht glauben, dass *Hildeyard* ... wegen Gabrielle?« Sie schüttelte den Kopf. »Aber das ist unmöglich. Er war doch in Kent.«

»Ja. Aber sein Anwesen ist nur einen vierstündigen Ritt von London entfernt. Er könnte am frühen Sonntagmorgen von Kent aus nach London geritten sein, Gabrielle getötet und ihre Leiche nach Camlet Moat gebracht haben, und dann am späten Abend wieder zurück nach Kent geritten sein. Wir wissen, dass er dort war, als der Bote der Bow Street am Montag mit der Nachricht von Gabrielles Tod eingetroffen ist, aber ich bezweifle ernstlich, dass der Mann

Mr Tennyson danach gefragt hat, wo er am Tag zuvor gewesen ist.«

Vor dem Fenster flackerte ein Blitz, der Heros Antlitz für einen Augenblick weiß aufleuchten ließ. »Aber warum? Warum sollte er so etwas tun?«

»Ich nehme an, Gabrielle hatte einen Krampfanfall – einen schlimmeren als je zuvor. Wahrscheinlich wurde er durch den emotionalen Aufruhr ausgelöst, als sie erfahren hat, dass der Mann, den sie liebte, nach Frankreich fliehen wollte. Oder vielleicht durch ihren Geschlechtsverkehr oder auch durch die Angst und die Wut, die sie spürte, als sie die Wahrheit über Childes Betrug herausfand. Ich glaube, dass sie ihrem Bruder davon geschrieben hat und ihm sagte, er solle seine Verlobte warnen, dass es Epilepsie in der Familie gab. Und da ist er nach London geritten.«

In der Ferne grollte Donner. »Um sie zu töten? Das glaube ich nicht.«

»Ich glaube nicht, dass er mit der Absicht zu töten hergekommen ist. Ich glaube, er ist gekommen, um mit ihr zu diskutieren. Dann hat er die Beherrschung verloren und sie in seiner Wut erstochen.«

»Und die beiden Kinder auch?« Hero schüttelte den Kopf. »Nein. Er ist nicht derartig ... böse.«

»Ich bezweifle wirklich, dass er sich selbst als böse sieht. Tatsächlich glaube ich sogar, dass er Gabrielle die Schuld gibt, weil sie ihn dazu gebracht hat. Nach meiner Erfahrung töten Menschen, wenn ihre Gefühle sie überwältigen – ganz gleich, ob es Angst, Gier oder Wut ist. Manche von ihnen quält danach das schlechte Gewissen so sehr, dass sie zu guter Letzt ihr eigenes Leben auch noch zerstören. Die meisten jedoch sind selbstsüchtig genug, um verstandesmäßig erklären zu können, dass das, was sie getan haben, notwendig war oder sogar gerechtfertigt ist.«

»Die Schwierigkeit liegt nun darin«, mischte Gibson sich ins Gespräch, »dass du für nichts davon Beweise hast. Selbst wenn du herausfindest, dass Tennyson sein Anwesen am Sonntag tatsächlich verlassen hat, wäre das nur ein Beweis dafür, dass er es hätte tun können, nicht dass er es getan hat. D'Eyncourt kann es auch gewesen sein. Oder Childe. Oder Arceneaux.«

»Was ich nicht verstehe ...«, warf Hero ein. »Wenn du recht hast, was ich hiermit nicht bestätige, warum würde Hildeyard dann die Leichen der Kinder an einem anderen Ort verstecken? D'Eyncourt hätte einen klaren Grund dafür – die Ermittlungen vom Tod der Kinder weg- und zu Gabrielle hinzuführen. Aber Hildeyard nicht. Er ist jeden Tag in Enfield, um nach ihnen zu suchen.«

Sebastian ließ die Hand auf seinem Oberschenkel liegen. »Wirklich? Wir wissen, dass er am Dienstag dorthin geritten ist und viel Tamtam darum gemacht hat, die Suche nach seinen Vettern zu organisieren. Aber wissen wir sicher, dass er seither wirklich dort gewesen ist, jeden Tag und von morgens bis abends?«

Sie dachte darüber nach, dann schüttelte sie den Kopf. »Nein.«

»Nach allem, was wir wissen, könnte er auch den Großteil der Zeit damit verbracht haben, London abzusuchen. In der Hoffnung, die Kinder zu finden – und zum Schweigen zu bringen.«

»Aber wenn sie nicht tot sind, wo sind sie dann?«

Chien stupste Sebastians unbewegliche Hand an, und er begann erneut, das seidige Fell des Hunds zu streicheln. Er dachte an einen neunjährigen Jungen, der zu Philippe gesagt hatte, er solle seinen Hund doch »Rom« nennen. Nicht »Gypsy« wie »Zigeuner«, sondern Rom wie »Roma«. Plötzlich hatte er ein blauweißes *Nazar* vor Augen, das an einem Lederband um den Hals einer alten Frau vom fahrenden Volk hing, und einen identischen Talisman auf einem Tisch in einem Kinderzimmer neben einem zerbrochenen Tonpfeifenkopf und einer Rosskastanie.

»Was ist?«, fragte Hero, die ihn beobachtete.

Er erhob sich. »Ich glaube, ich weiß, wo die Kinder sind.«

»Du meinst, du weißt, wo sie begraben sind?«

»Nein. Ich glaube nicht, dass sie tot sind. Ich glaube, sie sind zu dem bunt zusammengewürfelten fahrenden Volk gegangen.«

Kapitel 49

Zuerst fuhren sie in der Hoffnung, die Wahrsagerin wäre noch dort, zur Adelphi Terrace. Aber die Wolkenungetüme, die sich über ihren Köpfen zusammenrotteten, hatten schon viel vom Licht der untergehenden Sonne gefressen. Die Fenster der umstehenden Häuser wurden von goldenem Lampenlicht erhellt, und die Terrasse lag nass und verlassen unter dem sich verdunkelnden Himmel.

»Was tun wir jetzt?«, fragte Hero, die schreien musste, um über den Lärm von Wind und Regen hinweg gehört zu werden.

Sebastian blickte auf den angeschwollenen Fluss hinaus. Ein Blitz beleuchtete die Unterseite der Wolken und wurde vom aufgewühlten Wasser reflektiert. Ein Wächter auf seinem Rundgang kam um die Ecke und hielt auf sein Häuschen zu. Er trug einen altmodischen Herrenmantel und hielt mit einer Hand seinen Hut fest, in der anderen hielt er eine Lampe mit zerbrochenem Glas.

»Na, das ist mal eine gruselige Nacht heute«, sagte er, als er sie erblickte.

»Allerdings«, sagte Sebastian. »Wir suchen nach der Wahrsagerin, die hier normalerweise aus der Hand liest. Wissen Sie, wo wir sie finden könnten?«

»Hat sie Euch etwas gestohlen, Sir? Das sind alles stinkende Gauner.«

»Nein, sie hat nichts gestohlen. Aber meine Frau«, Sebastian nickte in Heros Richtung, die sich Mühe gab, abergläubisch und begierig zu wirken, »meine Frau wollte sich gern aus der Hand lesen lassen.«

Der Wächter blinzelte. Aber offenbar war er an die eigenartigen Macken der besseren Leute auch gewöhnt, denn er sagte: »Ich glaub, sie gehört zu der Gruppe, die um diese Zeit im Jahr bei Nine Elms kampiert. Hab sie ein- oder zweimal mit der Jolle ablegen sehn.« Der Weiler von Nine Elms lag auf der Südseite der Themse zwischen Lambeth und Vauxhall in einem niedrigen, sumpfigen Gebiet, das für seine Windmühlen, Weiden und Wiesen voller Weinraute und Nesseln bekannt war.

»Danke sehr.« Sebastian drehte sich um, rief dem Kutscher seine Anweisungen zu und half Hero, in die Kutsche zu steigen.

»Lustig, dass Ihr nach denen fragt«, sagte der Wächter.

Sebastian hielt auf dem Kutschtritt inne und sah ihn an. »Warum?«

»Mr Tennyson hat mich auch danach gefragt«, sagte der Wachmann. »Is grade mal 'n paar Stunden her.«

Sie fanden das Lager auf einer niedrigen Wiese neben einem von Weiden geflankten Bach. Vielleicht ein halbes Dutzend Wagen auf hohen Rädern waren von der Straße abgewandt in einem Halbkreis aufgestellt worden. Im Abendlicht brannten die nassen Holzfeuer der Kochstellen träge vor sich hin. Ihr blauer Rauch stieg in den Nebel auf, und der Wind trug den durchdringenden Geruch nach brennendem Holz,

Knoblauch und Zwiebeln mit sich. Am Rand des Lagers tänzelte eine Herde angebundener Pferde nervös zur Seite. Sie warfen die Köpfe, und ihr Wiehern vermischte sich mit dem Donner, der über den sich verdunkelnden Himmel rollte.

Als Sebastian dem Kutscher das Zeichen zum Anhalten gab, rannte eine buntgemischte Meute heller, schlanker Hunde hinter den Wagen hervor. Ein großer Mann mit einem breitkrempigen schwarzen Hut und einem weißen Hemd kam zum nächststehenden Wagen, blieb daneben stehen und betrachtete die Ankömmlinge. Er machte keine Anstalten näherzukommen, sondern stand einfach da, eine Hand um den Kopf seiner Tonpfeife geschlossen, und während er zusah, wie die Hunde sie umrundeten, blieben seine Augen unter der Krempe seines Huts verborgen.

»Was tun wir jetzt?«, fragte Hero, da die Hunde immer weiter um die Kutsche herumliefen und dabei schnappten und knurrten.

»Bleib hier.« Sebastian schlug die Tür auf, sprang hinunter auf den Boden, hob einen Felsbrocken auf und warf ihn in die Meute. Sie zogen sich alle sofort zurück, die Ohren angelegt, die Ruten gesenkt.

»Beeindruckend. Hast du das auch in Spanien gelernt?« Hero sprang neben ihn. Aber er bemerkte, dass sie die eine Hand in ihrem Retikül ließ.

»Auch wenn man keinen Stein hat, muss man sich nur bücken und so tun, als würde man einen werfen. Der Effekt ist der gleiche.«

»Ich werde es ausprobieren.«

Sie überquerten die wasserdurchtränkte Wiese zum Camp. Das hohe, nasse Gras benetzte ihre Kleidung. Sie sahen noch mehr Männer und Frauen in bunten, fröhlich gefärbten Röcken, die um die Feuer herum hockten und vorgaben, sie sähen sie nicht herankommen. Aber die Kinder hielten sich im Schatten, regungslos und leise, während sie mit dunklen, traurigen Augen zuschauten.

»*O boro duvel atch pa leste*«, rief Sebastian dem Mann zu, der allein neben dem Wagen stand.

Der grunzte und hielt den Stiel seiner Pfeife zwischen den Zähnen. Seine Augen blickten böse. Er hatte dunkle, sonnengegerbte Haut, einen buschigen, eisengrauen Schnäuzer und lockiges Haar, das von viel Grau durchzogen war. Eine blasse Narbe durchschnitt seine buschige linke Augenbraue.

»Die Frau, die beim Adelphi und den York Steps weissagt«, fuhr Sebastian auf Romanes fort. »Wir würden gern mit ihr sprechen.«

Der Mann betrachtete Sebastian, ohne eine Miene zu verziehen.

»Ich weiß, dass ihr zwei *Gadje*-Kinder bei euch habt«, sagte Sebastian, obgleich er es in Wahrheit nicht wusste, sondern von einer Mutmaßung ausging. »Einen Jungen von neun Jahren und ein kleineres Kind von drei.«

Der Mann bewegte mit der Zunge die Position des Pfeifenstiels. »Was denken Sie?«, fragte er auf Englisch. »Dass wir Roma unfähig sind, unsere eigenen Kinder zu zeugen? Dass wir eure klauen müssen?«

»Ich behaupte nicht, dass ihr diese Kinder gestohlen habt. Ich glaube, dass ihr sie vor dem Mann schützt, der ihre Base getötet hat.« Als der Mann Sebastian weiterhin schweigend betrachtete, sagte er: »Wir wollen den Kindern nichts Schlechtes. Aber wir haben Grund zur Annahme, dass der Mann, der ihre Base umgebracht hat, jetzt weiß, wo sie sind.«

Hero berührte Sebastian am Arm. »Devlin.«

Er drehte den Kopf. Die Frau von den York Steps war an der Tür des nächststehenden Wagens erschienen. An der Hand hielt sie ein kleines Kind, dessen dunkles Haar in weichen Locken um sein schmutziges Gesicht fiel, wie bei einem Mädchen. Doch anstelle eines Kleidchens trug es einen kurzärmeligen einteiligen Anzug. Die hochgeschnittenen Hosen, die oberhalb der Brust an das schmal geschnittene Oberteil geknöpft waren, waren an einem Knie aufgerissen, und das weiße Hemd mit Spitzenkragen war schmutzig. Der Junge blickte sie aus großen, ernsten Augen an.

»Hallo Alfred«, sagte Hero und streckte die Arme aus. »Erinnerst du dich an mich, Schatz?«

Die Frau ließ seine Hand los, und nach kurzem Zögern ging er zu Hero. Sie hob ihn vom Wagen hoch in die Arme und hielt ihn fest. Einen verräterischen Augenblick lang schloss sie die Augen.

Sebastian sagte: »Und der größere Junge? George?«

Die Frau antwortete: »Er ist mit einigen unserer Buben zum Fluss hinunter gegangen, um Igel zu fangen. Sie sind neben der Straße zum Camp zurückgekommen, da ist ein Mann in einem Gig herangefahren und hat sich den Bub geschnappt.«

»Wie lang ist das her?«, fragte Sebastian scharf.

»Eine Stunde, vielleicht mehr.«

Hero sah ihn an. »Lieber Gott«, flüsterte sie.

Sebastian angelte seine goldene Uhr aus der Tasche und drehte sich wieder zu dem Mann mit dem Schnauzbart um. »Ich gebe Ihnen vierhundert Pfund für Ihr schnellstes Pferd und einen Sattel. Dies gebe ich Ihnen als Sicherheit, bis ich das Geld liefern kann. Und um sicher zu gehen, dass Sie mir Ihr bestes Pferd geben, lege ich noch hundert Pfund drauf, wenn ich diesen Gig rechtzeitig einhole.«

»Aber wir wissen nicht, wohin sie gefahren sind«, sagte Hero.

»Nein. Aber ich kann es mir denken. Ich glaube, Hildeyard bringt ihn nach Camlet Moat.«

Kapitel 50

Die Leute verkauften ihm einen halbwilden, braunen Hengst, der mit angelegten Ohren zur Seite tänzelte, als Sebastian ihm den Sattel auf den Rücken legte.

»Dieses Pferd gefällt mir nicht«, sagte Hero. Sie balancierte den kleinen Jungen auf der Hüfte. Er hatte den Kopf an ihre Schulter gelegt, und die Lider fielen ihm zu.

»Er ist schnell. Das ist jetzt entscheidend.« Er zog den Gurt fest. »Lovejoy müsste noch in der Bow Street sein. Erzähl ihm alles, was nötig ist, aber bring ihn dazu, Männer zum Moat zu schicken. Schnell.«

»Was, wenn du dich täuschst? Was, wenn Hildeyard George nicht nach Camlet Moat bringt?«

»Wenn dir ein anderer möglicher Ort einfällt, nenn ihn Lovejoy.« Sebastian saß auf, und der Hengst unter ihm buckelte und trat aus.

»Devlin ...«

Er zog das tänzelnde Pferd herum und sah sie an.

Einen intensiven Augenblick lang begegneten sich ihre Blicke und verhakten sich. Dann sagte sie: »Gib auf dich acht. Bitte.«

Der Wind blähte ihre Röcke auf und wehte eine verirrte, dunkle Haarlocke in ihr blasses Antlitz. Er sagte: »Sorge dich nicht; ich habe einen guten Grund, auf mich achtzugeben.«

»Du meinst deinen Sohn.«

Er lächelte. »Tatsächlich hoffe ich auf ein Mädchen – eine Tochter, die in jeder Faser so brillant und stark und unbeugsam loyal ihrem Vater gegenüber ist wie ihre Mutter.«

Sie lachte erschrocken und zittrig, und er brachte das Pferd dichter zu ihr heran, sodass er sich hinunterbeugen und ihr die Hand an die Wange legen konnte. Er wollte ihr sagen, dass auch sie ein Grund war, auf sich achtzugeben. Und dass er, als er noch das Gefühl hatte, sie zu verlieren, bevor sie überhaupt die Seine gewesen war, schon längst gemerkt hatte, wie wichtig sie ihm war. Er wollte ihr sagen, dass ein Mann lernen konnte, erneut zu lieben, ohne seine erste Liebe damit zu verraten.

Aber sie legte ihre Hand auf seine und hielt seine Innenfläche an ihrem Gesicht fest, als sie den Kopf drehte, um seine Haut zu küssen, und der Augenblick verging.

»Nun reite«, sagte sie und trat einen Schritt zurück. »Rasch.«

Sebastian erwischte die Pferdefähre am Lambeth Place. Der Hengst schnaubte und rutschte verängstigt, als die Fähre sich hob und senkte und der Wind sie alle mit Gischt durchnässte, die er von den Wellenkämmen auf der Themse herantrug. Nachdem er in Westminster angelandet war, ritt er durch die Außengebiete der Stadt, bis die Häuser und der Verkehr Londons weniger wurden. Endlich lag die Straße leer vor ihnen, und er trieb den Hengst zu einem schnellen Galopp an.

Seine Welt verengte sich auf das Trommeln der Hufe, die dräuenden, blitzdurchzuckten Wolken über seinem

Kopf, die durchtränkten Hügel, die vom Regen des Tages glänzten und von im Wind zuckenden Ästen der Bäume beschattet wurden. Ein ruheloses Gefühl der Dringlichkeit trieb ihn voran, während ihn zugleich das Wissen plagte, dass seine Annahme – dass Hildeyard seinen kleinen Vetter nach Camlet Moat brachte, um ihn zu töten – ebenso gut falsch sein konnte. Der Junge konnte auch schon tot sein. Oder Hildeyard konnte den Jungen zu einem ganz anderen Ort bringen, einem Ort, über den Sebastian nichts wusste – anstatt sich damit abzumühen, ihn auf oder nahe der Insel zu vergraben, darauf hoffend, die Behörden gingen davon aus, dass er die ganze Zeit schon dort gelegen hatte, wenn man ihn schließlich finden würde.

Ein blendend heller Blitzstrahl schnitt durch die sturmumtosten Wolken und zuckte weiß über den gewundenen, baumbeschatteten Weg. Er hatte die überwucherten Überreste des alten königlichen Jagdreviers erreicht. Der Regen war wieder aufgefrischt, ein weiches Platschen traf auf die Blätter der ausgedehnten Baumkronen der Eichen und rann ihm in den Kragen hinein.

Der Hengst vom fahrenden Volk ermüdete langsam. Sebastian roch das heiße, verschwitzte Fell des Pferdes und hörte seinen angestrengten Atem, als er den Pfad einschlug, der sich zum Wallgraben schlängelte. Er ließ das Pferd in Schritt fallen und durchsuchte mit dem Blick das windgepeitschte, schattige Gehölz vor sich. In der Stille klangen die vom weichen Boden gedämpften Huftritte des Pferdes und das Knarren des Sattelleders gefährlich laut. Er ritt noch etwa dreihundert Meter weiter, bevor er die Zügel anzog.

Er glitt vom Sattel herunter, wand die Zügel um einen niedrigen Ast und ging zu Fuß weiter. Er spürte, wie die Temperatur fiel, und sah die ersten Nebelfetzen vom Grund aufsteigen. Während er sich dem Graben näherte, spürte er überdeutlich seinen Atem und seinen Herzschlag.

Das Gig des Anwalts stand leer auf dem Scheitel des Erddamms, und der eingespannte Graue graste gleichmütig am Wegrand. Am anderen Ende der Landbrücke warf eine Laterne einen Lichtkegel über Sir Stanleys jüngste Ausgrabungen. Hildeyard Tennyson saß neben der Laterne auf einem umgelegten Holzstamm, die Ellbogen auf den Knien abgestützt und eine kleine Steinschlosspistole in der Hand. Etwa drei Meter von ihm entfernt arbeitete ein großer Junge mit bloßen Füßen und wie einer vom fahrenden Volk nur in zerrissene Hosen und ein schmutziges Hemd gekleidet, daran, einen der alten Gräben wieder auszuheben. Sebastian hörte das Geräusch von George Tennysons Schaufel, die sich in die Erde grub.

Der Anwalt hatte den Jungen beauftragt, sein eigenes Grab zu schaufeln.

Hinter dem dicken Stamm einer alten Eiche ließ Sebastian sich im dichten, feuchten Waldboden auf ein Knie hinunter. Wäre er mit einem Gewehr bewaffnet, hätte er den Anwalt von hier aus außer Gefecht setzen können. Doch die kleine Steinschlosspistole in seiner Tasche schoss nur auf kurze Distanz zielgenau. Sebastian lauschte auf das Regenplatschen im brackigen Wasser des Wallgrabens und ließ den Blick über die antike Stätte schweifen. Da Hildeyard am Ende der Landbrücke saß, gab es für Sebastian keine Möglichkeit, sich der Insel aus dieser Richtung ungesehen zu nähern. Ihm blieb nur, um den Wallgraben herumzugehen, bis er aus dem Blickfeld des Anwalts wäre, und dann durch das Wasser zu waten.

Sebastian richtete sich wieder auf. Seine Steinschlosspistole hielt er in der schwitzenden Hand. Er hörte das leise Geräusch einer Schaufel Erde, die von dem wachsenden Haufen neben George seitlich herabrutschte. Das Erdreich war locker, und das Schaufeln fiel leicht. Der Junge stand schon bis zu den Knien in dem schnell tiefer werdenden Graben.

Sebastian bewegte sich leise, aber schnell und schlich sich zwischen dicken Stämmen von Eichen, Ulmen und Birken hindurch. Das Unterholz aus Gestrüpp und Farn war dicht und nass, der Boden unter seinen Füßen glitschig. Er ging gerade so weit, dass er sowohl für den Mann wie für den Jungen außer Sichtweite war, dann schlidderte er den Abhang zum Rand des Grabens hinunter. Er schob sich die Pistole in den Hosenbund und befreite sich von seinen Hessischen Stiefeln und dem Mantel. Den Dolch zog er aus dem Stiefelschaft und hielt ihn in der Hand, als er in das stehende Gewässer stieg.

Unter seinen strumpfsockigen Füßen fühlte sich der matschige Untergrund schlüpfrig und glatt an. Um ihn herum stieg ein durchdringender Geruch nach Verrottung auf. Er spürte das Wasser an den Oberschenkeln, dann in der Leiste. Der Graben war tiefer als er erwartet hatte. Er zog die Pistole aus dem Hosenbund und hielt sie hoch. Doch das Wasser stieg immer noch weiter, zur Brust, zum Hals. Es blieb ihm nichts übrig, als die Pistole wieder in die Hose zu stecken und zu schwimmen.

Nur wenige Züge trugen ihn über den Streifen tiefsten Wassers hinweg. Aber der Schaden war angerichtet; das Pulver war nass, die Pistole nur noch eine nutzlose Requisite.

Er verdrängte das Wasser um sich herum, dann erhob er sich aus den Untiefen. Sein Hemd und die Hosen waren von grünen Algen und Schleim verschmiert. Er arbeitete sich durch das dichte Gestrüpp und den Farn auf der Insel voran. Seine nasse Kleidung war schwer und behinderte ihn, und die kleinen Steine, zerbrochenen Stöckchen und Disteln, die unter dem Dickicht auf dem Boden lagen, stachen ihm spitz in die strumpfsockigen Füße. Er blieb hinter einem Haselnussbaum gerade außerhalb des Lichtkegels stehen, umgriff das Messer mit der Rechten und zog die nasse Pistole aus dem Hosenbund, um sie in der Linken zu halten. Dann schlich er vorwärts, bis er George Tennyson sehen konnte, der inzwischen bis zur Taille im Graben stand.

Er hörte, wie Hildeyard zu dem Jungen sagte: »Das ist genug.«

Der Junge drehte sich mit der Schaufel in der Hand um. Sein Gesicht war blass und ausgemergelt, Streifen von Schweiß, Schmutz und Regen zogen sich darüber. »Was hast du vor, Vetter Hildeyard?«, fragte er mit heller, doch fester Stimme. »Das fahrende Volk weiß, was du Gabrielle angetan hast. Ich habe es ihnen gesagt. Was denkst du, dass du tun kannst? Sie auch alle erschießen?«

Hildeyard stand von dem Stamm auf, die Pistole hielt er in der Hand. »Ich glaube nicht, dass irgendjemand einer Rotte abgerissener, klauender Zigeuner zuhören wird.« Er hob die Steinschlosspistole und spannte mit einem vernehmlichen Klicken den Hahn. »Es tut mir leid, dass ich das tun muss, mein Junge, aber ...«

»*Waffe fallenlassen.*« Sebastian trat in den Lichtkegel und zielte mit seiner eigenen, nutzlosen Waffe auf die Brust des Anwalts. »Sofort!«

Anstatt mit seiner Waffe auf Sebastian zu zielen, sprang Tennyson zu dem Jungen, legte einen Arm um seine schmale Brust und zog seine kleine Gestalt wie einen Schutzschild vor sich. Die Waffe drückte er ihm gegen die Schläfe. »Nein. Ihr legt Eure Waffe ab. Tut es, oder ich erschieße den Jungen«, fügte er hinzu, und seine Stimme wurde beinahe hysterisch, als Sebastian nicht sogleich gehorchte. »Ihr wisst, dass ich es tun werde. Ich habe nichts zu verlieren.«

Sebastian hielt das Messer immer noch außer Sichtweiter in der rechten Hand und bückte sich, um die nutzlose Pistole in das nasse Gras zu seinen Füßen zu legen. Er richtete sich langsam auf und streckte die nun leere linke Hand zur Seite.

Hildeyard sagte: »Kommt näher ins Licht, damit ich Euch besser sehen kann.«

Sebastian ging zwei Schritte, dann drei.

»Das ist nah genug.«

Sebastian blieb stehen, obgleich er noch nicht so nah dran war wie er musste. »Geben Sie auf, Tennyson.

Meine Frau informiert just jetzt, da wir miteinander sprechen, die Bow-Street-Behörde.«

Der Anwalt schüttelte den Kopf. »Nein.« Sein Gesicht war blass, die Züge angstverzerrt. Er war ein stolzer, egozentrischer Mann, den seine Selbstsucht und ein Augenblick der Wut zu Taten verleitet hatten, die er nie zuvor gewagt hatte. »Ich glaube Euch nicht.«

»Glauben Sie es nur. Wir wissen, dass Sie am Sonntagmorgen von Kent aufgebrochen und erst lange nach Mitternacht zu Ihrem Anwesen zurückgekehrt sind.« Es war natürlich nur geraten, aber das konnte Tennyson nicht wissen. Sebastian machte noch einen Schritt und verringerte die Distanz zwischen ihnen beiden. »Sie hat Ihnen einen Brief geschrieben, nicht wahr?« Sebastian ging noch einen Schritt vor, dann noch einen. »Einen Brief, in dem sie Ihnen verriet, dass sie einen epileptischen Anfall hatte.«

»Nein. Das liegt nicht in unserer Seite der Familie. So ist es nicht! Hört Ihr?«

»War sie der Auffassung, als ihr Verlobter schuldeten Sie es Miss Goodwin, sie zu warnen, dass Sie selbst auch diese Krankheitsneigung der Familie haben könnten? Sind Sie deshalb nach London geritten, um mit ihr zu sprechen? Und als Sie ihr sagten, dass sie den Mund halten und es als Geheimnis behandeln sollte, hat sie da gedroht, es Miss Goodwin selbst zu sagen?« Sebastian machte noch einen Schritt vor. »Und haben Sie sie da ermordet?«

»Ich warne Euch, bleibt zurück!«, schrie Hildeyard, und die Waffe zitterte in seiner Hand, als er sie von dem Jungen weg bewegte, um auf Sebastian zu zielen. »Sie wollte mein Leben zerstören! Meine Ehe, meine

Karriere, alles! Seht Ihr das denn nicht? Ich musste sie töten.«

Einen flüchtigen Augenblick nahm Sebastian George Tennysons ängstlichen Blick wahr. »Und die Jungen?«

»Ich hatte vergessen, dass sie da waren.« Hildeyard lachte abgehackt. Seine Nerven waren offenbar bis zum Zerreißen gespannt. »Ich hatte vergessen, dass sie überhaupt da waren.«

Sebastian beobachtete die Augen und die Hände seines Angreifers. Er sah, wie der Lauf der Waffe zuckte und Hildeyards Augen sich verengten.

Aus Angst, den Jungen zu verletzen, konnte Sebastian seinen Dolch nicht werfen. Er tauchte zur Seite weg, als Hildeyard den Abzug drückte.

Die Waffe spuckte Feuer, und der Schuss verfehlte Sebastian, der in die nackte, matschige Erde hechtete. Er verlor seinen Dolch. Ihm klingelten die Ohren, und die Luft war dick vom Gestank verbrannten Pulvers. Er rappelte sich noch auf die Füße, da warf Hildeyard die leere Schusswaffe zur Seite und rannte los, stürmte in das dichte Unterholz.

»Nimm das Gig und verschwinde von hier!«, rief Sebastian dem Jungen zu und stürmte Hildeyard hinterher ins Dickicht.

Die nasse, schwere Kleidung und die Socken behinderten Sebastian. Aber er hatte die Augen und Ohren eines Raubtiers, während Hildeyard, offenkundig nachtblind, auf Schösslinge trampelte und über Wurzeln und umgefallene Baumstämme stolperte. Sebastian holte in der Mitte der Lichtung der heiligen Quelle auf und griff nach ihm.

Die beiden Männer gingen zu Boden. Hildeyard krabbelte voran, trat mit dem Stiefelabsatz nach Sebastians Kopf und versuchte, ihn in die Augen zu treffen. Dann griff er nach einem abgebrochenen Stein von der Einfassung der Quelle und schlug damit nach Sebastians Kopf. Sebastian versuchte, dem Schlag auszuweichen, doch der zackige Stein kratzte an seinem Gesicht entlang und traf seine Schulter mit Wucht.

Schmerz durchzuckte seinen Körper, und der Griff seiner Hand lockerte sich gerade lang genug, dass Hildeyard sich halb auf die Füße schaffen konnte. Dann sah Sebastian das blasse Gesicht von George über ihnen auftauchen, und sein Kiefer war entschlossen angespannt, als er mit der Schaufel, an der dichter Lehm klebte, gegen den Kopf seines Vetters hieb.

Die flache Seite der Schaufel donnerte mit einem hässlichen, dumpfen Geräusch gegen Tennysons Schläfe. Tennyson ging zu Boden und blieb liegen.

Sebastian setzte sich schweratmend auf. »Danke«, sagte er zu dem Jungen. Er wischte sich mit dem schmierigen, nassen Ärmel über die blutige Wange. »Geht es dir gut?«

Der Junge nickte und blickte auf den regungslosen, mit dem Gesicht nach unten liegenden Körper seines Vetters. Seine Nasenflügel weiteten sich, als er rasch die Luft einsog. »Habe ich ihn umgebracht?«

Sebastian verlagerte das Gewicht und spürte mit den Fingerspitzen an Hildeyards Hals nach dessen stetem Puls. »Nein.«

Sebastian zog sich die Krawatte vom Hals und fesselte die Hände des Mannes, dann benutzte er

Hildeyards eigene Krawatte, um auch die Fußgelenke zu fesseln. Er ging kein Risiko ein. Erst danach rappelte er sich auf. Seine Schulter schmerzte, und die eine Gesichtshälfte brannte.

George Tennyson sagte: »Ich verstehe einfach nicht, warum er sie getötet hat. Sie war seine Schwester.«

Sebastian sah in die weit offenen, verletzten Augen des Jungen. Er hörte den Wind, der die Blätter des alten Hains rascheln ließ und die Regentropfen, die in das ruhige Gewässer des Grabens von Camelot platschten. Wie sollte man einem neunjährigen Buben erklären, bis zu welchem Grad selbst scheinbar normale Menschen von der Sucht, ihre persönlichen Bedürfnisse und Wünsche zu erfüllen, besessen sein konnten? Oder dass es Menschen mit solcher Verachtung anderen gegenüber gab – und seien es die engsten Familienmitglieder –, dass sie sogar zu töten bereit waren, um ihre eigenen Interessen zu wahren?

Dann wurde ihm klar, dass George diese Lektion bereits gelernt hatte, und zwar aus erster Hand. Der Junge begriff jedoch nicht, wie jemand, den er kannte und liebte, so sein konnte. Und da konnte Sebastian ihm auch nicht helfen.

Er legte einen Arm um die Schultern des Knaben und zog ihn zu sich heran. »Es ist vorbei. Du bist in Sicherheit, dein Bruder auch.« Unzureichende Worte, er wusste es.

Aber mehr hatte er nicht anzubieten.

Kapitel 51

Samstag, 8. August

Gustav Pelletier saß auf dem Rand seiner harten Pritsche und tippte sich mit den ausgestreckten Fingern gegen den Schnäuzer.

»Sie werden so oder so hängen«, sagte Sebastian, der mit der Schulter an die Gefängniswand gelehnt dastand. »Also warum nicht gleich die Wahrheit über Arceneaux sagen?«

Pelletier hielt die Finger still. »Das hättet Ihr gerne, was? Damit Ihr alles reinwaschen könnt.« Der Husar schürzte die Lippen. »*Casse-toi.*« Dann wandte er das Gesicht ab und verweigerte jegliche weitere Unterhaltung.

Lovejoy wartete draußen im Flur auf Sebastian. »Irgendetwas Neues?«, fragte er, als hinter ihnen krachend die schwere, eisenbeschlagene Tür zufiel und sich der Schlüssel im Schloss drehte.

Sebastian schüttelte den Kopf.

Sie gingen den düsteren Gang entlang, ihre Schritte hallten in der klammen Stille wider. »Wenn er Philippe Arceneaux erschossen hat, wird er die Wahrheit mit ins Grab nehmen«, sagte Sebastian.

Er hatte bereits einen der eingefangenen französischen Offiziere als den zweiten seiner beiden Angreifer in Covent Garden identifiziert, der auf ihn gesprungen war – einen François LeBlanc aus Lyon. Der Mann hatte gestanden, dass er und sein Kumpan Sebastian aus Angst angegriffen hatten, die fortgesetzten Ermittlungen des Viscounts könnten ihre Fluchtpläne offenlegen. Aber der Franzose schwor, dass er nichts über Arceneaux' Tod wisse.

Lovejoy seufzte. »Glaubt Ihr, dass Arceneaux seine Fluchtpläne mit seinen Kameraden wegen Miss Tennyson aufgegeben hat?«

»Das glaube ich, ja.«

»Aber warum hat er es sich dann nicht anders überlegt, als sie tot war?«

»Vielleicht hatte er inzwischen den Beschluss, seine *Parole* zu brechen, bereut? Allerdings halte ich es für wahrscheinlicher, dass er es tat, weil er seine Kameraden verdächtigt hat, die Frau, die er liebte, ermordet zu haben. Etwas in dieser Art sagte er zu mir unmittelbar, bevor er erschossen wurde. Leider wusste ich zu dem Zeitpunkt zu wenig, um zu verstehen, was er mir sagte.«

Sie traten durch das Gefängnistor in die strahlende Morgensonne hinaus. Der Regen hatte Staub und Schmutz von den Straßen der Stadt gewaschen und herrlich saubere und frische Luft zurückgelassen. Lovejoy sagte: »Man hat mir gesagt, dass der Vater der Buben, Reverend Tennyson, von Lincolnshire angereist ist. Glücklicherweise hat Hildeyard ein volles Geständnis abgelegt, sodass der kleine George keine Zeugenaussage gegen ihn zu machen braucht.«

»Gott sei Dank«, sagte Sebastian. Am Abend zuvor hatten Sebastian und der Junge, während sie darauf warteten, dass die Wachtmeister der Bow Street in

Camlet Moat ankämen, Seite an Seite im goldenen Licht der Laterne gesessen. Um sie herum war sanft der Regen gefallen. George hatte Sebastian leise erzählt, wie sie an dem Morgen nach dem Kirchgang Verstecken gespielt hatten. Gabrielle musste suchen, und die beiden Jungen versteckten sich gerade hinter den schweren Samtvorhängen der Fenster im Speisezimmer, als Hildeyard in das Haus gepoltert kam. Vieles von dem Streit zwischen den Geschwistern war über Georges Kopf hinweggegangen. Doch der Streit war im Esszimmer zu einem jähen Ende gekommen, als Hildeyard in einem Wutanfall das Tranchiermesser vom Tisch schnappte und Gabrielle damit erstach.

Die Buben waren im Versteck geblieben, still und voller Angst, bis Hildeyard aus dem Haus stürmte – wahrscheinlich, um sich ein Gig zu rufen. Da hatte George nach Alfreds Hand gegriffen und war mit ihm zu seinen Freunden vom fahrenden Volk gelaufen.

Lovejoy sagte: »Man überlege sich mal, dass der Mann jeden Tag auf die Suche nach seinen Vettern gegangen ist und sogar eine Belohnung ausgesetzt hat! Ich war sehr beeindruckt von ihm. Er schien so ein bewundernswerter Gegenpart zum Onkel der Jungen zu sein.«

»Nun ja, im Gegensatz zu d'Eyncourt wollte Hildeyard die Burschen ja tatsächlich finden – um sie zum Schweigen zu bringen. Er hat zwar ein großes Schauspiel aufgezogen, Männer angeheuert, um die Gegend um den Wallgraben zu durchkämmen, aber die Belohnung hat er hier in London ausgesetzt. Und in einem Büro in der Fleet Street einen Agenten eingesetzt, der alle eingehenden Informationen aufzeichnete.«

Lovejoy nickte. »Der Agent hat sich als außerordentlich kooperativ gezeigt, aus offensichtlichen Gründen. Anscheinend hat er gestern von einem Fährmann einen Hinweis bekommen, der die beiden Buben beim fahrenden Volk gesehen hatte. Selbstverständlich behauptet er, dass er keinerlei Kenntnisse von Tennysons echten Gründen hatte, die Jungen zu finden.«

»Ich vermute, er sagt die Wahrheit.«

»Das wollen wir hoffen. Er hat auch gestanden, dass er den Kontakt zwischen Tennyson und dem Schläger hergestellt hat, der Euch gestern an der Themse angegriffen hat. Und auch da hat er behauptet, nicht gewusst zu haben, zu welchem Behufe Tennyson eine solch widerliche Person anheuern wollte.«

»Ein Gentleman ohne jegliche Neugier, wenn man ihm glauben möchte.«

»Er nennt es Berufsrisiko.«

»Ich gehe davon aus, dass er hängen wird?«

»Tennyson meint Ihr? Das nehme ich an.« Lovejoy blieb stehen und blickte zur düsteren Fassade des Gefängnisses zurück. »Unglücklicherweise beharrt er darauf, dass er nichts über den Tod des französischen Leutnants wisse. Ich würde gern glauben, dass Pelletier oder einer der anderen flüchtigen Offiziere dafür verantwortlich ist. Aber ich weiß es nicht. Ich weiß es einfach nicht ...«

Er warf Sebastian einen Blick zu, die Brauen zusammengezogen. Es wirkte, als wisse er, dass Sebastian ihm etwas vorenthielt.

Doch Sebastian schüttelte nur den Kopf. »Ich frage mich, ob die Jungen gern einen Hund hätten.«

In der Ruhe des Nachmittags kam er zu Hero, als die Sonne golden durch die offenen Fenster ihres Schlafzimmers strömte.

Sie beobachtete einen kleinen Jungen und ein Mädchen, die einen Reifen über den Bürgersteig rollten. Ihre fröhlichen Rufe und ihr Lachen wurden von der warmen, süß duftenden Brise hereingetragen. Sie bemerkte erst, dass sie weinte, als Sebastian ihre nassen Wangen mit den Fingern berührte. Sie drehte sich zu ihm um.

»Hero«, sagte er sanft. »Warum weinst du jetzt erst?«

Am Abend zuvor hatte sie darauf bestanden, mit Lovejoy und seinen Männern nach Camlet Moat rauszufahren. Der Magistrat hatte nicht gewollt, dass sie mitkäme, doch sie hatte sich über seine Einwände hinweggesetzt, war ungeduldig über jede Verzögerung gewesen und hatte dann ernst geschwiegen, bis sie am alten Jagdrevier angekommen waren. Dann hatte sie einen intensiven, glücklichen Augenblick lang über das trübe, dunkle Wasser des Grabens hinweg Devlin in die Augen geblickt. Doch sie hatte sich fast sogleich weggedreht und all ihre Aufmerksamkeit, ihren Trost und ihre Fürsorge dem neunjährigen Vetter ihrer toten Freundin zugewandt.

Und sie hatte nicht eine Träne vergossen.

Nun legte sie den Kopf an seine Schulter und genoss den schlichten Trost, den sie in seinen starken Armen und dem gleichmäßigen Schlag seines Herzens fand, das ihrem so nahe war. Sie sagte: »Ich habe über

Gabrielle nachgedacht. Dass sie sich gefühlt hat, als müsse sie auf alle Freuden und Wunder verzichten, die das Leben lebenswert machen. Deshalb hat sie ihre Liebe zu Leutnant Arceneaux schließlich zugelassen. Und dann ist sie deshalb gestorben.«

»Sie ist nicht gestorben, weil sie geliebt hat. Sie ist gestorben, weil sie nobel und aufrichtig war und weil sie das Richtige tun wollte, wogegen ihr Bruder nur auf sein Vergnügen aus war. Ihre Entscheidung hätte nicht zur Tragödie führen müssen.«

»Und doch ist es so gekommen.«

»Ja.«

Schweigen breitete sich zwischen ihnen aus. Und sie begriff, dass das Schweigen geteilten Leids einen ganz eigenen Trost barg.

In einer sanften Liebkosung bewegte er die Hand. Sie atmete zitternd ein und aus, dann hob sie den Blick zu ihm. Seine Lippen waren geöffnet, und auf seinen hohen Wangenknochen glänzte die Sonne.

»Hast du die Tür hinter dir verschlossen?«, fragte sie mit unverhohlenem Begehren in der belegten Stimme.

»Ja.«

Sie blickte ihn noch immer an, als sie seine Lippen mit ihren berührte. »Gut.«

Sie sah die Überraschung in seinen Augen aufleuchten und spürte, wie seine Finger ungeduldig an den Spitzenbändern zogen, die ihr Kleid zusammenhielten. »Es ist noch nicht dunkel«, sagte er.

Sie schenkte ihm ein breites, frivoles Lächeln. »Ich weiß.«

Viel später lag Sebastian in einem Streifen Mondlicht, das durch das offene Fenster hereinschien, neben ihr. Sie stützte sich auf dem Ellbogen auf und fuhr mit den Fingerspitzen über seine nackte Brust und den Bauch. Als er in einem leisen Keuchen den Atem einsog, lächelte sie.

»Gilt das Angebot der Flitterwochen noch?«, fragte sie.

Er schob ihr den Arm um den Hals. »Ich denke, wir haben sie uns verdient, nicht wahr?«

Sie veränderte ihre Stellung, sodass ihre Unterarme auf seiner Brust lagen und ihr Haar wie ein Vorhang ihr Gesicht und die plötzlich ernsten Augen beschattete. »Wir können das besser hinbekommen, Sebastian.«

Er zog sie näher und schob die Hand in ihrem Rücken nach unten. »Zu guter Letzt würde ich sagen, dass wir sehr gut zusammengearbeitet haben.« Er hob die freie Hand, um das Haar aus ihrem Gesicht zu halten. »Aber ich glaube auch, dass wir es noch besser können.«

Und er hob den Kopf etwas an, um ihren Kuss zu erwidern.

Anmerkungen der Autorin

Diese Geschichte ist von Alfred Lord Tennysons eindringlichem Gedicht »The Lady of Shalott«, »Die Dame von Shalott« inspiriert. Das Gedicht wurde 1833 zum ersten Mal veröffentlicht, dann überarbeitet und 1842 erneut veröffentlicht. Tennyson wurde dazu von einer italienischen Novelle aus dem dreizehnten Jahrhundert inspiriert: *La donna di Scalotta*.

Gabrielle und Hildeyard Tennyson sind fiktive Figuren, die ich mir ausgedacht habe, aber in der Familie der Tennysons gab es tatsächlich Epilepsie, Alkoholsucht und Geisteskrankheiten. Der Vater des Poeten, ein brillanter aber problembeladener Reverend aus Somersby, Lincolnshire, war schwer von Epilepsie betroffen, und zwei von Alfreds Brüdern haben den größten Teil ihres Lebens in Pflegeheimen für geistig Behinderte verbracht. Alfred hat sich zeit seines Lebens vor den Familienleiden gefürchtet, obwohl ich meines Wissens die Einzige bin, die vermutet, dass er sich in seinem Gedicht mit dem Wort »Fluch« hierauf bezieht. Alfred hatte tatsächlich einen großen Bruder namens George. Dieser wurde allerdings 1806 geboren und ist bereits im Kleinkindalter verstorben.

Alfreds Onkel Charles Tennyson d'Eyncourt wird weitgehend realistisch dargestellt. Es gibt lediglich keinen Nachweis dafür, dass er selbst Eton besucht hat. Bekannt ist, dass er Cambridge besucht hat und seine Söhne nach Eton schickte. Obwohl er sechs Jahre jünger war als sein Bruder, wurde er zum Erben des »Old Man of the Wolds« erklärt, als sein älterer Bruder in der Pubertät die ersten Anzeichen eines schweren Epilepsieleidens zeigte. Die Animositäten zwischen den beiden Familien waren enorm. Der wohlhabende Charles blickte ironisch auf die Familie seines älteren Bruders wie auf »arme Verwandte« herab. Auch wenn Charles es immer leugnete, litt er selbst ebenfalls an einer milderen Form der Epilepsie. Er war tatsächlich viele Jahre Parlamentsmitglied, allerdings nicht bis zum Ende der Napoleonischen Kriege, und er hat tatsächlich seinen Namen zu d'Eyncourt ändern lassen, wenn seinem Antrag auch erst 1835 stattgegeben wurde. Ich habe das Datum der Namensänderung vorverlegt, damit die Verwirrung wegen zu vieler Tennysons nicht zu groß würde. D'Eyncourt missgönnte seinem Neffen später den literarischen Ruhm und nahm es besonders übel, als Alfred zum Lord erhoben wurde. (D'Eyncourt hat diese Ehre zuletzt selbst erfahren, aber erst viel später.) Mary Bourne, die Schwester von Charles, ist ebenfalls eine reale Person. Sie war eine sauertöpfische und unglückliche Frau, deren einziger Trost in der Überzeugung lag, dass sie in den Himmel eingehen würde, während der Rest ihrer Familie – insbesondere der in Somersby lebende Zweig – ewige Höllenqualen erleiden würde. Ich bin Robert Bernard Martin für seine ausführlichen Studien der Familie Tennyson in seinem Werk *Tennyson: The Unquiet Heart* sehr dankbar.

Epilepsie, früher auch als »Fallsucht« bekannt, war im neunzehnten Jahrhundert kaum erforscht und wurde als etwas Beschämendes behandelt, das man verbergen musste.

1812 steckte die Archäologie noch in den Kinderschuhen, auch wenn erste Ausgrabungen in Stonehenge bereits im siebzehnten Jahrhundert stattgefunden haben. Danach wurde 1798 und 1810 von William Cunnington und Richard Colt Hoare weiter dort gegraben.

Die Legende, dass Artus nicht wirklich tot ist, sondern eines Tages in der Stunde der Not zur Rettung Englands zurückkehren würde, ist real. Von daher kommt auch die Formulierung »der einzige und *künftige* König«. Aus nachvollziehbaren Gründen war diese Legende für unbeliebte britische Monarchen ein Fluch, die sich immer wieder gezwungen sahen, ihre Untertanen davon überzeugen zu müssen, dass Artus wirklich tot war. Die Tatsache, dass es kein Grab gab, erschwerte diese Versuche. Vielleicht wurde Artus' Grabstätte deshalb im zwölften Jahrhundert in der Glastonbury Abbey »entdeckt«.

Camlet Moat, das früher Camelot hieß, ist ein realer Ort, und seine Geschichte ist weitgehend wie im Roman beschrieben. Heute gehört es zum Trent Park, einem ländlichen Park, der öffentlich zugänglich ist. Das Anwesen des achtzehnten Jahrhunderts wurde ursprünglich allerdings Trent Place genannt. Im Lauf der Jahre hat Trent Place oft die Besitzer gewechselt, von denen einige ausgedehnte Projekte zur Wiederherstellung durchführten. Die beschriebenen amateurhaften Ausgrabungen auf der Insel wurden tatsächlich von zwei späteren Besitzern durchgeführt, in den 1880ern von den Bevans und im frühen zwanzigsten Jahrhundert von Philipp Sassoon. Interessanterweise werden die Funde aus diesen Ausgrabungen auf dem Info-Board, das die Gemeinde am Ort hat aufstellen lassen, nicht erwähnt.

Der Insel wurde lange nachgesagt, sie stünde in Verbindung zu den Gralshüterinnen der Antike, und auch Sir Geoffrey Mandevilles Verbindungen zu dem Ort sind real, ebenso wie seine starken Beziehungen zu den Templern und den Sagen um seinen Schatz. Die Geschichte, dass er in der Quelle auf der Insel ertrunken ist und sie immer noch heimsucht, um seinen Schatz zu beschützen, wird als örtliche Legende erzählt, obwohl er tatsächlich durch einen Pfeil in den Kopf gestorben ist. Selbst die Geschichten über den Straßenräuber Dick Turpin sind echt; er hat sich während seiner kurzen, fehlgeschlagenen Karriere oft in Camlet Moat versteckt. Die zahlreichen Legenden, die sich um die Insel spinnen, können in verschiedenen Werken aus dem neunzehnten Jahrhundert gefunden werden, die sich mit der Umgebung Londons befassen. Dazu gehören Jerrolds *Highways and Byways in Middlesex*, Thornes *Handbook of the Environs of London* und Lysons *The Environs of London*. Eine modernere und unterhaltsamere Interpretation über die Gegend findet sich in Streets *London's Camelot and the Secrets of the Holy Grail*.

Der Altertumsforscher Richard Gough war eine reale Persönlichkeit und hat tatsächlich in Gough Hall in der Nähe von Camlet Moat gelebt. Er hat Oxford seine

Bibliothek hinterlassen, jedoch nicht seine Sammlungen, die verkauft wurden.

In den 1990ern behauptete ein Ortsansässiger namens Derek Mahoney, das Bleikreuz von König Artus' Grab in Glastonbury im Schlamm eines Sees in der Nähe von Gough Hall gefunden zu haben. Die Gemeindeverwaltung forderte den Fund für sich, doch Mahoney gab ihn nicht heraus, sondern ging sogar ins Gefängnis, dann beging er Selbstmord. Das Kreuz, das das Britische Museum nur kurze Zeit zur Ansicht hatte, ist wieder verschwunden. Man nimmt an, dass es sich um eine moderne Fälschung handelte. Diese Annahme ist jedoch nicht bestätigt.

Das System, französische und verbündete Offiziere auf *Parole* freizulassen, gab es tatsächlich, war jedoch viel komplizierter. Auch wenn das Konzept des »Ehrenwortes« eines Gentlemans für viele moderne Menschen befremdlich scheinen mag, wurde diesen Offizieren eine überraschend große Freiheit gewährt. Viele von ihnen gründeten Geschäfte, heirateten britische Frauen und zeugten Kinder. Die britische Regierung zahlte ihnen sogar eine wöchentliche Zuwendung von einer halben Guinee aus. Sie hatten wenige Einschränkungen: Sperrstunde, einen genau umrissenen Radius, in dem sie sich frei bewegen durften, die Verpflichtung, die Landesgesetze zu befolgen, und sie durften nur über einen von der Admiralität eingesetzten Agenten mit Frankreich kommunizieren. Von 1809 bis 1812 versuchten fast 700 auf *Parole* freie Offiziere zu fliehen: 242 von ihnen wurden wieder eingefangen. Der Wagen des Textildruckers, der hier beschrieben ist (im Grunde ein geschlossener Wagen, wie ihn typischerweise die Textildrucker benutzten, die Stoffe durch Druck einfärbten), wurde in einem Fluchtversuch im Sommer 1812 benutzt.

Während im Club *Almack's* in London der Walzer 1812 noch nicht erlaubt wurde, wurde der Tanz in anderen Teilen Englands schon lange vorher getanzt. Die Hochzeitsfeier, über die Mary Bourne in Kapitel 17 mit Hero tratscht, hat tatsächlich 1806 stattgefunden; in ihren Briefen darüber erwähnt sie den Walzer.

Auch wenn wir das Neo-Druidentum als modernes Phänomen betrachten, war es im achtzehnten und neunzehnten Jahrhundert als Teil der Romantischen Bewegung bereits sehr populär, die die Druiden als Nationalhelden betrachtete. Schon 1781 wurde ein *Ancient Order of Druids* gegründet. Zu den Schriftstellern, die mit der Bewegung in Verbindung gebracht werden, zählen William Stukely (der fälschlich annahm, dass Stonehenge von den Druiden errichtet wurde) und Iolo Morganwg (geboren als Edward Williams), ein walisischer Nationalist und großer Bewunderer der französischen Revolution. Als eine Form des Spiritualismus, der Harmonie mit der Natur und Respekt für alles Leben propagierte, hat das Druidentum des achtzehnten und neunzehnten Jahrhunderts auch die Lehren der Aufklärung befördert. Ohne schriftlich fixierte Texte, strenges Dogma oder Autoritätsperson war das Neo-Druidentum im Grunde eine Philosophie des Lebens, die das Göttliche in allen lebenden Wesen sah.

Der Grundstein für die damals als Strand Bridge gekannte Brücke wurde im Oktober 1811 an der Stelle des ehemaligen Savoy Palace gelegt. Als die Brücke sechs Jahre später eröffnet wurde, war sie in Waterloo Bridge umbenannt worden.

Auch wenn Frauen im Lesesaal des Britischen Museums kein gewohnter Anblick waren, war ihnen doch erlaubt, sich als Leserinnen eintragen zu lassen. Laut den Archiven des Museums wurden in den Jahren zwischen 1170 und 1810 drei Frauen registriert, während sich im Jahr 1820 allein fünf registrieren ließen. Das Museum war im August und September geschlossen, aber für meine Geschichte habe ich es ein paar Tage länger offen gelassen.

Anmerkungen der Übersetzerin

Im englischen Original wurden Bezeichnungen verwendet, deren deutsche, wörtliche Entsprechung nicht benutzt werden sollte, wenn es sich vermeiden lässt. Deshalb habe ich mich dafür entschieden, das englische Wort »Gypsy« nicht mit dem Z-Wort zu übersetzen, sondern eine andere, umschreibende Bezeichnung zu wählen. Lediglich an zwei Stellen, in Dialogen, habe ich das Z-Wort gelassen, da es zur Zeit, in der der Roman spielt, üblich war, die Menschen so zu bezeichnen. Es ist also eine Referenz an das Setting und entspricht nicht der Ansicht der Autorin oder der Übersetzerin.

Angelika Lauriel